编委会

顾问：

李润田　王才安　孙培新　王文金　张秉义　关爱和　娄源功

编委会主任：

卢克平　宋纯鹏　张锁江

编委会副主任：

谭　贞　张宝明　季　波　许绍康　孙君健　孙功奇　杨朝阳
王学路　冯淑霞　傅声雷　张立新

编委会委员：（按姓氏拼音排序）

蔡　军　程遂营　丁翼虎　冯淑霞　傅声雷　洪　浩　桓占伟
姬志闯　季　波　孔令刚　李永鑫　卢克平　苗长虹　祁琛云
任东景　宋丙涛　宋纯鹏　孙功奇　孙君健　谭　贞　王鹏飞
王思琦　王性玉　王学路　武新军　席卫权　许绍康　杨朝军
杨朝阳　杨光辉　杨国安　于华龙　展　龙　张宝明　张大超
张立新　张锁江

丛书主编：

孙君健

执行主编：

展　龙　杨国安　桓占伟

副主编：

丁翼虎　孔令刚

"夷门传薪学人传"丛书

丛书主编　孙君健
执行主编　展　龙　杨国安　桓占伟

夷门传薪学人传

朱绍侯

龚留柱　著

河南大学出版社
HENAN UNIVERSITY PRESS
·郑州·

图书在版编目(CIP)数据

朱绍侯 / 龚留柱著.--郑州:河南大学出版社,2022.8

("夷门传薪学人传"丛书 / 孙君健主编)

ISBN 978-7-5649-5256-3

Ⅰ.①朱… Ⅱ.①龚… Ⅲ.①朱绍侯-传记 Ⅳ.①K825.46

中国版本图书馆 CIP 数据核字(2022)第 142912 号

夷门传薪学人传　朱绍侯
YIMEN CHUANXIN XUEREN ZHUAN　ZHU SHAOHOU

责任编辑	仝一帆　刘利晓
责任校对	王丽芳
封面设计	翟淼淼
出版发行	河南大学出版社
	地址:郑州市郑东新区商务外环中华大厦 2401 号
	邮编:450046　电话:0371-86059701(营销部)
	网址:hupress.henu.edu.cn
排　版	郑州市今日文教印制有限公司
印　刷	河南瑞之光印刷股份有限公司
版　次	2022 年 8 月第 1 版　　印　次　2022 年 8 月第 1 次印刷
开　本	889 mm×1194 mm 1/32　　印　张　11.75
字　数	254 千字　　　　　　　　定　价　47.00 元

版权所有·侵权必究

本书如有印装质量问题,请与河南大学出版社营销部联系调换。

述往事思来者根在夷门
（总序）

夷门，是一个比开封还古老的名字。

夷门是战国魏都城的东门，因城门修在夷山之上，故名。

夷门最早的故事与魏公子无忌有关。无忌为战国时期魏国第五任君主魏昭王的小儿子。魏昭王去世后，无忌同父异母的哥哥圉继承王位，是为安釐王。安釐王封无忌于信陵（今宁陵），是为信陵君。信陵君的第一个故事是养士辅政。其时，魏国在与秦国的对抗中，处在不利地位。信陵君仿效齐之孟尝君、赵之平原君、楚之春申君的辅政方法，养士三千，诸侯因此不敢加兵于魏十余年。七十岁的夷门看守人侯嬴与屠夫朱亥，均为信陵君礼贤下士所交好友。信陵君的第二个故事是窃符救赵。公元前257年，秦围赵都城邯郸，赵王的弟弟平原君求救于魏。魏王派晋鄙率兵十万，到达邺地。但迫于秦威，止步不前。信陵君听取侯嬴之计，窃取虎符，与朱亥前往邺地。在晋鄙对虎符有疑时，朱亥椎杀晋鄙。信陵君率兵救了赵国。侯嬴在信陵君到达邺地时，自刎于夷门。

窃符救赵的故事发生一百余年后，司马迁寻访战国争雄的史迹，来到夷门。对千金一诺、侠义热血故事颇有兴趣的司马迁，在《史记·魏公子列传》中做了上述精彩描述，扣人心弦犹如小说家言。信陵君事迹很多,司马迁只记礼士与救赵;信陵君在魏养士三千,详写的只有侯嬴与朱亥。传记的结尾,意犹未尽,作者再次称赞信陵君不耻下交的礼士精神:"吾过大梁之墟,求问其所谓夷门。夷门者,城之东门也。天下诸公子亦有喜士者矣,然信陵君之接岩穴隐者,不耻下交,有以也。名冠诸侯,不虚耳。"仁而谦恭,礼贤下士,成就大业。这是夷门叙事的第一重启示。

公元前99年,司马迁为李陵事获罪,受腐刑,因著书事业而隐忍苟活。受刑的第二年,朋友任安写信询问情况,司马迁写下了传诵千古的《报任安书》,完整描画了一个知识人最高最完美的理想:"近自托于无能之辞,网罗天下放失旧闻,考之行事,稽其成败兴坏之理,……凡百三十篇。亦欲以究天人之际,通古今之变,成一家之言。"据此话推定,《史记》已大致完成。今传《史记》有《太史公自序》,其有感于自己身世,而追述中国历史中圣贤发愤著述的传统:"昔西伯拘羑里,演《周易》;孔子厄陈、蔡,作《春秋》;屈原放逐,著《离骚》;左丘失明,厥有《国语》;孙子膑脚,而论兵法;不韦迁蜀,世传《吕览》;韩非囚秦,《说难》《孤愤》;《诗》三百篇,大抵圣贤发愤之所为作也。此人皆意有所郁结,不得通其道也,故述往事,思来者。"这种圣贤发愤著述的传统,是司马迁完成《史记》的支撑力量,也化为以立言为志的中国士人生生不息的精神资源。"究天人之际,通古今之变,成一家之言"与"述往事,思来者",共同成为读书人立言著述的最高理想。身为记述唐尧以来中国历史的史官司马迁,历史上却没有留下他本人卒年的记载。近代王国维考证,司马迁大约卒于汉武帝末年。勤奋于"述往事,思来者"之业,究天地之际,通古今之变,成一家之言,燃烧自我之身,不计身后之名。这是夷门叙事的第二重启示。

公元960年,北宋政权以开封为都城建立,从而创造了继唐代后又一个统一王朝的辉煌时代。此时距司马迁《史记》成书,已过去千年。夷门不在,夷山依旧。夷山之上,北宋皇祐元年(1049年)建起了开宝寺塔。塔体外立面均为褐色琉璃砖,浑似铁铸,民间俗称"铁塔"。1912年,铁塔南麓,建立了一所大学——河南留学欧美预备学校(今河南大学前身)。河南大学的学生均以"铁塔牌"自称。铁塔成为这所大学毕业生最早的logo(标签)。当年椎杀晋鄙的朱亥,因窃符救赵之功,被授相印,其封地原名聚仙镇,在北宋末,改称朱仙镇。岳飞抗金,取得朱仙镇大捷,也终没有挽救北宋王朝的命运。北宋的成功,在文治而不在武功。20世纪40年代,陈寅恪为邓广铭《宋史职官志考正》作序,有"华夏民族之文化,历数千载之演进,造极于赵宋之世"的称赞。一个以唐史研究见长的史学家,推重赵宋文化,绝非偶然。赵宋时期城与市合一,不需要再像《木兰辞》所言那样"东市买骏马,西市买鞍鞯"。城与市合一的开封,勾栏瓦肆林立,充满着人间烟火气。唐宋以来实行的科举制度,使寒族子弟也可以像世家子弟一样,通过个人的努力,通达社会与文化上层。读书人生气聚集之时,赵宋时期出现了士大夫阶层。士大夫具有超越特定族群、特定利益阶层的历史眼光和宽阔胸怀。祖籍大梁的北宋大儒张载不失时机提出的"为天地立心,为生民立命,为往圣继绝学,为万世开太平"的"横渠四句",成为新兴士大夫群体理想抱负的经典表达。士大夫群体的思想文化创造力活力四射,宋代理学家、史学家、文学家、音乐家、书法家、艺术家层出不穷,群星灿烂,造诣均达极高水平。宋代理学家将儒释道合一,重建儒学体系。新的儒学体系高扬道德的旗帜,以修齐治平调节士人人生期待,以伦理纲常整饬社会秩序。陈寅恪称赞欧阳修晚年所撰《五代史》的功劳在"贬斥势利,尊崇气节,遂一匡五代之浇漓,返之淳正。故天水一朝之文化,竟为我民族遗留之瑰宝。孰谓空文于治道学术无裨益耶?"五四运动过后二十余年,在抗战的炮火中,陈寅恪坚信造极于赵宋之世的华夏文化,本根未死,终必复振。理想、信念、毅力、气节,是读书人的禀赋;立心、立命、继绝学、开太平,为读书人的价值与责任。以治道学术服务国家人民,乃读书的正途与根本。这是夷门叙事的第三重启示。

北宋时期的国子监所在地位于现在的龙亭一带。明代这里辟为周王府。清初,河南贡院一度迁至辉县百泉,清顺治十六年(1659年)河南贡院在周王府旧址修建。因地势低洼积水,雍正九年(1731年)河南贡院迁至夷山南隅。1841年黄河发水,拆河南贡院房舍防洪,第二年重修,新建号舍万余间。1900年的庚子事变,北京用于国家会试的贡院被毁,河南贡院因房舍完好、交通便利,而在1903、1904年成为科举会试所在地。1905年废除科举,河南贡院就成为上千年科举制度的终结地。1912年,河南有识之士在河南贡院的校舍上创办河南留学欧美预备学校,1923年改建为中州大学,1930年易名省立河南大学。因此,从这套丛书的一个人物林伯襄1912年担任河南留学欧美预备学校的校长开始,河南大学叙事便与夷门叙事有了交集,夷门叙事所体现出的精神基因便在河南大学传承延展。与时俱进,百折不挠,在国家、民族站起来、富起来、强起来的百年沧桑中,河南大学以振兴教育、培养人才服务于民族自立、国家复兴和区域发展,成为中原大地高等教育的一棵参天大树。参天地之化,养浩然正气,育万千桃李,以教育报国。此为夷门叙事的第四重启示。

在河南大学迎来110周年校庆之际,学校编写出版"夷门传薪学人传"丛书,嘱我为序。在准备出版的二十多种学人传中,有在河南大学发展的重要节点上做出了重大贡献的主政者,绝大多数是在学校发展的不同时期在学术进步、人才培养方面成绩突出的教授。名人有言:"大学者,非谓有大楼之谓也,有大师之谓也。"这些学者教授就是河南大学的大师。河南大学建立110年来,对国家、对民族的贡献,大部分是通过一代又一代心系桑梓、植根教育的千千万万教育工作者实现的,上述学者教授是千千万万教育工作者的代表。在河南大学这所百年名校中,"究天人之际,通古今之变,成一家之言"的学术创新是他们完成的;"为天地立心,为生民立命,为往圣继绝学,为万世开太平"的学术理想是他们实践的;"参天地之化,养浩然正气,育万千桃李,以教育报国"的百年辉煌是他们参与创造的。这是河南大学110年校庆要编辑出版"夷门传薪学人传"丛书的唯一理由。

有形夷门在司马迁生活的时期已经颓毁,而无形的夷门,留在司马迁的《史记》中,留在宋儒的横渠四句中,留在科举旧地与新式教育的交接中,留在河南大学生生不息的生命意志中。

在河南大学建校110年之际,河南大学的注册地移至郑州,但河南大学的办学精神,已经融入河南大学的基因与血脉之中。河南大学从留学欧美预备学校的成立,到今天的"双一流"建设,何尝不是河南有识之士与黄河儿女的"发愤"之作!国家兴亡,匹夫有责,读书人更有责。司马迁"发愤","述往事,思来者"而著"史家之绝唱,无韵之离骚";河南大学"发愤","述往事,思来者"而有发展进步的大手笔、大思路。让我们为之共同奋斗。

放眼寰宇的河南大学,根在夷门。

关爱和

2022年7月

(作者为河南大学教授、博士生导师,中国近代文学学会会长。曾任河南大学校长、党委书记。)

目　录

第一章　艰难求索的青少年时代 …………………（ 1 ）
　一、少年初识愁滋味………………………………（ 1 ）
　二、危局之下的求学路……………………………（ 5 ）
　三、"突出政治"的大学生活………………………（ 7 ）
　四、"又红又专"的育人方针………………………（ 12 ）

第二章　戒慎平实的职场生涯 …………………（ 16 ）
　一、初闯"教学关"…………………………………（ 16 ）
　二、大时代中的"小浪花"…………………………（ 20 ）
　三、历史系的新"掌门"……………………………（ 25 ）
　四、创建河南大学出版社…………………………（ 32 ）

第三章　秦汉史研究 ……………………………（ 41 ）
　一、秦汉政治体制研究……………………………（ 42 ）
　　（一）《汉代乡、亭制度浅论》……………………（ 42 ）
　　（二）"司隶校尉"问题的系列研究…………（ 47 ）
　　（三）《略论秦汉中央三级保卫制》…………（ 61 ）
　二、秦汉经济政策研究……………………………（ 75 ）
　　（一）《秦汉"禁民二业"政策浅析》…………（ 76 ）
　　（二）《对居延敦煌汉简中"庸"的性质浅议》…（ 83 ）
　　（三）《论汉代的名田（受田）制及其破坏》……（ 87 ）

三、对贾谊、王充和王符思想的研究 …………… (104)
　　(一)贾谊民本思想的"四重要素" …………… (105)
　　(二)《贾谊是提出"疑罪从无"的第一人》…… (107)
　　(三)《论王充对孔子及儒家学派的评价》…… (112)
　　(四)《王充对诸子的评价》 …………………… (124)
　　(五)《王符经济、政治、哲学思想论略》……… (137)

第四章　魏晋南北朝史研究 ……………………… (153)
一、政治与社会研究:批判"黑暗论"和"倒退论"
　　……………………………………………… (153)
二、魏晋南北朝民族关系史研究:怀柔还是一味镇压
　　……………………………………………… (157)
三、文献整理与研究:《今注本宋书》的编纂 ……… (169)

第五章　中国古代军功爵制研究 ………………… (177)
一、为什么要研究军功爵制 ………………………… (177)
二、确定军功爵制的概念和定义 …………………… (181)
三、划分军功爵制演变的四个阶段 ………………… (183)
四、军功爵制中的民爵八级制探微 ………………… (185)
五、军功爵制的兴衰及其历史作用 ………………… (192)

第六章　中国古代土地制度史研究 ……………… (198)
一、中国古代土地制度研究的意义和方法 ………… (198)
二、中国古代土地制度的研究因创新而不断深入
　　……………………………………………… (204)
三、秦汉土地制度研究:名田制、假田制与田庄经济
　　……………………………………………… (212)

（一）厘清了从井田制到辕田制再到名田制的演变路径 …………………………………………… （212）

（二）确立了"名田制"的概念和性质 ……… （213）

（三）厘清了名田制与军功爵制的关系 ……… （217）

（四）重视对汉代假田制的研究 ……………… （218）

（五）实事求是地评价田庄经济 ……………… （220）

四、魏晋南北朝土地制度研究：屯田制、占田制与均田制 …………………………………………………… （222）

（一）三国时期的屯田制 ……………………… （223）

（二）西晋王朝的占田、课田制 ……………… （225）

（三）北魏的均田制 …………………………… （228）

第七章 汉、魏、晋军事战略研究 ……………… （231）

一、《两汉对匈奴西域西羌战争的军事战略研究》 ………………………………………………………… （232）

（一）西汉对匈奴的战争与战略 ……………… （232）

（二）西汉对西域的战争与战略 ……………… （239）

（三）西汉对羌族的战争与战略 ……………… （249）

（四）东汉对匈奴的战争与战略 ……………… （255）

（五）东汉对西域的战争与战略 ……………… （262）

（六）东汉对西羌的战争与战略 ……………… （272）

（七）两汉对匈奴、西域、西羌战争战略之比较 …………………………………………………… （287）

二、《官渡之战与赤壁之战双方胜败原因试探》 … （291）

（一）官渡之战曹胜袁败的原因探讨 ………… （291）

（二）赤壁之战曹败刘胜的原因探讨 ………… (299)
（三）对官渡与赤壁之战中双方胜败原因的综合分析
　　………………………………………………… (306)
三、《苻坚与淝水之战》 ………………………… (311)
（一）氐族苻氏的兴起 ……………………… (312)
（二）苻坚的治国政绩 ……………………… (315)
（三）苻坚的赫赫武功 ……………………… (318)
（四）强势的苻坚为何惨败于淝水 ………… (325)
（五）对苻坚和淝水之战的评议 …………… (331)

第八章　对中国古代史教材建设的贡献 ………… (337)
　一、十院校本《中国古代史》的教材编写 ………… (337)
　二、高校教材《中国古代史教程》的编写 ……… (343)
　三、做教材主编的经验和体会 …………………… (352)
结语：学为人师　行为世范 …………………… (358)

第一章 艰难求索的青少年时代

一、少年初识愁滋味

朱绍侯,字西伯,笔名雏飞,1926年11月21日(农历十月十七日)出生于奉天省新民县(今辽宁省新民市)的一个贫民家庭。

父亲朱广聚,字化周,以字行。他读过私塾,能写会算,最初在一家粮店当账房先生,家庭生活赖此尚可维持。但不久粮店倒闭,家庭失去经济来源,他只得离开家乡,带着两个女儿到奉天(今辽宁省沈阳市)去讨生活。他既不会种地,也身无其他长技,只能靠在街上游动卖杂货为生。朱先生的两个姐姐则进入卷烟厂做工,收入也很微薄。在奉天,他们三人只能勉强养活自己,无力再向家里寄钱。

母亲杜秀春,是一位非常贤惠的家庭妇女。虽识字不多,但心灵手巧,会刺绣,能剪纸,朱先生是她的独子,年纪也最小。丈夫和两个女儿到奉天后,她带着三女儿和儿子在老家靠给人浆洗衣服、做针线活为生,工钱很低,再省吃俭用,生活也难以为继,常常是吃了上顿没有下顿。尤其是春荒时节,年龄幼小的朱先生也不得不和姐姐一起去挖野菜。更可怕的是1932年,当地流行虎烈拉(即霍乱,一种烈性传染病),人得了病会上吐下泻,几天就死了。朱先生的外祖父不幸罹患此疾,家里没有其他人照顾他,就由朱先生的母亲到医院侍奉。因朱先生年方六岁,不便单独一人留在家中,也跟着去了医院。旁边的病友看见了,惊讶地对他母亲说:"大嫂呀,你怎么将孩子带到这里来了?你没见这里的人都是活着进来,死了抬走的吗?"他母亲说:"实在没办法,在家里也没人管他呀!"结果外祖父没出三天就去世了,而朱先生和他母亲却毫发无损地回到家中,人们都说他俩是从死人堆里爬出来的大命人。

经过这次波折,朱先生母子们的生活更加困难了。他母亲也觉得一家六口人长期分居在两地,终究不是常事,就决定带着他们姐弟俩去奉天找丈夫。历尽千辛万苦,他们一家人终于团聚在奉天。

就在一家团聚前不久的1931年9月18日,日本关东军突然在奉天发动九一八事变,张学良执行不抵抗政策退入关内。日本占领奉天不久,又占领东三省全部,并且组建了伪满洲国政府。此时的朱先生还全然不知晓这些国家大事的发生及其来龙去脉。只是此后由于大人们的不断告诫,他才于懵懂中知道有些话是不能随便说的。例如:如有人问你是哪国人?只能说"满洲国人",如果说"中国人"就是"反满抗日",要追究家长的责任,轻则遭训斥,重则被判刑。伪政府规定,满洲人每天早起,必须向远在东方的日本天皇遥拜;每顿饭前必须念祝祷辞,以表示对日本国的感谢。总之人们过的是一种屈辱的亡国奴生活。

至于朱家人在沈阳团聚后的生活状况,当然比两地分居时要略有改善。因为日本人为了经济侵掠,在这里建了许多工厂,虽然给工人的工资很低，仅能维持生活，但毕竟工作好找，这对穷人很重要。一家六口人有三个人工作，再加上母亲的勤俭持家，局面大体就可以稳定下来了。而此时关于朱先生的上学问题，就显得迫在眉睫。

当时的一般小孩子都是六七岁入小学，而朱先生到沈阳的次年已经8岁，超过了年龄。好在经过一再的申请，沈阳皇寺小学的校方还是同意了他的入学请求。多年后朱先生回忆说，当时听到这个消息时，自己的心情真是"欢喜若狂"。正因为机会来之不易，他后来在学习上就特别地用心和投入。当时设置的课程只有满语（实则汉语）、日语、算术、体育、音乐、时事等几门，朱先生都很喜欢，各门课程的考试成绩也是名列前茅。他的班主任就经常对其他同学说："谁家有孩子像朱绍侯那样，念书成绩好，又不淘气，那该多让人高兴啊！"

朱先生说自己在皇寺小学的四年，是他一生中"最得意"的时候。然而在读高小的二年级时，因为家庭的经济状况转趋严峻，他不得不在学习之余奉"父命"，也参加到为家庭经济搞"创收"的行列中。于是每每在星期日或寒、暑假期，皇寺大街上便会出现一个卖"洋烟"的小男孩，就像今天影视剧中常见的那种景象：男孩的脖子上挂个木盘，木盘上放着若干盒卷烟，逢见路人经过就问"买烟不"。朱先生说，后来每当看到屏幕上再现这样的画面，他的鼻子就会发酸。当年一个幼小心灵的悲怆和苦楚，又有谁能够理解得了呢？但对他更残酷的考验还在后面。

朱先生高小毕业了，接下来他本人何去何从，朱家人的意见并不一致。他当然希望自己直升中学，但遭到父亲的坚决反对：

3

咱家这么穷,哪有钱供你上中学?你只能去当徒工,一来可以赚钱养家,二来可以学点手艺,长大后才能自谋生路。作为儿子的朱先生无法强拗家长的意志,只得被送入日本著名的住友株式会社去做徒工。工厂在铁西区,离朱家有十几里远,又没钱坐公共汽车,每个单程他都得花一个多小时的时间在路上奔波。东北的冬天特别显得日短夜长,一个十几岁的孩子,每日天不亮就起身,晚间摸黑才到家,两条腿累得就像灌了铅一样。特别是每天看到别人家的孩子高高兴兴去上学,自幼酷爱读书的朱先生就感到心在流血,这种内在的痛苦比身体的劳累更使他难耐煎熬。幸好由于母亲的干预,朱先生的徒工生涯在三个月后得以终止。

  朱先生有一个良善达理的母亲。虽然这位农家女儿仅读过两年私塾,识字不多,却宁愿自己含辛茹苦,也要想办法让这唯一的儿子去读书成才。可是当时公立中学的考录工作已经结束,一般私立中学收费高,穷人又读不起。正当内心焦急时,朱先生却发现了一个合适的复学门路。有个日本人办的私立沈阳商业学校(简称"沈商"),培养新式会计师,不但收费不高,而且毕业后好找工作。他先瞒着家里人去报了名,还竟然顺利考取了。但回到家里一说,还是遭到父亲的坚决反对,但母亲和三个姐姐都站在朱先生一边支持他,特别是母亲多次苦苦哀求父亲,"咱再穷也要让孩子去读书学习"。最后父亲也只得勉强同意了。

二、危局之下的求学路

沈商是一个财会中专学校,所设课程较少,只有珠算、满文、日文、数学和军训等。朱先生所讨厌的恰恰是作为主课的珠算,当然还有军训,而最喜欢的反而是副科满文(汉文),因为它所学的课文都是中国古文和近代文学散文。朱先生从高小开始就喜欢上了课外读物,此时更加一发而不可收拾。他从读"小人书"开始,接着爱上了武侠小说和演义小说,如《三侠剑》《封神演义》《西游记》《三国演义》《隋唐演义》《七侠五义》,等等。虽然在今天看来,这些书都是后代文人编造的"假历史",但对一个十几岁的少年来说,这里面有许多有趣的情节而不是僵硬的教条,有"好人""坏人"的朴素价值观,尤其是那种生动描述的文字表达方式,都能对青少年产生潜移默化的"启蒙"作用。从效果上看,它与后来那种"板脸"式的教条化的中学历史教材确有很大不同。

转眼间,在沈商三年的学习生活就快要结束了,最后还有三个月的实习期,朱先生所在的这个年级的学生被送到哈尔滨铁路局。不知道什么原因,铁路局没有让他们去实习会计事务,反而让他们跟着老司机去学开火车,而且干的是那种给火车头添煤的司炉工,今日想来也够荒唐。三个月后返校,学校也不问学生在铁路局干什么活儿,就让他们毕业了。

沈商毕业后,朱先生到南满铁路株式会社就业,刚开始被分配到仓库去当粮油收发员。当时奉天的铁路职工实行配给制,每人每月的粮油都要到仓库领取。但他在这个岗位上仅干了两个月，就被转入另一个地方的小仓库去做会计。朱先生本以为，这就是自己一生的归宿之地了，却怎么也没有想到，仅仅过了两个多月，作为一个普通的青年人，他又被抛到历史演变的浩大洪流之中。

1945年8月15日，日本无条件投降，东北光复。在经历了14年的异族占领之后，东北同胞重回祖国怀抱，大家都以为重见天日，人人欢呼雀跃。这年朱先生19岁，原来的工作没有了，他也满怀着被激发起来的爱国热情，投笔从戎，从奉天跑到锦州，报名参加了国民党青年军207师。大约半个月后，军队调防奉天，朱先生也随军重回奉天。

这时国民党派出的军政接收大员也进驻了奉天。他们把接收变成了"劫收"，极其贪婪地把日本在占领期间掠夺的大量公私财产据为己有，贪污腐化，坏事做尽，引起了广大人民群众的严重不满。朱先生在军队中对这些情况也有所风闻，他感到自己来从军是上当受骗了，就有了退伍的念头。只是苦于没有合适的理由，内心便十分苦闷。不知是气急生火还是别的什么原因，竟使他这时的左眼球上长出了一层薄雾般的白膜，什么都看不清楚。于是，他正好以此为理由申请退伍。经过军医检查，他的申请就被批准了。回家后不久，虽然左眼的白膜又渐渐消失，但从此他左眼的视力就大不如右眼了。

东北光复之后，朱先生家庭的生计稍有改善。一是三个姐姐都结婚出门了，家里吃饭的人口减少。二是他父亲不再上街推车卖杂货，而是改在家里收购旧皮包，等修缮好了再擦油打磨，使之变成二手的"新货"，这样卖出后的盈利比较可观。家庭生存压力的减轻,使朱先生的求学欲望重新被点燃。

当时的辽宁省政府新建了一所省立沈阳师范高等专科学校(简称"沈师专"),朱先生竟然考中了语文科。沈师专初建时规划五年制,一年后又改为三年制,朱先生于是重新被分入教育科。因新建的师专比较缺乏师资力量,学校往往聘请东北大学的教授、副教授去代课。一来二往师生间接触多了,信息也了解更多,朱先生又被刺激起再报考东北大学的愿望。但此时的东北形势发生了急剧变化。大约在1948年的11月,国民党的军队被中国人民解放军第四野战军赶入关内,东北大学的师生也随之内迁至当时的北平(北京的旧称之一),但仍然招收东北籍的学生。

由于朱先生升学深造之心迫切,就跟着沈师专的两位同学一起,贸然从沈阳跑到北平去投考东北大学。朱先生在这里人地生疏,又逢乱局,如果考不上学,他就只能流落街头讨饭或找地方打工,想想都有些后怕。万幸的是他考上了东北大学教育系,这样暂时就有了吃、住和读书的地方。

1948年底,东北全境解放;1949年3月底,北平也和平解放。在北平的东北大学,就由中国共产党相关方面派人来,带着回撤到吉林长春,与中共在佳木斯新办的东北大学合并。从此,朱先生的人生历程掀开了崭新一页。

三、"突出政治"的大学生活

从北平回到长春,原在沈阳的东北大学与长春大学、长白师范学院及中共新建的东北大学(原在佳木斯,现在迁长春)等四校的学生合在一起,共同参加为期三个月的干部培训班,进行党的政治思想和政策教育。学习的主要方式是听党政领导人和学界名人进行的大会报告,内容是宣讲国际、国内形势和普及马克思列宁主义的基本理论知识。朱先生认为这非常重要,它使人知道了共产党的性质和奋斗目标,知道了什么是唯物论、唯心论,什么是阶级,怎样为人民服务……青年人求知欲很强,大家都带着兴奋和激情,尽力吸吮着过去闻所未闻的新知识、新理念,以为今后的工作和学习奠定良好的基础。

三个月的"干训班"生活结业后,学校对学生分头进行甄别和"分流"。少量的国民党和三青团骨干分子被淘汰出局;上学前就是中共党员和青年团员的,回原单位继续工作,以弥补现实革命工作的急需;绝大部分人留校学习。新组建的长春东北大学设有语文、历史、外语、地理、数学、物理、化学、体育、艺术等系科,不设教育系,原教育系的学生就按本人志愿转系。由于朱先生平素喜欢历史,就转入了历史系。当时的东北人民政府,宣布概不承认国民党统治时期的高校文科学历(承认理工医农等科),学生即使已经读到四年级,也要转入一年级从头开始。于是朱先生从二年级转入一年级,就这样开始了新的大学生活。

在历史系学习期间,朱先生是班上有名的"落后"分子。因为大凡体育、娱乐如篮球、排球、足球和当时盛行的交际舞等活动他都不爱参加,只爱和三四个意趣相投的同学在一起说说笑笑,谈论读过的书,哪本写得好,哪本则没有多大意思,等等。有些不了解情况的同学就误会朱先生在搞小圈子,是"落后"分子。有一次,朱先生碰到班上的青年团组织委员,就向她表示自己也想申请入团。不想这位同学对朱先生侧目而视:"你以为什么人都可以入团呀?团员是青年人的先锋队,只有进步青年才能申请入团。"朱先生听后不服气,就找到他们班上的一位老党员同学,谈了上述情况。这位党员同学很有水平,对他说:"她说的不对。只要想入团的青年都有申请加入组织的资格,不能拒人于千里之外。"

其实朱先生只是不爱参加文体活动而已,他喜欢抽出时间多读书,对政治活动也从不肯落后于人。比如抗美援朝战争开始后,不管是给前线战士输血,还是为前线炒干面和捆绑担架,朱先生都是争先恐后地尽力而为。大概受到那位党员同学的批评,后来那位团组织委员也就改变了态度,接受了他的入团申请。

1952年,党中央发动了"三反""五反"运动("三反",即反贪污、反浪费、反官僚主义;"五反",即反行贿、反偷税漏税、反盗骗国家财产、反偷工减料、反盗窃国家经济情报),长春市政府让所在地的高等院校停课三个月,师生分散到地方各单位帮助工作,朱先生被分配到长春会计专科学校。报到后,该校李校长就对他说:"咱们成立个领导小组,我当组长,你当副组长。再调三个工作人员,就开始工作。但我其他工作忙,不能亲自参加,就由你代劳主持。"朱先生赶忙说:"我不了解单位情况,怎能当副组长?校长还是另派别人吧。"校长坚持说:"你是市里派来的,咋当不了副组长?不了解情况不要紧,我派某某帮助你。你要了解什么情况就问她,她会告诉你的。"朱先生一看推辞不掉,只好就任了副组长。后来才知道,那位名为"某某"的,原来是校长夫人,她已经是科级干部了。

"三反""五反"运动展开后,要定谁是嫌疑人,嫌疑人现在是什么身份,他的错误是什么,朱先生都得询问李校长派给他的这位助手。召开揭发批斗会时,就由朱先生主持,具体揭发者自有其人,不用多管。在批斗的对象中,有两个人顶牛最剧烈,不仅不承认自己贪污,反而自我表功。而越是这样越被认为是态度不好,批斗得越狠,甚至会动手打人。朱先生作为一个年轻学生,从未见过这种场面,害怕出事,所以坚决不许打人。有时某人被揭发出偷过几块砖,或者偷过预制板,也都被用文字记录下来。每隔十几天,主持运动的副组长朱先生就要去市里的"三反""五反"运动办公室参加一次汇报会,各单位参会的人几乎都说没有发现什么大的问题。

学生下去参加的"三反""五反"运动尚在激烈进行中,他们却突然接到上级和学校通知,让大家迅速返校复课。回校后大家互相交流情况,一共下去了几十个人,能当上副组长的不过四五个人。有的同学还奇怪,像朱绍侯这样一个政治上的"落后"分子,连团员都不是,怎会让他在这样一个重要政治运动中担任副组长,担负起领导责任呢?

朱先生虽然被有的同学认为政治上"落后",但对他在业务方面的学习情况,班级舆论还是充分肯定的。他爱读书,知识面广,又善于思考,成绩也一直名列前茅,所以连年被同学们选为学生会的学习委员。读三年级时的一天,系领导突然通知朱先生和另外一个同学,要准备各讲一次公开课,题目也定好了,叫"秦始皇统一全国",讲课的缘由没有说。但朱先生却不敢怠慢,他认真仔细地看教材,广泛找参考书,还去找老师当面请教。老师说,你要多讲"统一"的重要意义,略讲其过程;注意前后内容的逻辑性,同时也会考验你的语言表达能力;总之要善于临场发挥。

按此思路,朱先生进行了充分准备。到讲课时,教室里坐满了人,有系里的学生,有教师,也有学校来的人。朱先生一开始还有些紧张,但因为他平时就爱讲故事,讲着讲着就放开了。下来以后,有同学对他说:"想不到你讲得这么好!"但朱先生的心里却一直犯嘀咕,又不到毕业实习的时候,也不是去给中学生讲课,这堂课究竟有什么来由呢?后来他才明白,这堂公开课可能和选拔少数尖子学生去读研究班的事情有关。

1946年新办的长春东北大学(1950年更名为东北师范大学,以区别于在沈阳的东北大学),是由中共所办的佳木斯东北大学与旧时代延续过来的长春大学、沈阳东北大学、长白师范学院、哈尔滨医科大学等五校合并组成的。虽然总的来看教师数量也不算太少,但后面接收来的四所院校的教师多数年龄老,思想陈旧,或者不能上课,或者不敢上课,于是造成师资严重短缺、影响扩大招生规模的严重后果。当时的校长成仿吾是延安过来的党内著名红色教育家,主张通过办研究班的途径,自己给自己学校培养新型教师。具体办法就是从现有的本科生中,按照一门课程择优选拔四个学生的比例,让他们转入研究班进行深造。即如历史系的"中国古代史"课,上下段各选4人;"中国近现代史"课选4人;"世界古代中世纪史"课选4人;"世界近现代史"课选4人。其他各个系科也都大体如此办理。这比教育部在全国正式推出的研究生招生制度还要早,而且当时属于"先斩后奏"的学校政策,事先并没有呈报国家教育部批准。

四、"又红又专"的育人方针

对新一代的知识青年来说,党和国家对他们的标准要求就是"又红又专",即既具有无产阶级的世界观,又掌握专业知识和专门技术。在二者之中,政治是主要的,是第一位的,一个人不能不问政治;但专搞政治,不懂技术,不懂业务也不行。

具体到朱先生,就是仅仅功课好、业务拔尖还不行,政治上还一定要合格。在这方面最主要的体现就是加强政治学习,提高理论水平,不断进步,争取早日加入党、团组织。本科二年级放暑假前的最后一个周六上午,班级团小组长通知他,今天下午要召开你的入团问题讨论会。朱先生听了很高兴,但会议一开始,团支部组织委员就来了一个定调发言:"朱绍侯同学申请入团有很长时间了,他的思想和表现有些进步,但入团还是有一定标准要求的,请同志们就此问题来展开讨论。"朱先生一听此话,心里就凉了半截。果然大家的发言,都集中在批判他的"白专"道路,说他不关心政治,有名利思想,还自高自大,搞小集团等,最后表决结果是不通过。朱先生心里明白,自己已经25岁了,还差三个月就要超过入团年限,何况中间还隔着一个多月的暑假,看来今生是入团无望了。但会议最后他还不得不大度地表态,说自己距离一个合格团员,还有不小差距,今后要多向他们学习,继续努力,不断克服缺点等等一些套话。

对这次会议,朱先生内心虽然产生些许的伤感,但并没有影响到他自己的情绪。他暑假期间回到家乡沈阳,该看书就看书,该和同学来往就来往,同是沈阳籍的同学还经常在一起聚会。有一天一位女同学去家找朱先生,一进门就看见朱先生在纳鞋底,不由得大为惊奇。朱先生解释说:"我家买不起街上卖的鞋,只能穿家做的布鞋。我妈年岁大了,鞋底太厚,无力用锥子扎透它,我就学着替她来干。"结果返校后那位女同学就替朱先生宣扬开了,团支部也上纲上线,将此看作是一个"爱劳动的孝子"的典型表现。

1952年12月的一天,团小组长又通知朱先生说:"周六下午再召开一次关于你入团的讨论会。"朱先生说:"我都超龄一个多月了,怎么还讨论我入团的事?"对方说:"你超过年限的时间很短,还可以再讨论一次。"到了开会的时候,团支部组织委员的开场白就换了另一种调门:"朱绍侯同学最近有很大进步,特别是在家中还会纳鞋底,说明他有孝心、爱劳动,并且对上次讨论未通过他的入团申请那件事,也毫无怨言。请同志们对他的入团申请再讨论一次。"结果可想而知,虽然还有一些批评他缺点的发言,但最终大家还是一致通过了他的入团申请。

不久,朱先生和其他被选拔出来的少数同学,就离开了东北师范大学(1950年由东北大学易名)历史系的本科班,转入同系的中国古代史研究班,开始进行研究生阶段的学习。在这里,朱先生的导师是陈连庆教授。

陈连庆(1916—1989),吉林省吉林市人,早年曾在日本明治大学学习法律,后转攻中国史。回国后先后在长春大学、东北大学(后改称东北师范大学)任教,历任讲师、副教授、教授。陈连庆先生学识渊博,其研究领域十分宽泛,对先秦史、秦汉史、魏晋南北朝史、中西交通史、历史文献学,以及古文字学均有涉及,表现出很深的学术造诣。其学术专著主要有《中国古代史研究》《中国古代少数民族姓氏研究》《"曶鼎"铭文研究》《〈晋书·食货志〉校注》《〈魏书·食货志〉校注》等,另外还发表有70余篇论文。

他当时指导朱先生等4位学生进行研究生阶段的学习,既有课堂讲课,也有学生课下的自学,但以学生自学为主。与本科不同,研究生的课堂讲授,主要是学术引导。比如秦汉魏晋南北朝史,主要讲一些重点、难点的问题,并不系统全面地讲,概括说就是讲专题,顺便也对有关的文献古籍和当代名家的论著进行介绍。学生自学就是要读本专业的基本典籍,要一字一句地认真读、精细读。比如秦汉史的研究生,首先就要通读"前四史"(《史记》《汉书》《后汉书》《三国志》)和《资治通鉴》。在读的过程中,最好能做笔记或者摘抄卡片,并强调这是将来进行学术科研活动的基本功。假如没有这种基本功,就不可能写出有创新意义的学术论著。为了扩大研究生的学术视野,陈先生又聘请一些著名学者来学校讲学,如胡厚宣、金景芳、贾兰坡等先生。

陈先生对研究生的另外一项要求,是不许他们在读研期间公开发表学术论文。他说,读研是积累知识的最好机会,一旦毕业,各项杂务横陈,就很难再静下心来通读基本典籍了。对研究生来说,只要在毕业时交出一篇合格的学位论文,就说明你们的学术研究能力了,平时没有必要再过多分心。

尽管陈连庆先生对朱绍侯他们这些研究生的三年学习生活

做了精密的规划和设计，但当初的计划赶不上后来情势的变化。事情缘起于1953年暑期本科生毕业时，教育部发现东北师大的毕业生数量比他们当初入学时要少了许多。比如历史系的这届学生，入学时有130人，毕业时却只有80多人，就问原因是什么。东北师大方面解释说，缺失的人数中，有一小部分是因为政府工作需要而提前分配离校了，大部分人是我们为了培养大学师资，而让他们在本科阶段的后期转入研究班继续学习。教育部问研究班几年制，回答三年制。又问一个研究班多少人，回答十几个班总共大约三百余人。教育部最后说，现在全国高校师资奇缺，已经影响到大学的招生和日常运行，你们培养的研究生不能全归你们一个学校用，要拿出一多半由教育部进行全国分配。另外，三年制太长了，情势等不及，明年就让他们毕业分配。这样，学校生活并没有给他们这些研究生留下更多的时间，以便让他们在老师的带领下，在知识的海洋里更充分徜徉，也未免让人扼腕叹息。

于是，东北师大的首届研究班提前在1954年7月进行毕业分配，历史系的中国古代史上段只留下1个人，中国古代史下段留下3个人，其余的人则由教育部直接分配。这样，朱先生也就提前告别了自己的学生时代，也告别了家乡，远赴中原，从此开启了人生的另外一个新天地。

第二章 戒慎平实的职场生涯

一、初闯"教学关"

朱先生在毕业离校之前,去向导师陈连庆告别。陈先生对他说,河南大学是河南的最高学府,历史系有嵇文甫、赵纪彬、朱芳圃、孙海波、孙作云、赵丰田等一众著名教授。河南也是中国古代政治、经济、文化的中心。宋、金以前的古都,绝大多数都设在这里,文物古迹特别多。所以你能到那里工作,大有发挥学术潜力的余地。

朱先生听了非常高兴,很快就带着一种既喜悦又期待的亢奋心情到河南大学报到了。由于种种历史的原因,这所大学已在前一年即1953年改名为河南师范学院,到1956年又改名为开封师范学院,1979年改名为河南师范大学,到1984年才又恢复河南大学的校名。当朱先生第一次在开封古城东北隅的铁塔脚下,看到这所大学古雅雄峻、风格奇伟的校门和中西合璧、气势不凡的大礼堂时,顿时就喜欢上了这所高校。他当时怎么也没有想到,从1954年的这个夏季开始,自己能在这里一住就是六七十年,将自己一生的身家寄托于此,将自己一生的事业献身于此,直至变成一位耄耋老翁,仍然发挥"余热"于此。

朱先生到历史系报到后,就去拜访当时的系主任黄元起教授。黄主任是研究中国现代史的大家,他对朱先生的到来表示欢迎,并问了朱先生自身的一些具体情况,如哪个学校毕业的,学的是什么专业,导师是谁,等等。朱先生一一向黄主任汇报了,然后就急迫地询问何时能安排他上课。这个问题似乎很让黄主任犯难,略停片刻他才说,下学期的课已经安排好,不能变更了;再说你刚到来,还得备课写讲稿,时间也来不及。朱先生说,讲稿他在读研究生的时候已经写好了,再加以修改也不费多少时间。黄主任可能觉得不便压抑年轻人的工作积极性,就说,系里有位老教师,身体不太好,假如他有病了,你可以先代他上几次课。朱先生于是很爽快地答应了。

后来朱先生才知道,在当时的河南大学上课,可不是一件轻率和简单的事情。这里多年留存下一些不成文的规定是,正教授才有资格给本专业的本科生上课,副教授只能给专科生上课,讲师可以给外系学生上公共课。助教则无资格自己上课,只能一边听课、观摩、学习,一边给教授做助手,课外可以给学生作辅导讲解。朱先生虽是研究班毕业,但职称也不过是助教,实际上当时他还不具备上课资格。这是黄主任不好意思挑明的事情。后来了解到这种情况,朱先生也就不再主动提及上课的事情了。

作为青年教师,历史系给朱先生安排的合作导师是孙海波教授(1910—1972)。孙海波是著名的甲骨学专家,1934年他24岁时,因著成国内第一部甲骨文字典《甲骨文编》而一举成名。朱先生对此很高兴:一方面他能作为一个助手热心为老教授服务;另一方面又能有时间边读书、边听课以充实自己,感觉这样也不错。但孙海波先生当时正急于编写完他的《甲骨文编》改订本,挤不出太多的时间来备课。所以当他讲完最熟悉的夏、商、周三代部分,而讲到了春秋战国这一段历史时,就显得教学内容有跳跃,条理性不太强,学生听着也感觉乱,开始有些不满意。但面对孙先生这样的大牌专家,他们也不敢公开指摘什么,就要求朱先生多给他们上些辅导课。于是,朱先生就围绕着孙海波的讲课内容,在课下辅导时有意识地拾遗补缺,多做系统性条理性的重点分析,结果学生很满意。

孙海波了解到这种情况,就将朱先生找来说:"绍侯呀,我现在确实很忙,你能替我上课吗?"朱先生说:"我只是一个助教,没有资格讲课。"孙海波就鼓励他说:"你试试看,如果同学满意,其他的你都不用管,我去和系里说,你就一直讲下去。"后来系里征求学生们的意见,他们都觉得朱先生讲课的逻辑性比较强,也愿意让他这样讲下去。

这样朱先生作为助教而给本系的本科生正式讲课,也算开了历史系的先例。尽管他教学效果很好,也受到学生们的充分认可,已经顺利地闯过了"教学关",但他总觉得合法性不足似的,好像是自己"抢"来的上课资格一样,心里虚虚怯怯的。到了一年多以后的1956年,他的职称被评定为讲师,才算名正言顺地走上了大学讲台。

朱先生在教学上是非常认真的。他牢记老师陈连庆对他的临别嘱咐:"你工作后,必须先在课堂上站住脚。你讲课若学生不满意不认可,就等于背上一个终生的大包袱。你要知道教学相长的道理。平时读古籍,你对其中的古辞古义并不一定都真正理解,上课前必须逐一加以研究。"所以朱先生每每在上课前,必定要重读一遍讲稿,读的时候辞书、字典就在手边,自己拿不准的东西必须查清楚,以保证上课不出硬伤。但他上课时并不带讲稿,而是拿着写有讲课要点的卡片去上课。这样他逼着自己不能照本宣科,而用自己的话语来讲课,使课堂气氛显得生动活泼,很受学生欢迎。在讲课内容上,他重视中国古代政治、经济、军事、文化等制度的历史连贯性,强调一定要讲清楚其前因后果及其发展脉络。他认为讲课内容与教材内容之间的关系是"若即若离,重点突出"。重点的内容一定要舍得花时间来讲清楚,甚至对教材内容做必要的补充;而非重点或者学生一看就懂的内容可在课堂上不涉及,让学生课下自学,以节省时间。

作为一个高校教师,如何处理好自己教学和科研之间的关系,这个问题历来争论很大。朱先生经过亲身实践,也有自己的深切体会。他说,教学与科研二者之间是相辅相成、相互促进的辩证关系,而不是水火不容的对立关系。

首先,一个人一旦进入高教界,你的职业就是教师,你就必须能在讲台上站得住脚,能够像韩愈所说的那样对学生尽到"传道、授业、解惑"的责任。尤其是对一个刚出道的年轻人来说,一定要把主要精力用在讲课上,科研可以先缓一缓。如果你的课讲得好,就会受到学生的重视和欢迎,你就会在学生中有好的口碑,这就算闯过了"教学关"。如果你的课一开始就讲得一塌糊涂,即使你发了几篇文章,学生也不会在乎你,相反会在心里鄙视你,因为你是一个不合格的教师。这种留给学生最初的印象甚至会随着一届一届毕业生的离校而传之久远,想一想就该知道那是一种多么可怕的景象!

其次，一个教师一旦在讲台上站住了脚，就一定要搞科研。这不仅是一个高校教师的职责所在，没有科研成果就会考核不过关，就会无法晋升职称，而且科研成果也是教学效果进一步提升的需要。因为教学不是靠耍嘴皮子就能立起来的，真正教学效果好、深受学生欢迎的高校教师，一定是有真知灼见、科研能力强的人。如果不搞科研，你嘴皮子再溜，也只是照本宣科，乏善可陈；如果你把要讲的问题都先经过自己头脑的深入分析和研究，理解深才能言之透，才能让学生真正有收获，而不是图一时的场面热闹。

所以说，教学与你对台下那么多学生的职责有关，是一个高校教师的立足点，基础不牢，就会山崩地摇；科研是一个高校教师的安身立命之所，如果拿不出有分量的科研成果来"以文会友"，你也就无法奠定自己的学术地位。朱先生深谙此道。他在进入河南大学的头三年里，仅仅发表一篇文章，而把自己的主要精力都用在教学上。这里说的是"主要精力"而不说"全部精力"，是因为讲课的过程并非全部属于完成教学任务，它实际上也是一个自我发现科研选题的过程。朱先生说，不搞教学就不容易发现真正的学术问题，就不会产生问题意识，以后所谓的"科研"也只能是无的放矢、无病呻吟。

二、大时代中的"小浪花"

朱先生开始给历史系本科生正式上课之后，首先遇到的1959级同学是比较特殊的。特殊在于它的组成既有应届高中毕业生，也有大批的"调干生"。所谓"调干生"，又称"选调生"，就是原为国家干部身份,后来被抽调和保送到学校来脱产学习的学生。调干生中的多数人都比朱先生的年龄还要大,有的甚至已经是科级干部。他们参加革命早,政治觉悟高,就是文化程度比较低,是被党派到大学来充电、镀金的。在当时那个强调对知识分子进行思想改造的政治氛围之下,他们也喜欢抓老师的小辫子,动辄从政治角度对老师的讲课内容进行评价甚至批判,这让大学老师尤其是一些老先生在课堂上如芒刺在背,无所适从。

一方面,朱先生个人对调干生们是比较尊重的,总觉得他们有那么多年的革命经历,政治敏感度高,是值得充分肯定的。另一方面,作为一个高校教师,是课堂教学的主导者,对讲台下各种不同类型的学生,也应该有自己合理的应对之策。对此朱先生一直牢记着当年老师陈连庆对自己的嘱咐:你讲中国古代史时,要少联系现实。因为国家政策是根据现实状况需要随时变化的,你讲课今天联系的现实可能是正确的,过了一段时间再看,就有可能是错误的了。由此朱先生确立了自己的讲课原则:讲授中国古代史,重点在弘扬优秀的传统文化,培育学生的爱国主义情操,探讨中国历史发展的特殊规律。在课堂上,教学态度就是学术中立,实事求是,决不能横生枝节,随意联系或影射现实。这样一来,调干生在朱先生这里听课,也就挑不出什么毛病来了。

"文革"后,曾经担任过开封师范学院团委书记的曹振华有次对朱先生说:"'文革'初,团委曾经派出好几个同学去审查你的讲义,下了好大功夫,结果没有发现任何问题。因为你的讲义只写古代的事情,不联系现实,咋批你?"所以,在"反右"、"拔白旗"和"文革"等历次运动中,在那个人人过"关"的极左年代,朱先生基本没有遇到大的冲击和批判。当然这和他一向讲课认真,在学生中威望较高有很大关系,也和他平时在待人接物方面秉持戒慎、稳重、平实、宽厚的作风有很大关系。

不得不提到的是,朱先生也是幸运的。当他从异乡来到河南以后,就遇到了两个对他赏识有加并且一直爱护他的长者"罩"护着他,往往使得他能逢凶化吉。如在1957年夏天的反右派斗争中,有人气势汹汹地给朱先生提意见,说他不管在大会小会上都很少发言,在下面又不积极写揭发材料,这就是"反党"的表现。在那个动辄上纲上线的年代里,这种罗织罪名的方法并不奇怪,但也因此而压垮了许多人。

这时,身为开封师范学院院长的赵纪彬正好下来参加历史系的会议,当时他就说:"你若说某某老教授有反党思想,我可能相信。但说朱绍侯有反党思想,我不信。他刚刚研究生毕业来到学校没有几年,许多情况不了解,所以会议发言少,所以写揭发材料少,这不是很正常吗,怎么就是反党了?"以赵纪彬当时的地位,在学校有一言九鼎之势,此后历史系就再没有人胡扯"朱绍侯反党"的话头了。

赵纪彬(1905—1982),河南内黄人,身兼教育家、哲学家、历史学家、革命家等多重身份,曾任中国科学院学部委员。他1926年加入中国共产党,历任中共濮阳县委宣传部长、陕西省委宣传部长、华北高教联组织部长等职。后因工作暴露了党员身份,于1934年脱党转入文化教育界,先后任复旦大学、东北大学、东吴大学、山东大学教授。他1949年后重新入党，历任山东大学校委会副主任、平原师范学院院长等职，并于1956年11月至1963年11月出任开封师范学院院长，并兼任河南省历史研究所所长。他于1963年离开河南调往北京工作，先后任中央党校教授、中国社会科学院历史研究所兼职研究员等职。赵纪彬在1938年出版的《中国哲学史纲要》一书自成一家，是中国以马克思主义理论研究中国哲学史的嚆矢之作。他在1962年出版的《论语新探》一书采摭博富，立意弘远，是其生前最用力也最被珍视的一部作品，先后在美、日等国翻译出版。他还与侯外庐等人合著多卷本的《中国思想通史》，也产生了很大的学术影响。

这时，赵纪彬身为院长，之所以挺身而出翼护一个普通的年轻教师，主要还是他学者身份的一面使然。尽管他与朱先生两人在年龄、履历、辈分、地位等方面都很悬殊，尽管这时他们之间的认识也不会超过一年（赵在前一年即1956年11月方到开封就职），但心有灵犀一点通。赵院长一生阅人无数，他相信仅凭短时间的接触和交谈，就能知道一个人是否为"读书种子"，是否是一个值得爱惜的学术人才。这有事实为证，即后来有许多重要的学术会议，赵院长都是带着朱绍侯这个年轻的讲师一块出席的。比如，1959年在北京召开的一个研究《中国史稿》编写体例的研讨会，有郭沫若、范文澜等史学大家出席，赵纪彬被邀请出席，朱先生也作为赵院长的助手而得以参会。

1958年的高校"拔白旗"运动随着前一年的"反右"运动接踵而至。这次又有人给朱先生提意见，说他讲中国古代史的课，只引用中国古人说的话来说明历史的发展趋势,而不引用马克思主义经典作家的话来批判,所以这种教学态度就是"反马克思主义"的。这个帽子不可谓不大,也是当时对马克思主义普遍进行教条化、庸俗化理解的学风的一种表现。这次是历史系老资格的朱芳圃先生出来给年轻的朱先生解围:"如果说朱绍侯的学术底子不深厚,课讲得不好,我信!若说他反马克思主义,我不信!他是新中国培养的第一批研究生,又不是从旧社会带着老思想过来的人,怎么能反对马克思主义呢?"

其实当时朱芳圃的学术地位并不在赵纪彬之下,在历史系也同样一言九鼎。朱芳圃(1895—1973),湖南省醴陵市南阳桥乡人,著名史学家、古文字学家。早年毕业于湖南高等师范文史专修科(曾与毛泽东为湖南一师的同学),1928年毕业于清华大学国学研究院,是王国维的弟子。历任河南大学、湖南大学、东北大学、开封师范学院教授,河南省历史研究所研究员。他毕生从事古文字学和考古学的研究,精通甲骨文、金文。他最早在自己的著述中提出"甲骨学"这一概念,并获得国内外学术界的广泛认可。他于1933年出版《甲骨学文字编》、1935年出版《甲骨学商史编》等专著,从而成为与郭沫若、罗振玉、商承祚等人齐名的专家。他也曾参加过安阳殷墟的发掘和研究工作,主持过河南大学历史系的工作,由此奠定了其在国内学术界很高的地位。

所以,真正视学术为生命的专家学者,往往都能慧眼识珠,对冒头的尖子人才也能做到惺惺相惜。他们往往在一些关键的时间节点上,对那些具有学术潜质的年轻人由激赏之情而转变成具体的呵护与提携之举,不是再正常不过的事情了吗?朱芳圃老先生为年轻后学朱绍侯而发出的此番仗义执言,也正因如此。

三、历史系的新"掌门"

1976年,朱先生50岁,正是年富力强、学术成熟的好时光。就是在这一年,中国社会的政治生态也开始发生巨变,时人号称的"政治春天"在长久的期待中也终于悄然降临。此后数年,朱先生长久的学术积蓄遇上了适合的环境,开始在教学和科研上转变成耀眼的成果而不断被释放。其一是他所主编的《中国古代史》于1979年出版,由试用到正式推广,并作为教育部确认的"高等院校文科教材",受到各地师生的广泛赞誉。其二是他的首部学术专著《军功爵制试探》,也于次年出版,再加上多年来发表的一系列高质量学术论文,都产生了较大的影响。于是,凭借其良好的教学声誉和显著的科研业绩,朱先生与学校其他三位教师一起,被河南大学申报,由国家审核批准,直接由讲师破格擢升为教授。此外在政治生命上,朱先生还于1979年加入了中国共产党,并先后被任命为河南大学历史系的副主任、主任,继黄元起先生之后,成为新一代的"掌门人"。

朱先生是个有心人。他认为,作为一个系主任,应该多关注这个系发展中的大事情,即多从战略上看问题,而不能陷入琐碎的事务主义泥潭。河南大学历史系作为一个曾在国内有影响的学术重镇,要继续发展,在当时亟待解决的问题又有哪些呢?

一是人才的极端短缺问题。

高校的院系,既是一个教学单位,又是一个学术组织。假如不能储备一定数量的教学和科研方面的优秀师资,就不可能培养出一批批优秀的人才,自然就意味着衰败,那所谓的"名校""名系"之"名"也就无从谈起。所以朱先生清醒地认识到"悠悠万事,唯此为大"。

而朱先生所面对的现实局面并不乐观。"文革"以前,历史系确有一大批学术上的名师大家,曾经撑起一片天空。但经不起十年停课,其间也没有正常招生,老一代的先生或者自然凋零,或者拖着残病之躯无法再上讲台,而像朱先生这样的中年学者数量也不多,后继乏人,师资极端短缺。大概是1978年春天的一天,朱先生在校园里碰到学校的教务处处长韩靖琦。韩处长问:"绍侯呀,听说历史系要垮了吧?"朱先生说:"咋会垮了?"韩处长说:"这还不明显摆着嘛!老教师不能上课了,新生力量还没能培养出来,历史系还能不垮?"朱先生略做思索以后说:"你若是给我们政策,让我们现在就开始招收研究生,三年以后历史系的局面就会扭转过来。"韩处长说:"你这个主意不错,我们研究研究。"这个主意其实是朱先生根据当年东北师大培养朱先生他们这些研究生的经验"嫁接"过来的。因为改革开放以后,教育部开始评定学位授权点,正式允许地方院校也招收研究生,但那已经是两年之后的事情了。现在朱先生感觉时不我待,只能自己先闯了。

过了几天,韩处长回复他,学校党委研究过了,先让历史、中文两个系招收研究生。结果三年后,仅历史系就培养出了二十多位研究生。他们中的大部分人留校任教,系里很多本科的课程就都由这些新毕业的研究生接手,师资青黄不接的局面基本改观。当然，这些自主招收的研究生毕业后，最初没有硕士学位，但因为河南大学历史系已经取得了国家首批中国史的硕士学位授予权，这些研究生的学位证经过一系列的申请、评审等正常程序，也都给补发了。

当时解决人才问题的另外一个渠道，是直接从一些名校的本科毕业生中遴选和引进而来。"文革"后期北京等地高校的毕业生分配极不正常，许多人到了农场或者乡村，皆学非所用，才能发挥不出来。历史系就通过多种途径和他们联系，将他们调进河南大学历史系来任教，效果也非常好。这里就以后来曾任陕西师范大学校长的赵世超为例来说明问题。

赵世超(1946—　)，河南省南阳市卧龙区人，1965年考入北京大学历史系，1970年毕业，被分配到河北省定县接受贫下中农"再教育"，又"就地消化"到"三支两军"办公室和县革委会任宣传干事，从事一般的文字工作。但他内心仍然非常渴望从事历史方面的学术研究，先是主动要求到河北省文物工作队，参加了河北省定县八角廊大型汉墓的发掘和整理工作。但在这里他感到仍不适合自己的专业兴趣，后来终于以"解决夫妻两地分居"的理由调入河南大学历史系。从他1976年调入河大历史系到1985年远赴四川大学随徐中舒先生攻读博士学位的近十年中，正值全国刚刚恢复高考，77级、78级、79级这些"老三届"的"胡子生"大量被招收进入学校，这是河大历史系感觉师资最吃紧的时候。赵世超老师适逢其时，不但承担了本系无比繁重的基础课的教学工作，还承担起本校中文、政教等系的"中国古代史"公共课的教学任务。由于他基本素养甚佳，又舍得花时间认真备课,就成为当时系里最受学生欢迎的教师之一。这时的大学老师都知道,由于老三届学生社会经验丰富,知识面宽广,自学能力强,所以他们的课最难上,常被一般教师视为畏途。赵世超能够迎难而上,收获如许的赞誉和口碑,这真的是非常不容易呀!

二是图书资料的进一步充实问题。

历史就是现代人与古代人的对话,研究历史的必要媒介就是各种类型的文献资料。作为一个百年老校的百年老系,历史系的图书资料和文物资料本来并不少,特别是线装书,有成套的《四部丛刊》和《四部备要》等古籍的收藏,大概比河南省图书馆还要丰富。但是其一,中外历史研究所涉及的内容方方面面,资料的储备只有更多而没有最多,任何时候都有抓住机会增添补充的必要。其二,随着近年来考古发掘事业的飞速发展,地下文献在历史研究工作中的作用更加凸显,如各种简牍和器物上的文字不断被影印出版。它们以其无与伦比的真实性和丰富性,往往能在很大程度上补充甚至纠正历史记载的状况。如果不占有这种资料,就是一个"不入流"的历史研究者。其三,更加重要的是,随着电脑应用的普及,历史和文物资料的电子化和微型化尤其重要。它已经不仅仅是告诉你现成的知识,而是你借助来研究和分析历史知识必不可少的工具。这就涉及各种类型的电子文献数据库的开发和购置。

当然在三十多年前朱先生担任历史系主任时,人们所看重的主要还是前面的两种资料,而第三种资料的使用还受限于电脑的普及程度而尚未凸显。恰好在此时,河南省教育厅一次性奖励给历史系重点学科建设经费120万元人民币。朱先生马上派人分赴北京、上海等地，采购急需的、成套的和因价格特别昂贵私人无法购买的图书，共花去全部资金的一半，达到60多万元（大概按当时货币的购买力折算，能抵上现在的600万元）。比如台湾商务印书馆影印出版的全套精装文渊阁《四库全书》，比如全套的敦煌资料和马王堆帛书和简牍资料，比如带图版的《居延汉简甲乙编》，比如全套的中、英文《不列颠百科全书》，等等。稍后，历史系又购入带光盘的电子版《四库全书》，具有全文检索功能，对历史研究者更加方便。所以后来许多外校的参观者来了一看，对河大历史系资料室的"富有"表现出很大的惊奇，要知道当时学校的图书馆尚没有经费购入一套完整的文渊阁《四库全书》。朱先生重视科研，主要就表现在购买资料上的豪气和大度。因为有了比较完备的文献，就好比军队有了枪械子弹，老师们和研究生们搞科研的物质基础就算奠定了，而且能带来相当久远的高回报效应。

三是培育良好学风的问题。

一个富于传统的院系，必然是一座让人肃然起敬的学术殿堂；一所优秀的大学，必然有良好的学风。但这又不是靠几位现任学校和院系领导的个人意志所能得到的，而是经过一代一代的大师名家的言传身教、潜移默化，然后自然而然地积淀而成。它的集中体现，就是以教书育人为己任，以科学研究为生命，敬业尽职，孜孜不倦。朱先生自从进入河南大学以来，深为这样的校风、系风所折服，并且从许多老先生那里亲身感受到他们的学术风范和人格修养，然后在自己的教学和科研实践中，也体验和发扬了这种优秀传统,从而成为历史系良好学风的一位薪火相传者。

朱先生在历史系主政之后,又适逢社会大环境和人际氛围的日益改善,在培育良好学风方面,基本采取的是多做少说的方针。为什么河南大学历史系能够产生那么多令人敬重的学术成果?为什么许多名师能在这里实现精神深潜和思想高飞?他知道,最关键的一点就在于,不管社会上刮什么风下什么雨,它都能坚持自己学术独立的宽松环境。因为只有这样,才能在不受干扰的象牙之塔里,从繁纷复杂的史料之中,"用科学的方法探求出事物的真相、本质和规律",以促成新思想、新概念、新见解、新意识的灵动而出。

唯其如此,体现在大学校园生活的方方面面,都直接或间接与治学有关。不但在严肃的课堂上和学术讲座上,而且在教授之间的聚餐时,在导师与研究生之间的谈心讨论时,在同学之间的寝室闲聊时,所想所说的都是学术界又有了哪些新成果,某某人的演讲有什么价值。往往是在这种亲切平等的交流中,就会在不经意间触发出思想的火花,甚至让人脑路大开。人们浸泡在这样的氛围中,不但催生人的责任感,而且使人产生罪恶感。写出自己满意的论文,这就是责任;今天虚度了几个小时,就会产生浪费人生的罪恶感。这是什么?这就是一种良好的学风。

四是改善办公和学习环境逼仄的问题。

一所大学的校园,需要宽敞清新的环境;一个院系的办公场所,也不宜太拥挤不堪。原来的历史系在十号楼的二层,中文系在一层,三层则混杂了好几个单位。这样的环境狭窄、嘈杂、不管是学生上课还是老师办公,空间都严重不足。如历史系长年积累的出土文物不少,但都堆积在一间小屋子里,无空间就没法陈列展出,也发挥不了它应有的教学和科研作用。朱先生记得自己到北京大学开会,看到他们的历史系就是设在被称为"二院"的单独的一栋楼房里,很是漂亮和惬意,因此他也有了一个属于自己的河大历史系的"美楼梦"。

河南大学有一栋七号楼(博雅楼),于1925年建成。它四角斗拱飞檐高挑,顶层檐板彩色涂绘,色彩明丽,古色古香。楼高三层。下面一层墙面砂浆抹面,饰以横向凹槽,属半地下室。二、三层青砖砌墙,外墙面还贯以通至檐口的塔斯干壁柱。它整体呈"H"型,立面层次丰富,装饰细腻考究,具有既华丽典雅、又粗犷稳重的视觉效果,属于典型的民国时期的中西合璧式建筑,比北大历史系的那栋楼更漂亮。它的总建筑面积达到4350平方米,空间不小。东西南北四个大门,主出入口居楼体的中部东侧。整体设计周到,功能多样,可以作为一座理想的教学、办公合一的综合楼。

这里原来是学校图书馆的所在地,朱先生想要学校也不可能给。但"文革"后学校又盖了一座新的图书馆大楼,七号楼就腾空闲置了。朱先生找到当时的校办主任说:"七号楼是学校少有的一座古典建筑,分给历史系吧?好像我们最有资格。"校办主任说:"七号楼年久失修,楼中的许多构件都损坏了。另外屋顶、墙面也要重新修整、粉刷,地板也得挖补、油漆,维修费需要几十万。学校现在没钱,以后再说吧。"朱先生仍不放松,就说:"如果维修费由历史系出,楼修好了分给历史系用好不好?"校办主任说:"那倒可以商量。"朱先生又提议在七号楼的南边新建一座"文物馆",以作为系藏文物的储藏、修复、陈展使用,也得到了学校的批准。

到了1987年暑假,文物馆建好了,七号楼也修缮一新,万事俱备,于是历史系乔迁至新址七号楼,文物馆正式陈展开馆,原图书资料和系藏文物也悉数安全转移。但遗憾的是,朱先生已经在两年前(1985年)的5月奉调新职,即作为总编辑去筹建河南大学出版社,他一天也没有能在七号楼的历史系新址办公。

四、创建河南大学出版社①

1985年初的一天,学校党委书记韩靖琦到历史系找到朱先生说:"咱们学校申请创办出版社的事情,已经获得国家教育部的批准,马上就要开始筹备,学校正在考虑出版社的领导人选。按规定,出版社的社长照例由学校副校长兼任,就不说了,总编辑则要选一位年高德劭的专家出任。有人推荐了你,不知你愿不愿意干。"朱先生回答说:"办出版社我也没有经验,担心干不好。但我是党员,党让干啥就干啥。"韩书记说:"那好,你马上就到出版社去上任。但陈信春副校长工作忙,他这个社长不能到出版社上班,出版社的具体事情就由你统管。"

就这样,朱先生离开他已经工作了30多年的历史系,开始走上一个全新的工作岗位。出版社的领导班子也很快配齐了,

---

① 本节的写作参考借鉴了宋应离、刘小敏两位先生在《朱绍侯九十华诞纪念文集》中的文章,谨致谢忱。

由科研处原处长赵帆声任常务副社长,数学系的孙荣光和中文系的管金麟任副总编辑,《河南大学学报》编辑部的朱铅身任副社长。虽然大家都具有较高的管理水平或丰富的教学工作经验,但对于出版工作却都是外行。他们就到省内外的一些出版社学习取经,又从校内外调进或招聘一些教师和刚毕业的大学生,组成初步的编辑队伍,还从学校印刷厂招进几位熟悉印刷流程的校对人员和技术工人。于是,朱先生带领大家边干边学,逐渐熟悉了各项业务,再加上学校拨给的5万元启动经费到账,办公地点先是在西二斋后来是在六号楼。到当年5月份,新创建的河南大学出版社就正式开张了。

朱先生作为出版社的掌舵人,或者作为一位合格的出版家,有两项职责在肩。一是把握好选题方向,坚持书稿的审读把关,创造出良好的社会效益。二是必须面向市场,以经济效益为基础,创造利润。否则,皮之不存,毛将焉附?

这时,出版社面临的最大挑战,就是资金的短缺问题。朱先生首次到主管出版业务的河南省新闻出版局拜访,当局长们听说学校只给他们5万元的启动经费,还要求在校庆前(只剩3个月的时间)就出三本书时,直呼"开玩笑"。说出版行业的特点是先要支出资金,卖书后才能回收经费,这过程或长或短,其间一系列必不可少的花销,别说5万,就是给你50万,也出不了书。朱先生于是回来又找学校"诉苦",但学校仅仅答应借给他们30万元,但要想靠这点钱使出版工作正常运行,仍然是杯水车薪。

于是朱先生和领导班子成员集思广益,精心谋划,多方开辟生财之道,以奠定出版社的财务基础。一是与《河南教育》期刊社的杨玉厚总编合作,将他们在杂志上发表过的论文再结集出版,市场销路不错,赚来了40万元,这是河南大学出版社宝贵的第一桶金。二是与郑州铁路局教务处合作,专为铁路系统的子弟中学出版一套教学辅导书,其发行范围能覆盖河南、陕西、湖北三省,经济效益也不错,河南大学出版社分得了10万元。三是与河南省教委直属的省教研室合作,出版一套全省中学通用的教辅读物,名为"学习目标与检测丛书",共36册。由于该丛书的内容充实新颖,框架结构设计合理,再加上重点突出、分量适中、编校质量上乘等优点,很好地满足了广大中学师生的需求,所以一经出版就受到了广泛的欢迎和好评。这套书同时也给河南大学出版社带来了可观的持续效益,在很长时间内成为朱先生他们出好高质量大学教材和学术典籍、大胆追求社会效益的重要经济支柱。

在打这场艰苦的经济翻身仗中,朱先生不顾自己年届花甲,冒着炎热酷暑,多次奔波于开封、郑州之间。他与各相关单位的领导和教师反复磋商讨论,以诚相对,成功的合作模式给双方都带来了丰盈的经济效益,实现了皆大欢喜的双赢局面。过去大家只知道朱先生是一位受人尊敬的资深学者,但通过这件事又显示出,他在经营管理方面也具有非同一般的胆略和能力。

资金问题初步解决了,出版社所面临的另一个突出问题是,如何在自己的工作中坚持为人民服务、为社会主义服务的大方向,正确处理好社会效益与经济效益的关系。这时在市场经济的大潮席卷下,一些出版社迷失了方向,见利忘义,"不管书稿质量深与浅,给钱就出版"。这造成一些格调不高甚至政治内容有问题的书籍泛滥成灾,扰乱了图书市场的正常秩序。面对严峻的出版形势,作为总编的朱先生经常告诫领导班子的成员和全社同仁,要保持清醒的头脑,要守土有责。出版社当然要讲经济效益,但假如与社会效益发生了矛盾,宁肯不要经济效益也决不出书。

他举例说,平时我们衡量和评价一个单位的工作,总是说成绩是主要的,错误和缺点是次要的,并拿九个指头和一个指头的关系来做比喻。但作为文化出版单位就不好这样讲。一个出版社可能出了很多好书,但只要出了一本政治上有问题的书,它以前的工作成绩就会前功尽弃。朱先生不但这样讲,而且在实际工作中也是这样做的。有次一位作者带来了一部书稿,声称只要允许出版,要钱多少都好商量。朱先生将书稿初审之后,认为其内容确有问题,就婉言予以拒绝。这凸显了朱先生作为一个出版工作负责人见利不妄取的高尚品格。正因为如此,才使得河南大学出版社没有出现"踩高压线""误闯红灯"等现象,在多年的工作中一直沿着正确的方向健康发展。

一个出版社的总编,是为一定时期的出版物制定选题规划、提高图书质量的决策者和掌舵人,敏锐的学术眼光和深邃的理论素养是最重要的。朱先生抱持着强烈的责任心,不但要带领全社的编辑们认真做好日常的选题规划,而且还亲力亲为,抓好重点选题,出版一些高品位的有社会影响力的学术典籍。如建社之初所出版的第一部学术专著,即文史学家高文先生的《汉碑集释》,就是由朱先生亲自担任责任编辑。此书出版后影响很大,至今不但进行了三次修订重印,而且获得国家教育部优秀著作二等奖。又如河南大学的所在地开封是北宋王朝的首都,在这里研究宋史自有其得天独厚的优越条件。朱先生将历史系的宋史研究力量集合起来,出版了一套"宋代研究丛书",果然深受学术界的重视。

更加值得一提的是"元典文化丛书"的出版,它也得益于朱先生的慧眼识珠。1993年春,长期从事中国思想文化研究的李振宏先生,萌生了编写一套多达30本的大型丛书的想法,以全面反映中国古代具有元典意义的文化典籍在后代的传播和文化影响。当他把初步的想法与相关编辑谈了之后,又去请教朱先生。朱先生对这个选题大为赞赏,并且就丛书的规模大小提出一些建设性的意见。在出版社召开的选题论证会上,朱先生就此选题的价值、意义和规模作了详尽深入的介绍,使得选题顺利通过。后来,它又被河南省新闻出版局列为年度重点选题项目。这是河南大学出版社开办以来的第一套大型丛书,朱先生十分重视。为了加强编辑力量,使得丛书能够按计划准时出版,朱先生不顾行政工作的繁忙,还主动承担了部分书稿的责编和终审任务。

1995年6月,在出版社成立10周年之际,丛书的第一批10本著作问世。由于它们对社会主义精神文明建设具有十分积极的意义和价值,所以一经出版,就受到《人民日报》、《光明日报》和《中国出版》等多家报刊的高度重视,相继发表书评、书讯20余篇,认为丛书"旨趣高远,而行文切实,为一雅俗共赏佳品"。《光明日报》"史林"版还以这套丛书为依托,开辟了《传统文化经典笔谈》专栏,进行了为期3个月、延续14期的专题讨论。1996年5月7日,河南大学出版社又与光明日报社理论部联合在北京举办了"中华经典与现代文化建设"讨论会,朱先生邀请张岱年、季羡林、戴逸、何兹全等著名专家与会。在会上,大家都对这套丛书的出版给以高度评价,并且认为它一定会对我们当代的精神文明建设产生广泛而深入的影响。不久,"元典文化丛书"一举获得"第十届中国国家图书奖"、河南省"五个一工程奖"和河南省"优秀图书一等奖"等荣誉。

1995年,是中国抗日战争暨世界反法西斯战争胜利50周年。出版社的编辑策划了一套适合广大青少年阅读的、描写在抗日战争中国军民英勇抗击日寇的"抗日战争著名战事纪实丛书",以弘扬爱国主义和革命英雄主义精神。当时有人认为这是"赶时髦""凑热闹",还是朱先生审时度势,力排众议,果断地肯定了编辑的策划报告。他还在百忙中抽出时间参加编写会议,帮助编辑把握方向,调整作者思路,以解决写作中出现的问题。朱先生有时与作者的沟通和商榷从下午一直延续到晚上八九点钟,以致错过了晚饭时间,但他始终不急不躁地耐心与作者商谈,最终使双方的意见取得一致。朱先生作为总编,还在百忙中挤出时间终审书稿,终于使这套丛书的编辑和出版工作得以顺利推进。

该丛书出版后,受到河南省委领导和省委宣传部的高度重视。一位省领导同志曾在河南省电视台的《新闻联播》节目中,介绍有关抗日战争图书的出版情况,就重点介绍了这套丛书,时任省委宣传部副部长的葛纪谦还为该丛书写了序言。《河南日报》《河南新闻出版报》《民国档案》《东南文化》等报刊也相继发表书评和书讯,称赞该丛书是"一套实施爱国主义教育的好教材"。这套丛书也由此获得河南省优秀图书二等奖和河南省"五个一工程"奖。

可以说,没有朱先生的高瞻远瞩、果断决策和大量耐心细致的工作,就没有这套丛书的问世和成功。

除了抓好选题以外,出版社总编辑的另外一项重要任务是严把图书质量关,切实履行出版工作的"三审制"。所谓"三审制"即责任编辑初审、编辑室主任复审和总编辑终审的三级审稿制度。为了保证出版图书的的质量,朱先生要求全社编辑严格履行这一制度,自己也身体力行。他对前两级审读过的书稿,总是一丝不苟、认真把关。因书稿过多,总编和诸位副总编也不可能对每一本书都全部审读完,但他们尽量挤出时间,对每本书稿至少审读三分之一。若在审读中发现有对书稿价值判断不准确或者粗心失误的地方,就退回编辑重新审查,并要求说服作者修改书稿,以从源头上阻止不合格的书稿进入出版流程。朱先生审读、删改稿子时的习惯是用铅笔,从来不用红水笔。他常说,书稿作者对于编辑来说永远都是专家。编辑改稿子用铅笔,如果改错了可以随时擦掉;如用红水笔改错了再划掉,弄得稿子满篇皆红,有不尊重作者劳动之嫌。

朱先生虽是出版社的总编辑,又是史学名家,日常待人却平易谦和,关心出版社每一位员工的正当利益,竭力在社内营造出一种和谐礼让的氛围。如有一位老编辑行将退休,但尚未解决正高职称的问题,因评审条件的变化,而决定放弃申报。朱先生很为他着急,不愿意看到这位业务水平很高的老同志辛苦工作了一辈子,而不能获取自己应得的名誉和权益。他就约同常务副社长赵帆声,于晚饭后一起冒雨来到这位老同志家,苦口婆心地对他进行分析和劝导。看到两位年近七旬的老领导不顾天黑路滑前来劝说,这位老编辑十分感激,同意继续申报,后来也如愿解决了职称问题。朱先生还常常提醒年轻的编辑,在工作中既要学会任劳也要学会任怨,学会"得理也让人"。老员工们常常回忆出版社创建之初,条件非常简陋。每次印刷好的新书入库,因为没钱雇用装卸工,只得全社员工都放下手头的工作,男女老少齐上阵,排成一条长龙来无偿卸书。朱先生虽然已经年逾花甲,且工作繁忙,但他只要在家,就一定会出现在卸书的队伍中。看到两鬓斑白的老总编和大家一起搬书卸书,同志们就像听到了冲锋号响,更加干劲十足。

1996年,在朱先生年届70岁时,他从出版社的总编辑岗位上光荣退休。此后,虽然他不再到总编室来办公,但仍以创社元老的身份支持着出版社的各项工作,以促进出版社事业的发展为己任。如2005年底,为了满足迫切的大学教育改革的需要,河南大学出版社决定编写一套新的高校"中国通史"教材。拟请华中师范大学的章开沅先生领衔主编其中的"中国近代史"部分,请朱先生挂帅组织队伍编写"中国古代史"部分。朱先生虽然主编过一套颇受欢迎、连年重印的十院校本《中国古代史》教材,是几十年来高校史学界公认最成功的文科教材。但为了高校教学改革的需要,也为了自己出版社的出版规划,已经八十岁高龄的朱先生毅然决定接手此事。于是,他不顾年近耄耋,和编辑人员一起北上长春、北京,南下广州、武汉,连续召开编写会议,拟定编写大纲,分配编写任务,实地解决编写过程中出现的问题,最终编写任务高质量地按时完成,书名确定为《中国古代史教程》。本书尝试用本土语言叙述中国历史的发展过程,是一个高校教材编写方面的可喜尝试,学界期望它能对今后的中国古代史教材编写产生一种创新性的推动效应。

"鬓发虽改心无改。"从政策规定上来看,朱先生早已经结束了他的职场生涯。但在实际生活中,他虽已是八九十岁高龄的老翁,却依然是初心不改,老骥伏枥,始终保持着旺盛的学术活力,驰骋在学术研究的道路上,砥砺前行。

第三章　秦汉史研究

朱先生从研究生时代起,主攻专业就是秦汉魏晋南北朝史。后来在大学进行科研、教学和指导研究生工作,也是以秦汉魏晋南北朝史为主。迄今为止朱先生所撰写的学术著作和发表的学术论文,内容大多是与秦汉魏晋南北朝史的研究密切相关。朱先生还担任过中国史学会理事,秦汉史研究会副会长、顾问,魏晋南北朝史学会常务理事、顾问等,为组织和推动全国的中国古代史研究,尤其是秦汉魏晋南北朝史研究做出了很大的贡献,获得了学术界的高度赞誉。

本书受编撰体例和篇幅大小的限制,只能有重点地分析和介绍朱先生的学术成就,而不可能面面俱到。本书将采取专门史和断代史交叉展示的框架结构。一些内容层次较多、较复杂的重点问题的研究就专门设立为一"章",是为专题章。如"中国古代军功爵制研究""中国古代土地制度史研究"等,虽然其内容大多与秦汉史有关,但不再列入"秦汉史研究"一章内容之中,而是独立为章。而一些比较零碎但也非常重要的内容,则分别列入"秦汉史研究"和"魏晋南北朝史研究"的两个断代史章之中,然后分若干小节进行综合展示。

一、秦汉政治体制研究

秦汉时期,出现了中国古代最早的大一统帝国,这一时期也是从"三代"那种分权的贵族等级制社会向中央集权的皇权—官僚制社会转变的重要阶段,后者的政治体制极大地影响了中国古代此后两千年的历史发展,历来受到学术界的重视。朱先生在重点研究战国秦汉军功爵制的同时,也对其间的行政制度和具体官制的设计进行了深入的分析和研究,其成果广受学界重视。

(一)《汉代乡、亭制度浅论》

朱先生在1982年第1期的《河南师大学报》(社会科学版)(《河南大学学报》前身)上,发表《汉代乡、亭制度浅论》一文,对秦汉时代的基层行政体制进行深入研究。起因是《汉书·百官公卿表》的如下记载:"大率十里一亭,亭有长。十亭一乡,乡有三老、有秩、啬夫、游徼。"从字面来看,好像是乡、亭、里构成了汉代三级最基层的行政系统,为县辖乡,乡辖亭,亭辖里,纵向指挥和承接,一竿子插到底。但这与《后汉书·百官志》及《风俗通》《汉旧仪》《汉官仪》等文献的记载皆有明显的不同和抵牾。于是王毓铨先生在1954年的第2期《历史研究》上,发表《汉代"亭"与"乡""里"不同性质不同系统说》一文,首先提出"乡"和"里"是汉代两级主管民事的基层行政机构,"十里一乡";而"亭"则属于另外一个"司奸盗"的基层治安系统。两个系统之间性质不同,互相配合但不隶属,是更加复杂的网状结构而非单线系统。1955年,王先生又在3月31日的《光明日报》上发表《汉代"亭"的性质和它在封建统治上的意义》一文,除重申前文的观点外,又进一步指出,东汉人应劭所说的"国家制度,大率十里一乡"和"十里一亭"的说法都是正确的,而这里的两个"里"字含义不同。前一个"里"指的是"一里百家"的乡里、里伍的"里",代表乡以下居民的一个聚居地和行政机构驻在地;后一个"里"指的是"五里一邮,邮间相去二里半"的"里",是道路距离的长度单位,所谓"十里一亭",即道路上每间隔十里左右设一个类似今天派出所性质的警"亭",负责道路治安和抓捕罪犯。

王毓铨的说法当然是正确的,但或者是仍有人固执于班固的旧说,或者是王文发表的时间太过长久,为人所淡忘,总之许多有影响的出版物仍然有意无意地传播汉代基层政权结构是"十里一亭,十亭一乡"的错误说法。于是朱先生更加广泛地搜集史料,包括王先生还来不及利用的秦汉简牍资料,在更加深入细微的层次上对此问题进行了新的论证。

其一,朱先生有力论证了汉代从中央一级的丞相和太尉,再到郡级的太守和都尉,再到县级的县令(长)和县尉,最后是到乡一级的有秩(啬夫)和游徼,都是"行政与治安互相分开","都存在有两种不同性质、不同系统的职务分工"。这样,"在汉代的政治机构中,既然从中央到地方都存在有行政系统和军事、治安系统,那么又怎能说亭与乡是属于不同性质、不同系统的两种机构呢？我认为亭是都尉、县尉的派出机构,它并不统属于乡"。①

其二,朱先生认为不应该迷信班固《汉书·百官公卿表》的话,它是有许多瑕疵的。一是它记述的乡官共有四个(三老、有秩、啬夫、游徼),但在解释其职责时只说了三个(三老、啬夫、游徼)。经过对照《后汉书·百官志》,才知道"秦汉时代有大小乡之分,大乡由郡派有秩一人,小乡由县派啬夫一人主持全乡工作……乡官的排列次序应该为有秩(啬夫)、三老、游徼,而不是《汉书·百官公卿表》所排列的三老、有秩、啬夫、游徼。另外根《后汉书·百官志》的记载,乡官中还应有一个'主民收赋税'的乡佐,而《汉书·百官公卿表》根本没有……"②,这都说明比较其他文献,它的记载是不够详尽准确的。

其三,针对有人认为"《后汉书·百官志》(实际上应该称《续汉书·百官志》更准确)的作者司马彪是晋人,为它作注的刘昭是南朝梁人,他们对汉代官制的记述,不可能比班固更准确"的说法,朱先生将与班固同属东汉人的应劭、卫宏在《风俗通》《汉官仪》《汉旧仪》中的相关说法一一排列出来,有力地证明了班固说法的谬误。朱先生认为,根据大量东汉文献的记载,基本可以确认:(1)太守治民,都尉管军事和治安,二者分工清楚;(2)每年八月地方"都试"(军队大阅兵),皆是由都尉担任指挥;(3)亭长主要从退伍军人中选拔;(4)亭长的职务是"课射"、

---

① 参见朱绍侯:《雏飞集》,河南大学出版社,1988,第49-50页。
② 同上书,1988,第50页。

"习五兵"和"劾捕盗贼",和游徼、县尉的任务基本一致;(5)亭、邮是按十里、五里设置的"司奸盗"的机构,其不会统属于行政系统的乡;(6)以上文献在记述汉代官制时,都是以类相从。如它们将郡都尉、县尉和亭、邮放在一起记载,这说明四者之间属于同一系统,并有隶属关系。①

其四,关于《后汉书·百官志》刘昭注所说的"亭长主求捕盗贼,承望都尉"的话,亭长既然不统属于乡,那么它的直属上级究竟是县尉还是都尉?朱先生根据史料中刘邦、李广、朱博、王温舒等人的事迹分析后认为,亭长应该直属于县尉领导,而其与郡尉之间的"承望"关系,只能说明郡都尉是亭长的间接上级。"承望"的意思就是"秉承瞻望",而不是直接听命。关于亭长与游徼之间的关系,朱先生根据《汉旧仪》"尉、游徼、亭长皆习设备五兵"的记载,认为他们之间的共同点都是"司奸盗",即游徼、亭长都是县尉领导之下的治安人员。但游徼是乡官中的一员,其名字昭示其"掌徼循禁",即主要是以巡逻的方式来维护一乡地面的安全。而亭长则有固定岗位,是在县尉的直接领导下,维护道路的畅通和行人的安全,与其前、后的亭、邮之间保持密切的联系和相互配合。②

其五,朱先生通过对汉代选举制度的分析,判定"乡、亭是不同性质、不同系统的统治机构"。如汉代的提法总是"乡举里选",而决不提"乡亭之举",因为选举是行政系统的事情,而亭

---

① 参见朱绍侯:《雏飞集》,河南大学出版社,1988,第51—52页。
② 参见朱绍侯:《雏飞集》,河南大学出版社,1988,第53—55页。

属于治安系统,它无权过问。那么亭的职责是什么呢？朱先生具体归纳为四点:(1)课射巡禁,劾捕盗贼,就是维护一方地面的治安。(2)为县所派遣执行向其他地方押送徒隶的任务,如刘邦"以亭长为县送徒骊山"。(3)管理官办的传舍,使得出差和传送公文的官吏在路途中有一个临时住宿和吃饭的地方。《汉书·高帝纪》注引师古曰:"亭,谓亭(停)留行旅宿食之馆。"在特殊情况下,当政府遣返流民时,它也可以成为流民中途停留的招待所。(4)是官吏停留以初步处理民间诉讼案件的处所。《风俗通》:"亭,亦平也,讼诤吏留辨处,勿失其正也。"《史记正义·高祖纪》:"民有讼诤,吏留平辨,得成其政。"如《后汉书·仇览传》就记载了身为蒲亭长的仇览,在亭里处理过老母告子不孝的讼诤案件。①

其六,朱先生通过对亭、邮组成人员如亭长、亭候、亭掾、亭父、求盗、亭卒、校长、求盗、鼓吏等独特职责的分析,也充分说明,"属于治安系统的亭、邮,和属于行政系统的乡、里,确实是两种不同性质的统治机构,乡、亭之间没有统属关系"。而且根据1973年在居延发现的《甘露二年丞相御史律令》简册,证明这样的乡、亭制度,从西汉到东汉是一脉相承的,其间"没有大的变化"。②

通过朱先生对汉代乡、亭制度的再研究,使我们不仅在事实层面上进一步搞清楚了历史的真相,而且它还具有更深层次的

---

① 参见朱绍侯:《雏飞集》,河南大学出版社,1988,第55-58页。
② 参见朱绍侯:《雏飞集》,河南大学出版社,1988,第58-61页。

学术意义。美国学者弗朗西斯·福山近年出版了一本名为《政治秩序的起源》的著作,影响很大。他将历史上政治发展分为国家建构、法治、问责(民主)三个维度,在主张三者平衡的同时,又特别强调"国家建构"这一方面的意义。所谓"国家建构"就是政府的统治能力。用通俗的话讲,就是一个政府国防、征税、官僚机构架构、维护社会秩序、提供基本公共服务等能力。而从古代历史上看,福山在书中强调,"我把中国作为国家建构的原型",将中国作为坐标的原点,是因为早在秦朝,"中国就独自创造了韦伯意义上的现代国家,即中国成功地发展出了一个中央集权的、统一的官僚政府,去治理广大的疆域与人口"[①]。这里说的是,中国在世界上最早建立了中央集权的皇权—官僚式的"强国家",它不仅体现在国家上层机构的集权专断和郡、县一级中层机构的高效有力上,也体现在基层机构在贯彻上级意志、维护社会秩序和网状控制广大分散小农的强大能力上。至少对秦汉社会来说,传统上"皇权不下县"的说法是站不住脚的。我们读一下朱先生对汉代乡、亭制度的深入分析,就能对此有一个深刻的理解和印象。

(二)"司隶校尉"问题的系列研究

《浅议司隶校尉初设之谜》、《西汉司隶校尉职务及地位的变化》、《浅议司隶校尉在东汉的特殊地位》和《东汉中晚期的司

---

① 福山:《政治秩序的起源:从前人类时代到法国大革命》,毛俊杰译,广西师范大学出版社,2014,第24-25页。

隶校尉》四篇文章,同为朱先生所作"司隶校尉研究"系列文章中的"之一"、"之二"、"之三"和"之四",分别发表在《学术研究》1994年第1期、《史学月刊》1994年第4期、《南都学坛》(哲学社会科学版)1997年第1期和《安作璋先生从教50周年纪念文集》(泰山出版社2001年)等出版物上,主题只有一个,即研究汉代的一个很特殊的官职——司隶校尉。朱先生说,(司隶校尉)"不仅职务特殊,其地位也非常特殊,而且其职务和地位也在不断地变化"。要研究汉代君主是如何加强中央集权的,"搞清司隶校尉的特殊职务、特殊地位及其演变的情况,实属必要"[①]。

据《汉书·百官公卿表》,汉代的司隶校尉是沿袭周代的"司隶"一职而来。原初司隶的职责是"掌徒隶而巡察","帅其民而搏盗贼,役国中之辱事",即率领罪徒和少数民族出身的奴隶,去巡视地面,搏杀盗贼。官府另有一些治水土之类的卑污徭役,也可以让其手下的徒隶去完成。至于汉代的司隶校尉,则是汉武帝在"征和四年(前89年)初置,持节从中都官徒千二百人,捕巫蛊,督大奸猾"。这里的问题有两个。一是汉代的司隶校尉一职,设置的直接目的是镇压皇朝内部爆发的"巫蛊"事件,"持节"表明任职者是皇帝钦派的使臣,手下还掌握1200多名武装徒隶。但从《汉书》的《武帝纪》和《江充传》等文献上来看,所谓巫蛊事件的发生时间是在征和二年(前91年)而非征和四年,那么究竟是设置时间的记载错了呢,还是最初设置的目的

[①] 朱绍侯:《朱绍侯文集》,河南大学出版社,2005,第62页。

根本就与巫蛊无关？二是汉代的司隶校尉一职,与周代的司隶有哪些异同？在职官上它具备哪些特点就说明了汉代的司隶校尉已经产生？朱先生所写的第一篇文章即《浅议司隶校尉初设之谜》,主要就是要解决以上这两个问题的。

1.《浅议司隶校尉初设之谜》

首先,朱先生认为,阳石公主和戾太子两起巫蛊事件均发生在征和二年(前91年),而且在当年就已经全部结束,这是有许多材料可以证明的。其中涉及该事件的最活跃人物就是江充,但江充的身份却是"使者",并不是司隶校尉。由此"我们就悟出一个信息:司隶校尉有可能是由绣衣直指使者演化来的,第一任司隶校尉有可能就是使者江充。"所谓"使者"的全称是"绣衣直指使者"。朱先生又根据相关材料的推演,证明直指使者的设置可以向前一直追溯至元狩六年(前117年),其特点是汉武帝"根据政治需要而临时派遣的钦使。其职务是上察中央大臣,下察地方郡守、刺史,拥有生杀之权,这与司隶校尉'督察奸枉','以督察公卿以下为职',与'天子奉使命大夫'的职责和地位非常相似"①。

其次,朱先生用反设的方法继续坐实他的推测。即"汉代具有监察百官职责的还有丞相司直和御史中丞,怎么知道司隶校尉是由直指使者转化演变来的(而不是由后二者转变而来)的呢?"朱先生的回答有三点。一是丞相司直和御史中丞分别是丞相和御史大夫的下属,虽有监察职责,但"不具有天子特使的地

---

① 朱绍侯:《朱绍侯文集》,河南大学出版社,2005,第57页。

位,也无生杀之权",而直指使者与司隶校尉的职责都兼有二者,他们既是天子特使,也有对监察对象的生杀大权。二是"在司隶校尉设置之后,丞相司直、御史中丞的官职仍然存在,只有直指使者在司隶校尉设置之后,就销声匿迹,不再出现,因此直指使者演化为司隶校尉是可能的"。三是从江充本人担任直指使者的所作所为来看,他不仅可以督察贵戚近臣,而且敢于举劾皇帝家的公主和太子,"威震京师",这也与司隶校尉实际的职责和权威近似,而不是丞相司直和御史中丞可以做得到的。①

再次,朱先生又翻检到现存最早的类书《北堂书钞》中《设官部》的一段记载:"征和中,阳石子(公)孙敬声之狱。乃依《周礼》置司隶校尉,持节都督大奸猾事,复置其司,令懂领京师、三辅、三河、弘农者。"朱先生据此分析说:"按征和年号共有四年,征和中实指征和二年,而征和二年也确实发生了阳石公主、公孙敬声的巫蛊之狱,这一记载也正与《汉书·武帝纪》、《江充传》的记载吻合。据此可以断定,司隶校尉初置于征和二年……而在治理征和二年巫蛊之狱中,除江充之外,则找不到第二个具有如此权力的人物。因此,我认为治理巫蛊之狱的司隶校尉,就是使者江充。当时因司隶校尉乃是临时、初设之职,而未引起史官的注意(司马迁在《史记》中未提司隶校尉就是明证),故仍称使者,而司隶校尉也正是武帝临时派遣的使者,两者并不矛盾。"②

最后,朱先生再为自己的结论寻找旁证,他瞄准了司隶校尉

---

① 参见朱绍侯:《朱绍侯文集》,河南大学出版社,2005,第58-59页。
② 同上书,第60页。

一职的源头，考证周官"司隶"与汉代"司隶校尉"二者之间的异同。据《周礼·秋官·司隶》，说其"掌五隶之法……役国中之辱事"。所谓"五隶"，即罪隶、蛮隶、闽隶、夷隶、貉隶，其中除"罪隶"一种为周人犯法者而外，其他四种皆是少数民族出身的胡隶。这让人想起江充在迫害戾太子制造巫蛊冤狱时的所作所为，突出的是他"将胡巫掘地求偶人"，即利用少数民族的"胡巫"作为自己的工具。这说明江充曾任司隶校尉，其所统帅的下属中才能有不少胡人。此其一。另外，南宋类书《玉海·汉制考》引《周礼注》："司隶。注：给劳辱之役者，汉始置司隶，亦使将徒治道沟渠之役，后稍尊之，使主官府及近郡。"联系《汉书·戾太子传》所记壶关三老茂为刘据伸冤，称"江充布衣之人，闾阎之隶臣耳"。师古注："隶，贱也。"这正说明汉代司隶校尉初设时，也和周代的"司隶"一样，职在率领徒隶"给劳辱之役"，江充所谓"闾阎之隶臣"的身份，恰为其人。此其二。还有，《后汉书·百官志》注引蔡质《汉仪》的一条材料，也可以证明"使者"正是"司隶校尉"的旧称。即"（司隶校尉）职在典京师，外部诸郡，无所不纠。封侯、外戚、三公以下，无尊卑。入宫，开中道，称使者，每会后到先去"。这正说明司隶校尉正是"使者"一职的延续。此其三。①

史学的任务首先是还原历史的真相和纠正史载的谬误，因此传统上也将"历史学"称为"考据之学"。一个史学工作者功力的深浅，不但在于其史学见识的高低，还在于其考证能力的强

---

① 参见朱绍侯：《朱绍侯文集》，河南大学出版社，2005，第60—61页。

弱。历史是一门实证科学,当然要以微观研究作为基础。朱先生四篇文章是一个整体,而第一篇就显现出其高超的调动大量的资料然后聚焦于一个清晰主题进行缜密论证的能力,这确实是一篇上乘的史学论文。

2.《西汉司隶校尉职务及地位的变化》

朱先生的第二篇文章是《西汉司隶校尉职务及地位的变化》。他经过对大量原始材料的综合分析,将这种"变化"划分为四个阶段,最后再深刻地阐明"变化"的原因,从而给读者透视出这种种重要历史现象背后的核心问题之所在。

第一阶段,为"武帝初设司隶校尉时期"。朱先生首先说明经过考证,初设此官职是征和二年而非征和四年。然后说明其设立的直接目的是"捕巫蛊,督大奸猾"。因为当年出现了阳石公主和戾太子两起巫蛊大案,在统治集团内部矛盾持续激化的时期,为了加强司隶校尉的权威,一是使之"持节",赋予皇帝钦命持节使者的身份;二是在其手下配给1200名徒兵,使之不仅具有监察权,而且兼有逮捕罪犯的惩治权,"纠皇太子、三公以下及旁郡国,无所不统"[①]。这是司隶校尉权势最重的时期。

第二阶段,"巫蛊之祸后至元帝初年时期"。巫蛊事后,汉武帝有感于司隶校尉的权势太重,"罢其兵",取消其统兵权,但保留其"持节"特使的身份,并且"督察三辅、三河、弘农"等京畿七郡,使之开始向地方督察官转化。但"京畿"也包括京师在内,故仍然具有纠察、弹劾朝廷百官之权,"仍是皇帝的耳目之

---

① 朱绍侯:《朱绍侯文集》,河南大学出版社,2005,第63页。

臣"。它虽然官级不高,位在比二千石的丞相司直之下,但在朝会时,却位居于中二千石的九卿之前,与司直并迎丞相、御史大夫,"这也就是司隶校尉地位特殊之处"。①

第三阶段,"元帝初元四年至成帝延元四年时期"。先是元帝初元四年(前45年),因为司隶校尉诸葛丰得罪外戚许章,被皇帝剥夺所持之"节"。此后司隶校尉虽仍有督察、劾举之责,但失去了皇帝钦命使者的身份,也就没有了便宜行事的权力,其地位与普通的部刺史差不多。到了汉成帝时期,面对横行不法的朝中权贵大臣,司隶校尉的弹劾不仅很难成功,反而经常被皇帝认为"重伤大臣",屡屡被贬职,甚至还有丞相翟方进"旬岁间免两司隶"的事件发生。失去皇帝支持的司隶校尉不仅威权扫地,而且被朝中权贵视为眼中钉,很难再发挥监察作用。于是成帝元延四年(前9年)正式下诏"罢司隶校尉",干脆连官职设置都被取消了。

第四阶段,"哀帝至西汉末时期"。由于司隶校尉有"督察公卿百官"之职责,因之它在清明政治、加强专制皇权以及上层的权力斗争中仍然是一个重要工具。所以在它被废除不到两年,就于哀帝绥和二年(前7年)四月又恢复了这一官职,但只称"司隶",不再有"校尉"的头衔。更重要的是,它不再是皇帝的"奉使命大夫",而变成中央最高监察官大司空的下属,地位与丞相司直相当。虽然由原秩比二千石提升为二千石,但其实质性的权势却反而降低了。朱先生将哀帝复置后的司隶所纠察

---

① 参见朱绍侯:《朱绍侯文集》,河南大学出版社,2005,第63—64页。

的五大案件——进行了细微分析,结论是:

> 在哀帝时期,司隶能否发挥刺举、督察的职能,关键在于能否得到皇帝的支持,而能否得到皇帝支持的关键,又在于司隶刺举的对象,是否符合皇帝所要打击的对象……从设置这一官职时开始,它就是皇帝控制公卿百官,控制皇亲贵族的工具,也是皇帝加强中央集权的工具。当皇帝睿智清明时,司隶校尉对于澄清吏治、惩治贪污腐化也会起到有利作用,如果皇帝昏庸,司隶校尉除了成为帮凶之外,就只有可悲的下场。即被免职、降职、免为庶人,或招来杀身之祸。在权臣当政之时,司隶校尉也可以成为打击政敌的工具。①

在中国古代的朝堂上,历来都不可缺少的官方监察系统,它们所能够发挥的正面作用及其历史局限性,也大体如此,概莫能外。

3.《浅议司隶校尉在东汉的特殊地位》

朱先生的第三篇文章是《浅议司隶校尉在东汉的特殊地位》,为接续上篇的内容而作。虽然司隶校尉在西汉的地位是每况愈下,但到了东汉,它的地位反而日趋重要,其职掌也不断强化和多样化。在这个过程中,日益显示了司隶校尉在东汉官僚集团中所具有地位的特殊性。

首先,这种特殊性体现在,东汉开国皇帝刘秀曾在更始帝刘玄时期担任过司隶校尉一职,他因而更加了解此项职务的重要

---

① 朱绍侯:《朱绍侯文集》,河南大学出版社,2005,第70页。

性,于建武元年(公元25年)甫建东汉王朝,也同时设立了司隶校尉一职,并且赋予其在朝中独特的地位:"建武元年(公元25年)拜(宣秉)御史中丞。光武特诏:'御史中丞与司隶校尉、尚书令会同并专席而坐。'故京师号曰'三独坐'。明年迁司隶校尉,务举大纲,简略苛细,百僚敬之。"①这里所谓的"三独坐",是指在大臣朝会时,一般官僚皆接席而坐,独有尚书令、司隶校尉、御史中丞三个职务各专席而坐,以示皇帝的优宠。这种优宠而且以光武"特诏"的形式颁布,证明其被重视的程度非同一般,无怪乎能得到"百僚敬之"的殊荣。

其次,司隶校尉的特殊性还体现在其职权和礼仪方面的独特待遇上。"三独坐"中,尚书令和御史中丞都是中央官,职掌单纯明确,唯有司隶校尉,"职在典京师,外部诸郡,无所不纠,封侯、外戚、三公以下无尊卑。入宫开中道,称使者。每会后到先去"。朱先生说,这里显示出司隶校尉作为皇帝钦使以卑临尊的"独有的特权"。司隶校尉的官秩仅为比二千石,不仅低于中二千石的九卿,更低于列侯和三公。《汉仪》明确规定,在"诣台廷议"即朝廷大臣议政时,需要发挥司隶校尉"无所不究"的监察作用,其位次定在九卿之上;在"朝贺"即纯礼仪性的集会时,按照官秩高低划分,其则"处九卿下、陪卿上"。但不管何时,为了体现司隶校尉的尊严,他对三公可以"无敬",即不需要行跪拜礼,只需"举举笏板、拱拱手表示敬意"就行了,以显示自己的特

---

① 朱绍侯:《朱绍侯文集》,河南大学出版社,2005,第73页。

殊身份。①

再次,司隶校尉的特殊性也体现在其威仪的仪仗上。据晋人崔豹的《古今注》:"车辐,棒也。汉朝执金吾,金吾,亦棒也。以铜为之,黄金涂两末,谓为金吾。御史大夫、司隶校尉亦得执焉。御史、校尉、郡守、都尉、县长之类,皆以木为吾焉。用以夹车,故谓之车辐。一曰形似辐,故谓之车辐也。"秦汉保卫京城和宫城安全的官员之所以名为"执金吾",就是其手下的禁兵,人人得以手执"金吾"以巡察、禁暴、督奸。在随皇帝出行时,他们既是仪仗也是警卫,可以即时打杀犯逆之人。这里规定除执金吾外,还有御史大夫和司隶校尉的属下也可以执用金吾。而其他担任相似任务的同级官员如御史、郡守、校尉、都尉甚至州刺史的属下只能使用木棒。这里的金吾、木棒并不是单纯的仪仗,而是可以打杀人的法器。朱先生说,司隶校尉所执的正是"黄金涂两末"的铜棒(金吾),不仅能处罚豪民,而且还可以处罚百官。这也正显示出司隶校尉的威严所在。②

最后,东汉司隶校尉的特殊地位,还表现在它已经完全具有了中央监察官和州刺史的双重地位,不仅是能参与朝廷大政的京官,而且还是地方的一州之长。虽然在西汉昭帝时,司隶校尉就有了监察三辅(左冯翊、右扶风、京兆尹)、三河(河南、河东、河内)和弘农七郡的任务,但这只是以中央监察官的身份监察京畿,还不具有州刺史的双重地位。到刘秀建武十八年(42年),

---

① 参见朱绍侯:《朱绍侯文集》,河南大学出版社,2005,第73—74页。
② 参见朱绍侯:《朱绍侯文集》,河南大学出版社,2005,第74页。

东汉王朝将全国划分为十三州,派"刺史十二人,各主一州,其一州属司隶校尉"(《后汉书·地理志》)。从此司隶校尉就成了司州的长官,与其他12州刺史处于相同的地位。朱先生还从司隶校尉的下属机构和具体属员的组成及其职责方面进行详尽细腻的分析,最后得出令人信服的结论:"司隶校尉职务的两重性:既在中央纠弹百官,又在地方监察郡国。并且也和州刺史一样逐渐由监察官演化为地方一级的长官……司隶校尉的活动中心还是在中央……它尽管是官秩仅比二千石,但却为朝野所瞩目,在东汉的政治舞台上处于举足轻重的地位",有"雄职"之称。①

4.《东汉中晚期的司隶校尉》

朱先生的第四篇文章是《东汉中晚期的司隶校尉》。它与前三篇主要从这一官职的源起、沿革、职责演变等宏观的角度进行研究有所不同,而是选择一个特殊的历史时期,从具体人物在担任此一职务的具体表现中,分析提炼出司隶校尉在政治舞台上的特殊历史作用,从而更显示出历史研究的"实学"特色。

朱先生所选择的"东汉中晚期",指"公元89年和帝即位,至公元220年献帝让位给曹丕止,共131年"。这是因为司隶校尉既拥有对百官的监察权、荐举权,又拥有率兵权、逮捕权、审判权、刑杀权,并拥有一州(司州)行政的统辖权,"包括河南尹、洛阳令等京官都是其下属,内察宫廷内外,对皇亲贵戚、京师百官无所不纠,并有捕杀罪犯之权"。这些职权在东汉前期政局稳定时还看不到其威力,但在东汉中晚期,外戚、宦官、权臣交替专

---

① 参见朱绍侯:《朱绍侯文集》,河南大学出版社,2005,第77-78页。

政,政治斗争残酷激烈,"司隶校尉就成为令人瞩目的政治角色"。① 文章根据内容需要,又分为"外戚专政"、"宦官专政"和"权臣当政"三个时期。

第一期是"外戚专政",从和帝到桓帝中期,即从公元89年至159年,其间共发生4次外戚与宦官的斗争。第一次是和帝时外戚窦宪专权,年长以后的和帝利用宦官郑众等人合谋夺取窦氏大权,窦宪被迫自杀。其间任司隶校尉者共有9人,其中宋意、郑琚、周纡、张敏、晏称等5人皆能认真执法,不畏权贵,相反司空蔡任职时依附和包庇窦氏,而徐防、何熙、公孙权3人任职状况史载不明。第二次是安帝时,先是外戚邓氏专揽朝政,安帝与宦官李闰、江京等密谋夺回大权,新得势的外戚阎氏与宦官合谋共揽朝政。此时期任司隶校尉者共有6人,敢于对抗邪恶势力者有杨涣、羊侵、王龚、陈忠等4人,其余2人何熙、崔据政绩和立场皆不详。第三次是少帝、顺帝时,前者有2人、后者有8人先后任司隶校尉。少帝时外戚阎显专权,先后由刘称、陈珍任司隶校尉,可惜其政绩史载不详。顺帝在位近20年,虽然宦官孙程等19人皆封侯得势,但基本不参与朝政,新兴外戚梁商与宦官也未发生大的冲突。此时先后任司隶校尉的是陈禅、虞诩、左雄、周举、王纯、赵峻、赵祁、王畅等8人,多数是比较称职的反对外戚、宦官专权派,少数如周举、赵峻属于外戚派的人物,只有王纯政绩不详。第四次是冲帝、质帝和桓帝初期,主要是外戚梁冀专断独行,势力空前膨胀,出任司隶校尉者有3人。其中祝恬

---

① 参见朱绍侯:《朱绍侯文集》,河南大学出版社,2005,第79-80页。

是梁冀的应声虫和哈巴狗,冯绲是反对外戚、宦官专政的,而张彪属于汉桓帝即位前的旧交,后被委以司隶校尉重任。他联结宦官单超率兵包围大将军府,逼迫"(梁)冀与妻皆自杀",结束了东汉外戚专政的局面。①

第二期是"宦官专政",时间从桓帝中期至灵帝末期,即从159年至189年,是"宦官独霸政权及其被消灭时期"。为了研究的方便,朱先生将之又划分为三个阶段。第一阶段从159到167年,发生的主要事件是东汉"第一次党锢之祸",这期间有7人担任过司隶校尉一职。其中霍谞反对外戚梁冀专权、刘祐严厉打击权贵子弟、鲁峻案奏三公弹黜九卿、韩演奏贬宦官五侯及其子弟、李膺案杀宦官张让之弟等都曾得到史书的高度评价,唯有冯羡、应奉卷入外戚之争、追捕迫害寇荣之事难论是非。第二阶段自168年至179年,发生的主要事件是"第二次党锢之祸",宦官专横达到顶峰。此期担任过司隶校尉的也有7人,在政争激烈的局面下,这些人或为正直官僚张目,或为宦官鹰犬,各自选边站。如朱寓、刘猛、许永、阳球基本上"清亮在公",皆能秉公任职;而王寓、段颎、王萌或为宦官之子,或为宦官党羽,拘捕党人,横行不法。第三阶段自179年至189年,由于爆发了全国规模的黄巾大起义,东汉政权解除党禁,统治集团内部矛盾缓和,司隶校尉的政治作用降低,此时先后任职的6人为曹嵩、张忠、冯方、郭鸿、赵安、胡轸,其事迹在史籍中均语焉不详,"说明无要事可记"。但黄巾大起义失败后,宦官势力为了控制中央的

---

① 参见朱绍侯:《朱绍侯文集》,河南大学出版社,2005,第87页。

军政大权,于中平五年(188年)设置以宦官蹇硕为最高统帅的"西园八校尉",规定"督司隶校尉以下,虽大将军亦领属焉"(《后汉书》卷六九《何进传》)。但天算不如人算,几番博弈的结果,盘根错节的东汉宦官势力还是被大将军何进任命的司隶校尉袁绍率兵悉数诛杀,彻底结束了东汉王朝宦官专政30年的局面。

第三期是"权臣当政",时间从公元189年至220年,这是两大权臣董卓、曹操先后专权时期。司隶校尉作为监察百官并负有特殊"假节,专命击断"的皇帝钦差使者,理所当然的是专制皇权的捍卫者,同时也就意味着又是朝中权臣的死对头。但汉魏之际历史大势的发展,决定了司隶校尉一职走向寿终正寝的必然性。在董卓当政时期,任司隶校尉者3人。先是宣璠,初平元年(190年)任司隶校尉。他是董卓党羽,唯权臣马首是瞻。其次是赵谦,因为将董卓"恃宠放纵"的胡姬杀掉,结果董卓大怒,乃召司隶都官将他"挝杀之"(《三国志》卷六《董卓传》注引《献帝记》)。最后是黄琬,继赵谦任司隶校尉。初平三年(192年)四月,他与王允、吕布联合诛除董卓,后被董卓部将所杀。在随后的军阀混战中,先后有胡种、李傕、荣邵、韩暹担任司隶校尉,皆不成气候。接着曹操将汉献帝接到许昌,挟天子以令诸侯,独专朝政。精明如曹操眼看外戚、宦官和董卓最终都覆灭于司隶校尉之手,深知此一官职的厉害。于是他先是去洛阳迎献帝时,以镇东将军录尚书事的头衔自领司隶校尉,将军政大权和监察大权集于一身。回许昌后,他又任命一位故交丁冲担任此职。丁冲是个只管喝酒不问事的酒鬼,最终"醉烂肠死"。再后曹操任亲信钟繇以侍中守司隶校尉,但钟繇常外出作战,而且一干就是17年,故此职形同虚设。即此曹操仍不放心,为了保证自己的人身安全和顺利篡夺东汉皇权,就在建安十八年(213年)以恢复《禹贡》"九州"为借口,下令撤销司州,同时也就撤销了"司隶校尉"的官号。"此后曹操就肆无忌惮地放手攫取汉家政权了,由魏公而魏王,到220年,献帝终于把帝位献给了曹丕"①,司隶校尉一职也就在无意中变成了汉家王朝的殉葬品。

(三)《略论秦汉中央三级保卫制》

秦汉社会呈现金字塔形的结构。首先,巨大的底层和下层是为社会贡献物质财富的劳动者,在当时被称为"编户齐民",占总人口的绝大多数,居住在乡村或者城镇之中。前边介绍的朱先生《汉代乡、亭制度浅论》一文,就是研究王朝的基层政权如何构建以及它们是如何对广大庶民进行有效管理的。其次,大大收窄的中高层位置,多被各级官僚所占据,这是皇权—官僚制社会所不可或缺的管理者阶层,也是统治集团的有机组成部分。上边介绍的朱先生四篇"司隶校尉研究"系列论文,就是对具有代表性的官僚阶层的某个方面进行深入透视的扛鼎之作。而下边所要介绍的这篇文章,是研究高踞于社会最顶层的皇帝及其家属的安全保卫制度问题的。在中国古代,王朝中央核心的安危是统治阶级的根本利益之所在,而皇帝又是国家的元首和象征,他的人身安全必须得到保障。朱先生说,秦汉是"君主

---

① 朱绍侯:《朱绍侯文集》,河南大学出版社,2005,第95页。

专制中央集权制政权,皇帝具有至高无上的权力和地位。所谓秦汉中央三级保卫制,就是以保卫皇帝为中心任务的三个范围的保卫制度。即以郎中令(光禄勋)为首的皇帝贴身侍卫;以卫尉为首的皇宫保卫军——南军,以中尉(执金吾)为首的京师及三辅保卫军——北军。这三级保卫制互相协作,又互相制约,保卫着以皇帝为中心的中央政府安全"[1]。

1. 第一层级:皇帝的贴身侍卫

皇帝平时居住于京城皇宫中。从秦代开始,就构建了严密的宫禁制度,尤其重视宫殿之内的安全。在宫殿之内,负责皇帝安全保卫工作的职官是郎中令。

《汉书·百官公卿表》:"郎中令,秦官,掌宫殿掖门户,有丞,武帝太初元年更名光禄勋。属官有大夫、郎、谒者,皆秦官。又期门、羽林皆属焉。"颜师古注引臣瓒曰:"主郎内诸官,故曰郎中令。"这里"郎"通"廊",宫殿的周围有走廊,宫殿内门户之间的通道也称"廊",郎中令的下属郎官就是在宫殿廊内执勤、侍卫、看守门户的人员,其首领故称郎中令。郎中令为九卿之一,职在替皇帝把守宫殿门户,必须由皇帝的亲信来担任此职。如秦朝末年的赵高为丞相,其弟赵成则为郎中令,他们就利用这样的方便条件来发动政变,里应外合杀掉了秦二世。西汉早期,代王刘恒以藩王身份入主长安,在即皇帝位的当天晚上,"拜宋昌为卫将军,领南北军,张武为郎中令,行殿中"(《汉书》卷四《文帝纪》)。宋昌原任代国卫尉,张武原任代国郎中令,二人都

---

[1] 朱绍侯:《朱绍侯文集》,河南大学出版社,2005,第218页。

是文帝从代国带来的心腹亲信,这样的安排才令新皇帝放心。

郎中令的属官"有大夫、郎、谒者",这里先谈郎官。郎官的职责是"掌守门户,出充车骑",即平时在宫中替皇帝侍卫执勤,皇帝出行时驾车或骑马随行护卫。其间也有议郎、中郎、侍郎、郎中的区分,而议郎只在郎中令的直接领导下承担议政的任务,"不属署,不直事",即不用参与执勤侍卫。而中郎、侍郎、郎中则被分配到五官署或左、右署中("三署")轮流承担"执戟卫宫陛"的任务。秦汉时规定,为了皇帝的安全,殿上之人不得持兵器,警卫人员执戟即立于廊中,"郎"与"廊"同。他们之间的级别也不一样。据《汉书·百官公卿表》,"议郎、中郎秩比六百石,侍郎比四百石,郎中比三百石",也没有员额的限制,多至千人。

再看谒者。据《汉书·百官公卿表》,其任务是"掌宾赞受事",即在接待皇家宾客的仪式上作主持或司仪,也接受宾客的奏议事项。但由于秦始皇时发生了荆轲谋刺事件,遂规定谒者可以在殿堂上手执短兵器,胁持朝见者,以防不测事件发生。谒者员额70人,皆秩六百石,其首领为谒者仆射,秩级比千石。这是西汉。东汉有所变化:谒者仆射之下,一是有"常侍谒者"五人,比六百石,"主殿上时节威仪"。二是有"给事谒者",秩四百石,"掌宾赞受事及上章报问,将大夫以下之丧,掌使吊"。此相当于西汉的谒者职责,但员额减少为30人。三是有"灌谒者"(灌,祭祀时以酒浇地献神),秩三百石,见习一年后转为给事谒者。(《后汉书·百官志》本注)四是谒者署在东汉末发展为名为"外台"的独立实权机构,与尚书台、御史台并列为"三台"。

在郎中令和郎官、谒者之间，还隔着好几个层级，分别对郎官和谒者进行直接管理："郎中令属官，有五官中郎将。左、右中郎将，曰三署"(《初学记》卷一二"光禄勋"条注引《汉官》)。其中五官中郎将"主五官郎中"，左中郎将"主谒者"，右中郎将"主常侍侍郎"(《汉官六种·汉旧仪》及注)。从秩级来看，三署长官均为比二千石，比中二千石的郎中令仅低二级，足以说明其地位的重要。据《汉书·百官表》，在郎中令之下，还有"车、户、骑三将，秩皆比千石"。其中，车将主管车辇，下属再有左、右车郎；户将主管门户，下属再有左、右户郎；骑将主管骑乘，下属再有左、右骑郎。三将既有分工又有合作。户将负责保卫殿中，车将、骑将则为皇帝的出行随从护驾，他们共同保证皇帝在宫中或出行时的安全。另据《后汉书·百官志》本注，"三将"的建制在东汉时取消。

郎中令以下还有"以文属焉"的各类大夫。所谓"文属"，就是挂名的下属。如《汉书·百官表》所说的中大夫(后更名光禄大夫，比二千石)、太中大夫(秩比千石)、谏大夫(后更名谏议大夫，秩比八百石)。其任务与郎官们的"持戟宿卫"完全不同，而是"掌顾问应对，无常事，唯诏令所使。凡诸国嗣之丧，则光禄大夫掌吊"(《后汉书·百官志》)。他们名义上是郎中令的下属，实则由皇帝直接指派工作。

朱先生认为，从郎官、谒者、大夫等各方面的情况来看，秦及西汉初年的这些"贴身侍卫"力量，实属文官仪仗性质，即使"出充车骑"也不承担战斗任务，其实质上是仪仗队。到汉武帝时代，这种状况已经不敷加强皇权的需要，于是决定改名郎中令为光禄勋,并组建期门、羽林两支禁卫军,以与外层的南、北军力量保持平衡,以从整体上强化宫廷武装力量。①

综合各种史料可以看出,新组建的期门、羽林军的主要任务是"执兵送从",即都是皇帝出行时的武装护卫,次序往往是期门在前,羽林在后。此其一。羽林初名建章营骑,应该是骑兵;而期门的任务"执戟以卫陛下",应该是步兵。此其二。期门、羽林军的组建强化了皇帝的扈从力量。不但其兵源来自于善骑射的西北六郡(即陇西、天水、安定、北地、上郡、西河)良家子,优于三辅、关东郡国农民出身的南北军,而且选拔后又经过严格的军事训练,战斗力很强,也曾培养出许多名将。此其三。期门后更名虎贲,首领为虎贲中郎将,其秩级逐渐由比千石、比二千石提升到东汉的二千石。羽林的首领初为令、丞,汉宣帝时改以中郎将、骑都尉监管羽林,秩比二千石。东汉设羽林中郎将,秩二千石,主羽林,掌宿卫侍从。下有羽林左监主羽林左骑,羽林右监主羽林右骑,皆六百石。此其四。这两支军队从初建起,兵员就各有千人,以保护皇帝自身的安全为己任,是典型的禁卫军,受到历代皇帝极大的重视。此其五。

这样,在皇帝身边,就形成最核心的一层防卫线。皇帝日常起居,由郎官在殿内宿卫。在"五日一朝"会见朝臣和接见境外使节时,皇帝随身佩剑,谒者作为贴身侍官手持利刃监视上奏者,禁止其他人身带兵器上殿。这时郎卫在殿门外廊中或陛阶两旁执戟护卫,戒备森严。

---

① 参见朱绍侯:《朱绍侯文集》,河南大学出版社,2005,第222-223页。

2. 第二层级：皇宫保卫军——南军

朱先生说："南军是秦汉中央三级保卫制的中间环节，处于第二道防线，其地位十分重要，特别是在汉武帝之前，期门、羽林军尚未建立之时。"如汉初吕后篡权，"命吕产为相国居南军，吕禄为上将军居北军，掌握了南北军的实权。陈平、周勃、刘章欲推翻吕氏，也是首先夺取南北军的实权"。[①]

南军的统帅是卫尉。《汉书·百官公卿表》："卫尉，秦官，掌宫门卫屯兵，有丞。（汉）景帝初更名中大夫令，后元年复为卫尉。属官有公车司马、卫士、旅贲三令丞，卫士三丞。又诸屯卫候、司马二十二官皆属焉。长乐、建章、甘泉卫尉皆属其宫，职略同，不常置。"

卫尉一职源起于秦，如秦始皇九年有卫尉名"竭"，因在"嫪毐之乱"中有其属下的"卫卒"参与叛乱而被枭首处死。汉承秦制，作为九卿之一的卫尉统帅南军，负责皇宫殿门之外、宫城门墙以内的治安警备，职责重要。景帝时一度改名为中大夫令，后元年复为卫尉。王莽时改名太卫，但职责未变。卫尉职责主要是护卫皇宫，其官衙卫尉寺也设在皇宫内。汉朝除了九卿之一的未央宫卫尉外，还有其他一些皇宫的卫尉。如"长乐卫尉"守护皇太后宫，"甘泉卫尉"守护皇帝离宫，"建章卫尉"守护长安西郊的建章宫等，各有其相对的独立性，而并不是九卿之一卫尉（未央卫尉）的下属。

卫尉的属官有公车司马令及丞、卫士令及三丞、旅贲令及

[①] 参见朱绍侯：《朱绍侯文集》，河南大学出版社，2005，第224、218页。

丞,共三令五丞。

公车司马令又称公车令,职掌司马门。所谓司马门,即"宫垣之内,兵卫所在,四面皆有司马,主武事",指皇宫的各个外大门。凡是臣民上书、贡纳及皇帝征召某人入宫,都由公车令负责签发通行证。公车令的下属有各宫门的屯卫兵,日夜执勤警卫。秦汉的宫禁政策很严格。据《汉官解诂》所记载,凡居住在皇宫中的人,皆有口籍留在出入的宫门处,本人随身还要持有铁印文符(尺二寸木符,铁印烙字),籍和符二者须照应不误,才能出入宫门。假如外人有事进宫,也必须由相关机构发给棨传(木质或绢制通行证),门卫认真审核上面加封的印信,然后放入。朝臣入宫,还要由驾御者说明乘车人的官位,传呼宫中,然后由门卫核实放入。汉朝有专门的《宫卫令》,规定凡出入皇宫门者,必须下车下马接受验问,即使皇太子也不例外。无合法证件而硬闯宫门或者有意让不该入者进入宫门,分别为"阑入"和"阑内(纳)",罪重至死。

卫士是皇宫卫队的主力,人数最多,故统领者有一令三丞。其职责是白天巡行于宫城内,夜晚则卫士屯驻于宫墙下的区庐(仗宿屋)中,地位重要。因为反叛者一旦解决了卫士令的这道防线,就可进入殿内,与郎官相遇。西汉的皇宫未央宫和长乐宫都位于长安城南部,故卫尉属下的卫士称为南军,这是一支很精锐的军队。汉朝的军制是军队分为中央军和郡国兵两大部分,中央军的主体是南军和北军。北军的任务是守卫京城,兵源来自关中三辅,由中尉统领,驻屯于长安城北部。南军士兵则来自关东各郡县选调的材官和骑士,驻屯于宫城内,每年轮换一次。

西汉初南军有两万多人,汉武帝时有了羽林军、期门军后,就缩减为一万多人,但仍是卫戍皇宫的重要力量。汉朝让南军和北军分别守卫在宫城和京城而互为表里,士兵也来自不同地区,皇帝让他们既互相协作又互相牵制的用意是明显的。东汉都城在洛阳,又分为南宫卫士令和北宫卫士令。据《后汉书·百官志》本注,南宫卫士令有丞一人,员吏九十五人,卫士五百三十七人;北宫卫士令有丞一人,员吏七十二人,卫士四百七十二人。与南、北宫卫令平行的官职,还有左、右都候各一人,秩六百石。左都候辖有员吏二十八人、卫士三百八十三人;右都候辖有员吏二十二人、卫士四百一十六人。他们的职责是"主剑戟士,徼循宫及天子所收考",即主管宫内巡查,还要押送皇帝所要治罪的钦犯,故手持剑、戟等兵器。①

旅贲令、丞也是卫尉的属官。据《汉官仪》,其职责"为奔走之任",即担负卫尉与殿内或者殿内与宫外的往来联络任务。另据《后汉书·百官志》本注,此职在东汉时被裁撤。此外,卫尉的下属还有诸屯司马、卫司马、候司马等共二十二官,他们分别率领自己所属的一支卫队,或定岗屯卫,或侦察巡逻,在皇宫防卫体系中各有专责。②

朱先生经过缜密的研究,批评了宋人王应麟的"南军有郎卫有兵卫,掌出入宫禁,为宿卫"(王应麟《玉海》卷一三七《兵制二》)的说法,认为这是混淆了卫尉与郎中令(光禄勋)的不同职

---

① 参见朱绍侯:《朱绍侯文集》,河南大学出版社,2005,第225页。
② 参见朱绍侯主编:《中国古代治安制度史》,河南大学出版社,1994,第149页。

掌。他说:"这种说法是错误的。因为郎中令(光禄勋)的郎卫从来不属于南军。郎中令与卫尉都位列九卿,其官秩都是中二千石,互相没有统属关系……《汉旧仪》对光禄勋与卫尉的职责划分得非常清楚:'殿外门舍属卫尉,殿内门舍属光禄勋。'再明确点说就是光禄勋属员郎卫,负责殿内的警卫侍从;卫尉的属员兵卫,负责殿外,皇宫内的警卫。卫尉不管殿内之事,光禄勋不管殿外之事,在期门、羽林建立之后,这种关系也没有改变。在皇帝出行之时,光禄勋的属员郎卫则要随行保驾,但仍属贴身侍卫,卫尉的下属兵卫,则出从车骑,是在郎卫(包括期门郎、羽林郎)的外围护驾。"[1]

这真可谓是"千年迷雾,一朝澄清"。

3. 第三层级:京师及三辅保卫军——北军

由内及外,秦代的中尉负责皇宫之外的京城咸阳及其王畿地区的警备,这是拱卫皇帝的外围防线。关于秦中尉的资料很少,《汉书·百官公卿表》说:"中尉,秦官,掌徼巡京师。"注引如淳曰:"所谓游徼,徼巡禁备盗贼也。"也就是说,中尉的首要任务是巡察京城,禁备盗贼,维持治安。中尉的另一项重要任务是在皇帝出行时,率兵充任护卫及仪仗队。《汉书·百官公卿表》注曰:"天子出行,职主先导,以御非常。"具体来说就是在车队前为皇帝开道,在行进中保卫皇帝安全,最后归来时仍在前导,令留守者大开宫门,拱送皇帝入宫。中尉还有一项任务,就是保卫皇家帝陵和宗庙的日常安全,并制定了严兵看护和责任官员

---

[1] 朱绍侯:《朱绍侯文集》,河南大学出版社,2005,第226-227页。

定期巡视的制度。

汉承秦制,仍然像秦朝那样以中尉率领的武装力量负责皇宫之外京城地区的卫戍警备任务。由于这支军队主要驻屯于长安城未央宫以北地区,故称北军,人数有几万人,实力超过南军,故成为防盗止乱、稳定京城社会秩序的主要力量。如"诸吕之乱"发生时,因为周勃先掌握了北军,诸吕就无能为力,只得束手就擒。汉武帝时戾太子发动武装叛乱,也因得不到北军的支持而失败。故汉朝皇帝常常派自己的亲信人物来职掌北军。

汉武帝于太初元年(前104年)将中尉改名为"执金吾",其旧职掌不减,而且又发展出新的属官和任务。总结起来,一是在京城内巡逻稽察,维持治安。平时巡察,可以由其属官领兵进行,但执金吾本人每月要亲自领兵绕行宫城外3次,以了解和把握京城的治安形势。执金吾的属官"中垒"两校尉具体负责卫戍事宜,所帅正是北军主力。二是京城如果出现了火灾、水灾等容易引发治安事件的灾患,也由执金吾组织士兵进行扑救抢险,以确保社会秩序的稳定,即如《后汉书·百官志》本注所说,"掌宫外戒司非常水火之事"。三是"主兵器"。汉代兵器只准官造官藏,中央政府掌管兵器的官员正是执金吾的属官武库令。两汉的武库都建于皇宫禁苑之内,皇帝并不把其管理权交给警卫皇宫的卫尉,而是委托平时执行任务于皇宫之外的执金吾,这也体现了皇朝内外相制的治安原则。四是为驻京的中央各大官府机构派驻警备兵员。执金吾的属官有寺互令、丞。据考证,"寺"即官寺,"互"即遮挡人马随便通行的行马(马叉),寺互令就是掌管各官府门禁的治安机构,其派出士兵即充任驻京各官府的警卫人员。五是执金吾作为京城警备官,有权逮捕和处置罪犯,并有自己的监狱。如西汉景帝时临江王刘荣犯罪,逮捕下囚于中尉府,后被迫自杀。执金吾的属官还有都船令、丞,本是"治水官",负责疏浚京城积水。因其常使用囚徒作为劳力,就设立都船狱令。如哀帝时丞相王嘉有罪,即被囚禁于"都船诏狱"。六是主管为皇帝护驾、清道及回宫持麾送至宫门诸事项,具体负责者正是中尉的属官"式道"左、中、右三候。七是汉武帝改中尉为执金吾后,其警备范围也从京城扩展到整个三辅王畿地区,又设置左京辅都尉和右京辅都尉二职,隶属于执金吾。左、右京辅都尉的职责也是"徼巡京师",不过是分区警备,把王畿划分为几个不同的治安区,分工负责而已。执金吾以上职官责任的划分,诚如《汉书·百官公卿表》所载:"中尉,秦官,掌徼循京师,有两丞、候、司马、千人。武帝太初元年更名执金吾。属官有中垒、寺互、武库、都船四令丞。都船、武库有三丞,中垒两尉。又式道左右中候、候丞及左右京辅都尉、尉丞兵卒皆属焉。"

朱先生说:"北军的变化武帝时是个关键。这个关键不仅是中尉改称执金吾,而是在北军中增设八校尉,以加强北军的兵力。"[1]汉武帝时,天下多事,京城地区治安形势激荡。为了加强京城的警备力量,于是又创置了八校尉这支特种兵团,常驻京城及其附近地区。所谓"八校尉",指的是中垒校尉、屯骑校尉、越骑校尉、步兵校尉、长水校尉、射声校尉、胡骑校尉、虎贲校尉,每校兵力近千人。其中因胡骑校尉不常设置,故也称七校尉。

---

[1] 朱绍侯:《朱绍侯文集》,河南大学出版社,2005,第228页。

新设八校尉意义何在？一是其同原来的北军卫士性质不同，这些士兵都是从各地包括少数民族中特别选拔征募的精锐力量，属于长期服役、持续训练的职业兵，而不需要像郡县义务兵所构成的卫士那样一年轮代一次，故战斗力很强。二是八校尉共涉及骑兵、轻车兵、步兵、弩矢兵四大兵种，"汉武帝所建立的是一支以骑兵为主，具有各兵种联合作战能力的强大综合兵团"；"不仅负有保卫京师的重任，而且也可以对外远征"[①]。三是它虽然仍属北军，但并不由执金吾亲自掌管，而是由皇帝特派的监军御史直接指挥。它平时对京城安全主要起震慑作用，有需要时也出征边疆，而日常的京城巡察工作仍由执金吾手下的北军卫士负责。

汉代警备京城的武装力量除执金吾、八校尉之外，还有一支自成系统的军队，即由城门校尉所统领的城门兵。《汉书·百官公卿表》："城门校尉，掌京师城门屯兵，有司马、十二城门候。"东汉时执金吾的权势虽被削弱，但京师洛阳的保卫力量并未受到影响，而是更加倚重城门校尉和北军中候。城门为京城门户，其安全问题自然重要。平时的守卫力量虽不庞大，但非常时期则可以增加大量屯兵。如汉武帝时戾太子叛逃，就曾"置屯兵长安诸城门"。正因为这支军事力量的重要，汉朝皇帝同样采取内外相制的原则，不把它交给掌管京城治安的执金吾，而往往专门任命亲信朝臣来控制。如昭、宣时，"张安世为卫将军，两宫卫尉，城门、北军兵属焉"；西汉末孔光贵为太师，但却"领城门兵"

---

① 朱绍侯：《朱绍侯文集》，河南大学出版社，2005，第228页。

(分见《汉书》卷六六《刘屈厘传》、卷五九《张安世传》、卷八一《孔光传》)。

东汉守卫京师最重要的军事力量非"北军中候"莫属。据《后汉书·百官四》记载:"北军中候一人,六百石。"本注曰:"掌监五营……旧有中垒校尉,领北军营垒之事。有胡骑、虎贲校尉,皆武帝置。中兴省中垒,但置中候,以监五营。胡骑并长水。虎贲主轻车,并射声。"东汉的北军中候实际是由西汉的中垒校尉演化来的。中垒校尉下辖八校尉,现在胡骑并入长水,虎贲并入射声,故成为五营。屯骑、越骑、步兵、长水、射声校尉合称的"五营",仍然是"步、骑、弩、车的综合兵种,共有员吏521人,士兵3526人,其兵力仍是相当强大的"[①]。

那么,东汉的执金吾、城门校尉和北军中候之间的隶属关系如何呢?朱先生经过对相关史料的缜密研究后认为,尽管执金吾秩中二千石、城门校尉秩比二千石、北军中候秩六百石,"但执金吾对城门校尉、北军中候已无直接统属关系"。可是北军中候作为六百石的低阶官员,为什么能够领导秩比二千石的五营校尉呢?朱先生解释说:"这毫无疑问是历代统治者所惯用的以小制大、以低制高的手段。不过,官秩六百石的北军中候所以能'掌监五营'恐怕还是打的执金吾的旗号,因为官秩二千石的执金吾,在名义上仍是北军统帅,北军中候顾名思义仍属北军,因此他可以代表执金吾'掌监五营'。"[②]

[①] 朱绍侯:《朱绍侯文集》,河南大学出版社,2005,第229页。
[②] 同上。

4. 对本课题核心认识的提炼

文章的最后，朱先生在前三节对具体史实进行翔实分析的基础上，又用一节的篇幅对本文的核心认识进行再提炼和归纳，标题是《秦汉中央三级保卫制的演变趋势》。为了研究的方便，他将秦汉中央三级保卫制的发展划分为三个阶段。

第一个阶段为秦及西汉初期，特点是做为皇帝贴身侍卫的郎中令，其属下的郎卫集团实为文官性质，没有军事战斗实力。所以对中央政权的保卫，主要依靠第二、第三层的南军和北军，造成京师军事卫戍力量的倾斜和失衡。

第二个阶段为汉武帝至王莽时期，而以汉武帝一朝最为关键。通过一系列措施，达到了三级保卫机构之间的力量平衡，使中央三级保卫制达到相当完善的地步。其一，改郎中令为光禄勋，在其属下增设了期门和羽林二军，使皇帝的贴身侍卫这一层次也拥有强大的军事实力。其二，同时扩大南军的实力，卫尉属下的卫士达到2万人，又于长乐宫、建章宫、甘泉宫等处分别增设专职卫尉。其三，不仅考虑皇帝的安全，还要考虑中央对地方的军事控制能力，又在北军中增设八校尉。他们平时驻屯京师，必要时可以成为多兵种联合作战的具有远征能力的野战军。其四，为了确保京师安全，又于长安十二城门增设屯兵，即后来的"十二城门候"。所以，说"汉武帝是一位雄才大略的皇帝"，绝非虚言。

第三个阶段为东汉时期。皇帝深感对自己安全威胁最大的，还是三级保卫制中的南军和北军力量的失衡。为了加强控制，特设卫将军以统领南北军。可一旦卫将军权势过于强大，也会引起皇帝的猜疑。故东汉卫将军一职时设时省,设免无常。此其一。汉武帝用十二城门兵和城门校尉以加强执金吾的力量,东汉采用中央重臣来"领城门兵",以削弱执金吾的权力。此其二。汉武帝增设八校尉以扩大北军实力,但东汉光武帝刘秀将八校尉缩减为"五营",并交给官秩仅六百石的北军中候领导,从而架空了执金吾,以削弱其权势。此其三。南北军力量被压制后,中央军事权力相继落入外戚、宦官之手,皇权旁落。宦官增设西园八校尉,使自己完全控制了中央的军权,皇帝的贴身侍卫也为宦官所代替,反而成了控制皇帝的工具。此其四。汉灵帝死后,何太后临朝听政。为控制皇权,外戚和宦官展开大厮杀,结果双方同归于尽。"宦官所控制的中央三级保卫机构也被摧毁。从此汉献帝已失去了过去皇帝所应有的严密保护,一任军阀们的摆布与控制,东汉的中央集权已彻底垮台,而陷入军阀混战之中"[①]。此其五。

朱先生在有意无意之间,揭示了古今中外政治力学的一条重要法则,即对于一个政权来说,各种政治力量之间的"均衡"是特别重要的;一旦政治权力严重"失衡",它必将造成现有政治秩序被破坏和倾覆的严重后果。

二、秦汉经济政策研究

政治和经济,犹如车之两轮和鸟之双翼,都对社会发展起着巨大的推动作用,是缺一不可的。秦汉不仅是从"三代"那种分

---

① 朱绍侯:《朱绍侯文集》,河南大学出版社,2005,第231页。

权的贵族等级制社会向中央集权的皇权——官僚制社会进行政治转变的重要阶段，也是从落后的锄耕农业向先进的犁耕农业进行经济转变的重要阶段。后一个生产力的转变对秦汉社会发展及其阶级关系的变迁同样起着不可估量的巨大作用，其因果关系的中介物正是秦汉王朝的经济政策。换句话说，一个时代生产力的发展，终究会通过统治集团的政策转变，对社会发展起着终极的推动作用。正是由此出发，朱先生在其秦汉史的研究中，非常重视历朝经济政策的研究，其相关成果在学术界也十分引人注目。

（一）《秦汉"禁民二业"政策浅析》

朱先生在1984年第2期的《信阳师范学院学报》（哲学社会科学版）上，发表《秦汉"禁民二业"政策浅析》一文，对秦、西汉、东汉三个时代"禁民二业"政策的产生、沿袭、发展及其产生的社会作用进行了详尽的考证和分析。他在文章一开始，就谈到这个选题的重要性："研究秦汉经济史的同志，多半注意研究秦汉时期的重农、抑商和限田等政策，很少注意研究'禁民二业'政策。其实'禁民二业'政策是与重农、抑商、限田相辅相成，同时并行的一种政策……对秦汉社会经济发展有过重大的影响，应该引起足够的重视。"那么什么是"禁民二业"政策？朱先生也首先给出了一个概念界定："又称'民无二事'或'禁人二业'，其主要含义，就是士农工商只能各干一行，不能同时兼营两种职业。"对秦汉来说，具体就是"一、官吏不许经营其他行业与民争利；二、商人不许当官、经营土地；三、农民不许捕鱼打猎；四、士农工商不能兼业,各行业内部也不兼营二业"。①

有人说,对一种事物或者现象进行追根溯源的研究,就是对历史本质的研究。朱先生对这种研究方法熟谙在胸,运用起来更得心应手。他在本文中也基本是按历史的发展顺序来分析"禁民二业"政策的。

一是要追述秦汉"禁民二业"政策产生的历史源头。朱先生认为,这要从中国上古"三代"时期的贵族统治说起。当时有"四民不杂"的说法,人们的身份、地位和职业都是世袭而固定不变的,所谓"士之子恒为士、农之子恒为农、工之子恒为工、商之子恒为商"。《左传·襄公元年》云:"其大夫不失守,其士竞于教,其庶人力于农穑,商工皂隶不知迁业。"社会各阶级和阶层各有分工,这种分工不单是像秦汉以后那种单纯职业上的分工,而且更是人们在社会身份和地位上天壤之别的政治标志。今天值得我们注意的是这种"四民不杂"给社会带来的副产品。朱先生认为,"这种专业化的分工,在生产力比较低的情况下,有利于培养专业特长和提高技术……对于促进农业、手工业的发展,是有积极作用的。在进入封建社会之后,虽然各阶级、各阶层的社会地位有了某些变化,而四民分业的情况,仍然延续下来"②。

二是关于秦代"禁民二业"的政策雏形。朱先生引用了《商君书·农战》、《吕氏春秋·上农》和《尉缭子·治本》等所记载三条材料,说明了战国时期的秦政权,是如何从商鞅变法强调的

---

① 参见朱绍侯:《雏飞集》,河南大学出版社,1988,第91、97页。
② 同上书,第97-98页。

"作壹"到吕不韦时期的"不兼二业"再到秦始皇统一时的"民无二事"的政策演变，这就为汉代正式出台"禁民二业"的政策措施进行了历史的铺垫。首先"作壹"还仅仅是从国富兵强出发的"重农"措施，即民众要专心于耕战，而不苟且于"游学"和"商贾末业"之事，现实的功利性很强。到吕不韦时强调的"农攻粟，工攻器，贾攻货，时事不供，是谓大凶"，就是强调农、工、商要各专其业，分工合作，以维护国民经济的平衡发展。再到秦始皇时期的《尉缭子》，正式提到"民无二事"，解决的是作为社会基础的农业如何稳定的问题。它强调的是农民要专心于耕耘和机杼之事，而不要涉及商贾、技艺和游学之事，将政策由战时措施上升到国家战略层面。①

三是西汉正式出台了"禁民二业"的政策措施。朱先生引用了《史记》的《平准书》，《汉书》的《哀帝纪》、《贡禹传》和《淮南子》的《主术训》、《齐俗训》等五条材料说明，汉代的"禁民二业"政策已经突破了"重农"的框架，更加强调的是商人不许当官为吏、经营土地和官吏不许经营商业或者兼营其他行业。这里反映的是汉朝放开土地买卖之后的新情势，即如何防止商人和官吏兼并土地，以免他们破坏小农经济这个国民经济的基础，而不是基于表面上的"尊官"和"不事贱业"等光鲜理由。值得注意的是，《淮南子》特别指出了"禁民二业"政策所带来的积极作用，即技术上的专业化分工，实现行业单一化，有利于提高技术水准，使"器械不苦，而职事不嫚"。朱先生还指出，将"禁民

---

① 参见朱绍侯：《雏飞集》，河南大学出版社，1988，第91-93页。

二业"政策上升到"天人合一"理论高度来论证的是汉武帝时的董仲舒:"夫天亦有所分予。予之齿者去其角,缚其翼者两其足。是所受大者,不得取小,与天同意者也……故受禄之家,食禄而已,不与民争业,然后利可均布,而民可家足。"官不与民争利,维护小农的稳定,不仅顺理,更是天意所在。①

四是分析东汉继续执行"禁民二业"政策的一般情况。朱先生引用和分析了《后汉书》的《冯衍传》《黄香传》《刘般传》和《桓谭传》等文献所载的四条材料:首先,这项政策和重农有关。如李贤注《冯衍传》引《韩诗外传》曰:"千乘之君,不通货财,委积之臣,不操市井之利,是以贫穷有所劝,而孤寡有所措也。"其次,它也和抑商与限田有关。如《黄香传》引《田令》曰:"商者不农。"引《王制》曰:"仕者不耕,伐冰食禄之人,不与百姓争利。"于是据此不允许官吏、商人插手土地,将魏郡官府旧有的公田都交给农民租种。再次,说明这项政策也有其局限性。如《刘般传》显示,为了执行"禁民二业",连农民于灾荒之年捕鱼打猎都不允许,实在是机械古板,使得这项政策反而阻碍了社会经济的正常运行。最后,是清楚地说明这项政策的基本出发点。《桓谭传》说:"是以先帝(按指刘邦)禁人二业,锢商贾不得宦为吏,此所以抑并兼、长廉耻也。"这项政策的意义在于,"'禁民二业'政策与重农、抑商、限田政策是相辅相成的,有密切的联系……只有研究四者的内在联系,才能搞清汉代地主政权的各项经济政策,对生产力及经济发展所起的积极作用和消极作用并能做出

---

① 参见朱绍侯:《雏飞集》,河南大学出版社,1988,第93-95页。

正确的评价"。而且,这条材料也说明,"禁民二业"的政策确实是在西汉初年由刘邦所创建并推行的。①

五是关于"禁民二业"政策在汉代社会所发挥的重要作用。这是朱先生本文所要重点分析的问题,并且分为前后两个阶段。汉武帝之前的情况是,这项政策执行得比较严格,"其结果必然导致各行各业的单一经营",体现了专业化的分工,"它在生产力水平不高的封建社会初期,对社会经济发展,仍然起着积极的作用"②。朱先生还特别举出《史记·货殖列传》中所谓"素封",即无爵位秩禄的庶民身份的农工商贾业者为例证,他们以单一商品的经营为凭借,都能达到一岁收入二十万的贵族"封君"的收益水平。这些靠单一经营而致富的大牧主、大渔业主、大园林主、大果木业主、大酒商、大皮毛商、大粮商、大铜铁商、大牲口商、大水果商、大高利贷者、大奴隶贩子,等等,如果分析其致富原因,司马迁用一句"此皆诚壹之所致"的话来准确概括,即由于单一的专业化经营而致富。朱先生说,"单一的专业化经营方式,与当时的生产力水平是相适应的,对社会经济发展是有促进作用的"③。稍微熟悉一点中国古代经济史的学者都知道,在战国、秦、西汉时期,形成了中国古代第一个商品经济发展的高峰;而到东汉以后,由于种种复杂的原因,中国社会又开始了向自给自足的自然经济回归的趋向,一直发展到魏晋南北朝甚至取消货币的那种极端情况。而古今中外商品经济的一个突出特征,

---

① 参见朱绍侯:《雏飞集》,河南大学出版社,1988,第96—97页。
② 同上书,第98页。
③ 同上书,第100页。

即经营上专业化分工的趋向越来越发展,如现代社会即是如此。

六是汉武帝时期强力的政治介入,沉重打击了汉代经济发展专业化的单一经营方式。首先,是汉武帝极端化抑商的"算缗告缗"政策,使"中家以上大氐破(产)",拥有二十万以上收入的"素封"当然难于幸免。但后来经过"昭宣中兴"的局面之后,这种单一经营的大商人、大手工业主的经济实力又有所恢复,班固的《汉书·货殖传》对此有具体的记载。但是,其势头已经远不如汉武帝之前的情况,这从班固所说"其余郡国富民,兼业颛利,以货赂自行,取重于乡里者,不可胜数"的情况来看,元、成以后兴起的暴发户多是"兼业颛利"者,而非早先的"作壹"即专业化单一经营者。其次,汉武帝一方面严厉打击"素封"商人,没收商人兼并农民的土地;一方面又打破商贾不许为吏的惯例,允许东郭咸阳、孔仅、桑弘羊等大批商人或商人子弟做官,造成"吏益多贾人"的局面,使"禁民二业"政策遭到严重破坏。再次,既然允许商人当官,也就不能排斥官吏经营工商业,因而"兼业颛利"也就成为当然之事。于是在汉武之后,张安世、霍光、杨恽、张禹等高层官僚带头"营私家""为奸利",让"官无二事"成为空文。于是一大批集官僚、地主、商人三种身份于一体的典型代表开始涌现,所谓"禁民二业"政策日益变质,成为仅仅用来控制普通百姓的一个"紧箍咒"。①

七是朱先生认为,"禁民二业"政策的破坏,更主要的原因在于多种经济综合经营的田庄组织的出现,它打破了汉武帝以

---

① 参见朱绍侯:《雏飞集》,河南大学出版社,1988,第101-104页。

前单一经营的经济体制。田庄是汉武帝时期开始出现的自给自足的社会经济组织,到西汉末年,豪强地主已经普遍建立了这种农业生产组合形式,到东汉则进一步向前发展。《后汉书·樊宏传》《水经注·沘水注》所记载两汉之交樊重的田庄和东汉崔寔在《四民月令》中所记载的东汉田庄,是其在两汉时期的典型形态。它们都是一个农、林、牧、副、渔、手工业、商业综合经营的、自给自足的经济单位,甚至还办有学校,还有地主武装。这是对官方"禁民二业"政策的公然否定,所谓"禁民二业"政策对东汉田庄经济已完全失去了约束力。①

八是对"禁民二业"政策的评价。汉武帝以前的犁耕农业尚未充分发展起来,这时的生产力水平是适应单一的专业化经济的发展趋势的。这时的"封君"也好,"素封"也好,基本上都是能够遵守"官无二事""民不兼业"的。秦汉政权为了保证农业与家庭纺织业相结合的小农经济的稳定和发展,也必须配合"重农""抑商"政策而强力推行"禁民二业"。但汉武帝时期以金属冶炼、农具制造、农业耕作、兴修水利等技术突破为代表的生产力水平,有了突飞猛进的发展,大大提高了人们征服自然的能力,使得豪强地主有可能发展出一种新型的多种行业综合经营的田庄经济。而这种综合经营的力量反过来又促进了田庄经济的发展,所以说它是"与当时的生产力水平相适应的,是符合经济发展大趋势的"。实际上,两汉政府既没有把"禁民二业"政策强加给豪强地主所控制的田庄,这项政策也并没有被明令

---

① 参见朱绍侯:《雏飞集》,河南大学出版社,1988,第104-106页。

废除,原因就在于这时分散的小农户与集成式的大田庄是并存的。官方为了保证作为自己租税赋役的主要来源的小农阶层的稳定,防止他们弃农经商,因而仍然坚持"禁民二业"政策而不废除。①

(二)《对居延敦煌汉简中"庸"的性质浅议》

朱先生研究秦汉史,一向重视对地下出土材料的利用,尤其是西北汉简中涉及社会生活的方方面面的丰富内容。他不仅利用来研究军功爵制、官制等政治史方面的问题,也注意挖掘其中关涉社会经济史方面的诸多内容。这里的先决条件是他对传世文献的相关记载非常熟悉,并且善于联系起来思索,于是在此基础上就能捕捉到简文中透露出来的大量有用信息,一举解决学术界长期众说纷纭的未解之谜。此即王国维所说的"二重证据法"。下面介绍的是朱先生发表在1990年第2期《中国史研究》上的《对居延敦煌汉简中"庸"的性质浅议》一文,就是很好的一例。

首先,传世文献上有大量关于"庸者"的记载,最有名的当属秦朝末年农民战争领导人陈胜的"尝为人佣耕"的经历,其他还有酒佣、冶佣、漆佣、工佣、佣书、赁舂等名目,说明雇佣劳动的范围非常广泛,这应该是当时的一个重要社会阶层。《史记索隐·陈涉世家》引字书《广雅》曰:"佣,役也,谓役力而受雇直也。"朱先生特别提醒读者,直接称佣耕者为"雇农""雇工",尽

---

① 参见朱绍侯:《雏飞集》,河南大学出版社,1988,第106-107页。

管从字面上讲不能说有什么错误,但"秦汉时期的佣耕者、佣工与封建社会末期的雇农、雇工(工资劳动者)有本质的区别,前者的演变前途是奴隶和佃客(有一部分人可能恢复自耕农身份),后者的演变前途是产业工人,是无产阶级。看不到这一点差别,就会混淆了劳动者的阶级属性"①。秦汉时期的佣耕者、佣工,是当时的编户齐民失地破产后地位下降的第一个阶梯。从社会地位上讲,他们仍然保有平民权,在户籍上仍是国家的编户齐民,仍然保有给国家服兵役甚至通过建立军功而获得爵位的机会。再从历史文献上来考察,秦汉社会以出卖劳动力为生的各种佣者是普遍存在的。但是在边疆地区,特别是处于军事管制下的军事屯垦地区,是否也存在有出卖劳动力的佣者?居延和敦煌出土汉简中多有记载的为"庸"者,究竟属于什么性质?这是一个值得注意的问题。于是朱先生开始从出土简牍中扒梳资料,主要目标是隐藏在《居延汉简释文合校》和《敦煌酥油土汉代烽燧遗址出土的木简》两种考古文献中带有"庸"字的简文,共搜索出15条。他将之一一陈列出来,然后对其共有的规律性及其表现特征进行提炼和分析。

其次,朱先生发现简文中凡是记明"雇主"身份的人都是兵卒(戍卒、田卒、库卒等),这是否可能?其一秦汉实行的是徭戍制,编户齐民要义务性的轮流到边疆服役,官府仅供应口粮和服装,而不发俸钱;再说正在服现役的戍卒,在当地既没有土地也没有商业性作坊,怎么会有条件去雇佣一个劳动力来供他剥削

---

① 朱绍侯:《朱绍侯文集》,河南大学出版社,2005,第192-193页。

呢？其二凡是记载有当事人籍贯郡、县、里的合同简文,其雇主和被雇者往往都是同郡、同县甚至是同里的人,而且其年龄和社会地位也相同或相近,通行的是"大夫庸大夫,公士庸公士,无爵位的人庸无爵位的人",那这种现象该又如何解释？其三,在15条简文中有两条显示了"庸贾(价)"的具体数字,如"张掖居延库卒弘农郡陆浑河阳里大夫成更年廿四庸同县[河]阳里大夫赵勋年廿九贾二万九千";"中为同县不审里庆□来庸贾钱四千六百"。这里虽然没有记明雇佣期,大概是有制度规定而不言自明的,极有可能是"戍边"一年。问题是,这二万九千钱、四千六百钱的佣价,对当时的"雇主"戍卒来说,他是否有条件来承担呢？

再次,朱先生为了证明服现役的兵卒不可能出如此高的价钱,来雇佣别人为自己进行私人性的劳动,他通查了《居延汉简释文合校》的所有简文,发现明确记载官吏的月俸(工资)数字的简文共有54条,由低到高进行归纳,可分为14个等级。最低的是月俸200钱,接着排列上去是300、360、400、480、571、600、700、720、900、960、1200、2000、3000钱共14级月俸。其中有的写明了某级月俸的吏职,如300钱是令史的工资,480钱是司马的工资,600钱是隧长的工资,1200钱是候长的工资,最高的3000钱则是居延都尉属下的哨所烽燧体系的最高长官候官的月俸。但由于资料的保存缺陷,其中必定会有一些缺漏的官俸等级是我们所不知道的;在现有的14级月俸中,也有一些数额的相应吏职失载,使我们无法进行二者的对应研究。但这些都不重要,问题在于以居延地区吏职的低月俸与前述戍卒的高庸价对比来看,可以为我们一窥汉代西北地区简牍所记载的"庸"的真实性质提供帮助。朱先生说:"戍卒是没有工资的……小吏最低的月俸才有200钱,一年工资共2400钱,升到第十级燧长、候史的工资、每月只有900钱,一年的工资共10800钱,这与庸价29000钱相差太远。就是庸价4600钱,也是小吏年工资两倍左右……对于这样的高额工资,戍卒自不待论……就是小吏也无力承担。"①那么对于这样的高价庸费,究竟该怎样理解呢?

再次,就上述问题进行深入的研究之后,朱先生的基本意见是:居延、敦煌汉简中"庸"的性质,并不是像内地的佣耕者、佣工、酒佣之类与主人产生了剥削与被剥削的关系,他们"实际是代役人,就是秦汉徭戍制度中的'践更'者和'过更'者。他们的就庸是替人服役,并没有和雇佣他们的人发生剥削与被剥削的关系"②。所谓"践更""过更"的代役问题,《汉书·昭帝纪》元凤四年注引如淳曰:"古者正卒无常人,皆当迭为之,一月一更,是为卒更也。贫者欲得顾更钱者,次直者出钱顾之,月二千,是谓践更也。天下人皆直戍边三日……不可往便还,因更住,一岁一更。诸不行者,出钱三百入官,官以给戍者,是谓过更也"。据上,践更的代役钱一月2000钱,一年24000钱;过更的代役钱,三日300钱,一月3000钱,一年36000钱。雇主是在家乡出钱,被雇的戍卒已经在边疆服役,先服完自己的役期,然后再替别人服役,再拿代役钱。雇主为什么肯出高价呢?朱先生说:"因为

---

① 朱绍侯:《朱绍侯文集》,河南大学出版社,2005,第197页。
② 同上书,第194页。

这是买命钱,戍守边疆是有生命危险的,代役者除往返劳苦外,艰苦而危险的边疆服役,实在是令人煎熬的岁月。只有寒苦的农民,才肯拿这个卖命钱。"①汉简中所记载的29000钱的高额庸价,只不过是"践更"一年多一点时间的庸期;4600钱的庸价,只不过是"过更"40天不到的雇佣期。这样的解释无疑是合理的。

最后,朱先生附带又研究了当时一般雇工的工价问题。他说:"除了代役钱以外,其他庸者如庸耕、庸工、酒庸、庸书是否也能得到每月两三千钱的庸价。答案是否定的,是绝对不可能的。"②朱先生举出汉代著名数学题集《九章算术》中保存的两条资料为证。一是"今取保一岁,价钱二千五百"。为人雇佣作酒保,时间一年,工价折合一天约7钱,每月约210钱。二是被雇佣来搞"均输",明言"庸价一日十钱"和"庸价一日五钱",那么折合一月150—300钱,一年1800—3600钱。这其实就是汉代民间正常的雇工庸价,它之所以大大低于到边疆去的代役钱,就是因为二者虽然都被称为"庸",但性质是截然不同的。

(三)《论汉代的名田(受田)制及其破坏》

关于名田制的问题,朱先生早年曾写过三篇文字,即1981年发表于《中国古代史论丛》(论文集)上的《名田制浅释》、1985年出版的《秦汉土地制度与阶级关系》一书中的《辕田制和名田制》一章和1990年出版的《军功爵制研究》一书中的《军功爵制

---

① 朱绍侯:《朱绍侯文集》,河南大学出版社,2005,第198页。
② 同上。

与名田制的关系》一节。但当时囿于原始材料的缺乏,"故对某些问题的论述,也只能是推测性的,不能确切地加以说明",朱先生自己也不很满意。2001年11月《张家山汉墓竹简·二年律令》释文,由文物出版社公布面世,这"使我们见到了吕后二年(公元前186年)所颁布的受田律令,知道了各级军功爵制拥有者及庶人的受田宅的具体数量及其他规定,为研究名田制提供了非常珍贵可靠的资料,所以就有条件对名田(受田)制进行更深入的研究"。朱先生抓住机会,一连发表四篇关于"《二年律令》与军功爵制研究"的系列论文。其中发表在《史学月刊》2002年第12期上的《吕后二年赐田宅制度试探》一文,研究的也正是名田制的问题,但朱先生仍感到"言犹未尽,故又补写本文,想把名田制的建立直至被破坏(的过程)说得更清楚一点"。[①] 这里所说的"本文",就是这里所将要分析的《论汉代的名田(受田)制及其破坏》一文,它发表在《河南大学学报》(社会科学版)的2004年第1期上。

1. "受田制"在秦的创立

这篇文章的主体内容是研究汉代的"名田制",其三段论的表述就是"名田制"的创立—兴盛—衰落。但关于名田制在秦的创立和兴盛的情况,因为缺少细微材料的支撑,故不是朱先生此文关注的重点,所以只能以非常简略的文字来概括之:

> 名田制始于商鞅变法,名田制是军功爵制的经济基础,名田制就是秦的受田制……汉代的受田受宅制也是从秦代

[①] 参见朱绍侯:《朱绍侯文集》,河南大学出版社,2005,第158、168页。

延续下来的;但秦代的受田受宅制的具体情况,由于史书失载已难考知,现在只知道商鞅变法时曾制定了"明尊卑爵秩等级各以差次,名田宅臣妾衣服以家次"(的政策)。即按爵秩等级的不同占有不同数量的田宅、奴隶和衣服。秦代的军功爵制有赐庶子、臣妾的规定,汉代已无,但秦代的赐田宅数量肯定没有《二年律令》中所规定的多。《商君书·境内》有一条资料说:"能得甲首一者,赏爵一级,益田一顷,益宅九亩。"……如此上推,就是达到十九级关内侯,也只有田20顷,有宅180亩,比《二年律令》的受田宅数低得很多。①

汉代就不同了,因为有《二年律令》尤其是《户律》《置后律》等相关律令文的出土,为今人对西汉早期实行的名田制度进行深入研究提供了"非常珍贵可靠的资料"。

2. 对《二年律令·户律》中"授田宅"律文的分析

《二年律令·户律》记载了吕后二年所颁布的关于"授田""授宅"的两条律文,对研究名田制度极为重要,先照录如下:

关内侯九十五顷,大庶长九十顷,驷车庶长八十八顷,大上造八十六顷,少上造八十四顷,右更八十二顷,中更八十顷,左更七十八顷,右庶长七十六顷,左庶长七十四顷,五大夫廿五顷,公乘廿顷,公大夫九顷,官大夫七顷,大夫五顷,不更四顷,簪褭三顷,上造二顷,公士一顷半顷,公卒、士伍、庶人各一顷,司寇、隐官各五十亩。不幸死者,令其后先

---

① 参见朱绍侯:《朱绍侯文集》,河南大学出版社,2005,第158、160页。

择田,乃行其余。它子男欲为户,以为其□田予之。其已前为户而毋田宅,田宅(按朱先生认为此处"宅"为衍字)不盈,得以盈;宅不比,不得。

宅之大,方卅步。彻侯受百五宅,关内侯九十五宅,大庶长九十宅,驷车庶长八十八宅,大上造八十六宅,少上造八十四宅,右更八十二宅,中更八十宅,左更七十八宅,右庶长七十六宅,左庶长七十四宅,五大夫廿五宅,公乘廿宅,公大夫九宅,官大夫七宅,大夫五宅,不更四宅,簪袅三宅,上造二宅,公士一宅半宅,公卒、士伍、庶人一宅,司寇、隐官半宅。欲为户者,许之。

对于这两条"到目前为止所发现的唯一的、也是最完整的秦汉时期受田、受宅法律文献"资料,朱先生进行了深入的解读。

其一,汉朝是按照六个社会等级的高下不同,进行数量有区别的授田授宅的:(1)侯级爵,包括彻侯和关内侯。彻侯因为已经有封国,故不再授田,而只授给"百五宅"的宅基地。关内侯是授田九十五顷,授宅"九十五宅",与彻侯级差十宅。(2)卿级爵,包括从大庶长至左庶长共九级爵,最高的大庶长授田九十顷,授宅"九十宅";最低的左庶长授田七十四顷,授宅"七十四宅",级差"二顷二宅"。(3)大夫级爵,包括从五大夫至大夫共五级爵,最高的五大夫授田二十五顷,授宅"廿五宅";最低的大夫授田五顷,授宅"五宅"。与卿级爵位相比,其授田宅的数量有一个悬崖般的"陡降"。(4)士爵级,是军功爵的末梢级,包括从不更到公士四级,最高的不更授田四顷,授宅"四宅";最低的公士授田一顷半,授宅"一宅半宅"。(5)无爵位的平民,包括公卒、士伍、庶人三种身份,可授田一顷,授宅"一宅"。(6)犯有轻罪的贱民,包括司寇和隐官,可授田半顷、宅"半宅"。①

其二,朱先生说:"没有想到侯爵级、卿爵级、大夫爵级所受田宅数量如此之高",它不但比秦的赐田宅数量要高出许多,而且"就是在吕后以后,汉政府也从来没有制定过如此高额的赐田宅数量"。这究竟是为什么?这里有主观和客观上的两种原因。主观的原因就是汉初军功地主掌权,他们成为称霸一时的权贵阶层,于是"卿爵级以上的人都变成了大地主,大夫爵级及士爵的不更、簪袅都变成了中小地主,公士以下的公卒、士伍、庶人、司寇、隐官都成了自耕农"。因此说名田(受田)制是军功爵制的经济基础,汉初是军功地主的天下,律文证明确实如此。即使军功贵族"不幸死者",其继承人仍然享有"先择田"的优先权利。故从刘邦建国之后,贯彻的就是"以军功行田宅"和"爵位优先"的分配原则。朱先生还说,"没有想到对轻罪犯人也可以减半受田受宅",这里涉及的原因,当与"汉初人口锐减,土地荒芜,生产亟待恢复的客观特殊历史环境有关系,因此亟须把土地尽量分配出去,以利生产"。这里律文的侧重点在于保证生产,保证受田者的土地数量足额而不缺。②

其三,联系汉高祖刘邦的"五年诏书",吕后二年的"受田受宅"方案应该是"仿自刘邦时的方案"。刘邦在诏书中说:"诸侯子从军归者,甚多高爵,吾数诏吏先与田宅及当所求于吏者,亟

---

① 参见朱绍侯:《朱绍侯文集》,河南大学出版社,2005,第159页。
② 参见朱绍侯:《朱绍侯文集》,河南大学出版社,2005,第159-160页。

与……且法以功劳行田宅,今小吏未尝从军者多满,而有功者顾不得,背公立私,守尉长吏教训甚不善。其令诸吏善遇高爵,称吾意,且廉问,有不如吾诏者,以重论之。"据此推断,在汉高五年五月诏书颁布之前,汉朝政府已经制定出以军功大小、爵位高低的不同而授予田宅的律法条文,而且已经制定出具体的实施方案,不然不会说出"有不如吾诏者以重论之"这样的狠话。而且刘邦方案的原则也是"以军功行田宅",同时包括对无军功者,只是规定有军功者要优先授予田宅。朱先生认为:"因为吕后与刘邦时期的历史背景和社会大环境基本相同,所以两者的方案相似是完全可能的。"①我的理解,所谓基本相同的"历史背景和社会大环境",指的一是军功地主掌权,二是长期战乱之后,亟须将土地与劳动者进行合理配置,以尽快恢复生产,稳定社会秩序。

其四,朱先生根据历史文献和简牍资料进行综合分析,认为汉承秦制,秦的受田受宅制就是汉代的名田制。他说:"受田制就是名田制,因为受田者的一个必备条件就是在户籍上必须有名,故受田又称名田,即以名占田之意。"揆诸史料,商鞅变法时明文规定了"明尊卑爵秩等级各以差次,名田宅臣妾衣服以家次",即按军功爵位等级的不同占有数量不等的田宅;《商君书》也明确规定,"能得甲首一者,赏爵一级,益田一顷,益宅九亩"。这里的关键要素"军功""爵位""受田宅"皆为汉朝所承袭,其与汉初刘邦的"以军功行田宅"、吕后《二年律令》中的"受田受宅"

---

① 朱绍侯:《朱绍侯文集》,河南大学出版社,2005,第161页。

方案,在内在精神上是一脉相承的。

3. 对《二年律令》中有关名田制的其他律文的分析

朱先生并不满足于仅仅对两条主体的"受田""受宅"律文进行研究分析,而是继续扩大视野,将《二年律令》中更加细微的有关名田制的其他条文也一一摘录出来,计有12条之多,对此进行更加深入的研究。学术问题的研究非细不密,要穷尽每条史料的全部内涵,使无剩义,才能将今人对名田制的认识推向一个新的高度。这也是朱先生一贯的学术风格。

(1) 未受田宅者,乡部以其为户先后次次编之,久为右。久等,以爵先后。有籍县官田宅,上其廷,令辄以次行之。(《户律》)

这条律文强调的受田受宅原则是"有爵者优先"。一是在所有尚未能分配给田宅的人员中,乡政府要根据他们登记户籍的时间先后排出一个授田宅的先后次序来,早者优先;在同时登记户籍的人员中,有爵者优先。二是乡里要把准备受田宅人员的资料上报给县政府,县里就根据乡里排好的先后次序给他们颁授田宅。

(2) 受田宅,予人若卖宅,不得更受。(《户律》)

秦汉的受田宅是一种有受无还的土地长期占有制,但政府也不是完全放任不管,而是保留在一定条件下进行干预的法律权力。这里说民众都是一次性的受田宅,假如你私下将田、宅送给别人,或者卖掉宅基地,那就不能再重新受田宅了。

(3) 欲益买宅,不比其宅者,勿许。为吏及宦皇帝,得买舍室。(《户律》)

当时法律规定,土地不准买卖,但宅基地似乎有一定程度的松动。百姓若是想通过"买宅"扩大自己的宅基地,一定要二者是紧挨着的邻院。但若是官吏和皇帝身边的郎官有需求,则可以直接购买宅基地,不需要受"比邻"条件的局限。

(4) 田宅当入县官,而诈代其户者,令赎城旦,没入田宅。(《户律》)

因为绝户人家的田宅,法律规定要由国家收回。假若有人冒充其有继承权的亲属身份,而非法获得其遗留的田宅,则没收其非法所得,当事人还要被处以"赎城旦"(以若干罚款替代四至五年劳役刑)的刑罚。

(5) 诸不为户,有田宅,附令人名,及为人名田宅者,皆令以卒戍边二岁,没入田宅县官。为人名田宅,能先告,除其罪,有(又)畀之以所名田宅,它如律令。(《户律》)

对于本人没有登记户籍,而冒用别人的名分非法占有田宅者;或者让别人冒用自己的户籍而非法获得田宅者,一律判罚过错者以戍卒身份戍边二年的劳役刑,还要没收其非法占有的田宅。但是若能先向官府自首,重新登记户籍,不仅可以除罪,又可以合法获得这份田宅。这项法律体现了宽严结合的精神,官方的真正目的一是让土地尽快与劳动者结合在一起,二是保证官府租税征收的完整无缺而不流失。

(6) 代户贸卖田宅,乡部田啬夫、吏弗为定籍,盈一日,罚金各二两。(《户律》)

合法继承田宅或者有人合法买卖原占有人的田宅,若乡政府、"田啬夫"和办事吏员稽留拖延,没有及时变更相关户籍上的登记内容,每超过一天,就要对所有责任人各罚金二两。这项法律的出发点还是防止官府对农民征收租税的落空。

(7) 民欲先令相分田宅、奴婢、财物,乡部啬夫身听其令,皆参辨券书之,辄上如户籍。有争者,以券书从事;毋券书,勿听。所分田宅,不为户,得有之,至八月书户。留难先令,弗为券书,罚金一两。(《户律》)

这是关于家庭内部财产分割问题的相关法律规定。居民家庭成员有想要根据先人遗嘱,以分割和继承先人名下的田宅、奴婢、财物,在立遗嘱前,乡政府的负责人(啬夫)要亲自聆听立遗嘱人的真实意思,并且书写下来。协定的形式是一式三份,其中有一份与政府存档的户籍放在一起。等到后来分割田宅等财物时,如有争议,一定要按照当初的书面协定办理。若没有书面协定,政府可不受理。分割后的田宅等财物,可暂时不立新户,其数量和价值也不用马上登记户籍,而是由持有者先实际占有,等到八月官府正式检核户籍时,再重新立户登记在新的户籍簿上。主管吏员若有违逆遗嘱,从中为难作梗,不为相关乡民缮写书面协定的行为,则给以罚金一两的处罚。

(8) 民大父母、父母、子、孙、同产、同产子,欲相分予奴婢、马牛羊、它财物者,皆许之,辄为定籍。孙为户,与大父母居,养之不善,令孙且外居,令大父母居其室,食其田,使其奴婢,勿贸卖。孙死,其母而代为户。令毋敢逐夫父母及入赘,及道外取其子财。(《户律》)

一个大家庭因户主去世等原因想要分家的,包括其祖父母、父母、儿子、孙子、兄弟、侄子等在内的亲属,都有权分割大家庭的财产(包括奴婢、马牛羊、土地等)并分组小家庭。因为这对政府收税征役有利,一律准许,但是要分立户籍并将财产变动情况在户籍上注明。假如孙子为户主,祖父母与其同居,而孙不尽孝道,那就将其孙逐出,令其外居,而由其祖父母住其房舍,可役使其奴婢,享受其土地收益,但不许私自出卖。假如孙子又死,由其母亲代为户主,也不许驱逐其前夫的父母或者招新夫人赘,也不许其从外面盗取其儿子的财产。

(9)诸后欲分父母、子、同产、主母、假母及主母、假母欲分孽子、假子田以为户者,皆许之。(《户律》)

有家庭继承权的多人想要分割其父母、儿子、兄弟、主母、假母(父之偏妻)的田产,或者其主母、假母想要分割其庶子、孽子(夫之前妻之子)的田产,以建立独立的家庭户籍,政府一律批准。朱先生就此分析说,以上(7)(8)(9)三条律文,"都说明汉政府对田产归谁所有并不关心,而是关心田产分割后必须定籍。因为只有'定籍',政府才能根据户籍上登记的田产数量征收租税和赀税……所以汉政府为了掌握田宅的真正占有情况,非常注意田产分割后的定籍问题,并鼓励田产分割后独立建立户籍,这与军功爵制、名田制被破坏后豪强地主提倡聚族而居的大家庭观念是不一致的"[①]。

(10)女子为父母后而出嫁者,令夫以妻田宅盈其田宅。宅不比,弗得。其弃妻及夫死,妻得复取以为户。弃妻,畀之其财。(《置后律》)

[①] 朱绍侯:《朱绍侯文集》,河南大学出版社,2005,第163页。

《二年律令》还有一些保护妇女所拥有的田产的律文。假如女子作为户主但又没有合法继承人而拥有田宅,她以后出嫁,她所携带的田宅就要并入其丈夫的名下,以充作丈夫作为户主应该从政府得到的田宅数额。但如果后来丈夫遗弃妻子或者丈夫死亡,妻子仍要重新恢复其户主身份。妻子如果遭到遗弃,她带来的田宅等财产还要重归于她而让其带走。

(11) 寡为户后,予田宅,比子为户后者。其不当为户后,而欲为户以受杀田宅,许以庶人予田宅……(《置后律》)

假如寡妇为户主的合法继承人,政府给予其田宅的数量,可以按照独生子为继承人时所享有的爵级标准来授予。假如她不应该继承为户主,想要独立户籍而单立门户,就要降低给予她田宅的数量,只能按照庶人的标准受田宅。朱先生说:"以上两条律文都说明汉政府对所授出的田宅,还有权进行干预和调整,政府对授出去的田宅仍进行着严密的管理。"①

(12) 民宅园户籍、年细籍、田比地籍、田命籍、田租籍,谨副上县廷,皆以筐若匿匦盛,缄闭,以吏若丞、官啬夫印封。独别为府,封府户。节(即)有当治为者,令史、吏主者完封奏(凑)令若丞印,啬夫发,即杂治为。臧(藏)□已,辄复缄闭封臧(藏),不从律者罚金各四两。其或为诈伪,有增减也,而弗能得,赎耐。官恒先计雠,□籍□不相(?)复者,系劾论之。(《户律》)

---

① 朱绍侯:《朱绍侯文集》,河南大学出版社,2005,第164页。

这是一条关于户籍管理的法律。从律文可以看出,汉政府对居民户籍管理的严谨精细与对居民及其家庭财产进行管治的全面深入,是我们过去所没有认识到的,这可以从以下几个方面来进行分析。

首先,汉代的户籍制度共涉及五种文书,一是"宅园户籍"。朱先生认为"似指居民的住宅、田园登记簿",也有人认为是"关于民户家庭人口及各类财产的总括性簿籍"。二是"年细籍"。朱先生认为"指占有宅园的逐年记录",也有人认为与另条律文所说的"年籍爵细"相同,指登记一户居民"年龄、籍贯、爵位等详细情况"的簿籍。三是"田比地籍"。《二年律令》注者认为指"记录田地比邻次第的簿籍",即以比邻四至来记录其田地位置及面积大小的簿籍文书,对此学术界没有疑义。四是"田命籍"。关于其性质,学术界争议最大。朱先生认为即"田名籍",应是"登记土地在谁的名下占有"的簿籍。也有人认为"命"指爵命之家,应是"具有豁免特权不需要缴纳田租者的土地册"。五是"田租籍"。朱先生认为它用于"记录田租数量,是收租税的底账",诸家的解释也都与此相近。

其次,从这条重要律文中还可以看出,汉政府对民户田宅占有状况的管理"极其严谨细密"。五种户籍文书,正本存于乡部,副本集中起来,以箧或者匣柜的形式呈送到县廷,经由县令、丞、官啬夫加印后,再送入专门的府库封存秘藏。以后如因某种需要而查看或修改相关籍簿时,先由主管官吏呈报县令、丞,被批准后,再凭县令、丞的官印准许官啬夫将原封开启,使用完毕后再马上按原样加印封存。如在程序上违反这些规定,则对各主管吏员每人罚金四两。吏员如有意诈伪,以增减户籍上的人口、田宅、租税等原始数字,而主管官吏没有及时发现,则要被判刑"赎耐"(赎刑,罚金十二两)。主管官吏还要经常检核校对各种户籍上的数字,一旦发现与实际情况不符的现象,就要及时向上级检举并处罚违法之人。①

最后,从总体上看,秦汉户籍的内容丰富而且重要,包括每个家庭的人口、田宅、租税征收等详细信息。它的重要性在于既是国家授出田宅给予民户的前提,国家徭役和赋税的征发也是以户籍记载为依据。故每个家庭的情况有了变动,田宅财产发生分割或转移,都被要求及时更改户籍。其程序是:当事人首先找到乡部,报告家庭变化的相关情况,然后乡啬夫同意他新立或者修改户籍的申请,接着由乡部书写一式三份的券书("三辨券"),最后是"辄上如户籍",即乡、县保存的正副户籍文书都要根据券书做相应的修正。户籍文书确定之后,居民家庭财产及户等的变化一清二楚,赋税徭役的征发,都要依此为凭据。另外更加重要的意义在于,它也是国家管治基层社会的不可或缺的工具。通过户籍贯彻"什伍连坐制",严密控制每个家庭每个人,"以县系乡,以乡系里,以里系伍,以伍系户,以户系口",从而编织出一张庞大的纵横网络,将专制皇权对社会进行管治的触角伸向王朝疆域的每一个角落。

朱先生进一步指出,《二年律令》对人口和田宅的严格管理,说明名田制与军功爵制是紧密联系着的一种社会等级制度,

---

① 参见朱绍侯:《朱绍侯文集》,河南大学出版社,2005,第164-165页。

它是以军功为基础由商鞅变法建立起来的,带有军事管制的特色,适合于长期战乱社会的需要。汉初吕后时期的《二年律令》出现多处"名田宅"的字眼,说明名田就是"以名占田"之义,也就是"受田"。这是在军功爵制盛行时,按户籍上的人名和爵位高低及其他身份不同,各占有(注意不是"所有")不同数量田宅的制度,它与后世晋朝的"占田制"、北魏的"均田制"那样以官品和男女劳动力等级的不同而分配不同数量土地的体制不同,这是商鞅最早创立的制度。到西汉初年吕后时期,名田制和军功爵制都已经发展到了鼎盛,但也因此将要盛极而衰了。此后,随着汉帝国一统局面的相对稳定,社会经济的持续发展,土地私有及兼并狂潮的兴起,这种按照军功爵秩分配田宅及其他经济权益的名田制就会被逐渐侵蚀和破坏,汉政府对土地资源进行严密管制的一套做法也不能再继续延续。到东汉初年,刘秀连清查田亩的"度田"措施也无果而终,只好让土地兼并自然地发展下去了。①

4. 汉代"名田制"被破坏的过程及其原因

在文章的最后部分,朱先生阐述了汉代"名田制"被破坏的过程及其原因。他说,历史上的土地制度,都有一个不以人的意志为转移的发展规律,即"一切文明民族都是从土地公有制开始的……这种公有制在农业的发展进程中变成生产的桎梏,它被废除,被否定,经过或短或长的中间阶段之后,转变为私有制"。辕田制和名田制所属的"土地长期占有制",就是这样一个中间

---

① 参见朱绍侯:《朱绍侯文集》,河南大学出版社,2005,第165页。

阶段。它的彻底败坏以及向土地私有制的全面转换,应该是在吕后之后的西汉时期。经过两种制度反反复复数百年的拉锯斗争,其间还伴随着数次的土地兼并高潮,"名田制"终于在东汉时期彻底退出了历史舞台。

其一,在汉文帝之前,即高祖、惠帝、吕后时期,《汉书·食货志》说"未有兼并之害,故不为民田及奴婢为限"。为促使国民经济的平稳发展和趋向繁荣,政府实行"黄老无为"的放任政策,对民间通过买卖而获得土地和奴婢的做法和数量并无限制,事实上名田制已经出现了很大的缺口。到了文、景时期,继续采取无为政治,随着社会经济的发展,民间就开始出现两极分化,破产农民"卖田宅、鬻子孙"的现象就开始出现,及至汉武,就出现了第一次土地兼并高潮。面对"富者田连阡陌,贫者无立锥之地"的严重情况,董仲舒提出"限民名田以澹(赡)不足,塞并兼之路"的建议,呼吁汉武帝修复和维护已经残破的名田制,加大政府的干预力度。于是汉武帝采取铁腕手段,用酷吏打击地方新兴起的豪强和商人地主,才把这次来势汹汹的土地兼并高潮压制下去。虽然如此,朱先生还是认为,"自商鞅变法以来所建立的名田制(受田制)却彻底被破坏了"。因为原被豪强地主兼并的土地,主要有两种来源:一是脆弱的受田百亩的自耕农,他们经不起水旱灾害、政府的横征暴敛以及豪强发放高利贷的摧残夹击,大量的破产流亡;二是当初被授予了大量田宅的军功地主,因其不肖子孙骄逸挥霍,最易腐朽,他们手中的田宅被变卖一空,走向破落沦丧。这是土地私有制带来的必然后果,不是皇帝和国师们靠主观意志就可以扭转的。以后再立军功的新贵将领,虽仍有封侯之举,但所受赏赐多为官职和金钱,以军功授田宅的名田制度再也不能全面恢复。①

其二,汉武之后,经过"昭、宣中兴",在社会经济获得快速发展的同时,到成、哀时期,又出现了更为猛烈的第二次土地兼并高潮。这次参与兼并的虽然还有地方豪强和富商大贾,但其主力已经变成凭借政治权势疯狂兼并聚敛的官僚贵族,甚至皇帝也购置私产。在这种"三位一体"新豪强的来势汹汹进逼之下,广大小农毫无招架之力,纷纷沦为流民和奴隶。"富豪吏民訾数巨万,而贫民益困"的严重局面,已经使得皇权统治摇摇欲坠。一些开明的官僚士大夫就幻想再拿出早已沉沦的名田制来救世,于是提出了一个改良性质的"限田限奴"方案。一是从诸侯王、列侯、公主到吏民,"名田皆无得过三十顷";二是限制蓄养奴婢,最高诸侯王200人,最低吏民30人;三是商人皆不许占有田地,也不许当官为吏;四是凡占田、蓄奴超过限额的,一律由政府没收。但就是这样一个温和的方案,也遭到朝中既得利益集团的反对,迫使汉哀帝下诏搁置而无法施行。②后代多次有人企图仿制名田制,但都像肥皂泡一样破灭了,它已不再有丝毫的实用价值。因为它是特定时期的产物,已经不再适应新的"经济状况"的发展需要。

其三,西汉王朝为土地和奴婢问题所困而灭亡,横空出世的王莽想要救世。他抛开已经无用的名田制,开出一个更古老的

---

① 参见朱绍侯:《朱绍侯文集》,河南大学出版社,2005,第165-166页。
② 参见朱绍侯:《朱绍侯文集》,河南大学出版社,2005,第167页。

"井田制"的药方:"更名天下田为王田,奴婢为私属,皆不得卖买。其男口不盈八,而田过一井者,分余田与九族、邻里、乡党,故无田今当受田者如制度。"结果,浪漫的复古迷思并不能解决现实问题,王莽灭国殒身,他失败得更惨烈。王莽改制失败,刘秀重建东汉王朝。刘秀对自己手下立功的将相大臣,虽然也有封侯赏官的举措,但以爵位的高低而授田授宅的"名田制"终究未能恢复。此并非刘秀不想,而是心有余而力不足。它曾试图"度田",以检核天下户口和田亩数量及其分布状况,结果"郡国大姓及兵长群盗处处并起",引起猛烈的民变和豪强的叛乱。自西汉中期之后,土地私有制已经发展成为不可阻挡的历史潮流,刘秀既然不想激化朝廷与颇具实力的地方大族之间的矛盾,"度田"之举也就不了了之。东汉不得不放弃了对最重要生产资料——土地的官方管制,因为在社会上占统治地位的已经是新的靠土地私有而崛起的豪强地主阶级。而那些凭借军功爵位的高低而占有不同数量田宅的军功地主阶级,也早已随着土地私有化进程的加速而退出了历史舞台。①

朱先生在文章最后说,过去"对军功地主掌权的重要性及阶段性没有说清……因为过去并不知道军功地主有多大实力。《二年律令》所记载的以军功爵秩为标志的受田受宅数字,才知道军功地主拥有的土地数量是非常惊人的,才使我们把军功地主与豪强地主掌权的不同时期、不同特征搞清楚了,这也就是我

---

① 参见朱绍侯:《朱绍侯文集》,河南大学出版社,2005,第167-168页。

写本文的主要目的"①。

三、对贾谊、王充和王符思想的研究

一般认为,朱先生的学术研究往往对政治、经济、军事方面的制度问题着眼较多,而不轻易撰写关于古代思想史方面的文章。但他在1985年的《河南大学学报》(社会科学版)第1期和第4期上集中发表了两篇关于东汉思想家王充的研究成果,又在1987年的《河南大学学报》(哲学社会科学版)第1期上发表论文,全面分析东汉思想家王符的思想。更在2016年的第5期《中原文化研究》上发表《贾谊民本思想浅析》,在2018年第12期《史学月刊》上发表《贾谊是提出"疑罪从无"的第一人》两文。总体来看,朱先生这种学术上的冲动和爆发应该不是偶然的,而往往是对当时社会思潮的一种呼应。前此多年,政治曾不恰当地过多干预学术,中国历史"儒法斗争"说就是一个显著的例证。从八十年代初期开始,史学界对此进行了深刻的反思,出现了"拨乱反正"的大讨论。朱先生曾对他的学生说,悠久的河南大学历史系之所以让人肃然起敬,因为它是一个学术殿堂,是一个可以让人精神深潜、思想高飞的地方。不管社会上刮什么风,它都坚持自己的学术品性,而不受其他外在因素的干扰。所以,朱先生这几篇文章的写作和发表,其言外深意当由此解。

---

① 朱绍侯:《朱绍侯文集》,河南大学出版社,2005,第167-168页。

（一）贾谊民本思想的"四重要素"

在"儒法斗争"论者的历史人物谱系中，贾谊是典型的法家人物。而法家人物的政治思想都是以国家或者君主为本位，强调"赏""罚"为治国之"二柄"，不会拿儒家的民本主义作为自己治国的根本理念。但朱先生从实事求是的学术立场出发，判断贾谊应当是一位带有法家色彩的儒家人物，所以他专门撰写此文对贾谊的民本思想进行论析。

在中国古代，民本思想源远流长。简单地说，它的内涵就是《尚书·五子之歌》的"民为邦本，本固邦宁"和《谷梁传·桓公十四年》的"民者，君之本也"，即民众是国家和君主统治的基石与根本，一旦发生动摇，政权就会土崩瓦解。无怪乎孟子说出"民为贵，社稷次之，君为轻"的重话，以鼓吹儒家的民本思想。

贾谊是汉初的一位著名思想家，著有《新书》五十八篇。朱先生以此书的《大政上》一篇内容为根据，来分析民本思想的"四重要素"，即为政需要以民为本、以民为命、以民为功、以民为力。

首先是"闻之于政也，民无不为本也。国以为本，君以为本，吏以为本。故国以民为安危，君以民为威侮，吏以民为贵贱，此之谓民无不为本也。"[①]朱先生分析说，国家是安全还是危险，取决于民众能否全力对敌；君主是威风八面还是受人轻慢侮辱，取决于他能否得到民众的支持；官吏的地位是高贵还是低贱，取决

---

① 阎振益、钟夏校注：《新书校注》，中华书局，2000，第338页。

于他们能否权为民所用,因而深受对方的拥戴。这就是为政需要"以民为本"。

其次是"闻之为政也,民无不为命也。国以为命,君以为命,吏以为命。故国以民为存亡,君以民为盲明,吏以民为贤不肖,此之谓民无不为命也。"①朱先生说,这里的"命"指的是生命和命运。从一定角度讲,只有民众才可以决定国家、君主、官吏们政治上的生命和命运。这种提法也是对以往民本思想的深化。

再次是"闻之于政也,民无不为功也。故国以为功,君以为功,吏以为功。国以民为兴坏,君以民为强弱,吏以民为能不能,此之谓民无不为功也。"②朱先生说,这里的"功"指的是功绩和功效。国家、君主和官吏都必须依靠广大的民众,才可以让他们的治理政通人和,达到最优的效果。这就是以民为功。

最后是"闻之于政也,民无不为力也。故国以为力,君以为力,吏以为力。故夫战之胜也,民欲胜也;攻之得也,民欲得也;守之存也,民欲存也……故其民之为其上也,接敌而喜,进而不能止,敌人必骇,战由此胜也……故夫灾与福也,非粹在天也,必在士民也。呜呼,戒之!戒之!夫士民之志,不可不要也。"③也就是说,一个国家、君主、官吏的生死存亡,全部都取决于其治下的"士民之志"。那么这样重要的勇于为国出力的"士民之志"如何得以产生的呢?朱先生说,国家、君主、官吏如果"遇事都能把民放在第一位,就会得到人民全心全意的支持而无往不利。

---

① 阎振益、钟夏校注:《新书校注》,中华书局,2000,第338页。
② 同上。
③ 同上书,第338-339页。

否则,就会失去人民的支持,使国家、社会限于困境,这是应该警戒的"。

(二)《贾谊是提出"疑罪从无"的第一人》

儒家提倡的民本思想,不是一个空洞的口号,而是有许多丰富的内容的。比如孟子认为治理国家的政治体系有"霸道"和"王道"两种:"以力假仁者霸",法家的严刑酷法就是霸道;"以德行仁者王",儒家的施行仁政就是王道。这方面的一个最突出的表现就是统治者能否对人民"省刑罚"。省刑罚不是完全不要刑罚,而是要用得合理合情,是将其作用压缩到最低限度。朱先生就从此角度给予贾谊"疑罪从无"的主张以很高的评价,称他为此种提法的历史第一人。

1. 现代的"疑罪从无"概念

"疑罪从无"本是一个现代司法概念,是指在刑事诉讼中,检察机构对犯罪嫌疑人的犯罪事实不清,证据不确实、不充分,就不应当追究刑事责任,而应当作出不起诉的决定。如中国《刑事诉讼法》第一百七十七条或者此法第十六条规定的情形之一的,都有适用于这项规定的情形。但关于"疑罪"的概念,却不是现代的,而是古已有之。古罗马法中采用"罪案有疑,利归被告"的原则,即从有利于被告的角度出发,作出从宽或从免的判决。"疑罪从无"在近代资产阶级启蒙运动中,被作为一项思想原则提出。1764年7月,意大利刑法学家贝卡利亚提出了"无罪推定"的理论构想:"在法官判决之前,一个人是不能被称为罪犯的。"这是指任何人在未经判决有罪之前,应视其无罪。后该原则被许多西方国家的宪法、宪法性文件或国际条约所采用。德国刑事诉讼中采用"罪疑唯轻"的原则,英、美、法系等国没有"疑罪从无"的说法,但有"疑罪"的概念。历史上中国所说的"疑罪从无"理念,其实是现代司法体系"无罪推定"原则的一个派生标准。

2. 贾谊之前对"疑罪"的处理

朱先生研究认为,虽然中国是世界上最早创建法典的国家之一,但在黄帝、唐尧之前是兵、刑不分,这时还没有产生法律制度。到虞舜时,创立了以"象"为名的法典,但内容不传于后。夏、商、周"三代"各有法典,《左传·昭公六年》"夏有乱政而作禹刑;商有乱政而作汤刑;周有乱政而作九刑",但禹刑、汤刑、九刑的具体内容仍不详。春秋时郑国执政子产于前536年将本国的法律条文铸于鼎上,这就是史学界公认的第一部成文法《刑书》,以区别于前此"刑不可知,则威不可测"的秘密法,可惜其内容我们今天仍知之不详。

战国时魏国李悝著《法经》六篇。《盗法》惩罚窃取财物,《贼法》处置人身伤害,《囚法》是收监之法,《捕法》是抓捕罪犯之法,《杂法》则涉及"轻狡、越城、博戏、借假不廉、淫侈、逾制"等杂七杂八的各种犯罪,《具法》是"具其加减",即视具体情况加重或者减轻刑罚的规定。朱先生认为,李悝《法经》的"内容主要是讲处理刑狱的范围及对象,而不涉及处理疑狱的问题"。商鞅以《法经》为蓝本制定《秦律》,其内容并无实质性的变化,这"从他建立'什伍连坐法'来推断,商鞅也不会考虑解决疑罪的问题。秦统一后崇尚法治,从其'焚书''坑儒'及'以古非今者族'的政策来推断,对疑罪更不会宽恕"。①

西汉初萧何在《秦律》六篇的基础上增加了《户》《兴》《厩》三律,成为《九章律》,但在其中也看不到关于处理疑狱方面的内容。但在《汉书·刑法志》中却记载有汉高祖刘邦七年诏书的相关内容:"狱之疑者,吏或不敢决,有罪者久而不论,无罪者久系不决。自今以来,县道官狱疑者,各谳所属二千石官,二千石官以其罪名当报之。所不能决者,皆移廷尉,廷尉亦当报之。廷尉所不能决,谨具为奏,傅所当比律令以闻。"县有疑狱,上报郡级长官;郡亦有疑,再上报中央廷尉;廷尉亦有疑,上奏皇帝终审。朱先生说:"上报三级的疑狱审判制度,比一级审判所作出的决定要慎重多了。"这无疑是中国法制史上的一大进步。

3. 贾谊倡议"疑罪从去"

汉文帝时,贾谊在汉高祖七年诏令的基础上,更进一步提出"疑罪从去"的倡议。据《新书·大政上》:"古之立刑也,以禁不肖,以起怠惰之民也,是以一罪疑,则弗遂诛也,故不肖得改也;故一功疑,则必弗倍(背)也,故愚民劝也。是以上有仁誉,而下有治民。疑罪从去,仁也;疑功从予,信也。戒之哉,戒之哉。"

朱先生认为,这里"疑罪从去"的"去"字,即"除去"的意思。除去嫌疑者的罪名,这与现代"疑罪从无"的精神完全一致。贾谊的倡议主要是避免发生冤假错案,保护疑罪者不受伤害。

---

① 参见朱绍侯:《贾谊是提出"疑罪从无"的第一人》,《史学月刊》2015年第12期。

当然,"疑罪从去"也并不是随意放人了事,官府还可以对疑案继续进行追查以搜集证据。如果有了充分证据,就变成铁案,还可以对嫌疑人逮捕后再审判。

贾谊提倡"疑罪从去(无)",这在中国法制史上是破天荒的,也是世界法制史上的一件大事。所以称贾谊为提出"疑罪从无"原则的第一人,我们是有充分理由的。

4. 贾谊"疑罪从去(无)"理念的影响

贾谊当时,汉文帝虽未能接受他"疑罪从去"的原则,但却促使统治者重视疑狱问题。文帝任命张释之为廷尉,奉行"罪疑者予民"的政策。《汉书·刑法志》师古注曰:"从轻断。"即把疑罪者交给民众审议讨论,其目的是要从轻处理。同时文帝下诏废除肉刑和连坐法,史称当时"刑罚大省,至于断狱四百,有刑错(措)之风"。这些举措都和贾谊提出"疑罪从无"的理念有一定关联。

汉景帝继续执行文帝的轻刑政策。一是"诸狱疑,若虽致于法,而人心不厌者,辄谳之"。对《汉书·景帝纪》中元五年诏,师古注曰:"厌,服也……谳,平议也。"即对疑狱,若判罪后被告不服,应当重新审议,这样就有轻判或免罪的可能。二是"狱疑者,谳有司;有司所不能决,移廷尉。有令谳而后不当谳者,不为失。欲令理狱者务先宽"(李昉等《太平御览》卷六四〇)。此诏书与高祖刘邦七年诏书的精神一致,并进一步强调,对疑罪先由基层机构(有司)审理,有司不能解决的,要上报廷尉审理。对于不该上报廷尉而上报的疑罪,也奉行"宁滥勿缺"的原则,官员不为过失。

朱先生认为,文景时期由于受贾谊思想的影响,对疑狱问题的关注及具体的审判规定,均比刘邦时期有所进步,只是还未达到"疑罪从去"的境界。值得注意的是,在汉代广泛流传的《礼记·王制》一篇中体现的观点,却非常接近贾谊的思想:"疑狱氾与众共之。众疑,赦之。"孔颖达疏曰:"己若疑彼罪,而不能断决,当与众庶共论决之也。众疑赦之者,若众人疑惑,则当放赦之。"这又与后来成书的《孔子家语·刑政篇》"疑狱则泛与众共之,疑者赦之"的语句大同小异,均可视为贾谊理念的余波。

东汉之后随着儒家民本思想向司法领域的持续渗透,对疑狱问题的处理也更加宽容。如陈宠为廷尉,"数议疑狱,常亲自为奏,每附经典,务从宽恕,帝辄从之,济活者甚众"(范晔《后汉书》卷七六)。还有东汉明帝时的楚郡太守袁安,冒着生命危险,释放了"楚王英案"所牵连的嫌疑人员四百余家。东晋广汉太守周处甫一上任,"郡多滞讼,有经三十年而不决者,(周)处详其枉直,一朝决遣"。按照朱先生的说法,这些都是没有提"疑罪从去"的口号、而按照"疑罪从去"办法去做的古代典型事例。

南朝刘宋学者何承天,他研究当时的司法制度,提出的主张是"狱贵情断,疑则从轻"(沈约《宋书》卷六四)。还有《魏书·刑罚志》所记载的"以有司断法不平,诏诸疑狱皆付中书,依古经义论决之"。这些都可视为古人对解决疑狱问题的艰辛探索。

5. "疑罪从无"的理念为何难以贯彻

朱先生从秦汉魏晋南北朝史的研究范围内,总结出了古代中国处理疑狱(罪)问题的五种态度。一是疑狱上报三审;二是"疑罪从去(无)";三是疑狱"与众共之",疑者赦之;四是疑狱"无明验者,条上出之";五是"疑罪从轻"。其中"疑罪从去"最应该作为长期的制度确立下来,但"由于历史的局限性,没有得到实践的机会。这说明它是一种超前的进步思想,以后再也没有人提出过"。关于"疑狱上报三审"和"疑狱与众共之,疑者赦之"的主张,也应该加以肯定,但明显要比"疑罪从去"的主张差一个档次。因为"赦之"是指有罪而赦,无罪是不须赦的。关于疑狱"无明验者,条上出之",从实际效果来看,它与"疑罪从去"差别不大。但这是明君贤臣的一时举措,并非法定政策,中下层的官吏是不敢照做的。关于"疑罪从轻",这是一种笼统模糊的提法,如何轻? 轻到何种程度? 司法官员往往难于精准掌握。

总之,由于中国古代专制主义政权的人治而非法治性质,无论从理论还是从实践上,都不可能产生"疑罪从无"的制度性规定。现实状况是,在明君贤臣当政时,容易秉公执法,审讯和处刑就会公正和透明一些;而在昏君奸臣当道时,就会"罪同而论异……所欲活则傅生议,所欲陷则予死比"(班固《汉书》卷二三《刑法志》),哪还管你疑狱不疑狱! 只有在依法治国的时代,才能产生"疑罪从无"制度生存的合适土壤。

(三)《论王充对孔子及儒家学派的评价》

此文发表在《河南大学学报》(社会科学版)1985年第1期上。朱先生开宗明义,就提出了自己的问题意识和基本认识:"由于王充在《论衡》中有《问孔》、《刺孟》两篇文字,就误认为王充是反孔、反儒的,其实,这是以偏概全,很不公允的评论。秉公而论,王充不仅不反孔,而且也不能笼统地说他反儒。"①朱先生将全文分为两大部分,一是关于王充"对孔子的评价",二是关于王充"对儒家的评价",都是以王充留下的《论衡》中文字为依据,对之进行了实事求是的分析和论证。

1.《论衡》中确有批评孔子的言论

在认为王充是反儒、反孔的学者看来,作为圣人的孔子是不能批评的,否则就是反对孔子。于是他们搬出《论衡·问孔篇》中的一些事例和文字,来证明王充反孔。朱先生认为,这和汉代俗儒神圣化孔子的荒谬逻辑如出一辙,根本不能成立。

王充秉持自己理性化的思想体系,在《问孔篇》中一连举出18个事例,指出孔子"之言上下多相违,其文前后多相伐";在《知实篇》中又连举18个事例,证实圣人也不能先知先觉。王充的这种批评,不过是要擦去孔子身上被汉代俗儒所涂抹的那层油彩,以证明神学化儒家思想之荒谬,而还孔子的本来面貌而已。

如《论语·阳货篇》载有孔子的"匏瓜"之论。背景是,卫国中牟的叛乱贵族佛肸,召孔子到他那里去从政。孔子已经打算去,但其弟子子路坚决反对,因为这违背了孔子一向坚持的反对"乱臣贼子"的立场。孔子就辩解说:"吾岂匏瓜也哉,焉能系而不食?"孔子一心要恢复周代的文、武之道,所以才如此急切地找机会从政,还脱口就说出"我难道是个匏瓜,光挂着看而不让人

---

① 朱绍侯:《雏飞集》,河南大学出版社,1988,第117页。

吃怎么行呢"这样的话,从而违背了君子"从道不从势"的基本原则,确实有不妥之处。对此王充在《问孔篇》中对之也有责难之言:

> 孔子之言,何其鄙也!何彼"仕"为"食"哉?君子不宜言也。鲍瓜系而不食,亦系而不仕等也。距子路可云,"吾岂鲍瓜也哉,系而不仕也"。今"吾系而不食",孔子之仕,不为行道,徒求食也。

王充直率批评孔子的失言,并没有超越他儒家的基本立场,根本看不出他有代表法家对孔子大加挞伐的意思,又何来的"儒法斗争"?王充还认为,圣人只有人性而没有神性,他在《问孔》中一再说:"夫贤圣下笔造文,用意详审,尚未可谓尽得实;况仓卒吐言,安能皆是?""苟有不晓解之问,追难孔子,何伤于义。诚有传圣业之知,伐孔子之说,何逆于理?"

所以不管王充是批评还是赞扬孔子,他都秉持着实事求是的态度,承认孔子也是"不学不成,不问不知"的人而不是神。只是孔子能"见窈睹微,思虑洞达,材智兼备,强力不倦",因而使一般人"差贤一等"。朱先生认为,"不能说王充批判了孔子,就是反孔。以求实的态度来看待《论衡》,应该承认,王充在《论衡》中对孔子的评价是相当高的"①。

2. 王充是批判性地宗孔、尊孔

朱先生认为,王充的本来面目是"批孔而又宗孔、尊孔"。从《论衡》中的材料出发,可以充分证明王充对孔子的评价是相

---

① 朱绍侯:《雏飞集》,河南大学出版社,1988,第118页。

当高的,甚至也可以说有拔高、美化之嫌。比如:

(1) 称孔子为"圣才"。见《效力篇》:"孔子周流,无所留止,非圣才不明,道大难行,人不能用也!故夫孔子,山中巨木之类也。"

(2) 称孔子为"才智、德鸿之人"。分见《命禄篇》和《累害篇》:"虽才智如孔子,犹无成立之功";"以方心偶俗之累,求益反损。盖孔子所以忧心,孟轲所以惆怅也。德鸿者招谤,为士者多口"。

(3) 称孔子为"篇家"和"鸿笔"。见《须颂篇》:"篇家谁也?孔子也。然则孔子鸿笔之人也。自卫返鲁,然后乐正,雅、颂各得其所也。鸿笔之奋,盖斯时也。"所谓"鸿笔之篇家"即大手笔之著作家。

(4) 称孔子为"文人"。见《佚文篇》:"孔子,周之文人也……鸿文在国,圣世之验也……文人之笔,独已公矣,贤圣定意于笔,笔集成文,文具情显。"此"文人",指道德高尚和有文化修养之人,义同"圣人"。

(5) 称孔子为"周圣师"和"贤圣之臣"。见《逢遇篇》:"稷为儿以种树为戏,孔子能行以俎豆为弄……禀善气,长大就成,故种树之戏为唐司马,俎豆之戏为周圣师";"或以贤圣之臣,遭欲为治之君,而终有不遇,孔子、孟轲是也"。比较《白虎通义·圣人》的解释:"圣者通也,道也,声也。道无所不通,明无所不照,闻声知情,与天地合德,日月合明,四时合序,鬼神合吉凶。"这里王充之"圣"明显不同于《白虎通义》官方之"圣"。朱先生说,王充"削去了孔子头上的神圣灵光,基本上恢复了孔子的本来面目"①。而在官方的经典中,孔子已被完全神圣化了。

(6) 称孔子为"素王"。见《超奇篇》:"孔子作《春秋》,以示王意。然则孔子之《春秋》素王之业也。诸子之传书,素相之事也。"所谓"素王",就是上天钟情的无冕之王。这里一方面说明王充认为《春秋》确立了世间"褒善贬恶"的准绳,对孔子是十分推崇敬仰的;另一方面也说明在官方意识形态营造的强大舆论氛围之下,即使王充也不能完全"脱俗",从而未能将其批判精神贯彻到底。

(7) 称孔子为"百世师表"。分见《率性篇》和《别通篇》:"孔门弟子七十之徒,皆任卿相之用,被服圣教,文才雕琢,知能十倍,教训之功而渐渍之力也……卒能政事,序在四科,斯盖变性使恶为善之明效也";"孔子病,商瞿卜期日中。孔子曰:取书来,比至日中何事乎?圣人之好学也,且死不休,念在经书,不以临死之故,弃忘道艺,其为百世之圣,师法祖修,盖不虚矣"。王充所尊所宗的是沾染人间烟火气的孔子,而不是高高在上失去了真性情的假圣人。

(8) 称孔子为"道德之祖"和"君子"。分见《本性篇》和《艺增篇》:"孔子道德之祖,诸子之中最卓者也";"君子者,谓孔子也"。王充膜拜孔子,但还是将之放在"诸子之中";"君子"也只是人品高尚、学业精勤而已,都没有对之进行有意的"神化"。这是王充实事求是精神的体现。

(9) 称孔子为"大人"、"功德应天"和"十二圣之一",又凸

---

① 朱绍侯:《雏飞集》,河南大学出版社,1988,第124页。

显了王充的时代局限性:"大人与天地合德,孔子大人也。"(《感类篇》)"孔子生时,功德应天,天不封其身,乃欲封其后乎?"(《书虚篇》)"孔子,舜之次也,生无尺土,周流应聘,削迹绝粮……以圣人之才,犹不幸偶……"(《幸偶篇》)"汤困夏台,文王拘羑里,孔子厄陈、蔡。三圣之困,天不能祐。"(《感虚篇》)"传言黄帝龙颜,颛顼载午,帝喾骈齿,尧眉八彩,舜目重瞳,禹耳三漏,汤臂再肘,文王四乳,武王望阳,周公背偻,皋陶马口,孔子反羽。斯十二圣者,皆在帝王之位,或辅主忧世,世所共闻,儒所共说,在经传者,较著可信。"(《骨相篇》)

对以上几条有关神化孔子的材料应该如何看待?朱先生提出三点认识:

第一,王充"把孔子与这些古圣先贤相提并论,足以证明他对孔子是十分推崇敬仰的……就因为他写了《问孔篇》,而说王充反孔,这未免太冤枉王充了"①。王充一方面宗孔、尊孔,另一方面又在《问孔篇》中大胆指出孔子言论的自相矛盾之处,这充分体现了他实事求是的精神。但在东汉这样一个高度神化孔子的社会氛围里,他被那些不许对圣人有半句微词的卫道士所排斥,从而成为非主流的在野思想家,也就是顺理成章的事情了。

第二,王充的唯物自然观和无神论都是一种经验型的粗糙理论,缺乏理性的细微分析。他以此来解释社会历史现象,一方面否定谶纬神学所宣扬的"天人感应说",否定社会治乱都来自上天的意志;一方面又运用道家"气"的理论,陷入自然主义的

---

① 朱绍侯:《雏飞集》,河南大学出版社,1988,第124页。

偶然论、不可知论和时命论。他认为,人皆有命,但不是有意志的人格神"天"所决定的,而是"自然之道,适偶之数,非有他气旁物厌胜感动使之然也"(《偶会篇》),即由一种自发、盲目和偶然性的所秉之"气"所决定的。

第三,王充的命定论,使他相信骨相是人们不同命运的"表候",所以圣人的长相都不同于常人。除了人的"命",还有所谓国的"命",它直接取决于天上星宿的变化,即《命义篇》所说"国命系于众星,列宿吉凶,国有祸福"。因而国家的治乱也不以人的意志为转移,包括孔子在内的圣人也对之无能为力。王充在《治期篇》说:"故世治非贤圣之功,衰乱非无道之致。国当衰乱,贤圣不能盛;时当治,恶人不能乱。"国之治乱,不在当道者的贤圣和邪恶,而在于国"命"、遭"时"和天地"历数"的运行。这充分显示了王充思想的时代局限性。

总之,王充让人不要相信有意志的"天"或其他人格神,但又找不到人间富贫贵贱治乱现象背后的本质原因,只能认为这也和自然现象一样,都是受某种盲目自发的必然性的力量("道"和"气")的运行所支配,而人自身却无力加以改变。这种机械唯物论者的命定论,最终在哲学上陷入形而上学和不可知论的泥潭,体现了古代朴素自然论者的历史局限,即使杰出如王充者也难以突破。

3. 王充对儒者分层分类的评价

对于王充是否"反儒"的问题,朱先生认为"一言难尽"。他先把汉儒分为"鸿儒""贤儒""硕儒""文儒""世儒"等进行分层次的分析,然后再从总体上对"儒生"和"文吏"之间的长短得失进行比较和评判。

（1）称赞鸿儒。王充在《超奇篇》中，将儒者分为四类："夫能说一经者为儒生，博览古今者为通人，采掇传书以上奏记者为文人，能精思著文连结篇章者为鸿儒。故儒生过俗人，通人胜儒生，文人逾通人，鸿儒超文人。"王充对能进行创造性著书立说的鸿儒推崇备至，认为"材鸿莫过于孔子"，而且他很自负自己也是这样的人，"谢师而专门，援笔而众奇"，只是"吾材不逮孔子"而已。至于次等为"采掇传书以上奏记"的文人，也能制作表文，只是学识见解不及鸿儒。再次为通人，"通书千篇"，"以教授为人师者"，虽博览古今，但也只是"徒诵读"而已。最末是儒生，只能"通一经"，见识有限，仅比"俗人"略强而已。这里的高下划分标准，实质就是看其能否具有思想创造力。①

（2）颂扬贤儒。王充在《状留篇》中颂扬的"贤儒"，一是学问、节操俱佳，"怀古今之学，负荷礼义之重，内累于胸中之知，外劬（qú，辛苦也）于礼义之操"；二是怀才不遇，"世人怪其仕宦不进，官爵卑细，以贤才退在俗吏之后"，于是"锐意于道，遂无贪仕之心"。朱先生认为，这里也有王充自己的"自喻之意"。在《效力篇》中，王充又拿贤儒与农夫、士卒、工匠和佐史相比，总体上认为"筋骨之力不如仁义之力荣也"。贤儒们"论道议政"，焕发出"仁义之力"，才是对社会的最大贡献。②

（3）尊重硕儒。王充在《本性篇》中，对各家学派关于人性

---

① 参见朱绍侯:《雏飞集》，河南大学出版社，1988，第125-126页。
② 参见朱绍侯:《雏飞集》，河南大学出版社，1988，第126-127页。

的见解进行了介绍和评论,而对名家公孙龙的"人性有善有恶"之说最为赞赏。他说"唯世硕儒公孙龙子之徒,颇得其正"。所谓"硕儒",就是大儒,即有道德有学问的儒者,也指博学善思之人。如晋人葛洪《抱朴子·尚博》:"百家之言,虽有步起,皆出硕儒之思,成才士之手。"无疑,王充对这类儒者也是高度尊敬的。

(4) 重视文儒。王充在《书解篇》中说:"著作者为文儒,说经者为世儒。"在《效力篇》中又说:"文儒非必诸生也,贤达用文则是矣。"文儒应该是指儒者中能从事撰述的人,但广义来说,也泛指文士。这类人的特点,《效力篇》说其"怀先王之道,含百家之言",但"不遭有力之将援引荐举,亦将弃遗于衡门之下,固安得升陟圣主之庭,论说政事之务乎"?王充的意思,朝廷应该重用文儒,让他们有机会陈述自己对当朝理政的意见。

(5) 批判世儒。所谓"世儒",即职业"说经者",专指东汉的经师。王充在《问孔篇》中说:"世儒学者,好信师而是古,以为贤圣所言皆无非,专精讲习,不知难问。"王充批判的不是他们不该习儒向学,而是不知独立思考,陷入神学化儒学的穿凿附会之中。如《谴告篇》批判世儒的灾异说:"又言人君失政,天为异;不改,灾其人民;不改,乃灾其身也。先异后灾、先教后诛之义也。"这些灾异之论,不见于先秦典籍和孔、孟之说,名为"儒者之说",其实"俗人言也"。

朱先生评价说:汉代的学术界笼罩着"谶纬"迷信和"灾异谴告"说的迷雾。所谓"世儒",主要是指经今文学派,后来经古文学派也参加进来,他们把学术界和社会搞得乌烟瘴气。刘秀即位后,进一步宣布"图谶"于天下,使神学化的儒学思想和谶纬迷信成了社会的正统教条。在此背景下,"王充敢于独树一帜,扛起批判的大旗,实属难能可贵"①。

王充不仅批判"世儒"的谶纬迷信谬论,而且也批判他们对"五经"的歪曲和鹦鹉学舌式的传教活动。如《正说篇》云:"儒者说五经,多失其实。前儒不见本末,空生虚说。后儒信前儒之言,随旧述故……及时蚕仕,汲汲竞进,不暇留精用心,考实根核。故虚说传而不绝,实事没而不见,五经并失其实。"又如《定贤篇》云:"儒者学,学儒矣,传先师之业,习口说以教,无胸中之造,思定然否之论。邮人之过书、门者之传教也,封完书不遗,教审令不遗误者,则为善矣……虽带徒百人以上,位博士、文学,邮人、门者之类也。"

朱先生对此评价说:王充对于世儒们按照旧章"传先师之业"的批判,虽不像批判谶纬迷信那样激烈,但也把他们比作古代的邮人、门者之类,认为他们充其量只是起到了传书递信、收发文书的作用,而根本培养不出来能独立思考、有创造性思维的学者,更遑论学术大师。"这表明王充对'世儒'的蔑视。"②

(6) 比较文儒与世儒的优劣。

王充在《书解篇》中首先提出问题,"著作者为文儒,说经者为世儒,二儒在世,未知何者为优?"然后他用设问自答的方式展开自己的观点。

---

① 朱绍侯:《雏飞集》,河南大学出版社,1988,第131页。
② 同上书,第132页。

设问为"或曰文儒不如世儒"。理由有三:一是世儒专门解经析传,"义理广博",大家都眼见为实;二是"说经者"有规可循,学者比较容易上手,故能吸引众人不远千里前来依附,"门徒聚众",可以让"身虽死亡,学传于后";三是政府为之设立如博士、文学等"在官常位",能受到世人的尊重。而文儒正好相反,一是他们"为华淫之说,于世无补";二是"故无常官,弟子门徒不见一人";三是"身死之后,莫有绍传","此其所以不如世儒者也"。

下面的"答曰"云云,实际就是王充对以上设问"文儒不若世儒"理由的反驳,从正面展开自己的观点,也可析为三条。一是文儒和世儒"俱追圣人,事殊而务同,言异而义均,何以谓之文儒之说无补于世"？二是文儒之业,卓绝而无所遵循,富于创造性,"业虽不讲,门虽无人",但"书文奇伟,世人亦传"。世儒是"虚说",文儒是"实篇",请问"孰者为贤"？三是周公"制礼乐",孔子"作《春秋》",都是文儒的事业,可以传闻不绝,永垂不朽。汉代陆贾、司马迁、刘向、扬雄等"文章之徒"也是文儒,其"才能若奇,其称不由人"。而"《诗》家鲁申公、《书》家千乘欧阳、公孙"均为世儒,若非司马迁作《史记》,"世人不闻"。一类文儒"以业自显",一类世儒"须人乃显",谁更能立德扬名于后世？

朱先生认为,王充力论"文儒贤于世儒,而这类的世儒还是指鲁申公、欧阳、公孙(弘)等名家。像前面所说的专讲谶纬迷信的世儒、俗儒就更等而下之了"。"总而言之,王充所推崇、颂扬的是有真才实学的儒者,而批判的是趋炎附势、附会阴阳五行、谶纬迷信而利禄熏心的世儒。其矛头所向是已经神学化了的经今文学派。而对孔子所传的先秦儒学(五经)还是尊重的。这就是王充对儒家学派的基本立场。"①

4. 王充"扬儒生、抑文吏"的基本态度

儒生和文吏是汉代身份不同的两个社会阶层,都对当时的社会生活有很大的影响。朱先生首先进行概念界定:所谓"儒生",是指"通晓经学的知识分子",特点是"通经学,明道义"。所谓"文吏",就是"有点文化知识,而又懂得吏事的刀笔吏",在"官府中有一定的实权",是"鱼肉人民的最残酷的爪牙"。②

王充在《程材篇》中用比较的方法,指出儒生和文吏各自的长处和短处:"论者多谓儒生不及彼文吏,见文吏利便而儒生陆落,则诋訾儒生以为浅短,称誉文吏谓之深长。是不知儒生,亦不知文吏也。"这里"利便"即得意、得志,"陆落"即沉沦、不得志。但从道德教化的角度看,前者"志在修德,务在立化,则夫文吏瓦石、儒生珠玉也",肯定儒生占有绝对优势。"夫文吏能破坚理烦,不能守身,则亦不能辅将;儒生不习于职,长于匡救,将相倾侧,谏难不惧"。总之"文吏以事胜,以忠负;儒生以节优,以职劣。二者长短,各有所宜"。一个是以处理吏事见长,一个是以道德和忠诚凸显,但二者绝不是半斤八两的关系:"儒生所学者,道也;文吏所学者,事也……儒生治本,文吏理末",二者相比较,则"定尊卑之高下,可得程矣"。况且"儒生能为文吏之

---

① 朱绍侯:《雏飞集》,河南大学出版社,1988,第133页。
② 参见朱绍侯:《雏飞集》,河南大学出版社,1988,第128-129页。

事,文吏不能立儒生之学。文吏之能,诚劣不及"。这里王充的态度很清楚,就是推崇儒生,贬抑文吏。

在《量知篇》中,王充对于文吏和儒生的出仕又做了进一步的对比:文吏和儒生"皆为掾吏,并典一曹……不知之者,以为皆吏,深浅多少同一量,失实甚矣"。因为儒生有先王之道和经传之学,故"儒生不为非而文吏好为奸者,文吏少道德而儒生多仁义也"。假如儒生和文吏"俱以长吏而为主人者也,儒生受长吏之禄,报长吏以道;文吏空胸无仁义之学,居住食禄,终无以效,所谓尸位素餐者也"。王充进一步解释说,"文吏贪爵禄,一日居位,辄欲图利以当资用,侵渔徇身";而"儒生学大义,以道事将,不可则止,有大臣之志,以经勉为公正之操"。这里的王充之言尽管不无绝对化,但作为总的趋势来判断还是不错的。

朱先生说,王充几乎是全面地肯定了儒生,而文吏则一无是处。二者之间的差距为什么这样大?关键在于儒生皆"简练于学,成熟于师",而文吏则"不入师门,无经传之教",因而不能成器成材。可见"王充颂扬儒生,是颂扬其有经学教养,实际这也是对儒家学派的全面肯定"。王充当然有反儒的言行,但"他反的是世儒,批判的是曲解孔子之术的儒者,即宣扬谶纬迷信的汉儒"①。

(四)《王充对诸子的评价》

朱先生在发表《论王充对孔子及儒家学派的评价》一文后

---

① 朱绍侯:《雏飞集》,河南大学出版社,1988,第130页。

不久,他马上又发表本文。据说原因在于,王充是一位学识渊博,具有鉴别能力和批判精神的学者,"博通众流百家之言"。在《论衡》中,除对儒家学派进行过评论之外,还延及诸子百家,"从这些评论中,可以看出王充对各家学派的真实态度"①。其实在汉武帝"罢黜百家,独尊儒术"之前,儒家也是"诸子"之一,头上并没有"圣人之学""经学"这些神圣光环。这一点从司马氏的《论六家要旨》和班固的《汉书·艺文志》中就可以充分地看出来。因此,将本文和上篇合成一体来看也并无不妥,也许还可以加深我们对它们各自内容的理解。

全篇分为五个部分,评论文字或长或短,我们依其次序来简单介绍。

1. 对儒、墨的的评价

朱先生首先解释标题:"王充在对诸子的评价中,经常把儒、墨两家放在一起评论,而且对这两家的评价比较高。"如《别通篇》:"孔、墨之业,贤圣之书……成人之操,益人之知……圣贤言行,竹帛所传,练人之心,聪人之知,非徒县邑之吏对向之语也。"即儒、墨两家都是品行高尚而不鄙俗、重视道德教化的学派。

王充在《程材篇》中申论孔、墨之学的重要性:"材能之士,随世驱驰;节操之人,守隘屏窜。驱驰日以巧,屏窜日以拙。非材顿、知不及也,希见阙为,不狎习也。盖足未尝行,尧、舜问曲折;目未尝见,孔、墨问形象。"为什么智能灵巧之人在社会上应

---

① 朱绍侯:《雏飞集》,河南大学出版社,1988,第134页。

对自如、前后奔走,日益被重用;而品行高尚、注重道德修养之人却日益被排斥和抛弃,不得不隐匿山林。一个"日以巧",一个"日以拙",都是因为未能经常向尧、舜、孔、墨的"圣人之道"进行学习和请教。

王充对孔、墨之业非常尊重,在《累害篇》中又说:"夫未进也,身被三累;已用也,身蒙三害。虽孔丘、墨翟不能自免,颜回、曾参不能全身也。"朱先生说,这"是一个反证资料,意思是说虽有孔、墨、颜、曾之贤圣,也难免有三累、三害"。所谓"三累"指在"未进"即未进入仕途时,因人际关系的不和谐所造成的被愤恨、被诋毁、被连累;所谓"三害"指在"已用"即进入仕途后,因为上下级或同级关系的不和谐所造成的被责备、被罪罚、被伤害。

尊重是尊重,但儒和墨毕竟是两家而不是一体。朱先生说,王充"对两家的评价也不是完全一致的,如果分别言之,还是扬儒抑墨"。如他在《案书篇》中提出,"儒道传而墨法废者,儒之道义可为而墨之法议难从也"。理由就是"墨家薄葬右鬼,道乖相反违其实,宜以难从也"。王充从墨家既"右鬼"又"薄葬"的主张中看出了其理论的自相矛盾,而且"用墨子之法,事鬼求福,福罕至而祸常来也。以一况百,皆若此类也"。所以,让墨法"废而不传"是有理由的。仅从"以一况百"这句武断的话来看,王充对墨家的态度确实是压抑和苛求的。

相反,王充也发现了儒家主张的不当之处,"但却是用谅解的态度为之辩护"。如《雷虚篇》:"难曰:《论语》云:'迅雷风烈必变';《礼记》曰'有疾风迅雷甚雨则必变,虽夜必兴,衣服冠而坐'。惧天怒,畏罚及已也。如雷不为天怒,其击不为罚过,则君子何为为雷变动朝服而正坐乎?"有人发出难问:儒家经典《论语》和《礼记》有这样的记载,不正是说明它们相信"天"是有感情的人格神,能够发怒对人施加惩罚。所谓天象的"疾风迅雷甚雨",正是"天人感应"的体现,所以人们要"虽夜必兴,衣服冠而坐",这不正是一种迷信思想吗?而王充却为儒家辩解说:"《论语》所指,《礼记》所谓,皆君子也。君子重慎,自知无过……内省不惧,何畏于雷?""君子变动,不能明雷为天怒,而反著雷之妄击也。妄击不罚过,故人畏之。如审罚有过,小人乃当惧耳,君子之人无为恐也。"

朱先生对此评论说:

> 本来《论语》、《礼记》所云闻雷变而衣冠朝服正坐,是有迷信成分的。但是,让王充这么一解释,则成了"君子重慎",唯恐雷电妄击伤人的一种恻隐之心的表现,很显然这是对《论语》、《礼记》原意的曲解,目的是为儒家经典进行辩护。王充对墨家的主张是那样的苛求,对儒家的言论是这样的曲护,其扬儒抑墨的态度是很明显的。①

2. 对法家、阴阳五行家的评价

王充在对诸子百家的阐述中,对法家是充分肯定的。他在《案书篇》中说:"商鞅相秦,作耕战之术;管仲相齐,造轻重之篇。富国丰民,强主弱敌,公赏罚,与邹衍之书并言。而太史公两纪,世人疑惑,不知所从。"在《书解篇》中,王充又说:"管仲相

---

① 朱绍侯:《雏飞集》,河南大学出版社,1988,第136页。

桓公,致于九合;商鞅相孝公,为秦开帝业。"在《对作篇》中,王充还说:"韩国不小弱,法度不坏废,则韩非之书不为。"

在这三条史料中,都体现了王充赞赏法家"富国强兵"方针的态度。不管是秦法家从军事着眼的"耕战之术",还是齐法家从经济着眼的"轻重之篇",宗旨都是为了"强主富国",争取兼并事业的最后胜利。王充对历史上的法家是表示理解的。但除此之外,朱先生更看出王充的另外一层重实事、轻虚言的学术取向,以此来解释王充对"邹衍之书"的不认同。

朱先生说,王充责难太史公把法家著作"与邹衍之书并言"的做法,认为这将使得"世人疑惑,不知所从",从而表明了"王充对五行家的批判态度"。王充为什么要批判阴阳五行家？他在《案书篇》中说:"齐有三驺(驺邹字通,衍其一也)衍之书瀇(汪)洋无涯,其文少验,多惊耳之言。案大才之人,率多侈纵,无实事之验;华虚 诓诞,无审察之实"。王充虽然承认邹衍是"大才之人",但认为其学说大而不当,华而不实,全属毫无根据的胡说,因而必须"给予否定"。①

这里应该考虑的一个重要因素是,阴阳五行家是战国后起的一个学派,它发展出一种天地宇宙、人事万物和社会政治相互比附和纠缠套用的思想体系,即阴阳五行学说,对后代影响很大。作为西汉儒家代表人物的董仲舒,就特别吸收这种学说来作为自己"天人感应""君权神授"主张的哲学基础,使之成为一种构造体系和解答问题的思维模式。后来阴阳五行又和汉代流

---

① 参见朱绍侯:《雏飞集》,河南大学出版社,1988,第136-137页。

行的谶纬迷信结合在一起,构建成了官方意识形态的一个组成部分,把当时的思想学术界搞得乌烟瘴气。王充作《论衡》,正是抱着"拨乱反正"的决心,以黜落虚妄之语,彰扬平直之说。了解这一点,就不会对王充断然否定阴阳五行家的学说感到奇怪了。

3. 对名家的评价

王充对名家也持批判态度。《案书篇》:"公孙龙著坚白之论,析言剖辞,务曲折之言,无道理之较,无益于治。"朱先生一针见血地指出,王充的"这种批判是直言无讳的"[①]。但从今天的眼光来看,王充的批判未必没有可商榷的余地。

王充说名家"无益于治",而司马谈所论中国古代的诸子,"此务为治者也,直所从言之异路,有省不省耳"。司马贞《史记索隐》云:"六家同归于正,然所从之道殊途,学或有传习省察,或有不省者耳。"或许名家就是六家中比较"另类"的一家。"名家"顾名思义,其宗旨就是"正名实",或者说要"控名责实",使"参伍不失"。裴骃《史记集解》引晋灼曰:"引名责实,参错交互,明知事情。"用今天的话来说,名家提倡写文著书,要用严密的纯粹逻辑推演的方法,进行概念界定和循名责实,并认为只有这样,才能真正把一个问题论证得清楚、明确和确定不移。在今天,这门学问就是"形式逻辑"。儒家、法家也讲"正名"和"循名责实",但却并不信服名家这种纯学术的方法,而是务实地让其学说直接与政治结合,为政治服务,如董仲舒使经学神学化的完

---

① 朱绍侯:《雏飞集》,河南大学出版社,1988,第137页。

成。汉人不但不去"省察名实",反而嫌弃名家的逻辑推演方法"苛察缴绕……专决于名而失人情"。这与王充所批评公孙龙的"析言剖辞,务曲折之言,无道理之较,无益于治"都是一个意思。

金春峰先生在其《汉代思想史》的《绪论》中说:

> 汉代认识论思想的基调是经验主义。正如冯友兰先生《新原道》指出的,汉人的思想是积极地(的),不知道抽象的玄思……在汉代,凡是先秦或魏晋驰骋过抽象玄思的地方,哲人们都给予实际的经验主义的答案……把这种方法用之于"公羊学",是把一切历史事件,牵强附会地和灾异相联系,由此引出现实的政治结论,因而"观天意"成为最基本的方法……由于汉人的思想方法局限于经验和直观,因此汉人用以整理和归纳认识成果的最基本的范畴,不是类似亚里士多德提出的实体、数量、性质、关系、时间、地点、姿态等等,也不是康德提出的纯时间和空间,或种种知性、理性范畴,而是和阴阳五行相结合的具体的时间和空间。汉人用阴阳五行作为认识模式,把一切经验材料都归入其中,由这个模式去进行推演、运算……这种"推论"不是由感性上升到理性,让思想摆脱经验直观的局限,不过是感性经验经过"类比"、"推类",而被阴阳五行模式所吸收覆盖而已。总之,经学把经验主义的认识方法发展到了它的极端。当然,事情也有它矛盾的一面。在发展经验主义的认识方法的同时,在汉代,理性以及在理性基础上的思辨也仍然得到了发展。在《淮南子》、《道德指归》、《法言》以及

《论衡》中,我们可以看到出色的理性成分和思辨因素……从而为魏晋本体论思辨,作了相当的酝酿与准备。①

呜呼!"名家"独立思想体系在秦汉之际过早的消散和凋零,不能不说是中华文化的重大损失。它直接影响到了近代科学思想在中国本土能否自发地形成,以及现代化社会转型的早日顺利完成。

4. 对道家的评价

朱先生说,"王充在对诸子的评价中,最推崇道家,认为道家高于一切。据此而说王充属于道家学派也不为过"。他举出《自然篇》中的一段话:

> 谓天自然无为者何?气也。恬淡无欲,无为无事者也,老聃得以寿矣。老聃禀之于天,使天无此气,老聃安所禀受此性……至德纯渥之人,禀天气多,故能则天……贤之纯者,黄老是也……黄帝、尧、舜大人也,其德与天地合,故知无为也……天道无为,故无为之为大矣!

朱先生就此评论说,"把天作为自然,作为'气',这是左派道家唯物主义的观点,认为老子的无为,'禀之于天',这是对老子的又一崇高评价";"说'贤之纯者,黄老是也'和'黄帝、尧、舜大人也',这是对道家最崇高的评价。除了对道家,王充对任何一家都没有做出这样高的评价"。② 即使王充在把道家与儒家进行对比时,也"明确地表现出扬道抑儒的立场"。这仍如《自

---

① 金春峰:《汉代思想史》,中国社会科学出版社,1997,《绪论》第9-11页。

② 参见朱绍侯:《雏飞集》,河南大学出版社,1988,第137-138页。

然篇》所云：

> 老子、文子似天地者也。淳酒味甘，饮之者醉不相知；薄酒酸苦，宾主频蹙。夫相谴告，道薄之验也……礼者，忠信之薄，乱之首也。相讥以礼，故相谴告……末世衰微，上下相非，灾异时至，则造谴告之言矣……夫天地无为，故不言。灾变时至，气自为之。夫天地不能为，亦不能知也……夫寒温、谴告、变动、招致，四疑皆已论矣。谴告于天地尤诡，故重论之。论之所以难别也，说合于人事，不入于道意。从道不从事，虽违儒家之说，合黄、老之义也。

这一段话"尊道批儒"的意思很明显。王充把道家人物比作味甘的淳酒，对汉儒所倡导的灾异、谴告之说则大加挞伐，称为"忠信之薄，乱之首也"，是酸苦的薄酒。王充认为，汉儒之所以大行其道，是"末世衰微、上下相非"的结果，并且显示自己在这个问题上坚定的道家立场。他选择"从道不从事，虽违儒家之说"，但却要"合黄、老之义"。朱先生说："王充只是在儒道对比时，才明言抑儒扬道，而在与其他学派对比时，往往是扬儒而抑其他学说。这种观点在《论衡》中，可以说是'一以贯之'。"[①] 朱先生的话可谓一语中的，它促使我们深入思考汉代甚至整个中国古代儒、道两家的复杂关系，以及王充等人"援道入儒"的重大意义。

首先，"在中国古代，作为民族精神与文化的既相互对立而又相互补充的独立思想体系，只有儒家与道家。儒家的人文主

---

① 朱绍侯：《雏飞集》，河南大学出版社，1988，第138页。

义与道家的自然主义……作为两种既相互对立而又相互补充的思想,真正影响和调剂着中国古代的文化、智慧、理想、情趣,达两千年之久"①,汉代则是这种"儒道互补"关系的真正开端和重要阶段。至于先秦六家中的其他四家,则分别为儒家和道家所肢解和吸收,墨、法、名、阴阳作为一种独立的学派和思想体系,在汉朝之后确实不复存在了。

其次,汉代"罢黜百家",黄老曾是首要目标,但却未能奏效。原因不仅在于其声势浩大、影响深远,主要在于它是"立足于中国社会及民族根基之上,有见于天人关系的一个方面的真正独立的思想体系"。在汉代思想史上,"儒家与黄老思想的对立、矛盾及其相互融合、影响,也是支配全过程的基本历史现象"②。儒、道关系的第一阶段是在先秦和汉初,不但体现为儒、道之间外在斗争和对立的"你死我活",同时也有陆贾、贾谊、董仲舒等人提出不少儒、道结合的命题。第二阶段是汉武帝时儒学定于"一尊"之后,双方之间的对立更加尖锐,但体现在刘安《淮南子》、司马迁《史记》和严遵《道德指归》之中的儒、道思想是相互吸收和相互融合的倾向继续发展。

再次,第三个阶段最为重要。这时儒家思想吸收黄老的基本观念以成为自己体系的基石,从而使儒学本身发生了重大变化:"这个阶段的代表人物有王充、郑玄,而扬雄是它的开端。扬雄的《太玄》的宇宙图式,其'玄'的观念就是来自老子……接着

---

① 金春峰:《汉代思想史论》,中国社会科学出版社,1997,《绪论》第5页。
② 同上书,《绪论》第7页。

是王充,自觉地引进黄老的自然观念,作为天道观的基石,从而不仅否定了儒家的天神、天命思想,也破坏了儒家宗法伦常赖以存在的基础。到郑玄注《乾凿度》时……为引老注易,在经学内部实现儒道融合,奠定了道路和基础。以后王弼的易学,不过是郑玄思想的进一步发展而已。"①

最后,汉代黄老思想和儒家思想的对立,核心问题是目的论与自然论的对立。以董仲舒为代表的目的论体系,虽然强调文化和人的实践和创造活动的价值,但它的立足点是有神论或变相的有神论。因此它不能正确理解人与文化的本质,也不能正确理解自然的本质,理解人与自然的真实的关系。"自然论思想以《淮南子》、《道德指归》和《论衡》为代表……它发展了理性的批判成分,对神学目的论及谶纬进行了有力的批判。但它过分强调机械的因果性,往往否认人的主观能动性而陷入宿命论,又往往片面强调偶然性而陷入神秘主义。"②

5. 赞颂"通人"

朱先生在文章的最后一部分,主要解决两个问题:一是王充思想的学术属性,他究竟属于传统上的道家还是儒家?二是王充思想的阶级属性,他究竟是代表农民阶级还是统治阶级?

朱先生对第一个问题的回答,说王充扬道抑儒、赞颂黄老学说,并不等于就说"王充是道家学派的一员";说王充苛求墨家,曲护儒家,"其扬儒抑墨的态度是很明显的",但王充也并没有

---

① 金春峰:《汉代思想史》,中国社会科学出版社,1997,《绪论》第7页。
② 同上书,第7-8页。

对墨家"全部否定"。所以,真实的王充是一位"博通众流百家之言"而"不守章句"的学者。他对诸子百家都有评论,为的是"铨轻重之言,立真伪之平";为的是择善而从,而"不墨守一家"。王充的本意,是称颂"人含百家之言"的通人,而不在于否定某家诸子。① 看《别通篇》的论述:"通人胸中怀百家之言,不通者空腹无一牒之诵";"夫富人不如儒生,儒生不如通人。通人积文十箧以上,圣人之言,贤者之语,上自黄帝,下至秦汉,治国肥家之术,刺世讥俗之言备矣";"夫人含百家之言,犹海怀百川之流也。……夫一经之说,犹日明也,助以传书,犹窗牖也。百家之言,令人晓明,非徒窗牖之开、日光之照也。是故日光照室内,道术明胸中,开户纳光,坐高堂之上,眇升楼台,窥四邻之廷,人之所愿也";"夫大人之胸怀非一,才高知大,故其于道术无所不包。学士同门高业之生,众共宗之。何则?知经指深,晓师言多也。夫古今之事,百家之言,其为深多也,岂徒师门高业之生哉"。

由以上材料,可见王充之博大胸襟。所谓"怀百家之言,择善而从之",这不仅是王充对汉代学术发展的良好愿望,也是他对自己学术属性的"君子自道"。

关于第二个问题,即王充思想的阶级属性,在上世纪曾有很多中国思想史的著作,断言王充是"代表农民阶级的思想家"。朱先生认为,"这种提法很值得商榷"。他举出《答佞篇》中王充的一段话来证明自己的观点:

---

① 参见朱绍侯:《雏飞集》,河南大学出版社,1988,第139页。

> 君子则以礼防情,以义割欲,故得循道,循道则无祸;小人纵贪利之欲,踰礼犯义,故进得苟佞,苟佞则有罪。大贤者君子也,佞人小人也。君子与小人本殊才行异,取舍不同。

朱先生说,王充如此划分君子和小人,这与儒家主张的"君子喻于义,小人喻于利"的见解完全一致,即将社会上、下阶层之人分别以"君子"和"小人"的名谓而称之,并且加以道德上的美化或污名化。因此朱先生判断:"应该说这也是王充最根本的主张,据此而说王充思想是代表农民阶级利益的,是难以使人信服的。"朱先生又进一步说:"王充思想只能是代表统治阶级……是统治阶级思想中的一支,而且是当时最进步的思想,是汉代最光辉灿烂的伟大思想。"[①]换句话说,王充所反对的神学化的儒学和谶纬迷信思想,虽然是汉朝统治思想的"正统",但其腐朽堕落的学风,已经失去了人们的信任,失去了国家意识形态的正常功能,甚至危及到汉朝统治的稳定。正是出于挽救汉王朝统治危机的良苦用心,王充才提出另外一种理性化的自然论思想体系,并且产生越来越大的积极影响。王充的思想,只能是站在统治阶级立场上思考的产物,而不可能代表农民阶级而发,因为中国古代视野狭窄的小农阶层,是不可能拥有自己独一无二的思想体系的。

---

① 朱绍侯:《雏飞集》,河南大学出版社,1988,第141页。

(五)《王符经济、政治、哲学思想论略》

王符是东汉学者,字节信,安定郡临泾县(今甘肃省镇原县东南)人。少好学,有节操,生性耿介,不苟同于世俗,以此不得进升官场。忧愤不平,乃隐居,著书三十余篇,以讥当世得失,故取名《潜夫论》。朱先生认为,由于王符是以在野的士人身份著书立说,对当时经学的衰落,政治统治的腐败等社会问题看得比较清楚,因此在《潜夫论》中"指讦时短,讨谪物情",就比较直言不讳,"足以观见当时风政",反映了王符在经济、政治、哲学等各领域发表的高论卓识。

一方面,范晔著《后汉书》,将王充、王符、仲长统三人置于一传来写,认为他们是同一种类型的思想家,自有他的道理。另一方面,现当代多部中国思想史著述,都认为东汉晚期有一个社会批判思潮,其中最重要的代表人物就是王符、崔寔和仲长统。王符虽称说自己追循孔子和儒学,但实际却综合了道、儒、法三家,具有自己鲜明的思想性格和时代特色,这确实和王充多有类似之处。由此,朱先生在发表了研究王充思想的两篇论文之后,很快又撰写了本篇研究王符思想的文章,其动机我们就不难理解了。

1. 王符的经济思想

朱先生研究王符的经济思想,涉及许多方面,但大要不离两端:一是适应时代发展的需要,提出了新的"本末观";二是珍惜民力,批判统治阶级的穷奢极欲。其主要目的都是探讨如何能更好地推动社会生产力的发展。

其一,中国古代社会的经济基础是一家一户的个体农业,王符也和在他前后的许多思想家一样,曾大声疾呼"重农"。如他在《浮侈篇》中说:"一夫不耕,天下受其饥;一妇不织,天下受其寒。"它体现的就是重农思想。这种思想常常被以"重农抑商"、"重本抑末"的方式表达出来。"本"的本义是根本或基础,这里指农业;"末"的本义是末梢或无足轻重,这里指手工业和商业。许多人认为,政府应该重视和强调"本农",应该打击和抑制空手游食的工、商"末业",这从商鞅到西汉的有识之士,大家都在这样的"本末观"指导下来理解重农思想的。

但朱先生经过审慎的研究后说:"如果对王符思想不进行全面深入的研究,就会认为王符的重农思想与传统的'重农抑商'、'重本抑末'的思想完全一致,而对王符所说的'游手为巧'、'游食'、'虚伪游手'的真正含义,不大注意。"[1]其实,王符的"本末观"已经与秦和西汉大不相同,如其所著《务本篇》云:

> 及为人之大体,莫善于抑末而务本,莫不善于离本而饰末。夫为国者,以富民为本。……夫富民者,以农桑为本,以游业为末;百工者以致用为本,以巧饰为末;商贾者以通货为本,以鬻奇为末。三者守本离末则民富,离本守末则民贫。

朱先生对此解读说:"王符所说的重本抑末,已与秦汉以来传统的以农为本,以工商为末的思想大不相同;而是说农工商,

---

[1] 朱绍侯:《雏飞集》,河南大学出版社,1988,第143页。

各有其本,各有其末……王符并不是反对一切手工业、商业,而是反对手工业中的游手巧饰者,反对商业中的'鬻奇'者。而对手工业中的'致用'者,商业中的'通货者',不仅不反对,而且还认为他们也是本,是应该鼓励、提倡的。王符的农工商各有其本、各有其末的思想,比起以农业为本、以工商为末的传统思想是一种进步,有利于农工商业的正常发展。"①王符新"本末观"的提出,是一种治国理念的大进步。一个社会中,生产与流通之间,可以是一种互为促进的双赢关系,人为地片面地限制工商业的发展,孤立地去发展农业,不仅农业自身不能很好发展,而且会打乱社会经济内部结构的平衡,无谓的增强自然经济的成分,由此成为古代社会发展停滞的重要原因。历史证明,古代社会的农业能否正常发展,往往取决于国家机器本身对农民的剥削和压迫程度,而不能完全归罪于工、商业者。盲目夸大农、工、商之间的矛盾,认为重农必须抑商的理论是站不住脚的。

其二,朱先生说,王符"在强调农、工、商各有其'本'、各有其'末'时,其突出的重点,还是强调'重本农'"。为什么?因为所谓的"本、末"的划分有一个前提,这就是要看"公"与"私"。王符认为凡是符合国家利益的,就是"公",皆可归于"本";凡是"贫邦"之举,皆于"家"有利,就是"私",皆可归于"末"。如其《潜夫论·务本篇》云:

> 夫用天之道,分地之利,六畜生于时,百物聚于野,此富国之本也;游业末事以收民利,此贫邦之原,……故力田所

---

① 朱绍侯:《雏飞集》,河南大学出版社,1988,第143-144页。

以富国也,今民去农桑,赴游业,披采众利,聚之一门,虽于私家有富,然公计愈贫矣。百工者所使备器也,器以便事为善,以胶固为上,今工好造雕琢之器,巧伪饰之,以欺民取贿,物以任用为要,以坚牢为资,今商竞鬻无用之货,极淫侈之弊,以惑民取产。虽于淫商有得,然国计愈失矣。此三者外有勤力富家之私名,然而有损民贫国之公实……

朱先生分析此段文字,提出四点分析:(1)王符认为,去农桑,赴末业,虽然私家可以富,但却使公家贫困,因而提出"力田富国论"。(2)王符提出,百工治器以实用、耐用为上,而制造雕饰巧伪之器是"欺民取贿"。(3)王符提出,商业竞鬻无用之器,淫商可以得利,却使国计民生受到损伤。(4)王符的结论是,为政者应该明督工、商,使之不要从事"淫伪";困辱"游业",勿使擅利。大力采取措施"宽假本农",以达到"民富而国平"的目标。①

其三,为了能够真正做到"重本农""宽假本农",王符又提出了"爱日"和"日力"的主张,要求统治者爱惜民力,减省官府徭役。如《爱日篇》云:

国之所以为国者,以有民也;民之所以为民者,以有谷也;谷之所以丰殖者,以有民功也;功之所以能建者,以日力也。

所谓"日力",就是劳动日,或者是以日为计算单位的劳动时间。有了充裕的日力,劳动者才能够殖谷建功。如何给予他

---

① 参见朱绍侯:《雏飞集》,河南大学出版社,1988,第144页。

们"日力"?《爱日篇》又云:

> 圣人深知力者乃民之本也,而国之基。故务省役,而为民爱日。

所谓"爱日",就是爱惜农业人口的劳动时间,主要途径有二。一是国家必须减省兵徭役,二是尽量节省农民的辞讼时间。朱先生说,"像王符这样响亮地提出,从一切方面爱惜人民的劳动日,这是以前的政论家所少见的"①。

其四,王符极力反对当时社会流行的浮侈之风,特别是贵戚豪家婚丧嫁娶奢侈过制的严重状况。如《后汉书·王符传》所引《浮侈篇》云:

> 今民奢衣服,侈饮食,事口舌而习调欺……丁夫不扶犁锄,而怀丸挟弹,携手遨游……妇女不修中馈,休其蚕织,而起学巫祝。

> 而今京师贵戚,衣服、饮食、车舆、庐第奢过王制,穷极丽靡,转相夸咤,其嫁娶者,车轿数里,缇帷竞道,骑奴侍童,夹毂并引富者竞欲相过,贫者耻其不逮。

朱先生评论说:"王符对于东汉统治阶级穷奢极欲生活的批判与揭露,可以说是恰中时弊,在当时是有现实意义的……进行了无情的揭露,也是对'一旦富贵,则背亲捐旧,丧其本心'的统治者进行了有力鞭挞……当时的统治者,如果能按王符的主张办事,无疑会节省大量资财和劳力,那将对发展社会生产起到积

---

① 朱绍侯:《雏飞集》,河南大学出版社,1988,第145页。

极的推动作用。"①

2. 王符的政治思想

王符在政治方面的理想,是要有一个君明、臣忠、国富、民安的稳定局面。而王符认为"要实现这种理想的政治,关键在任贤,即施行贤人政治"②。朱先生对王符推行贤人政治的种种主张,是按以下几个层面来进行分析的。

其一,贤人政治的重要性。《明暗篇》云:"国之所以治者,君明也;其所以乱者,君暗也。"那么如何保证君主圣明呢?那就是要对臣下"通心兼听"。兼听的好处,一是使"上无遗失之策",各项政策都有益于政局的稳定;二是"纳卑贱以诱贤",君主连卑贱者的建言都不拒绝,从而更能招诱高才之人,使"良士集于朝"。这样"官无乱法之臣",于是国富民安,这样做才能最符合"君民之利"。

其二,贤人政治的前提是"得贤有术"。王符在《潜叹篇》中说,"世未尝无贤也,而贤不得用者,群臣妒也,方有索贤之心,而无得贤之术",这也会造成"人君孤危于上"的严重后果。除了"招贤""诱贤"措施,王符最强调制度性的"举贤"。《本政篇》云:"是故国家存亡之本,治乱之机,在于明选而正矣。"

其三,选举制度最重要的原则是"唯才是举",而不能以贵贱亲疏来决定取舍。故王符《本政篇》云:"是故贤愚在心,不在贵贱;信欺在性,不在亲疏……苟得其人,不患贫贱;苟得其材,

---

① 朱绍侯:《雏飞集》,河南大学出版社,1988,第146页。
② 同上书,第147页。

不嫌名迹。"这与后来曹操的"用人三令"在精神上颇为一致。但东汉的选举现实是弊端丛生,如王符在《考绩篇》中所说:"群僚举士者,或以顽鲁应茂才,以桀逆应至孝,以贪饕应廉吏,以狡猾应方正,以诶谄应直言,以轻薄应敦厚,以空虚应有道,以嚚暗应明经,以残酷应宽博,以怯弱应武猛,以顽愚应治剧,名实不相称……凡在位所以多非其人,而官听所以数乱荒也。"既然"名实不相符",也就失去了选举的本来意义。

其四,东汉之所以出现"选举不实"现象,王符认为主要在于政治黑暗之下的官吏舞弊,特别是外戚专政、封君世袭和阀阅势力对选举的控制。如王符《交际篇》所云:"凡今之人,言方行圆,口正心邪……虚谈则知以德义为贤,贡荐则必阀阅为前。"又如《本政篇》《思贤篇》批评外戚势力"依女妹之宠以骄士,籍亢龙之势以凌贤"。这些皇亲国戚"功不加民,泽不被下,而取侯多受茅土,又不得治民效能,以报百姓",都是"虚废重禄,素餐尸位"。王符《三式篇》还抨击列侯封君是"专国南面,卧实重禄,下殚百姓,富有国家,此素餐之甚者也"。

其五,王符不仅强调尊贤、求贤和任贤,还特别强调知贤。而"知贤"的唯一途径就是考绩。他的《考绩篇》论证考评功绩的必要性,"凡南面之大务,莫急于知贤;知贤之近途,莫急于考功。功诚考,则治乱暴而明;善恶信,则直(真)贤不得见障蔽,而佞巧不得窜其奸矣"。"今群臣之不试也,其祸非直止于诬闇疑惑而已……官长不考功,则吏怠傲,而奸宄兴;帝王不考功,则直(真)贤抑而诈伪胜。""是故世主不循考功,而思太平,此犹欲舍规矩而为方圆,无舟楫而欲济大水。"朱先生说,王符正是从这样正反两个方面论述考绩的重要性。

其六，王符理想中的贤人政治，应该是德政和教化相结合的"德化"政治，朱先生认为这是王符对道、儒两家政治思想的一种结合。王符在《德化篇》中说："人君之治，莫大于道，莫盛于德，莫美于教，莫神于化。道者所以持之也，德者所以苞之也，教者所以知之也，化者所以致之也。民有性有情，有化有俗。情性者心也，本也；化俗者行也，末也。末生于本，行起于心，是以上君抚世，先其本而后其末，慎其心而理其行。"朱先生分析说，"道"是最高准则，在政治上的表现就是无为。"德"是政治之始，为"苞之"，也就是使万物尤其是人类化育繁盛。"教"是使人民懂得道理，"化"是通过感化使人民达到施政者的要求。王符的"德化"思想，就是以"治心"为政治之本，使民无奸邪之心。①

其七，王符的"德化"政治，是以他对人性的分析作为理论基础的。《德化篇》云："上智则下愚之民少，而中庸之民多。中民之生世也，犹铄金之在炉也，从笃（范）变化，惟冶所为。方圆薄厚，随镕制尔。"这有点类似董仲舒的"性三品说"，既然治理的主要对象是"中民"，那他们就是可善可恶。若"遭良吏，则皆怀忠信而履仁厚；遇恶吏，则皆怀奸邪而行浅薄"。于是，"敦教化而薄威刑"的贤人"德化"政治，就成为"圣帝明王"的不二选择。

其八，王符主张德化，并不是不要法制，而是主张行"公法"

---

① 参见朱绍侯：《雏飞集》，河南大学出版社，1988，第151页。

废"私术"。他在《潜叹篇》中说:"夫国君之所以致治者,公也,公法行,则宄乱绝;佞臣之所以便身者,私也,私术用,则公法夺……此奸臣、乱吏、无法之徒,所谓日夜杜塞贤君、义士之间,咸使不相得者也。"朱先生分析说:"王符也是维护君主集权的,他主张君主运用权、术,来控制臣下,使君主的势不得混乱。从这一点来说,王符的主张是从法家学说中蜕化出来的。"①

其九,王符是一位关心人民疾苦、具有"民本"理念的进步思想家。他在《慎微篇》中说:"有布衣积善不怠,必致颜闵之贤;积恶不休,必致桀蹠之名……人臣亦然。积正不倦,必生节义之志;积邪不止,必生暴弑之心……国君亦然。政教积德,必致安泰之福;举措数失,必致危亡之祸。"朱先生分析说:"在王符看来,不论是布衣、人臣和国君,其善恶结果,都是可以改变的……关键在于一个'积'字……布衣、国君都有变善变恶的可能……这比把一切坏事都归之于人民,当国家处于危亡局势时,又要诉之于暴力镇压的反动主张也是一种进步。"王符在《实边篇》中,还对东汉官吏在羌变中乘机搜刮和残害百姓的种种暴行进行了无情的鞭挞,反映了广大人民的呼声。朱先生说:"这是王符政治思想中又一进步的表现,说明王符是一位关心人民疾苦的政治思想家。"②

3. 王符的哲学思想

首先,朱先生研究王符的哲学思想,还是沿用"唯物主义"

---

① 朱绍侯:《雏飞集》,河南大学出版社,1988,第153页。
② 同上书,第153-154页。

和"唯心主义"这个传统的分析框架,并在总体上认为王符"应该属于唯物主义阵营,是自发的唯物主义"。所谓"自发的唯物主义",其特点是"认为万物始源于某种物质"。如古希腊的泰勒斯认为万物始源于水,阿那克西米尼认为是空气,赫拉克利特认为是火,而"王符则认为宇宙起源于气"。所以王符是承袭了中国古代"气"的唯物主义自然观。①

其次,王符思想又受到道家左派的影响,他的天道自然观是"道"和"气"的结合,于是又产生了"道"和"气"孰先孰后的问题。关于道、气关系的认识问题,在学术界既存在理论上的争议,又存在文献版本上的歧异。如《本训篇》原文"是故道德之用,莫大于气,道者之根也,气所变也,神气之所动也",清代学者汪继培在其中的"气所变也"的"气"字后面,补入《德化篇》原文中的174个字。而且将《本训篇》中"道者之根也"中的"道者"二字后又增补一个"气"字。于是原文变成"道者,气之根也;气者,道之使也"。后来的研究者都注意到新、旧版本其间的差异,如侯外庐著《中国思想通史》,就有意避开了汪继培的笺注本,而使用传世的《汉魏丛书》本。但也有赞成汪氏的文字改动的,如王健所注说的国学新读本《潜夫论》。② 学术界对此莫衷一是,并且形成了对王符思想中道、气关系的不同判断。

朱先生对汪氏的文字修订不以为然,他继续使用传世本,并且得出自己对王符思想趋向的判断。他说:

---

① 朱绍侯:《雏飞集》,河南大学出版社,1988,第154页。
② 参见王健注说:《潜夫论》,河南大学出版社,2008,第55、245页。

这也牵涉到对《潜夫论·本训》中有段文字的解释问题,这一段文字是:"道德之用,莫大于气,道者之根也……"有的学者在"道者"之后,加一"气"字,则成为"道者气之根也"。很显然这就成了道在气先,气在道后了。但是,按中国古文同一个字上下重复时,往往省去一个字的惯例。则可以读为"道德之用莫大于气,气道者之根也"(或"气者道之根也")。这样就又可以解释为气在先,道在后了。其实不增一个气字,按原文,"道者之根也,气所变也",同样可以理解为气道之根。这也和《德化》中的"道之使,必有其根"的意思是一致的。但是,如果从王符对道和气的实质含义来探讨,恐怕应该解释道就是气,气就是道,才符合原意。①

这里朱先生的考证和分析,还是比较平实稳重的。

再次,朱先生从王符对宇宙万物形成、变化的认识中,来分析他的唯物主义自然观。《本训篇》云:"上古之世,太素之时,元气窈冥,未有形兆,万精合并,混有为一,莫制莫御。若斯久之,翻然自化,清浊分别,变成阴阳。阴阳有体,实生两仪,天地絪缊,万物化淳,和气生人,以统理之。"

朱先生分析说,所谓"太素之时",是指宇宙形成之前的空白时期。这时除了元气,什么也不存在。这时的"气",处于元始状态,没有形状,各种元气(万精)合在一起混而不分。这样经过很久很久,元气才分成清、浊二气,变成阴阳。阴阳是有形

---

① 朱绍侯:《雏飞集》,河南大学出版社,1988,第155-156页。

体的,再变成天地两仪。天地二气交互作用,产生万物,也产生了人。结论是"由于时代的限制,王符不可能对宇宙的形成作出科学的解释,但是,他却看到了宇宙的形成,是由于物质(气)运动变化的结果,而没有谈到神和上帝创造宇宙的唯心说教。这种由气的变化形成宇宙万物的学说,当然属于自发的唯物主义天道观。"①

又次,王符的唯物主义思想不能贯彻到底,就像王充那样,也体现在他对卜筮、骨法相术和解梦等社会现象的态度上。

一是对于卜筮、祭祀、镇宅之符诸事,《卜列篇》云:"圣人甚重卜筮,然不疑之事,亦不问也。甚敬祭祀,非礼之祈,亦不为也。故曰:圣人不烦卜筮,敬鬼神而远之。夫鬼神与人殊气异务,非有事故,何奈于我……一宫也,成、康居之,日以兴,幽、厉居之,日以衰。由此观之,吉凶兴衰不在宅,明矣。"朱先生分析说,王符虽然维护圣人"甚重卜筮""甚敬祭祀"的立场,但实际强调的是"不疑不问"和"敬而远之",是"非祀之所,亦不为也"的戒慎态度。虽然没有明言"否定鬼神",而实际所强调的是鬼神"何奈于我"?特别是对宫室吉凶的解释,"则用事实破除了迷信,是很有说服力的。在东汉谶纬迷信笼罩的社会里,王符的思想是难能可贵的"②。

二是对于人的骨法相术,《相列篇》云:"人之有骨法也,犹万物之有种类,材木之有常宜。巧匠因象,各有所授,曲者宜为

---

① 朱绍侯:《雏飞集》,河南大学出版社,1988,第156页。
② 同上书,第157页。

舆,檀宜作辐,榆宜作毂,此其正法通率也。若有其质,而工不材('裁'),可如何?故凡相者,能期其所极,不能使之必至……士而弗任,不成于位。若此者,天地所不能贵贱,鬼神所不能贫富也。"朱先生分析说,王符对于骨法相术,虽然没有从正面全部否定,但是他强调起决定作用的不是骨法的贵贱,而是人自身的作为。他以种地、驭马、制瓠等为例,说明土地虽然肥沃,不种也不会收;千里马的骨法虽好,不驱策它也不会日行千里;有制瓠的原料,工匠不琢也不能成器。"人也是这样,骨相虽贵,但得不到任用,也是并不主贵。所以王符的结论是,如果没有人的作为,'天地所不能贵贱,鬼神所不能贫富也'。这种强调人的主观能动性的理论,是对骨法相术迷信的有力批判"①。

三是对于占梦的解说,《梦列篇》云:"凡梦有直、有象、有精、有想、有人、有感、有时、有反、有病、有性……故先有所梦、后无差忒者,谓之直;比拟相肖,谓之象;凝念注神,谓之精('情');昼有所思,夜梦其事,乍吉乍凶,善恶不信者,谓之想;贵贱贤愚,男女长少,谓之人;风雨寒暑,谓之感;五行王相,谓之时;阴极即吉,阳极即凶,谓之反;观其所疾,察其所梦,谓之病;心精('情')好恶,于事有验,谓之性。凡此十者,占梦之大略也……夫占梦,必谨其变故,审其征候,内考情谊,外考王相,即吉凶之符,善恶之效,庶可见也。且凡人道,见瑞而修德者,福必成;见瑞而纵恣者,福转为祸。见妖而骄侮者,祸必成;见妖而戒惧者,祸转为福。"

---

① 朱绍侯:《雏飞集》,河南大学出版社,1988,第157-158页。

王符把梦分为十种:所谓"直梦"就是直应之梦,即梦到什么,后来果然出现什么,如邑姜生子叔虞并封唐之事。所谓"象梦",即《诗经》所说"梦到熊罴,主生男孩;梦到虺蛇,主生女孩"之类。象,象征物。朱先生认为这两种占梦之法,是王符"囿于传说"来求证,其方法和结果"并不正确"。所谓"精梦"即"情梦",因人的心情"凝注"一事而做梦,如孔子梦周公。所谓"想梦"即有忧的记想之梦,日有所思,夜梦其事。所谓"人梦"即人位之梦,一个相同的梦境,"贵人梦之即为祥,贱人梦之即为妖"。所谓"感梦"即感气之梦,因为阴雨、阳旱、大寒、大风等气候不同而产生的梦。所谓"时梦"即按照五行相生相克来推断吉凶的占梦方法。所谓"反梦"也是按照阴阳五行来占梦,即"阴极即吉,阳极即凶"。所谓"病梦",即"阴病梦寒,阳病梦热"之类,实际变成一种诊病的方法。所谓"性梦",即情性之梦,人因心情不同而"于事有验"的梦境。朱先生认为,王符对于这几种梦的解释,"是符合唯物主义思想原则的,也是科学的。这里没有什么迷信的成分,特别是对占梦原则的阐述,有助于打破人们对梦的幻想和恐惧,认为梦虽然祥瑞,如果任意而为,也会变成祸患,只有修德才能得福,梦见妖祸,而知戒惧,也可以转祸为福,只有骄侮者,才会得祸。这就等于说梦本身并不起作用,起作用的是人的作为,这就打破了人们对梦的迷信。这种占梦法,实际也是符合唯物主义思想原则的,在当时是有积极作用的"[①]。

[①] 朱绍侯:《雏飞集》,河南大学出版社,1988,第158-159页。

最后，关于王符思想的学派属性问题。朱先生认为，《百子全书》将《潜夫论》列入"儒家类"，但从该书的内容来分析，王符应该是综合了儒、道、法各学派的思想，而比较倾向于道家的。除了他哲学上的天道观与"道家左派"比较接近外，其政治观点也带有浓厚的道家色彩。王符提出了"德化"概念，仅从字面上看，很像是儒家的"德政"，实际"德政"的重点在"德"，"德化"的重点在"化"，二者并不相同。而且王符最高的理想并不是"德化"而是"道"（无为），如其《德化篇》云"人君之治，莫大于道，莫盛于德……道者所以持之也，德者所以苞之也"，都是把"道"放在第一位。"不过要说王符就是道家学派，也不一定准确，说他是一位综合儒、道、法各家思想，而自成一个体系，可能更合适一些"①。

关于王符思想的阶级属性，朱先生反对"农民思想家"说，而是认为其"无一不是从统治阶级立场出发，想方设法能使封建统治稳定，他的进步性则表现在限制统治阶级无限搜刮、奢侈腐化，而使人民能够维持最起码的生产与生活的条件"。如王符肯定"君子劳心、小人劳力"的阶级分野，认为高官厚禄、荣华富贵是君子所应享有的特权；小人"心性恶"就应该"贫贱冻馁困苦厄穷"。这不是代表农民阶级的利益，而是反映了开明地主阶级知识分子的一种心态。朱先生说："我们否认王符是农民阶级的思想家，并不是要否定王符思想的进步性，相反，正是要肯定王符思想的进步意义。因为承认当时的阶级区分，而又努力改善

---

① 朱绍侯：《雏飞集》，河南大学出版社，1988，第159页。

被统治阶级的处境,在当时是有实际意义的,对当时社会生产力发展也有积极作用。"①

---

① 朱绍侯:《雏飞集》,河南大学出版社,1988,第160页。

第四章 魏晋南北朝史研究①

从 1954 年进入河南大学,朱绍侯先生即主讲中国古代史课程,并且担任《中国古代中世纪史》讲义中的魏晋南北朝史部分的编写,曾写下 30 万字左右的教材。这是他第一次对魏晋南北朝史的内容进行系统总结,也是国内编写较早的大学魏晋南北朝断代史教材之一。此后的六十多年来,先生在此领域的研究用力颇勤,研究课题涉及三国、两晋、十六国、北朝、南朝各个时段,在政治、经济、文化、社会、民族以及古籍整理等方方面面都有发明。限于篇幅,这里重点介绍他在政治与社会、民族与民族史、文献整理与研究等三个方面的工作情况。

一、政治与社会研究:批判"黑暗论"和"倒退论"

在中国古代社会发展史上,魏晋南北朝具有独特的地位。它处于汉、唐两个强盛王朝之间,用大一统的观念来观察,无疑它给人的首要印象是统一国家的崩溃和分裂。但是统一与分裂仅是历史表象,如果不对其背后隐藏的原因进行深刻的分析与探讨,不对社会发展的实际状况做出全面的对比与分析,而仅是

---

① 本章部分内容移用陈长琦教授《朱绍侯先生与魏晋南北朝史研究》一文写成,原文见《许昌学院学报》2018 年第 11 期。本章移用时根据技术需要,进行了少量文字的剪裁和改写,谨此对作者表示歉意。

简单地从表象出发就对该时期做出负面的评价,进而认为魏晋南北朝是一个倒退的、黑暗的时代,这实际上无助于我们对中国古代历史做出正确的判断与认识。自20世纪80年代开始,在拨乱反正、实事求是的思想指导下,历史学界开始对魏晋南北朝在中国古代历史发展中的地位进行重新审视,朱先生更是走在前列,发表了《研究魏晋南北朝史要着眼于光明与进步》(《文史哲》1987年第1期)等重要论文,旗帜鲜明地对传统的魏晋南北朝"黑暗论""倒退论"进行批评,并从四个方面进行了论证。

第一,"要看到这一时期建设时间超过屠杀和混乱时间"。他历数史实,指出"首先必须承认三国鼎立是一个建设时期,而不是破坏时期。蜀汉在今四川的建设,东吴在江南的开发,其成就都远远超过两汉"。即使作为主要战场的北方曹魏疆界内,由于大力推行屯田以及租庸调制改革的成功,也使其地域经济走出了东汉末年的破败景象,"而走向恢复和发展"。西晋统一以后,"由于占田制、租调制的推行,农业生产也有一定发展,甚至一度出现'太康繁荣'的局面"。

五胡十六国曾是学术界公认的一个混乱时期。朱先生仍然指出,即使在"八王之乱"和"五胡十六国"这个混乱、破坏、屠杀最严重的时期,"中国的北方也出现了两次统一、两个新开发区"。所谓"两个统一"即后赵石勒和前秦苻坚先后对北方的统一。朱先生说,后赵统一的时间虽然短暂,但其"在河北地区劝课农桑,恢复发展经济,建立大学、小学,发展文化事业,都很有成效"。而前秦的统一则使关陇地区"出现了一片升平景象"。所谓"两个新开发区"即指前燕对辽东、辽西的开发和前凉对凉州的开发,竟然使这两个地区在此时期的社会发展都"远远超过了两汉时期的水平"。

南北朝在朱先生眼中也是一个重要的历史发展时期。由于南、北双方的战争主要局限在长江以北、黄河以南的边界地区,而且后来进一步缩小在江、淮之间,这样使得南、北方政权的腹地受战争影响比较小,其"经济、文化一直保持上升、发展的势头",尤其"荆扬地区的发展,已超过两汉时期的关中"。

第二,"要看到民族融合的重大成果"。朱先生指出,在当时复杂的民族矛盾与战争中,北方的五胡,"南方的越族、蛮族、奚族,经过魏晋南北朝时期的民族融合与斗争,大部分与汉族融为一体"。"在这种民族大融合中形成的隋唐时期新汉族,精神面貌及其性格与以前完全不同,民族素质大大提高……创造出了隋唐时期繁荣昌盛新局面"。

第三,"要看到封建生产关系的进一步完善和巩固"。朱先生认为:"曹魏的赐公卿租牛、客户制,东吴的领兵制、赐客制,就是政府开始承认了地主占有佃客的合法性。西晋的占田荫客制及东晋的'客注家籍'的规定,使地主占有佃客的合法权利在法律上被正式肯定下来。"他指出:"魏晋南北朝的封建生产关系,比秦汉时期有明显的进步,是封建生产关系进一步完善、巩固的表现。这是历史发展中的一大进步。"

第四,"要看到科学文化的巨大进步"。朱先生认为,这一时期的科学文化成就超出了秦汉时期的水平,如灌钢冶炼技术的发明,指南车、千里船、水排的创造,"是生产力有巨大进步的鲜明标志"。又如《齐民要术》"是世界农业史上一部划时代巨著",青瓷进入"完全成熟的历史阶段",造纸技术的发展使其完全替代竹木简成为书写材料,其"对于科学、文化、教育事业所起到的巨大作用是无法估量的"。在科学领域,这也是一个成就辉煌的时代。虞喜的岁差研究,祖冲之的圆周率计算,华佗的麻沸散发明,以及陶弘景的《神农本草经集注》、葛洪的《肘后备急方》对医学的贡献,都是"当时世界最先进的科学成就"。此外,王羲之的书法,顾恺之的绘画达到了"登峰造极的地步";《后汉书》《三国志》"成为以后史学著作的楷模",建安文学、陶渊明的田园诗也都"令人叹为观止"。

朱先生指出,在这一时期,国家虽然处于分裂割据、动荡混乱时期,但历史并没有倒退,而是在迂回曲折中前进,并且取得了辉煌的成就。朱先生对魏晋南北朝这一历史阶段的深刻认识和宏观评价,已经成为学界的共识,"倒退论""黑暗论"渐已淡出人们的视野。而对这一学术史的回顾,亦有助于我们了解前辈们对此一问题的学术贡献。

魏晋南北朝史的开端是三国鼎立局面的形成,而三国鼎立局面形成的原因,也是学界比较关注的问题。朱先生先后发表《略论三国鼎立局面形成的原因》(载《雏飞集》,第191—198页,河南大学出版社1988年)、《吴蜀荆州之争与三国鼎立局面的形成》(《史学月刊》1991年第1期)、《"借荆州"浅议》(《许昌师专学报》1992年第4期)等论文,对此问题进行解析。

朱先生的研究长于宏观与微观的结合,即从宏观出发把握历史面貌,从微观层面来揭示历史真相,因此往往能够由此获得历史的真谛。针对有学者提出"赤壁之战是三国形成原因"的论点,朱先生首先从宏观上进行剖析。他说,历史发展是偶然性和必然性的统一,三国鼎立局面的形成,首先是历史必然性的体现:"一个历史局面的形成,是由在当时历史条件下所出现的必然因素起决定作用的。赤壁之战和其他战役一样,是一个偶然事件。偶然事件对历史不能起决定作用。因此说赤壁之战决定了三国鼎立局面,或者说赤壁之战是三国鼎立局面形成的原因的提法,都是不恰当的。"朱先生指出,三国鼎立局面出现的原因,归纳起来主要有以下几点:"由于东汉末年军阀及地方地主势力的发展,而出现了分裂割据的条件;三国的创始人都是在一定的地主集团支持下而巩固了自己的势力;南、北方在人力、物力方面都出现了势均力敌的鼎足而立的形势;三峡、剑阁、长江天堑的地理条件也成为三国鼎立的暂时因素,而人心向背问题也起了一定作用。"这样,朱先生就对三国鼎立局面的形成做出了合理而且全面深刻的解释。

二、魏晋南北朝民族关系史研究:怀柔还是一味镇压

中国历史上的民族关系问题,曾经是20世纪历史研究的"五朵金花"之一,不但受到史学界的普遍重视,而且还存在着激烈的学术争论。朱先生也积极参与了对这个问题的讨论。当他在1988年结集出版首部个人论文集《雏飞集》时,就专辟了"民族和民族关系史研究"一栏,共收入《如何认识和处理中国历史上的民族和民族关系问题》《三国民族政策优劣论》《论石勒》《论前燕》《孝文帝迁洛与尔朱荣河阴之变》等五篇文章,从

中我们可以一窥朱先生在魏晋南北朝民族关系史研究方面的学术贡献。

其一,由中国的历史实际出发,将汉民族的形成和发展划分为四个阶段。

研究魏晋时期的民族问题,朱先生不是仅仅就事论事、就人论人,而是将该时期关涉民族关系的具体政策和具体史实都放置在一个宏大的历史背景中来进行观察。如凡是研究中国的民族问题,就必然会涉及汉民族何时形成的问题;要研究汉民族的形成问题,又要追问"民族"概念的定义问题。或者说,不先解决宏观上的理论问题,就不能清晰准确地把握具体史实和历史人物的评价问题。在上世纪50年代前后的政治背景下,要研究中国历史上的民族问题,其理论出发点必然是斯大林在《民族问题和列宁主义》一书中所确定的"民族"定义:"民族是人们在历史上形成的有共同语言、共同地域、共同经济生活以及表现于共同的民族文化特点上的共同心理素质这四个基本特征的稳定的共同体。"但斯大林主要是从欧洲的历史史实出发,而并不了解其他文化区域的发展特点,从而得出一个武断的结论:"在资本主义以前的时期是没有而且不可能有民族的,因为当时还没有民族市场,还没有民族的经济中心和文化中心,因而还没有那些消灭各该族人民经济的分散状态和把各族历来彼此隔绝的各个部分结合为一个民族整体的因素。"于是由此出发,在当时中国学者的大争论中,竟然出现了关于汉民族形成的四种不同的学术观点:一是秦统一后汉民族正式形成,二是唐宋时期汉民族形成,三是明末清初汉民族形成,四是鸦片战争以后汉民族才开始形成。①

朱先生经过自己的独立思考,认为应该从中国历史的实际出发,而不能简单教条地引用经典作家的具体结论。他同意四种观点中的第一种观点,即以范文澜先生《自秦汉起中国成为统一国家的原因》一文为代表的看法,"在秦统一以后,汉民族已有了共同经济生活、共同地域、共同语言、共同心理素质";这"既不是国家分裂时期的部族,也不是资本主义时期的资产阶级民族"。② 今天,这一观点已经成为中国史学界的共识,也被官方和广大的人民群众所广泛接受。

由此认识出发,朱先生将中国历史上汉民族的形成和发展划分为四个阶段:

一是中国历史上的第一次民族大融合,发生在春秋战国时期。然后秦统一,形成了今日中华民族的主干民族——汉族。其特点是这种融合基本上是在当时中国的腹心地区进行的。由最初华夷杂居的状态,经过蛮夷戎狄的逐步华夏化,在秦王朝统一之后,最终形成拥有两三千万人口的稳定的民族共同体。

二是中国历史上的第二次民族大融合,发生在魏晋南北朝时期。经过融合,到隋唐时期出现了一个朝气蓬勃的新汉族。其特点是民族迁徙导致双向对流,即一些汉族往周边去,边疆的少数族到内地来。而且这种融合在南、北方同时进行,尤以北方为甚。其成果由北魏孝文帝的"汉化"改革进行了制度性的总

---

① 参见朱绍侯:《雏飞集》,河南大学出版社,1988,第211页。
② 参见朱绍侯:《雏飞集》,河南大学出版社,1988,第211-213页。

结和体现。

三是中国历史上的第三次民族大融合,发生在宋、辽、金、元时期。经过融合,到明朝时,中央通过在西藏、黑龙江、大西南等地所设置的新的管理机构,进一步加强了边疆与内地的制度性联系。其特点是此次民族融合主要在边疆地区进行,不仅有少数民族融合于汉族,还有大量的汉族人口归化于契丹之辽、女真之金、蒙古之元、党项之夏等政权,形成一种你中有我、我中有你的局面。

四是中国历史上第四次民族大融合,发生在清王朝时期。经过长期融合,终于奠定了中国这样一个东方大国的疆域基础和以汉族为主体的中华民族的认同基础。其特点是存在两种融合,一种是各族人民群众在联合起来反抗清朝黑暗统治斗争中的下层民众融合;一种是清帝拉拢各民族上层首领联成一体,而共同压迫各族人民的精英融合。两种融合虽性质不同,但在民族融合的效果上却有叠加和强化的作用。

正因为朱先生有了这样一个理论上的宏观思考,使他在微观的魏晋南北朝民族关系史的精细研究上才能把握得更加真切和更加准确。

其二,处理中国民族关系问题的基本原则是"民族平等"和实事求是。

朱先生认为,"一部中国史就是汉族人民和各少数民族共同缔造的祖国历史……讲中国历史忽略少数民族在缔造祖国方面的贡献,是不公平的";"民族平等,是马克思主义处理民族问题的基本原则……就是公正地肯定各族人民在开发祖国方面的贡献,承认他们是中华民族平等的一员,批判'非我族类其心必异'的大汉族主义思想"。①

由此出发来看待历史上的民族战争,朱先生说:"过去把少数民族上层分子发动的战争,都说成是侵略、背叛,汉族统治者发动的战争,都是招降、惩罚,解放后又把少数民族发动的战争讲成是破坏、掠夺,汉族统治者发动的战争,都是传播先进文化,这都不对。讲民族战争,必须根据具体情况,分清战争的性质和目的"②。

比如朱先生在《论石勒》一文中,对于这个出自少数民族"羯"的十六国的后赵皇帝,进行了实事求是的评价。首先他区分了石勒反晋斗争的两种不同性质及其前后的变化:"石勒最初参加反晋斗争,是属于反对民族压迫、阶级压迫的少数民族起义性质。及至投靠刘渊以后,就逐渐向封建割据战争转化。在西晋政权被推翻以后,石勒就成了名符其实的地方割据势力。后来他所建立的后赵政权,是一个具有民族统治、阶级统治混合特点的封建割据政权。"再到"公元329年,石勒消灭刘曜,统一了除辽东、辽西和凉州以外的北方。这是西晋灭亡后,在北方出现的第一次小统一的局面"。石勒之所以能够实现北方的小统一,主要是因为"他才识过人,政策适时,用人得当,战略高明"。

对于石勒在北方的统治,朱先生也承认他确实有残暴和腐化的一面,但若与其对手刘聪、刘曜相比,石勒还是略胜一筹。

---

① 参见朱绍侯:《雏飞集》,河南大学出版社,1988,第219—220页。
② 同上书,第221页。

如他每战胜一个强敌之后,多半都是遣使巡行郡县,劝课农桑,督促流人回乡从事生产,为国家奠定坚实的经济基础。石勒建立后赵政权后,在政治、经济、文化上都颇有建树。一是重视法治,先是制定"辛亥制度"五千文,作为临时法律;统一北方后又重申"自今诸有处法,悉依科令",再改宰相之名为"大执法",防止以往的任意诛戮事件发生,甚至有"执法森严"之称。二是重视教育事业,兴立太学,增置小学,并"亲临太学,考诸生经义"。后又建立正式的"孝、秀试经之制",逐渐完善国家教育制度。三是坚持以农为本的"耕战政策",积极组织流民参加生产,专门设置劝课大夫、典农使者、典农都尉等官员"巡行州郡,核定户籍,劝课农桑",并且制定"户资二匹,租二斛"这种剥削比较轻微的赋税政策。

石勒的后赵政权所以能在各方面都取得一些成就,还和他本人广招贤才、虚心纳谏有重要关系。如他在攻占冀州后,就开始大量招引以张宾为代表的汉族士人来帮助自己实现统一大业,还建立"君子营"以安置尽可能多的"衣冠华族",这些措施都对石勒政权帮助甚大。更重要的还是石勒本人治理政务的勤奋。史称他亲自下令:"其有军国要务须启,有(由)令仆尚书随局(时)入陈,勿避寒暑晨昏也。"他还恢复了魏晋的"八座丞郎"议事制度,以发挥臣下的集体智慧。

朱先生认为,传统的史学家往往从民族偏见出发,对出身蛮夷的政治家极尽攻击和污蔑之能事,这不是实事求是的态度。他说,西晋门阀政治的腐败引起各族人民大起义。西晋王朝灭亡以后,社会陷于混乱,国家陷于分裂,社会经济遭到破坏,人民陷入痛苦的深渊。那么"在这样的历史条件下,石勒能够在北方打出一个小统一局面,并使北方社会生产得以恢复,这种功绩是不应该抹煞的"①。

朱先生还撰写了《论前燕》一文,全面系统地研究了十六国之一前燕政权的85年历史。他以丰富、确凿的史料进行分析,探讨了从"慕容廆创业时期"到"慕容皝发展时期",从"慕容儁极盛时期"到"慕容暐盛极而亡"的前燕史的全过程。最后朱先生得出的结论是,前燕虽然灭亡,但它的历史定位是"功大于过,建设多于破坏,特别是对于辽东、辽西的建设,贡献极大,其功绩超越于秦汉";"这是鲜卑慕容氏这支少数民族在祖国开发史上的突出贡献。事实胜于雄辩,只要摒除民族偏见,一部前燕兴亡史,足以使我们得出这样的结论"②。

同时,朱先生对"民族平等"还有另外一种认识,也不容忽视。他说:"讲民族平等,是指各族人民的权利平等,地位平等,而不是说作用平等。在中国的各个民族中,汉族不仅人口占绝对多数,而且一直处于先进地位,在经济开发和科学文化创造中,在反对国内外阶级敌人的斗争中,始终起着主导作用。"③

我们看朱先生在《孝文帝迁洛与尔朱荣河阴之变》一文中对"孝文帝改制"的评价。首先他肯定这次以"汉化"为核心的改革是成功的改革,"其在中华民族发展史上所起的进步作用是应该肯定的"。其次他强调指出,作为鲜卑族的皇帝,孝文帝元

---

① 朱绍侯:《雏飞集》,河南大学出版社,1988,第252页。
② 同上书,第274页。
③ 同上书,第220页。

宏又是一位"有魄力、有远见的政治改革家"。他能够从国家的前途考虑,"毅然放弃本族落后的、与社会发展不相适应的东西,而采用汉族先进的政治、经济、文化制度,这是难能可贵的"。再次他又分析了孝文帝改制的深层原因。北魏统治者进入中原,其统治对象"是由汉族政治、经济、文化组成的汪洋大海",而鲜卑统治者要想对汉族顺利实施统治,"它必须适应,赶上汉族的先进政治、经济、文化的发展水平"[①]。根据马克思、恩格斯的相关论述,这样做是顺应历史发展趋势的体现,是对加速民族融合做出了贡献。最后是对孝文帝改制的内容应该有辩证的区分而不能笼统地一概肯定或否定。朱先生说,任何改革都要经受历史的抉择和考验,孝文改制也不例外。如"三长制、均田制、租调制及其他汉化、封建化改革,就经受了历史的考验",经历数朝而基本沿用下来。而"孝文帝制定士族制度,仅经历三十三年,就受到致命的打击,而北魏政权也随之而垮台"[②],区别就在于它们是否适合历史发展潮流。

其三,三国民族政策的优和劣,在于是以"和""抚"为主还是一味杀掠。

朱先生认为,历代统治者所施行的民族政策,概括说不外乎两种:一种是以"和""抚"为主的怀柔政策,一种是以"杀""掠"为主的高压政策。前者给少数民族带来的灾难要轻一些,对于各民族的融合与发展是有利的;后者则会给少数民族带来深重

[①] 朱绍侯:《雏飞集》,河南大学出版社,1988,第280页。
[②] 同上书,第288页。

的灾难,并加深了民族间的隔阂与矛盾,不利于各族人民的融合与发展。尽管两者的主观目的都是为了对少数民族进行剥削、奴役和统治,但从治理成本高低和预后效果好坏的角度考虑,它们二者之间还是有优、劣之分的。

为了论证自己的观点,朱先生除了回顾春秋以来历代统治者所施行的民族政策及其效果以外,重点是对政治分立时期的三国政权所奉行的不同的民族政策进行比较研究,以让自己的结论建立在更加坚实的史料基础之上。

蜀汉政权的战略目标是联盟东吴、北伐曹魏,为了解除后顾之忧,必须南征以平定西南泛称"夷""叟"的少数民族首领发动的叛乱。蜀汉推行的民族政策的指导,一是诸葛亮在《隆中对》中所提出的"西和诸戎,南抚夷越",二是马谡谏言诸葛亮所说的"攻心为上,攻城为下;心战为上,兵战为下"(陈寿《三国志·蜀志·马谡传》注引《襄阳记》)。结果在与孟获作战时,诸葛亮七擒七纵,最后使孟获诚心归附,还对诸葛亮说:"公天威也,南人不复反矣"(陈寿《三国志·蜀志·诸葛亮传》注引《汉晋春秋》)。

军事上的战胜并不是最难,关键在于善后。平定南中以后,诸葛亮毅然决定不留官,不留兵,而是仍然任用少数民族的渠帅在当地实行"自治",以求对方信任,全力维持"夷汉粗安"的局面。不仅如此,诸葛亮还把一些"夷帅"调到成都做官,如孟获就官任司隶校尉。诸葛亮又迁南中青羌万余家,以补充蜀国的军队,还向南夷征调金、银、盐、铁、丹漆以及耕牛、战马,以充实自己的军资国用。随着双方和平交往的日益密切,那些夷人又将汉族先进的经济、文化带回到南中广泛传播,对少数民族社会的发展和大西南的民族融合都产生了积极的推动作用。平定南中尤其是此后的一系列配套措施,使蜀国有了源源不断的兵源、财源和稳定的后方,遂开始北伐。朱先生认为,蜀汉的民族政策是成功的,在三国之中被评价为最优。

曹魏地处中原,周边少数民族环伺。曹操的民族政策是先征服后迁徙,最早实施的对象是乌桓。公元207年曹操亲自率军出卢龙塞,打败了乌桓主力军。曹操不但将被乌桓掠去的十万户汉人悉数接回中原,还将乌桓人十万户迁入关内,但仍然利用其"侯王大人"来统率其部众,由此训练成驰名中外的"乌桓铁骑",成为他以后驰突中原的骨干力量。同时,这在客观上也促进了中原的民族融合和少数民族的社会发展。

与此类似,曹魏对鲜卑族更多地采用拉拢利用的方针,使得十万鲜卑内迁,"从云中、五原以东抵辽水,皆为鲜卑庭"(陈寿《三国志·魏志·鲜卑轲比能传》)。后又设辽东属国,置昌黎县以安置其内附人口。曹魏同样将匈奴人也迁入塞内汾河流域,并且分为五部,由匈奴首领分任五部帅,派汉人为司马以监督之。曹魏还通过并州刺史,对之进行分化控制:"礼召其豪右,稍稍荐举,使诣幕府。豪右已尽,乃次发诸丁强,以为义从。又因大军出征,分请以为勇力。吏兵已去之后,稍移其家,前后送邺凡数万口"(陈寿《三国志·魏志·梁习传》)。这是指先拉拢匈奴族上层人物为幕僚,然后征发其青壮年从军为"勇力"之士,最后再把他们的家属迁徙至邺城(今河北临漳邺镇),以为人质,对之全面控制。对于西部的氐族、羌族,曹魏也是采取先征伐后迁徙关中的办法,对之进行严格控制。

对曹魏的这种民族政策,朱先生认为是劣于蜀汉而优于东吴。由于各少数族群的纷纷内迁,而且一直处于曹魏政权的有效控制之下,这在当时是有利于政权稳定和社会发展的,也有利于民族之间的融合和边境地区的开发。由此角度看,无疑是具备积极意义的。但从长远看,这种民族政策"却给它的后继者西晋带来了意想不到的麻烦"。由于汉族的官僚地主对"胡人佃客"的残酷剥削,甚至被掠卖为奴的胡人也大有人在,以致民族矛盾和阶级矛盾交织在一起,使少数族人对汉族政权的"怨恨之气,毒于骨髓"。腐朽的西晋政权又无法打击豪强大族以缓解这种矛盾,最终酿成"五胡乱华"的可悲局面。尽管曹魏的民族政策不能对后来"五胡乱华"的结局负全面的责任,但寻根求源,又不能不承认这是曹魏内迁少数民族政策所造成的直接后果。①

这里的例外是曹魏的敦煌太守仓慈对西域始终采取怀柔政策,以改变过去豪强大姓"欺诈侮易"西域胡商的劣习,鼓励双方展开公平的互市贸易,使得"民夷翕然",丝绸之路始终畅通无阻。这种民族政策基本上是成功的。

朱先生认为,三国政权中民族政策最失败的是吴国。它对江汉山越族始终采取杀掠的野蛮手段,这实质上是一种"两败俱伤"的反动政策。原因在于江南属于后开发地区,地多而劳动力短缺。吴国为了取得世家大族的支持,实行"世袭领兵制度"。大族官位的高低,经济实力的大小,是由其统辖军队数量的多少

---

① 参见朱绍侯:《雏飞集》,河南大学出版社,1988,第238—239页。

决定的。军队既是世家大族的私兵,又是为其进行农业生产的佃客。为了扩充兵员和劳动力,世家大族在政府的纵容和鼓励下,就把山越当成其掠夺兵员和劳动力的对象。这又必然遭到山越人民的激烈反抗,从而牵制了东吴的很大一部分兵力,使之不能全力进行对外战争。

于是我们看到,在三国中,东吴的总体国力虽然大大强于蜀汉,但却不敢像蜀汉一样对魏国主动出击,更没有统一全国的企图心,而是采取"保江东,观成败"的消极防守战略,在魏、蜀之间左右逢迎,其重要的原因就是后方不稳。但饶有意味的是,东吴的民族政策在当时虽然很失败,但它的长期后果却是具有历史意义的。山越族被迫出山之后,逐渐与汉族人民融合在一起,这对于江南的大开发和中国古代经济重心的由北向南转移,都是非常重要的因素。

朱先生的这篇文章在中国古代民族史研究领域是具有开创性的,类似于这样对不同政权之间的民族政策进行综合性的比较研究的成果,至今也不多见。在文章的结尾,朱先生强调指出:"三国的民族政策,不管孰优孰劣,都不能适用于今日,因为建立在民族平等基础之上的社会主义民族政策,与建立在剥削与压迫之下的三国民族政策,有着最本质的区别,这是不言而喻的"[①]。

---

① 朱绍侯:《雏飞集》,河南大学出版社,1988,第240页。

三、文献整理与研究:《今注本宋书》的编纂

对魏晋南北朝历史文献的整理与研究,是老一代学者非常重视的一项史学基础工作,也是一项惠及后人的大德修为。朱先生在这方面做了大量的工作,最突出的就是他领衔对"二十四史"之一的《宋书》进行校注。

"二十四史"是中华传统文化最巨大的文献载体和最丰盛的思想宝库,它保存了中华民族的文化基因,具有无可替代的历史文化价值。近代对它的全面整理,一是商务印书馆的"百衲本",一是中华书局的校点本,但两者除去《史记》《汉书》《后汉书》《三国志》等"前四史"和《晋书斠注》原有古人为之作注(但现在也已经不敷读者的需求)外,其他的十九部史书,从来都没有人为之做过注释。由此读史被一般人视为畏途,这就不能不影响到其在现代社会的流通和传播,造成年轻一代对传统文化的疏离。又不能不说是极大的缺憾。

1994年由中华文化促进会发起,由文化部批准了一项国家重点出版工程,即编纂一套名为《今注本二十四史》的大型丛书。这被视为对"二十四史"的第三次整理,也是迄今规模最大的一次,当时被誉为"中国文史界的三峡工程"。为使这样一项开创性的大型历史典籍编纂工程的顺利实施,成立了以著名历史学家张政烺先生为总编纂的编纂委员会,从而为整个项目的开展提供了学术保障。朱先生也名列其中,担任编纂委员。

次年,丛书编委会开始在全国范围内遴选各部史书的主编,朱先生遂被委任为《今注本宋书》的主编。《宋书》所记为南朝

刘宋王朝之事。刘宋是南朝的第一个政权，也是南朝四国中领土最广、实力最强、经济发展最快的王朝，由东晋末年的实权人物、太尉刘裕在永初元年(420年)取代东晋而建立。当时北方尚有北魏、北燕、西秦、北凉、夏五个政权，但实力均不能与刘宋王朝相匹敌。刘宋王朝共存在59年，于公元479年为萧齐政权所取代。《宋书》共100卷，包括《本纪》10卷，《列传》60卷，《志》30卷。其记事主线上起东晋义熙元年(405年)，下迄宋顺帝昇明三年(479年)，是一部对刘宋王朝完整记事的纪传体断代史，但其旁线所涉及的历史上限却远远超出刘宋时期。这也是其他纪传体断代史的通例。《宋书》的作者沈约，出自江东著名的高级门阀士族，历仕宋、齐、梁三代，封侯拜相，政治地位显赫，同时也是一位才华横溢的文学才子和造诣颇深的史学家。

《宋书》流传到今天，已非沈约原书的全貌。在它流传的过程中，有不少内容失传和脱落，到北宋嘉祐年间(1056—1063年)已变得残缺不全，以至于用《南史》来补缺。尽管有这样一些不足之处，但《宋书》能够进入二十四史，就足以说明其"正史"的地位和史料价值。在史学史上，它虽不能与《史记》《汉书》相提并论，但相比于《后汉书》和《三国志》却毫不逊色，在南朝"四史"中应属上乘。《史通·书志》云："宋氏年唯五纪，地止江淮，书满百篇，号为繁富。"正因为其内容繁富，刘宋及其前后七八十年的历史资料，主要依靠《宋书》得以保存，由此也可以反映出当时政治、经济、文化、军事、民族等各方面的真实情况。正因为如此，《宋书》具有不可替代的珍贵史料价值。

接到主持《宋书》的校订和注释工作的任务以后，朱先生首先要做的是三项工作。一是作为主编,要选定一个合适的工作底本。经过对现存《宋书》的主要版本三朝本、监本、毛本、殿本、局本、百衲本、中华本等进行比较研究后,朱先生发现后起的中华本对以前各种版本的《宋书》及《南史》内容择善而从,其《校勘记》除少数失误外,基本上也都比较正确,因此决定以中华本作为《今注本宋书》的工作底本。二是在总编纂张政烺先生写出《今注本二十四史编纂总则》作为校注工作的总法则之外,朱先生又根据《宋书》的具体情况,编写出《今注本宋书编纂细则》,作为更有操作性的整理工作的方法依据。三是组织编纂队伍。按规定,除了由总编委会集中遴选专业力量来校注《律历》《礼》《乐》《天文》《符瑞》《五行》《州郡》《百官》30卷的"八志"外,其余的《本纪》和《列传》70卷均由主编朱先生请人来作。最初朱先生确定,自己亲自操刀注释10卷《本纪》,其余60卷的《列传》分由朱先生的四个学生陈长琦、程有为、王大良、龚留柱来分做(朱先生自己又选注了其中4卷)。后来因为总编委会迟迟未能确定《礼》《符瑞》《五行》《百官》"四志"的合适人选,它们也由朱先生委托魏得良、吴羽、宋会群、陈长琦等四人来负责校注。这样《今注本宋书》工作的组织基础也基本奠定下来了。

在朱先生的主持下,《今注本宋书》的校注工作就正式展开了。严格讲,注释古文献原来并不是大家的主攻专业,以前也基本没有这类的工作经历,但在朱先生指导下,大家在实践中摸索前进,边学边做。原先大家都知道搞文献注释,需要有古文字学、古音韵学、目录学、训诂学、版本学、历史地理学以及典章制度、文化历史典故等深厚的学识功底,并且手头还要准备好各种工具书。但注释《宋书》毕竟是一项开创性的工作,难度肯定不小。可在工作开展起来以后,才知道一开始对困难的估计还是非常不足。朱先生说:

> 原来以为找一个最好的《宋书》底本,然后对《宋书》中的疑难问题做出必要的解释就可以了。却没有想到一是《宋书》本身原来就有错误;二是它在流传过程中又产生不少错误;三是最好的中华书局本《宋书》在标点、校勘上也有错误,这就要求我们必须先做基础的校勘考证工作。另外,南朝人写文章爱用典故,沈约在《宋书》中就引用了很多这类文章,或一句一典,或两句一典,甚至一句两典。如果对典故的出处和内涵不清楚,对文章的内容和历史背景也就不可能真正理解,在标点断句上就会盲目。为注释文中典故,我们耗费了许多精力。[①]

博学多识如朱先生尚且有这样的感受,作为其学生的《今注本宋书》其他注释者,对所承担的工作更是感到自身的学力贫乏。尽管朱先生以宅心仁厚的态度,说大家"对注释工作尽心尽力,认真负责,都按时完成了任务,交上来的稿子总体上还是很好或较好的,但也存在一些问题"。其实,大家是把能够解决的问题都解决了,而把不能解决的最难的问题,最后都上交给了朱先生这棵可以背靠的大树。

[①] 龚留柱:《治学不为媚时语 惟寻真知启后人——朱绍侯先生访谈录》,《史学月刊》2005 年第 10 期。

朱先生曾主编过多部书籍,他从来都是亲自下手,对作者的稿子一字一句地来修改,决"不做空头主编",对《今注本宋书》尤其如此。他说:

> (各人交上来的稿子),从技术的角度讲,有人注释时忘记了《编纂总则》和《细则》的规定,而总按自己的写作习惯信笔而下。从注释的内容讲,有人对难度较大的问题,或略而不注,或虽注了但不够准确。对此,我作为主编必须"纠正、补充、修改"之。这虽只有六个字,做起来却是很难的。为了《今注本宋书》,从1996年到2000年,我整整耗费了五年时间。现在看来,虽不能说把《宋书》中存在的问题都解决了,更不能说我对这些问题的解决都准确无误,但我已是尽心尽力、尽职尽责了。①

此时朱先生退休在家,且年已古稀。他全力以赴地修改《今注本宋书》的稿子,每日耗费大量的时间和精力,就这样高强度的工作,整整耗费了5年的时间,谈何容易!陈长琦曾这样回忆说:"他(先生)对我们交上的稿子,像批改作业一样进行逐字逐句的审核、校对,对审查出我们应注而漏注的地方、错误的地方,可能考虑我们工作忙,没有返回让我们补注或修改,而是自己亲自进行补注与修改,当看到稿子中熟悉的先生笔迹,我不禁为之动容。整部《宋书》的校注稿,最后约有六百万字,通读一遍已属不易,而先生读了不知多少遍,为之所付出的心血,更是难以

---

① 龚留柱:《治学不为媚时语　惟寻真知启后人——朱绍侯先生访谈录》,《史学月刊》2005年第10期。

为外人所知。先生对学术的认真与执着,也时时成为对我的无言教诲与鞭策。"①

由于朱先生的组织得力和亲自下手修改,终于保证了这部六百万字巨著的进度和质量。《今注本宋书》不仅是最早完成的书稿之一,而且被编委会称为"高质量的今注本宋书",并且将其体例范式向全体《今注本二十四史》的注释者们推广。《今注本二十四史》的编纂工作从1994年"开笔"启动,至今已是26年过去了,这是一条充满坎坷艰辛的道路。之所以拖了很久,主要是出版资金的问题,但终于在2017年得到解决。近两年多来,已经耄耋之年的朱先生又亲自操刀,针对编辑在三审过程中提出的一些问题,又进行了非常繁杂的总共三遍的全书通稿工作。根据编委会的安排,列入第一批出版计划的"七史"(《史记》《三国志》《宋书》《梁书》《北史》《隋书》《金史》)已经在2018年印刷了征求意见的样书,并将在不久召开新闻发布会,宣布《今注本二十四史》丛书的正式出版。

终于,《今注本二十四史》首批"七史"在2020年7月由中国社会科学出版社正式出版发行。当今注本《宋书》第一版1—15册(3979千字)送到朱先生手中时,朱先生激动地不断用手抚摸着端庄大方的精装书面,沉思良久,连连发出赞叹声和拍打声。

朱先生是一个学术上的有心人。在对《宋书》校注的过程中,作为副产品,他还撰写了三篇论文。一是《陈郡谢氏在刘

---

① 陈长琦:《朱绍侯先生与魏晋南北朝史研究》,《许昌学院学报》2018年第11期。

宋》(《河南大学学报》2001年第6期)，二是《沈约〈宋书〉述评》(《南都学坛》2001年第4期)，三是《中华本〈宋书〉校点失误商榷》(《庆祝何兹全先生九十岁论文集》，北京师范大学出版社2001年版)。朱先生指出，概括中华书局点校本《宋书》的失误，主要有三个方面：

一是中华书局点校本没有发现的《宋书》原有的失误。朱先生列举了五条，在此仅示一例。《宋书》卷五二《王诞传》文："孙伯符(孙策)岂不欲留华子鱼(华歆)，但以一境不容二君耳。"此处用典，说的是东汉末孙权继承其兄孙策控制江东时，曹操假借天子之手下诏征召豫章太守华歆，迫使孙权不得不放华歆北归的故事。事见《三国志》卷一三《华歆传》，而《宋书》误将孙权当作孙策，显然中华本失校。

二是中华书局点校本没有发现的《宋书》在流传中产生的失误。朱先生列举两条，在此仅示一例。《宋书》卷二《武帝纪中》文："吾处怀期物，自有由来。"据朱先生考证，《册府元龟》卷二七五、《晋书》卷三七引此句均作"虚怀期物"。"虚怀"即心胸开阔，"期物"即期待人才。而《宋书》误"虚怀"为"处怀"，显然是因为繁体字"處"字与"虛"字形近而误，也是中华本失校。

三是中华本《宋书》在现代标点、校勘中的失误。在此仅举一例。《宋书》卷二四《天文志二》文："三年正月，东海王越执长沙王乂，张方又杀之。"此处的"三年正月"，接上文太安二年七月叙事之后，以史实揆之，是谓晋惠帝太安三年(304年)正月无误。中华本《宋书》校勘时误以周家禄《宋书校勘记》为据，以为太安纪年只有二年而无三年；又据《永乐大典》七八五七所引文，以为"三年"

当为"二年"。按晋惠帝太安年间正是"八王之乱"炽烈之时,政局动荡,年号改易频繁。不深谙其史者,往往难得要领。朱先生考证,太安纪年其实有三年,但这一年政局混乱,四易年号,"按太安三年正月二十六日改元为永安元年,七月又改元建武,十一月复为永安,十二月又改元为永兴元年。一年改了四次年号,让历史学家实难抉择"。再据《晋书·长沙王乂传》:"乂以正月二十五日废,二十七日死。"可知长沙王乂废在改元前,死在改元后。《天文志》言"三年正月,东海王越执长沙王乂"是为实录。朱先生指出:"写作'太安三年正月长沙王乂被杀'亦无不可,如改作'太安二年正月长沙王乂被杀',就闹出了笑话,属于误改。"

在朱先生 65 年的学术生涯中,他在魏晋南北朝史研究领域所取得的成就是多方面的,限于篇幅,这里只能择其要者而谈,即此已可见朱先生的大家风范。当他 85 岁高龄时,他还曾亲莅曹操高陵的考古工地,进行第一线的调查和研究。随后即发表多篇论文,如《曹操与曹操墓》《曹操高陵考古发现的历史学意义》《对曹操高陵石牌"猎"字的解释不能以偏概全》《论曹魏政权的历史地位》等[①],进一步推动了史学界对曹操和魏晋南北朝史研究的深入,着实令人钦佩。

---

① 均收入《朱绍侯文集》(续集),河南大学出版社,2015,见 335-370 页。

第五章 中国古代军功爵制研究[①]

一、为什么要研究军功爵制

在朱先生漫长的学术生涯中,最能彰显他独特的问题意识和学术个性的研究领域,莫过于对中国古代军功爵制的探索,并由此而奠定了他在当代中国学术界的重要地位。

所谓军功爵制,就是在中国古代历史上,因军功和事功而赐给爵位、田宅、食邑、劳动力并且还包括相应的各种政治经济待遇的一种激赏机制。它最初只是一种军事制度,其后作用于政治、经济、司法等各个社会领域,成为一种十分重要的社会等级制度。它出现于春秋,确立于战国,在秦和西汉初期达到鼎盛。但在西汉中期以后,这种制度逐渐走向衰落,其内在精神消亡于东汉,但其形式之余韵则绵响至六朝。其后,人们对其记忆亦逐渐淡化,使得历史记载既简略又混乱,歧异甚至矛盾之处甚多,缺乏应有的清理和研究。历代学者对其早已不甚了了,甚至包括在学术上颇有成就的宋儒和清乾嘉一代的考据大师们,对中

[①] 本章的写作参考借鉴了陈长琦《朱绍侯与军功爵制研究》(《邯郸学院学报》2010年第4期)和姜建设《从军功爵制研究看朱绍侯先生的学术风格》(河南大学历史文化学院编《史学新论》,河南大学出版社,2005,第595-603页)两篇文章的相关内容,谨向两位先生致以谢忱。

国古代的军功爵制研究都没有留下多少弥可称道的文字。

朱先生自20世纪50年代开始涉足军功爵制研究领域,迄今已经六十余年,其研究结晶就是先后出版的四部学术专著和数十篇专题论文。专著从最初的《军功爵制试探》到《军功爵制研究》《军功爵制考论》,再到2017年出版的《军功爵制研究》(增订版),不但内容逐渐丰富,认识不断深入,而且也体现了他能够不断否定昨日之"我"、大胆提出新说的一个研究历程。

朱先生之所以能够将这样一个既重要又困难的历史课题不断推向深入,客观原因是20世纪一批重要的考古新发现的面世,如《居延汉简》《睡虎地秦墓竹简》和张家山汉墓竹简的《二年律令》《奏谳书》等出土文献,都给朱先生的研究提供了非常重要的新资料。但从主观上看,这又和朱先生作为一个学者的"敏感"和"执着"有很大关系。研究军功爵制的困难,不但在于材料的稀少,而且也在于材料的分散,需要下很多功夫去做。如对《史记》《汉书》《后汉书》《三国志》等"正史"的相关记载,朱先生就不厌其烦地一遍遍地进行拉网式的"精细阅读",以发现漏掉的线索。他还反复多次研读《商君书》《墨子》《论衡》以及建安文人王粲的《爵论》和曹魏时人刘劭的《爵制》,积沙成塔,从而使自己对秦汉军功爵制问题的研究不断产生新的认识和学术推进。朱先生这种"钻之弥坚"的精神,可以从发生在2001年12月的一件事例中得到集中体现。

2001年11月,《张家山汉墓竹简(二四七号墓)》一书的精装本由文物出版社出版。甫一上市,正好出差到北京的郑州大学历史学院姜建设教授就买回了一套,随即花了几天时间将其中的《二年律令》和《奏谳书》录入电脑。当时这部书在河南还没有上架。正巧次日他和朱先生同时到中州古籍出版社开会，在会议间隙谈到了这部书的内容和出版情况，朱先生很兴奋，就要求也曾是自己学生的姜建设将这两部分的内容从电脑上给他打印出一份文稿来。次日姜建设将原版书籍和电脑打印稿都拿来交给了朱先生，朱先生如获至宝，两天会议结束后，朱先生专门在郑州多停留了几天，拿原书籍对照打印稿逐字逐句进行校订，并且做了大量笔录，直到认为没有问题了，才将原版书籍交还给姜建设。

朱先生一回到开封，就立即投入到对新资料的研究中，并且很快推出了一批有分量的研究成果，也将他自己对军功爵制问题的认识推上了一个新的台阶。从汉高祖到汉文帝、汉景帝之间，军功爵制的面貌有何变化？这个问题在朱先生的《军功爵制研究》一书中原是个空白，根源在于文献不足徵。《二年律令》的面世改变了这种状况。朱先生在研究中，凭借自己对传世文献的娴熟，他系列文章的发表如连环暴雷，让人目不暇接。如《西汉初年军功爵制的等级划分——〈二年律令〉与军功爵制研究之一》(《河南大学学报》(社会科学版)2002年第5期);《吕后二年赐田宅制度试探——〈二年律令〉与军功爵制研究之二》(《史学月刊》2002年第12期);《从〈二年律令〉看与军功爵制有关的三个问题——〈二年律令〉与军功爵制研究之三》(《河南大学学报》(社会科学版)2003年第1期);《从〈二年律令〉看汉初二十级军功爵制的价值——〈二年律令〉与军功爵制研究之四》(《河南大学学报》(社会科学版)2003年第2期)。除了这四篇系列论文外,朱先生在稍后又发表了与军功爵制研究密切相关的三篇论文,即《〈奏谳书〉新郪信案例爵制释疑》(《史学月刊》2003年第12期);《论汉代的名田(受田)制及其破坏》(《河南大学学报》(社会科学版)2004年第1期);《商鞅变法与秦国早期军功爵制》(《零陵学院学报》2004年第9期),解决了不少军功爵制研究中的疑难问题。

朱先生强调"以史为鉴",坚持古为今用,倡导历史研究要为现实服务。他系统研究了军功爵制从产生、发展到衰亡的历程,细致入微地探讨了它在施行过程中的许多具体问题,实事求是地评价了军功爵制的历史地位,取得了许多开创性的成果。前不久,在接受采访,回答为什么要对历史上的军功爵制研究下这么大的功夫时,他说:"我之所以抓住军功爵制不放,并不断把研究推向深入,是因为军功爵制是秦汉政治统治的一个独具特色的事物。不理解军功爵制,就不能很好地理解和阐述秦汉政治和社会制度。"①他还说过,与西周的五等封爵制、两汉的察举征辟制、魏晋的九品中正制和隋唐以后的科举制一样,军功爵制在实施之初也是生机勃勃、充满活力,但是一旦变成世袭或者变相世袭制,它很快便败坏下去了。

在朱先生看来,军功爵制的兴衰就好比一条红线,贯穿了从战国到东汉末年的社会演变。要想真正理解秦汉时期的政治和社会制度,很需要军功爵制这样一把独特的钥匙。

---

① 王记录、程洋洋:《勤于治史多创获,鲐背之年霞满天——朱绍侯先生访谈录》,《史学史研究》2019年第1期。

二、确定军功爵制的概念和定义

对于军功爵制的概念,长期以来,学术界存在不同的认识,有人甚至将它与西周的五等贵族封爵制,汉代的王、侯二级封爵制混为一谈。如何称呼这种传之久远的爵制,学术界影响比较大的是"二十等爵制""赐爵制"和"军功爵制"三种命名。

一般认为,"二十等爵制"之称与日本著名学者西嶋定生有密切关系。西嶋先生的成名之作《中国古代帝国的形成与构造》一书,其副标题就是《二十等爵制的研究》。此书虽然出版于20世纪的60年代,但译成中文在国内出版却很晚。读过此书后,朱先生一方面十分赞赏西嶋定生的学术功力,一方面却认为他将此一爵制命名为"二十等爵制"并不稳妥。因为这一爵制在春秋诞生甚至在战国前期大盛,当时都没有达到二十个等级。如若这样命名,并不能完整地概括它的发展、演变全过程,容易使人产生误解。

另有学者称之为"赐爵制",如郑州大学已故著名历史学家高敏先生。他曾在《郑州大学学报》1977年第3期发表《汉代的赐爵制度》一文,提出自己的观点。朱先生认为,单讲"赐爵"二字并没有讲明赐的是什么爵,没有清晰地概括、界定出这个概念的内涵和外延。即在内涵上,要能将秦统一之前的军功爵制和秦统一以后的二十等军功爵制包容起来;在外延上,要能将军功爵制与周代的五等贵族封赐制,汉代的王、侯二级封爵制和汉武帝的武功爵制都本质性地区分开来。由此角度看,这些概念都是欠精确的。通过长期的探索和研究,朱先生遂将这一爵位制度定名为"军功爵制"。

朱先生将之明确定义为:"所谓军功爵制,就是因军功(实际也包括事功)而赐给爵位、田宅、食邑、封国的爵禄制度……这种制度是春秋战国时代,奴隶制社会向封建制社会过渡时期,新兴地主阶级向没落的奴隶主阶级夺取政权、巩固政权斗争中的产物。"①

这一定义可以从三个方面来理解:(1)它准确地表达了军功爵制创立的基本精神,即"以爵赏战功,故云军爵"(朱师辙《商君书解诂定本》卷五《境内篇》)的原则。军功爵制一创立,就与周代原来存在的旧爵制有着根本区别,即不再以贵族为对象、以宗法制为基础、以"亲亲"为原则,而是以非贵族阶层的立功者为对象,以赏军功为原则,其基本精神是平民化的。(2)它是在尊重历史和关照古籍沿用习惯的基础上产生的。考究历史,事实上正是秦人自己将这一爵制称为"军爵"的,比如《睡虎地秦墓竹简》中就明确标有"军爵律"三字;②《居延新简》所收录的一条残断简文也明确有"颇有军功爵者后减"这样的文字。这都证明了"军功爵制"的命名是有历史渊源的。(3)它揭示了军功爵制的本质。诞生于春秋战国的军功爵制,适应了新兴地主阶级打破旧的权力格局、冲破奴隶主阶级垄断政治局面的需要,成为新兴地主阶级通过军功这一途径夺取和巩固政权的有力武器。

---

① 朱绍侯:《军功爵制研究》,上海人民出版社,1990,第3页。
② 参见睡虎地秦墓竹简整理小组编《睡虎地秦墓竹简》,文物出版社,1978,第92页。

由此,"军功爵制"这一概念,正被越来越多的学界中人所理解和接受。

三、划分军功爵制演变的四个阶段

朱先生经过对史料深入而细微的研究,认为在秦汉时期曾经盛极一时的军功爵制度,从商鞅变法(前356年)开始创制到东汉末的建安二十年(215年)曹操改革爵制终结了它,一共在历史上存在了571年,其间经历四个阶段的变化。

其一,商鞅所建立的军功爵制是18级,没有后来的列侯、关内侯和驷车庶长三级,而在一级爵位公士的下面还有一级"小夫"爵。此外,这时的客卿(相当于左庶长)和正卿(相当于右庶长)也属于军功爵名的范围。

其二,战国后期秦的国君称王以后,又增设了列侯、伦侯二级,军功爵制正式变成二十级。这在时间上最早不会超出秦惠王在位时期,原因就是秦在惠王改元称王之前,秦的国君尚自称公(侯),其显然不会在颁授给臣属的爵制中设立与自身平级的列侯爵位。秦的传统是重爵轻官,当官必有爵,无爵不能当官。这从秦始皇"琅琊刻石"的随从官员属名的前后排列中也可以得到证明。

其三,汉初对秦制有因有革。在基本继承秦军功爵制的基础上,改伦侯为关内侯,将客卿、正卿定名为左庶长和右庶长,取消了小夫爵,另增驷车庶长。更重要的是,汉还把二十级军功爵制细分为四个群团或层阶:(1)最高的"侯级"(贵族爵),包括第20级的彻侯和第19级的关内侯两级爵。它据有特殊的政治、经济地位,掌控有许多社会特权。(2)其次"卿级"(官爵),包括从第18级到第10级的大庶长、驷车庶长、大上造、少上造、右更、中更、左更、右庶长、左庶长共9级爵位,是许多高级官僚的爵位,属于"高爵"。(3)再次"大夫级",包括从第9级到第5级的五大夫、公乘、公大夫、官大夫、大夫共5级,属于低级军官的爵位。(4)最后是"士级",包括从第4级到第1级的不更、簪袅、上造、公士共4级,属于甲士爵。原来秦代的军功爵制规定士兵只要凭借军功得到爵位,就可以无限制地逐级上升,甚至达到侯级爵。而汉初之所以改分为四个层阶,目的就是限制下层民众超越固有等级而一直向上晋升的情况大量出现,以免危及既得利益集团的"奶酪"。这显示此制度日益向鲜明的阶级性和保守的凝固性方向转变的趋势。

其四,西汉文、景时,又从二十级军功爵制中专门划分出"民爵"八级,规定庶民或者小吏累计受爵不能超越第八级公乘,若在此基础上再立功得爵,则必须转移给自家兄弟子侄。这样就防止底层民众由此途径而获取高爵,得以进入特权阶层,从而危及既得利益者的地位稳定。汉初,"民爵"八级的获得者还可以依法享受赐田宅、复除(免除租赋徭役)等实际的好处,但自西汉中期以后,他们的爵位就仅具有荣誉性质,从而失去了诸多有形的政治和物质待遇。这也成为军功爵制趋向轻滥的重要标志。

关于曹操对军功爵制的正式终结,严格讲它并不包括低端的"民爵"八级和高端的"侯级爵"以及五大夫等爵位,它们仍然以不同的性质和形式存在着。建安二十年(215年)曹操的爵制改革,实际上是一种切割重组。他保留了传统的列侯、关内侯、五大夫三级高爵位,配上新设的名号侯、关中侯和关外侯,共六种一并组成新的一套爵制,以赏功劳,同时就把原来从第10级左庶长到第18级大庶长的9级爵位悉数取消。另一方面,低层的"民爵"八级,被他作为专门的另一种爵制系统保留下来,成为一种简单的统治工具,以配合皇帝登基、大婚、立太子等国家喜庆祥瑞大事,作为一种"普天同庆"的门面点缀物赐给百姓。因为它不含有什么具体利益,只是满足人们的一种虚荣心,民众也就"赐之不喜,夺之不惧"。令人惊奇的是,这种"赐民爵制"作为一种久远传统,竟然一直延续到唐中叶的德宗兴元元年(784年)才最后终止。

四、军功爵制中的民爵八级制探微

朱先生长期研究秦汉的军功爵制,所引起学术界激烈争论的问题,除了爵制的命名以外,再有就是"赐民爵八级制"。他在2017年由商务印书馆出版的《军功爵制研究》(增订本)一书中,专门写了《对赐民爵八级制的再认识》[①]一文。文末,朱先生就自己撰写此文的宗旨说:"对'赐民爵八级制'演变为独立的制度,我早有领悟,但因资料不足,对演变的各个环节还搞不太清楚,故不敢亮明观点。现在我已年逾九十,对军功爵制的研究即将收尾,如再不说出我的臆想,恐怕就没有机会了。于是就写

---

① 朱绍侯:《军功爵制研究》(增订本),商务印书馆,2017,第347-355页。本节以下凡出自此文的内容不再另外出注。

了这篇拙文，目的是抛砖引玉，希望得到方家的指正，以探明'赐民爵八级制'的演变踪迹。"这里，老一代专家学者对学术的执着和乐于奉献的使命精神跃然纸上，令人无限感慨。

学者对汉代"赐民爵八级制"的认识，共有两派意见。以朱先生为代表的一派认为，汉代的军功爵制中确有"吏爵"和"民爵"之分，其中第九级"五大夫"以上为"吏爵"，专门赐给六百石以上的官吏；第八级"公乘"以下为"民爵"，专门赐给小吏和民众。如果小吏和民众所得的爵位累计超过公乘，就要封顶，本人就要把超出的爵位转让给自己的兄弟子侄或者其他家人。

另一派学者则不承认汉代的军功爵制有"吏爵"和"民爵"之分，认为所谓"赐民爵""赐吏爵"都不是专用名词，当读作"赐民以爵"和"赐吏以爵"。认为在汉代，"民爵可以赐给吏，吏爵也可以赐给民"，所谓汉代"民爵、吏爵界限森严不可逾越"的说法，不符合汉代历史的实际。

朱先生对另外一派学者的意见"感到不可理解"。明明在东汉明帝、安帝、顺帝"赐民爵"的诏书中，都一再强调"爵过公乘，得移与子若同户、同产子"，而且《后汉书·明帝纪》的注文还明确地说："汉置赐爵，自公士已上，不得过公乘，故过者得移授。"这都证明"赐民爵不得过八级"是两汉通制，怎么就不承认呢？经过长时间的考虑，朱先生终于领悟到，原因是"两派学者都认为'民爵八级'始终都是军功爵制的组成部分，没有考虑到民爵八级逐渐从军功爵制中游离出来，而形成为独立的体系，即形成独立的皇家奖赏制度"。之所以如此，不怪现在的学者，主要是由于历史文献记载的缺环而致。朱先生自己也认为，他对此问题的新领悟,"主要是受两组资料的启示"。

第一组资料就是青海大通县上孙家寨一一五号西汉晚期墓出土的一批木简,共整理出13条残缺不全的简文,其中与此问题关系密切的第2条简文内容如下:"各二级,爵毋过左庶长。斩捕首虏,拜爵各一级。车□□□□,斩捕首虏二级,拜爵各一级;斩捕首虏五级,拜爵各二级;斩捕八级,拜爵各三级;不满数,赐钱级千。斩捕首虏,毋过人三级,拜爵皆毋过五大夫。必颇有主以验不从法状。"其中最引起朱先生注意的是"爵毋过左庶长"和"拜爵皆毋过五大夫"两个地方。他说:

> 这两个"毋过",给我的启发最大,使我意识到汉代各帝在诏书中颁布的所谓赐民爵,与战士们在战场上因军功而得的低爵,不能等量齐观。所谓赐民爵不能超过八级,是专指非军功赐爵,上孙家寨简文中的两个"毋过",则是指军功拜爵。事实上军功拜爵不仅止于"毋过左庶长"、"毋过五大夫",如果立有大功,还可以获得更高的爵位。

通过这一组资料,使朱先生领悟到在汉代,"军功赐爵"和"赐民爵"两种爵制系统应该加以性质的区分。性质不同,其用途和价值也有很大不同。

第二组资料是指分散记载的各种文献,它们体现出"赐民爵八级制"是如何由军功爵制的一个有机组成部分逐渐演变为皇家着重精神奖赏的独立体系。这个问题我们可以分成以下几个时间段来观察。

首先,从战国秦至汉初,军功爵制的一级公士至八级公乘,与其他高爵一起,都是这个体系的有机组成部分,而且还可以分别享受不同等值的政治和经济待遇。比如秦规定,七级公大夫和八级公乘皆属高爵,可以食邑,可与县令、县丞亢礼(平起平坐)。汉惠帝时将可以封邑的高爵改为从第九级五大夫起始,而公大夫和公乘遂变成低爵,它们的以上的这些政治权利就被取消。又如《韩非子·定法》说,在秦凡能斩敌首一级,可拜爵一级,欲为吏者,可为五十石之吏;斩敌首二级者,可拜爵二级,欲为吏者,可为百石之吏。以此类推,总之是"官爵之迁,与斩首之功相称也"。在经济上,《商君书·境内》云:"能得甲首一者,赏爵一级,益田一顷,益宅九亩";"爵自二级以上,有刑罪则贬,爵自一级以下,有刑罪则矣"。总之从低爵到高爵都可以获得赐田宅、赎罪、递减徭役负担、免除本人或者亲属的奴婢身份等种种可以眼见的实惠。但所有这些待遇,在汉代形成"赐民爵八级制"以后,政治、经济的好处就都没有了,只剩下一个名誉头衔,"夺之,民亦不惧;赐之,民亦不喜"。那么"赐民爵八级制"是何时游离出军功爵制系统而形成独立奖赏体系的呢?

其次,汉初开始出现的"赐民爵"这个词语,但在一段时间内,它并未独立形成为新的非军功爵制性质的赐爵制。考证历史,非军功赐爵始于秦襄王二十一年(前286年)攻打魏国,"魏献安邑,(秦)募徙河东,赐爵,赦罪人迁之"。这里虽不是严格意义上的军功赐爵,但迁徙罪人充实新地,也与战争善后有关。又有秦始皇二十七年(前220年)"是岁赐爵一级",这是庆祝统一六国。还有秦始皇三十六年(前211年)"迁北河、榆中三万家,拜爵一级",这实际是对边防移民的补偿。总之秦代赐爵,并不称为"赐民爵",因为当时还没有"民爵"这个词,所赐也当然是军功爵。

延至汉高祖二年(前205年),"令民除秦社稷,立汉社稷,施恩德,赐民爵"。这是"民爵"一词的首次出现。其后汉惠帝在即位诏书中,除"赐民爵一级"外,对官吏的赐爵面也很广,分别有一次授给一级、二级甚至三级不等。值得注意的是,诏书中有"外郎不满岁,赐钱万"的话,这是指外郎虽不够受爵资格,但可以赐钱一万,说明一级爵位的价值要重于一万钱,同时也反证惠帝所赐的"民爵一级"仍在军功爵制的范围内,属于低爵,与后来的"赐民爵八级制"中的"民爵"性质明显不同。虽然如此,诏书中又有"爵五大夫、吏六百石以上"者如何如何之类的话,已经显露出有将"吏爵"与"民爵"加以区隔的端倪。

吕后称制,为了拉拢军功集团,就进一步落实刘邦制定的"法以有功劳行田宅"的政策措施,将二十级军功爵按照侯、卿、大夫、士四大等级的不同标准来分配数量不等的田宅。于是形成了大大小小的军功地主或富裕农民,使之成为拥戴汉朝天子的既得利益阶层,这在《张家山汉墓竹简》一书中的《二年律令》中有清楚的显示。这也说明,当时根本就不可能另外存在一个独立体系的"民爵八级制"。

接着是汉文帝在位,为了抵御匈奴入侵,大量招募贫民驻屯边疆,"皆赐高爵复其家,予冬夏衣廪食,能自给而止"。这里的"高爵"虽然严格来讲并不属于军功赐爵,但由于它是对戍守边疆者的一种物质性的补偿,伴随受爵有实际利益在,其性质还是在军功爵的范围内。再说汉文帝在位23年,却仅有两次专门的"赐民爵",这也不可能形成制度性的"赐民爵八级制"。

再次，认真分析史料，"赐民爵八级制"从为战争而设的军功爵制中游离出来，而变成独立的奖赏体系，朱先生认为最有可能发生在西汉景、武时期。汉景帝接续汉文帝即位，他是西汉赐民爵次数最多的皇帝，在位16年，共赐民爵8次。一些普通民众，假如生活在汉景帝时期，不用建功立业，也不触犯刑律，仅靠时间累积就可达到"赐民爵八级制"顶端的八级"公乘"。如果他们到汉武帝时再被赐民爵，许多民众肯定都会超过九级"五大夫"，从而进入高爵行列。如果朝廷不加以限制性的规定，不规定让他们把民爵八级以上的爵级转让给其家人，那社会上拥有高爵的人数就太多了，从而使得军功爵制进一步的走向轻滥贬值，对此国家情何以堪？因此朱先生推断，"（独立）民爵八级制的形成，可能就在汉景帝时期"。

然后是雄才大略的汉武帝即位，对内对外战争不断，朝廷急需利用军功爵制来鼓舞军队士气。但现存军功爵制的轻滥已经使得无人再看重它，汉政府只得另建武功爵制。但这等于换汤不换药，它们均不能给人带来实际上的物质利益，还是刺激不起来人民群众的战斗激情。这就迫使汉武帝根据军功爵制的传统精神另建《击匈奴降者赏令》之类，其残文已在甘肃敦煌酥油土的汉代烽燧遗址出土，共有6条，其中有4条与军功赐爵有关。如汉军将领能击降匈奴八千人以上，可封侯食邑，官二千石者赐黄金五百斤；如少数民族酋长立了军功仍可以担任君长并统率旧部，其新获部众还可以享受隧长的官员待遇；如汉朝多位二千石官谏言立有军功者，可共同分享采邑；如汉军能击降匈奴二百户、五百骑以上者，赐爵少上造，赐黄金五十斤，并可封食邑。这里贯穿的还是旧的军功爵制的传统精神,对立了军功之人都是拿真金白银来兑现其诺言,绝没有像"赐民爵八级制"那样封顶、强令转让和不准逾越那样的情况发生。

朱先生拿甘肃敦煌酥油土的《击匈奴降者赏令》再结合刚才谈到的青海大通上孙家寨汉简的军功爵赏资料(那是汉武帝之后公布的奖赏条例)进行综合研究,认为值得注意的有三点。

其一,简文中所谓"毋过左庶长""毋过五大夫"的种种规定,"过去认为是限制低级吏爵的",现在我领悟到,"这两个'毋过',是赐民爵不能超过八级的限制(那是专指非军功赐爵而言的)。在战场上,战士因军功拜爵是可以突破八级而升至九级、十级甚至更高级。汉武帝用人是不拘一格的";"只要立有军功,拜爵晋级都属应得之事,并非像赐民八级那样难以逾越"。

其二,从简文来看,战士斩敌首虏而拜爵的级数,比秦时难多了。这也是既得利益集团为一般战士上升进入统治阶层所设置的障碍。若在斩首虏达不到规定的级数不能赐爵的情况下,每一首级可"赐钱"一千,说明爵级的价值还不算很低。

其三,对申报军功者建立严格检验制度,一旦发现弄虚作假则予以严惩,以防止虚报冒领。这也说明传统的军功赐爵制还沿袭着它应有的价值,从而对民众具有吸引力。

汉武帝在位54年,也曾5次下诏赐民爵。朱先生认为,他"决不会把赐民爵的级别,与在战场上因军功而得到的爵位混同搅在一起"。结论是,"最晚在汉武帝时期,赐民爵八级制已经从为战争而设的军功爵制中游离出来,而成为独立的奖赏体系"。

最后,从汉武帝开始,汉朝皇帝们大规模赐民爵的次数越来越多。如汉宣帝在位27年,赐民爵14次,累计赐爵达到16级。东汉赐民爵的次数和级数更多,而且每次都是人二级,三老、孝悌、力田人三级。如汉明帝在位18年,赐民爵6次,累计赐男子爵13级,三老、孝悌、力田爵12级。假如民爵八级不是独立的奖赏体系,假如不规定超过八级必须转让给兄弟子侄,全国拥有高爵的人就太多了,朝廷是无论如何难以承受对之进行实质性物质奖励的经济负担的。

所以曹操在建安二十年(215年)进行的废除军功爵制的改革,实际是分两个层次来处理的。他所废除的,只是军功爵制中从五大夫(九级)到关内侯(十九级)、列侯(二十级)的高爵,然后新建由六级组成的新爵制,即列侯、关内侯、关外侯、关中侯、名号侯、五大夫,其中除列侯和关内侯有封国食邑外,其他四级全属虚封。而对于原军功爵制中的低爵八级(一级公士至八级公乘),仍然作为独立的奖赏制度原封不动地保存下来,并流传后世,一直延续到唐代。这也从另一方面证实了"赐民爵八级制早已形成为军功爵制之外的独立制度"。

五、军功爵制的兴衰及其历史作用

作为政治制度史的一项重要分科,朱先生在倾尽毕生精力对军功爵制进行研究的过程中,不仅要下许多考证功夫,弄清楚"是什么"的问题;还要探索和总结隐藏在制度背后的历史规律,解决其产生、发展、演变的规律,也就是"为什么"的问题。后边这种工作往往会比前者更加重要也更加艰辛。

首先，朱先生经过深入研究，认为军功爵制的产生绝不是偶然的，而是适应时代需要的产物。他通检先秦文献，发现《左传》襄公二十一年(前552年)有一条"(齐)庄公为勇爵"的材料，遂敏锐地判断所谓"勇爵"，应该不会是西周贵族时代所建立的那种五等爵制的余响。然后他扩大搜检范围，发现《太平御览》卷一九八《封郡部》对此有条注文说，齐庄公建立"勇爵"的目的，是"设爵位以命勇士"，这与后来战国的"以爵赏战功"的精神真有异曲同工之妙，从而明确提出，春秋时期的齐国，应该是最早萌生新爵制的国家。此后晋、秦、楚、宋也先后出现了有别于旧爵制的新爵制，这种新爵制就是军功爵制的雏形，因而被新兴地主阶级利用来向旧贵族夺权。

其次，战国时代既是军功爵制的最终确立时期，也是各国先后完成社会政治转型的关键时期。朱先生利用大量的文献和考古资料，不但证明了各国普遍建立军功爵制的史实，也证明了这种新爵制在各国政治、经济生活中所发挥的重要作用。朱先生还指出，"把军功爵制发展到完备程度的还是秦国"[①]。后起的商鞅变法吸收了其他国家的经验，又结合秦国的具体情况，颁布了"有军功者，各以率受上爵"的法令，从而在秦国确立、完善了军功爵制，其核心内容就是配套形成了"明尊卑爵秩等级各以差次，名田宅臣妾衣服以家次"的新的社会等级制度。总之，秦国具备战国军功爵制的典型形态。

这一新的制度，一方面对于巩固新兴地主阶级的统治，鼓舞

[①] 朱绍侯:《军功爵制研究》,上海人民出版社,1990,第20页。

军队士气,都起到一定的积极作用;另一方面,有些平民甚至奴隶也有获得爵位的机会和可能,以摆脱被奴役的地位,并且获得一定数量的土地,甚至可以充任官吏。因此朱先生的研究,是从一个非常重要的侧面,至少是从秦国历史的角度,揭示了军功爵制与新生中小地主阶层诞生过程的联系,支持和补充了"战国封建论"的观点。可以说,军功爵制在战国社会转型的政治生活中,确有其不可忽视的重要作用。

再次,秦和西汉王朝早期,是军功爵制发展的鼎盛阶段。其突出表现:一是军功爵制的二十等爵位制度,是在秦统一前后完善定型的。二是军功爵制的赐爵手续和程式即"劳、论、赐"三步骤也是在此时臻于完善。三是军功爵制在当时,成为社会政治、经济权力再分配的一种基本形式。如在秦代,有爵者可以当官为吏,可以乞庶子,可以用爵位赎罪免刑,可以用爵位赎取自己或者自己父母的奴隶身份;在汉初,有爵者可以依其爵位的高低享受食邑、名田、复其身、复其家等特权。朱先生说:"在秦汉时代,通过军功爵制培养了一大批军功贵族和军功地主,也培养了大量的自耕农。"[①]事实的确如此。

最后,西汉中期以后至东汉,为军功爵制逐渐由轻滥而走向衰亡的时期,而其源头甚至可以追溯到西汉的文、景时期。当时,西汉政权为解决财政困难,开始实行卖爵和因献粮献奴等经济原因而赐爵的政策,从而破坏了军功爵制的严肃性和以爵赏功劳的原则。汉景帝辅臣晁错甚至说,"爵者,上之所擅,出于口

---

① 朱绍侯:《军功爵制研究》,上海人民出版社,1990,第99页。

而亡穷"(班固《汉书》卷二四《食货志》),鼓动国家可以利用卖爵作为扩大财政收入的手段。又如朝廷规定,百姓如能贡献粮食于国家,并且将之运送到边防前线,即"入粟于边"者,可以根据其入粟数量的多少,分别授予不同的爵位,高者可达到九级"五大夫"爵,这对普通百姓来说就是一个相当有吸引力的爵位了。但如此一来,爵位变成普通商品,它就开始失去其原有的价值和荣耀而走向轻滥。特别是汉武帝以后,不管朝廷是遇到皇帝即位、立皇后、立太子还是其他喜庆之事,都下诏普赐天下民爵一级或者二级。原来需要军队将士在战场上拼命流血才能得到的东西,现在变成了君主随意赠送给臣民的礼品,其价值自然就会随着走向轻滥而大大缩水。这是军功爵制走向衰亡的重要原因。

朱先生强调,东汉军功爵制走向衰亡,还有两点更为深层的制度原因。一是从社会阶层的变迁来看,由于豪强地主势力的不断发展和膨胀,他们通过察举征辟的选官制度,日益垄断了仕途,军功爵制已经失去了作为一般平民参政入仕阶梯的作用。二是从兵役制度的演变来看,由于更戍制的废止和募兵制的兴起,军功爵与一般人的免役、减役以及从军士兵地位和待遇的提高之间已无必然联系,自然就不再为国家和民众所重视,甚至对之变得麻木和无所谓。所以,军功爵制的衰亡,是一种历史的必然。它本来就是新、旧社会转型时代地主阶级夺取和巩固政权的工具,随着新旧社会更替的完成,不再有大规模的战事连天的形势发生,随后就是两汉王朝长达四百年的辉煌盛世,它也就完成了自己的历史使命。

朱先生站在俯瞰中国古代社会发展全程的高度,在整体上对军功爵制的历史作用进行了充分的肯定。他也对军功爵制在不同历史阶段所能发挥的作用,有区别地进行了实事求是的具体分析,从而为我们正确评价军功爵制的历史意义提供了指引。

其一,朱先生在《战国时期各国变法与军功爵制的确立》《商鞅变法与秦国早期军功爵制》等论文中认为,在军功爵制确立的过程中,它不仅成为新兴地主阶级的夺取政权、巩固政权、反对旧贵族复辟势力的有力工具,而且鼓舞了受奴役的下层民众起而摆脱枷锁,为自己能够得到一小块耕地和争取更好生活而努力斗争。

其二,朱先生在《统一后秦帝国的二十级军功爵制》《从〈二年律令〉看汉初二十级军功爵制的价值——〈二年律令〉与军功爵制研究之四》等论文中认为,军功爵制在秦、汉王朝建立的过程中都发挥了积极的作用,它是秦始皇、汉高祖等人物在统一天下的过程中鼓舞士气、提高军队战斗力的得力抓手。

其三,朱先生认为,秦汉之际通过军功爵制,培植起一大批军功贵族和军功地主,也培养了更多数量的小农,优化了社会结构。他们通过在战争中立功进而获得爵位,不但获得一定数量的田亩和宅院,也获得一些法律及赋役方面的优待。这些军功地主和小农之间虽然仍存在着阶级矛盾,但由于当时处于君主—官僚制社会的上升阶段,生产关系与生产力的发展水平还是基本适应的,所以这种社会结构的调整促进了社会形态的快速进步,应该给以肯定。

其四,朱先生认为,军功爵制是一种利益激励机制,其核心精神应该是功、爵对等,付出和收益平衡,始终贯穿"无功不赏"的公平原则,它才能够顺利推行。但中国古代本质上还是等级社会,上层统治集团一旦稳定了统治以后,也必然将政治、经济利益的分配向统治集团倾斜。军功爵制自西汉文、景之后划分出的"民爵八级",就是它趋向轻滥的源头之一。所以它到东汉以后名存实亡,不为人们所重视,这也是其必然结局。

长期以来,研究军功爵制问题的困难,不但由于史载混乱、史实歧异甚至矛盾之处甚多,也在于材料稀少并且相当分散,需要下很大的功夫去搜索和梳理。朱先生自青年时期即有志于此,开始对大量传世文献和新出土的考古资料进行艰苦的披沙简金工作,终于对军功爵制的产生、发展和衰亡,对其不同演变阶段的特点,对其历史作用和阶级实质等诸多方面都进行了深入且全面的研究与分析。朱先生的这项研究,有筚路蓝缕、以开荒荆之功,不但填补了国内学术界对这一领域研究的空白,对国外学术界也产生了重要的影响。日本学者山根幸夫在《中国史研究入门》一书中说:"朱的研究是对秦汉二十等爵制研究的主要著作。"尽管如此,朱先生仍然谦虚地说,他对军功爵制的问题进行了一些探讨,但也不是穷尽了一切问题,它可以研究的方面还有很多。比如军功爵制下的列侯,与皇帝对宗室和外戚所封赏的王子侯、恩泽侯之间,究竟是什么关系?其地位和待遇有什么差别?类似这些问题都值得进一步深入研究。[①]

---

① 龚留柱:《"老兵"新传——访朱绍侯先生》,《中国史研究动态》2017年第6期。

第六章 中国古代土地制度史研究

一、中国古代土地制度研究的意义和方法

作为一位名动学界的历史学家,朱绍侯先生学术视野广阔,研究领域涉及中国古代史的许多方面。但几十年来,他始终关注并且深拓不辍的另外一个重要课题,则是对中国古代土地制度的研究,于此可以说是用心特精用力特勤。

朱先生1954年在河南大学任教之后,在头三年,把主要精力放在教学上,然后开始正式搞科研。他曾说:"我从1956年开始研究秦汉土地制度与阶级关系","在1958年写了一篇《秦汉土地制度和生产关系》。"①后来他又说:"我研究秦汉至魏晋南北朝时期的土地制度与阶级关系……用了四十多年时间,直到现在仍没有停止。"②确实如此。他在这一领域,先后发表了多篇研究论文,更有《秦汉土地制度与阶级关系》(中州古籍出版社1985年版)和《魏晋南北朝土地制度与阶级关系》(中州古籍出版社1988年版)两部扛鼎之作问世。当2001年11月张家山

---

① 朱绍侯:《秦汉土地制度与阶级关系》,中州古籍出版社,1985,《前言》第2页。

② 龚留柱:《治学不为媚时语 唯寻真知启后人——朱绍侯先生访谈录》,《史学月刊》2005年第11期。

汉墓竹简《二年律令》的内容公布之后,朱先生在自己此前研究的基础上,又结合新出土的考古资料,不断深化自己对中国古代土地制度问题的认识,连续发表一系列文章,或论析,或辩难,或争鸣,与学术界的同仁一起,将此一专题的研究水准大大提高,产生了不小的学术影响。

他为什么如此重视这一问题的研究呢?

中华民族自古以农立国,农业是社会的主导产业,而农业生产赖以依存的基本条件就是土地。所以对土地所有制关系、土地的管理和经营等问题的研究,是我们研究古代经济、认识中国古代社会性质的必要途径。研究土地制度的问题,就是研究中国古代经济的根本问题。正是基于此,朱先生的土地制度研究,不是就事论事,不是仅仅研究土地管理形式,而是将其与中国古代社会的转型与发展联系起来,以从中找出社会演变的深层原因和发展规律。

他在1985年说:

> 封建土地所有制的发展和变化,是揭示封建社会历史发展规律的一条根本线索。随着封建土地所有制的发展变化,也就制约着封建社会两个对立的基本阶级——地主阶级和农民阶级关系的变化,同时它也必然影响到封建社会的非基本阶级,如奴隶主与奴隶、手工业作坊主和手工业工人以及商人等地位的变化。所以研究封建土地所有制,是打开封建社会历史发展规律奥秘的钥匙之一。它对于研究中国古史分期、确定秦汉时代的社会性质问题,也是大有裨

益的。①

他在 2005 年又说:"我研究秦汉至魏晋南北朝土地制度与阶级关系的目的,是想搞清中国古代土地所有制的演变情况、中国古代剥削关系的演变情况以及土地制度对剥削关系演变的作用,并由此最终通过这些研究,以解决中国古代社会的历史分期问题。"②

朱先生将自己的学术研究与中国古代社会的性质及历史发展问题联系在一起,一方面,这说明朱先生不是那种致力于钉饾堆砌的象牙塔中之人,而是一个有强烈社会责任感的学者;另一方面,他的这种选择也并非全是个人兴趣的原因,而是有着深刻的社会背景。

有人说,史学的本质就是写出一种器物、一种生活方式、一种人群组织的演变轨迹及其内在原因来。在古代,不管是政治制度还是社会面貌的种种方面,中国都与其他文明区域如印度、西欧、中东等呈现出非常不同的特点,其文化精神的影响甚至一直延续到今天。其深层的原因是什么? 这是无数人苦苦求索但至今尚无正解的一个问题。马克思在其《〈政治经济学批判〉序言》一文中的经典陈述如下:

> 人们在自己生活的社会生产中发生一定的、必然的、不以他们的意志为转移的关系,即同他们的物质生产力的一

---

① 朱绍侯:《秦汉土地制度与阶级关系》,中州古籍出版社,1985,《前言》第 1 页。
② 龚留柱:《治学不为媚时语　唯寻真知启后人——朱绍侯先生访谈录》,《史学月刊》2005 年第 11 期。

定发展阶段相适合的生产关系。这些生产关系的总和构成社会的经济结构,即有法律的和政治的上层建筑竖立其上并有一定的社会意识形态与之相适应的现实基础。[①]

也就是说,要研究中国古代社会的特点和演变轨迹,必须要从它的经济结构入手,才能切入本质原因。作为一个典型的农业社会,中国古代最重要的生产资料就是土地,土地的产出和农耕租税的征收是维护国家政权正常运转的主要财源,故历代都非常重视对土地制度问题的研究。土地为谁所掌握?土地通过什么媒介与劳动者相结合?土地的收益如何分配?只有解答好这些问题,才能找到理解中国政治文化特色的"钥匙"。

这就是朱先生几十年来执着于研究这个问题的意义所在。

当然,朱先生并不是对中国古代的土地制度进行全面的研究,那不是一个人的精力所允许的。他所重点解剖的只是作为其中一段的秦汉魏晋南北朝时期,特别是从战国到东汉末年的这一时期的土地制度的演变。为什么?因为这是中国历史上的一个大转折时期,而历史演变的内在规律常常在社会转型的新旧交替时期才能更清楚地显现出来。当然,这些变化也不是一夜之间发生的,而是有一个长期的酝酿、积聚和发展的过程。

历史的研究非细微而不能严密,它必须建立在实证的基础之上,尽可能准确地将隐晦的细节把握住,才能敲开历史的真相之门。朱先生摒弃过去那种轻视和疏离原始史料考证、从而将

[①] 中共中央马克思恩格斯列宁斯大林著作编译局编,《马克思恩格斯选集第二卷》,人民出版社,1972,第82页。

高层理论完全建立在纯粹的假设和推论之上的形而上的方法,而是由材料的考证出发,经过一个反复分析比较和论证的过程,从而让自己的结论更加使人信服。我们看到,无论是朱先生的军功爵制研究,还是他的古代土地制度的研究,大到一个制度的命名,如是用"军功爵制"还是"赐爵制"比较更贴近历史的真实;小到"赋民公田""田公田""赐民公田""假民公田"的"赋""田""赐""假"各语词的不同语义,都需要进行深入细微地考证和繁复周密地例证比较,才能最后确定其间的同与不同,才能准确把握概念的真正内涵。无疑,这是历史研究的正确方法。

还有人说过,"对事物的起源的研究就是对历史本质的研究"。历史是一条奔腾向前的河流,你可以为了研究的方便而将其分成各个段落,但决不能将其上、中、下各个阶段断然隔绝,互不关照。比如朱先生在研究秦汉的土地制度如"辕田制""名田制"时,他的《秦汉土地制度与阶级关系》一书的第一章名为《辕田制和名田制》,但这一章的开头第一节的内容,并不直接触及这两种商鞅变法时创立的土地制度,而是"为了找出辕田制、名田制的来龙去脉,必须首先简单介绍一下井田制的情况"[①],所以他将该章的第一节命名为"井田制简介"。

由于史料记载的歧异和学者对其不同的理解,历史上的夏、商、周"三代"的土地制度——"井田制"是一个长期争论不息的学术公案。朱先生并没有让自己陷入枝节末流的争论之中,而是对《孟子·滕文公上》《汉书·食货志》《公羊传·宣公十五

---

① 朱绍侯:《秦汉土地制度与阶级关系》,中州古籍出版社,1985,第1页。

年》何休注和《汉书·地理志》孟康注等古代文献的相关记载进行精细地梳理和综合研究,从三个方面抽绎出其本质特征:

其一,从形式上看,所谓井田,就是"井"字形的方块田。其区划是六尺为步,步百为亩,百亩为一田。它是井田的基本单位,合今31.2亩,是当时一个劳动力所能耕作的标准。九个百亩组成一井,八家共之。一夫受田百亩,自己耕作,收获物供自家享用,号称"私田"。中央区域的百亩由八家共耕,号称"公田",收获物上贡给各级贵族,其性质是劳役地租,税率"什一"。

其二,从所有权来看,它属于奴隶制的土地国有制或者公有制,其实质是土地王有制,即"普天之下,莫非王土"。周王凭借政治权力,利用宗法制,把土地和土地上的劳动者层层分封给各级贵族,各级贵族就是土地的实际占有者。他们世代相承,但是不能私自转让和买卖,号称"田里不鬻"。农夫所耕作的"私田",也仅是自己耕作的意思,更没有处置权,所以不是真正的土地私有。

其三,从土地流转来看,它有一个"三年一换土易居"(《公羊传·宣公十五年》何休注)的规定①,即井田制下的农民每隔三年,就要互相调换一下自己所耕作的田地。这显示出三代的"井田制",是奴隶主贵族利用了原始社会末期残留下来的农村公社的某种形式,将之改造成的一种奴隶制的土地制度。它之所以实行三年一次"换土易居",一是让农民在耕作土地的质量

---

① 《汉书·地理志》注引孟康曰:"三年爰土易居,古制也。"指的也是井田制。

上达到平等均衡,以避免相互之间由于土地的肥沃和贫瘠而收入差别太大;二是表示农民对自己耕作的农田没有所有权,只有使用权。

先弄清了所谓的井田制是一种什么样的土地制度,再来研究商鞅变法时的"坏井田,开阡陌",就知道历史上的社会转型和制度变革,决不是将旧有的基础完全抹平、新的制度凭空而建那么简单。它一定是一个有因袭有变革的辩证过程,一定是在合理保留传统的基础上来创建新的更能适应形势需要的土地制度。

这就是历史研究中极其重要的溯流追源的方法,朱先生在中国古代土地制度史的研究中,对此运用得十分娴熟和老练。

二、中国古代土地制度的研究因创新而不断深入

朱先生第一篇研究中国古代土地制度的论文《秦汉土地制度和生产关系》,完成于1958年,发表在《开封师院学报》的1960年第1期上。由于该刊当时还是内部发行,再加上这期刊物后来因为其他文章的问题而被追废,故这篇文章未能广泛传播,知道的人很少。这篇文章首先从商鞅变法所建立的土地制度开始分析,涉及井田制、辕田制、名田制等问题;接着分析秦汉土地私有制的发展和两汉三次土地兼并的高潮;然后再借助史料分析汉代田庄经济和假田制的问题;最后是作者对秦汉时期阶级关系问题的认识。由于只能借助于有限的传世文献,许多考古学的材料这时还没有被发现和出土,故朱先生有关古代土地制度问题的多数认识尚未定型,甚至他的许多研究结论还是从秦汉奴隶社会性质的前提出发,带有明显的时代烙印。但不

第六章 中国古代土地制度史研究

管怎样,这篇文章奠定了朱先生以后几十年学术研究的问题意识和基本格局。

以后,朱先生继续对这些问题进行深入的探索,并且留心所有新发表的考古资料并且积极地加以利用,以不断校正自己的认识,甚至还会有让自己的观点出现几番回还往复的情况。他在1985年说:

> 我在研究汉代的田庄和假田制时,发现秦汉时期的封建租佃关系,在私有土地和国有土地上都占了很大的比重;在研究军功爵制中,发现军功地主从春秋时期已开始出现,到战国时代即取代奴隶主贵族而掌握了政权。基于上述认识,我(从认为秦汉的社会性质是奴隶社会)又改从郭老的春秋战国之际封建说。对于名田制,我又根据历史资料上经常见到买卖××所名有土地的记载,而认为是土地私有制。发表在《中国古代史论丛》一九八一年第一期上的《名田浅释》,就持这种观点。但是,后来在给研究生讲课中,我进一步研究了名田制资料,特别是《睡虎地秦墓竹简》及青川木牍《田律》的发现,使我认识到,商鞅变法所建立的名田制、辕田制,都不是土地私有制,准确地说是土地长期占有制。①

朱先生在20世纪80年代及其以前的秦汉土地制度研究成果,都融汇于他1985年出版的《秦汉土地制度与阶级关系》一书

---

① 朱绍侯:《秦汉土地制度与阶级关系》,中州古籍出版社,1985,《前言》第3页。

中。此书分为七章。第一章是《辕田制和名田制》,第二章是《名田制破坏与土地私有制的发展》,第三章是《秦汉时期三次土地兼并高潮》,第四章是《汉代的田庄经济》,第五章是《两汉的假田制与假税制》,第六章是《秦汉时期的自耕农、依附农民、奴隶和其他劳动者》,第七章是《从户籍制度看秦汉时期的阶级关系》,最后是《附录》。

  表面看来,此书格局似乎是《秦汉土地制度和生产关系》一文规模的扩大和内容的细化,其实不然。首先是对秦汉社会性质的认识,朱先生由过去的奴隶社会说变成封建社会说,但并不否认秦汉社会有大量奴隶的存在,也不否认当时奴隶参加社会生产的广泛性。这就体现了朱先生的一种实事求是精神,因为任何社会的阶级状况都是复杂的,而不可能是纯而又纯。其次是朱先生摆脱了过去孤立研究土地制度的做法,而是有意识地联系与问题相关的多个侧面,从而将社会视为一个有机的系统整体。比如关于名田制和军功爵制之间的关系,朱先生说:"如果说井田制是奴隶主贵族五等爵制的经济基础的话,那么名田制就是地主阶级掌权的军功爵制的经济基础。"[1]这样一来,对两者的认识都得以深化,使得人们有一种眼前一亮的感觉。再次是朱先生在书中大量使用考古文物资料,旁征博引,于是就突破了传世资料的局限,真正让自己的结论做到发前人之所未发。比如朱先生用青川木牍和睡虎地秦简证明秦代"授田制"的存在,用居延汉简和汉碑、买地券等材料证明汉代的土地私有化,

---

[1] 朱绍侯:《秦汉土地制度与阶级关系》,中州古籍出版社,1985,第16页。

用战国至东汉的简牍材料研究秦汉的户籍制度和社会关系,等等。最后是朱先生对史学界长期争论不休的问题,都能摆脱那种非黑即白的成见,只根据自己的研究做出结论,从而显示出一种治学上的大家风度。例如对秦汉土地制度性质的看法:"主张秦汉土地国有制的人,就极力否认秦汉时代土地私有制的存在和不断发展的事实……主张秦汉土地私有制的人,就极力否认国家在某种程度上可以干预私有制的事实……我认为这两种意见都有一定的片面性。事实上,在秦汉时代土地国有制和土地私有制是并存的。秦在商鞅变法中建立了名田制、辕田制,这就是土地长期占有制,以后才演变为私有制。"①又比如对田庄经济的看法也是这样,他都能摒弃成见,独立思考,实事求是地拿出自己的独到见解。

三年以后即1988年,朱先生又出版了《魏晋南北朝土地制度与阶级关系》一书。此书是《秦汉土地制度与阶级关系》一书的姊妹篇,同样对魏晋时期的屯田制、占田制、均田制等土地制度以及当时的门阀士族、佃客、兵户、吏户、百工杂户、僧侣户、奴隶等社会等级的发生原因及其演变规律进行了深入细致的分析和论述,在魏晋南北朝史的研究上自有其不可替代的学术价值。

从中国古代土地制度史的研究角度看,研究秦汉时期的土地制度之后,再清理魏晋南北朝的土地制度,不仅顺理成章,而且有其深意。中国古代的土地制度,夏、商、周三代并延及春秋

---

① 朱绍侯:《秦汉土地制度与阶级关系》,中州古籍出版社,1985,《前言》第6页。

前期,都是稳定地实行被称为"井田制"的土地国有制,绵延一千多年,应该是没有问题。从唐中期的"均田制"瓦解之后,民间的土地买卖被彻底放开,所谓"任民所耕,不限多少"、"田无常主,民无常居",一直延续到近代,土地私有制也被稳定地实行了一千多年,这也是没有问题的。而在此中间的一千多年,即从春秋后期到六朝结束,是中国古代田制最纷乱多变的一个时期。其间,土地的国有制、私人的长期占有制以及国家对民众土地占有数量的强力干预政策迟迟不愿退出历史舞台,主要体现在授田、名田、屯田、占田、均田等土地制度上。另一方面,以土地的自由买卖为标志的土地私有制因为其在发展经济方面的高效率性而充满活力,因而代表了历史前进的方向,不断地向束缚自己发展的行政权力发起冲击,并最终取得了胜利。这样,在对战国秦汉的土地制度进行了深入的研究之后,再来厘清同为历史过渡期的魏晋南北朝土地制度的发生和演变规律,同样是很有意义的。

这部书的内容以时间为经,以政权朝代为纬,并适当综合分类,可分为四大块。全书12章。前四章分别叙述曹魏、孙吴、蜀汉的土地制度和阶级关系,重点在研究屯田制。第五章研究西晋的占田制、课田制以及户调式、荫客制,重点在研究占田制。第六、七、八章研究北魏的均田制、租调制、三长制及其户籍制度,重点在分析均田制的历史意义及其局限性。最后四章的关注点是东晋南朝,除对江南田庄经济的精到分析外,研究此时的阶级关系,六朝著名的士族门阀制度就为人们提供了难得的样本。当然,从某种意义上说,写作这本书比此前对秦汉土地制度

的研究更有难度。朱先生自述道:

> 在三国分立至隋统一的三百四十多年的时间里,先后建立了三十几个政权。国家分裂,头绪杂乱,史料分散,仅正史从《后汉书》到《隋书》就涉及到十三部之多,占二十四史的一半以上。如果再加上《十六国春秋》以及"三通""会要""补食货志"等典章制度一类书,就更为浩繁。在这样分散浩瀚的史料中,来研究这一时期的土地制度与阶级关系,其难度要比秦汉时期大得多。①

但是,朱先生克服了种种困难,在两年左右的时间里,就完成了这部著作,并且以其丰富的内容和精辟的分析,使本书受到学术界的普遍好评,此亦足以彰显他在学术耕耘上勤奋踏实的一贯作风。

不断创新是朱先生学术研究的鲜明特点。2001年11月,文物出版社出版了《张家山汉墓竹简〔二四七号墓〕》一书,学术界很快形成研究张家山汉简的热潮。由于其中的《二年律令》对研究秦汉土地制度具有难得的重要价值,朱先生立刻全身心地扑到上面,连续发表多篇关于秦汉土地制度研究的学术论文。

朱先生先是在《史学月刊》2002年第12期上,发表了《吕后二年赐田宅制度初探》一文。通过对《二年律令·户律》相关条文的分析,他认为这里所显示的授田宅制度,实际上就是传世文献所说的名田制。这种制度授田的对象是全国合法民众,但重

---

① 朱绍侯:《魏晋南北朝土地制度与阶级关系》,中州古籍出版社,1988,第346页。

点是有军功爵位者:"从《二年律令》得知,汉初所培养的军功地主集团的实力,比原来的估计要强盛得多。""由于田宅是按不同等级由政府授予的,故在法律上名田制是土地长期占有制,而不是土地私有制,所以土地买卖是要受法律约束的,《二年律令》也反映了这方面的问题。"朱先生还分析了《二年律令》与商鞅时期以军功赐田宅的关系、与刘邦"汉高五年诏令"赐田宅的关系、与汉武帝时军功爵赏赐的关系,认为其在内在精神上显然有某种联系,但在具体规定上却不尽一致,故《二年律令》只是吕后当政时期制定的制度。

接着,朱先生在《河南大学学报》2003年第2期上发表了《从〈二年律令〉看汉初二十级军功爵制的价值》一文。此文的主旨虽是研究军功爵制问题,但其中对名田制问题的分析也很值得注意。朱先生认为,刘邦"汉高五年诏令"说"法以军功行田宅",但没有提到赐予田宅的具体数量,而《二年律令》却补上了这一空白。从《户律》条文看,授田宅的对象,既有有爵者,也有普通庶人平民,还有司寇等轻刑犯,只是社会上下阶层之间授田宅的数量太悬殊。这说明,汉政权在悉心培养一批军功地主的同时,也培养了大量的自耕农以作为稳定社会的压舱石。同时它还验证了朱先生过去曾经提出的一个观点,即"名田也就是占田,名田制就是土地长期占有制";"它刚建立时,是按军功爵制的级别由国家赐给不同数量的土地。因此,我们说名田制是军功爵制的经济基础"。①

---

① 朱绍侯:《军功爵制研究》,上海人民出版社,1990,第157页。

在2004年第1期《河南大学学报》上,朱先生又发表了《论汉代的名田(受田)制及其破坏》一文。朱先生首先指出,看吕后二年的"授田宅"政策,没有想到关内侯、卿爵、大夫爵这三个级别所受田宅的数量竟然如此之高,这证明过去说名田制是军功爵制的经济基础、汉初是军功地主的天下的论断是正确的。这种有授无还的土地长期占有制,虽然在吕后时期还有一些规定,限制人们"贸卖田宅",并且政府对授出的田宅进行严密管理,但它的一个不以人的意志为转移的规律就是,对土地的私人长期占有,在或长或短的时期内必然演变为私人所有。所以在汉武帝时期出现第一次土地兼并高潮就决不是偶然的,被兼并的农人的土地正是原来名田制名义下的土地。但形势比人强,通过逼迫名田制退出历史舞台,逼迫军功地主退出历史舞台,而接替他们的正是新崛起的官僚、地主、商人"三位一体"的新豪强阶层。

在2004年第5期《零陵学院学报》上,朱先生还发表了名为《商鞅变法与秦国早期军功爵制》的文章。其中有一部分,谈到秦早期"可以不受限制地逐级晋升爵位受赐田宅"的问题,并且将之与吕后二年的情况进行了比较。朱先生说,秦早期的军功爵制从一级公士到十七级大良造之间可以因功而逐级晋升,畅通无阻;而其待遇"赏爵一级,益田一顷,益宅九亩"也是可以逐级累计的。而再看汉初《二年律令》的授田宅数量,在其所划分的六个社会层阶之间(侯、卿、大夫、士、平民、贱民)的物质待遇是非常悬殊的。这说明,军功爵制在发展过程中越来越向高爵方面倾斜,低爵者已经不可能靠正常的晋升向高爵突破,也不可能得到更多的田宅。

总之,关注新材料,把握新动态,发现新问题,提出新观点,这正是耄耋之年的朱先生能够在学术上永葆青春的奥秘所在。

三、秦汉土地制度研究:名田制、假田制与田庄经济

朱先生用了几十年的时间,进行中国古代土地制度尤其是战国秦汉土地制度的研究,精益求精,与时俱进,做出了多方面的贡献。举其荦荦大者简述于下。

(一) 厘清了从井田制到辕田制再到名田制的演变路径

到了春秋战国时代,由于生产力的提高使得井田制已经不适应现实的需要,它就先后被各国所废除,逐步建立了形式各异的新的土地制度。秦国通过商鞅变法,也废除了井田制,代之而起的是辕田制,此即《汉书·食货志》所说的商鞅"坏井田,开仟伯";《汉书·地理志》所说的秦"孝公用商君制辕田,开仟伯"。由此朱先生认为商鞅所建立的新的土地制度正是"辕田制"。"辕""爰"二字相通,故也称"爰田制"。比较起井田制来说,爰田制有三大特点:一是农民的受田虽然仍然是"一夫百亩",但这个亩制不再是 100 平方步的小亩,而是 240 平方步的大亩,四川青川秦国木牍《田律》的出土就证明了这一点。这标志着社会生产力水平的提高。二是"爰自在其田,不复易居也"(班固《汉书·地理志下》注引,孟康注),即商鞅正式废除井田制下"三年一换土易居"的土地定期轮换制,而建立了农民土地的长期占有制,这就意味着农民对土地的"有受无还",有利于稳定和提高土地利用的边际效益。

三是劳动组合形式的变化,由井田制之下的"公田共耕"即大规模集体生产的耦耕制,改为分散的一家一户为单位的个体耕作制,田税也由劳役地租变为固定额度的实物地租,这种"分田"的耕作方式有助于调动个体小农的生产劳动积极性。

除了以上三点不同,井田制和辕田制还有大体相同的一面,这就是土地的所有权。恩格斯在《反杜林论》中说:"一切文明民族都是从土地公有制开始的……它被废除,被否定,经过了或短或长的中间阶段之后转变为私有制。"由此朱先生判断:"中国由井田制到辕田制、名田制的改变,是由奴隶社会到封建社会土地制度的演变情况。但其中有一点是一致的,即都是由土地公有制,经过一个中间阶段,而演变为土地私有制。"[①]辕田制和名田制开启了土地性质演变的"中间阶段",故朱先生判定其性质为土地长期占有制。但在这个漫长的中间阶段完成之前,它们在理论上仍应属于土地公有制的范畴。

等到军功爵制建立以后,商鞅将因军功而赐爵赐田宅的新土地制度即"名田制"与向普通民众授田的"辕田制"合二为一,于是更通行的称为"名田"的土地制度名称就流行开来,它原来的名称"辕田制"反而逐渐隐没不显了。

(二) 确立了"名田制"的概念和性质

自从张家山汉简《二年律令》中有关授田宅的资料发表后,学术界就对此进行了热烈的讨论。朱先生发表了《吕后二年赐

---

① 朱绍侯:《秦汉土地制度与阶级关系》,中州古籍出版社,1985,第20页。

田宅制度初探》一文,认为这里的赐田宅制,实际上就是他过去提到的名田制。这种授田的对象是全国的合法国民,但重点是有军功爵者。那么什么是"名田制"? 朱先生在《论汉代的名田(受田)制及其破坏》一文中对此有清楚的表达:

> 名田就是"以名占田"之意,也就是"受田"。这是在军功爵制盛行时,按户籍上的人名和军功爵高低及其他身份不同,名有不同数量的田宅制度……①

按朱先生的意见,这里的名田制,是包括了原来对庶人进行普遍授田的"辕田制"在内的,只不过在此基础上,再依照其军功"益"田"益"宅。这两种田制是一个有机的系统,所以后来一般只提"名田"而不再提"辕田"或"授田"。

但其他学者对此意见不一。臧知非先生主张,应该将吕后时期的土地制度定性为授田制,并认为西汉是继承秦朝的土地制度而来,以名籍为准,一夫百亩,有军功爵者依次增加。② 高敏先生也反对将此制度定性为"赐田宅",认为它是"授田制"而不是"名田制",并且认为这两种制度的性质截然不同。③ 杨振红先生认为历史上存在过各种形式的授田,从井田制到北魏隋唐,都实行授田。授田的外延如此宽泛,历史时段如此之长,所以将商鞅至吕后时期的基本土地制度称为"授田制"并不合适,不如

---

① 朱绍侯:《论汉代的名田(受田)制及其破坏》,《河南大学学报》2004年第1期。
② 参见臧知非:《西汉授田制度与田税征收方式新论——对张家山汉简的初步研究》,《江海学刊》2003年第3期。
③ 参见高敏:《从张家山汉简〈二年律令〉看西汉前期的土地制度——读〈张家山汉墓竹简〉札记之三》,《中国经济史研究》2003年第3期。

用当时人自己的说法即"名田宅"。她将之正式定名为"以爵位名田宅制"。[①] 按照杨振红先生的意见,国内较早提出"名田制"概念的正是朱先生。20世纪四五十年代,日本学者西嶋定生等学者讨论秦汉土地制度问题,也主要围绕"名田""占田"等概念进行,所以在土地制度的命名上,还是"名田制"比较确切。

关于战国秦汉时期土地所有制性质问题,学术界曾经进行过长期的争论,至今也没有完全解决。朱先生在长期研究的过程中,起初认为名田制是土地长期占有制,后来又改为是土地私有制,最后又恢复为土地长期占有制的认识。但是,朱先生还认为这种对土地的长期占有并不稳定。商鞅既然废除了土地公有制的井田制,由此必然导致土地私有制的发生和发展。但这个变化,首先是从战国时买卖"田宅"(房基地)突破的。因为对这类土地,政府并不征收土地税,即使出现流通也不影响政府的财政收入,故政府并没有严格禁止。至于何时允许农业用地的买卖,朱先生认为转变的节点是秦始皇出台的"使黔首自实田"政策,它标志着土地私有制在全国范围内正式得到确认。但是对此后发生的刘邦汉高祖五年诏令"复故爵田宅"和吕后二年的"赐田宅"如何解释?朱先生认为,这是对土地长期占有的名田制的暂时"恢复",只是一种特殊形势下的政策,它并未能阻止土地私有和土地买卖的历史大趋势,所以到汉武帝时,名田制就正式退出了历史舞台。

---

① 参见杨振红:《出土简牍与秦汉社会》,广西师大出版社,2009年,第158-159页。

当代学者对这个问题也是仁智互见,有各种不同的认识。臧知非先生虽然认为秦代的授田制还是土地国有制,但也承认自从秦始皇三十一年"使黔首自实田"之后,国家放弃了对土地的严格控制,农民可以自由垦田,授田制即退出了历史舞台。西汉授田以名籍为准,土地一经授予即归私有,可以在法定的范围内买卖、赠予、世袭。① 高敏先生认为授田制和名田制是两种不同性质的土地制度。授田制下是国有土地,所授田宅地,其最终所有权还是属于国家。他认为另外一种土地制度即商鞅所说的"名田宅臣妾衣服以家次",就是把田宅等置于私人名号之下,这种"名田制"就是私有土地制度的时代名称,"名田"就是私田。② 但多数学者还是不同意高先生的看法,认为授田制度本身就是以名占田,二者是一回事。还有曹旅宁、李恒全二位先生的认识比高先生更进一步,径直认为《二年律令》所反映的就是一种土地私有制。③ 值得注意的是,张金光先生的观点则与以上诸说皆不同。他认为,《二年律令》中的土地制度是传统庶人普遍授田制的延续,其性质是土地国有制。自秦始皇三十一年"使黔首自实田"前后,土地买卖便日渐公开化,至汉文帝即位后下令废止国家普遍授田制,这也就标志着土地私有权制度的确立。④

---

① 参见臧知非:《西汉授田制度与田税征收方式新论——对张家山汉简的初步研究》,《江海学刊》2003 年第 3 期。

② 参见高敏:《从张家山汉简〈二年律令〉看西汉前期的土地制度——读〈张家山汉墓竹简〉札记之三》,《中国经济史研究》2003 年第 3 期。

③ 参见曹旅宁:《张家山汉律研究》,中华书局,2005,第 112 页;李恒全:《汉代限田制说》,《史学月刊》2007 年第 9 期。

④ 参见张金光:《普遍授田制的终结与私有地权的形成——张家山汉简与秦简比较研究之一》,《历史研究》2007 年第 5 期。

杨振红先生对秦汉时期的土地制度进行了深入地思索,但并没有明确回答其性质是国有还是私有的问题,而是通过对法学"物权"概念的解释,认为继承、转让和买卖都不能视为所有权的标志,所有权必须具有明确的法律权属界定,但是战国秦汉时的法律又不可能明示"名田宅制"的所有权性质。总之,是汉文帝的政策使这套土地国有制度名存实亡,然后如野马脱缰一般的土地兼并就开始不断引发严重的社会危机。①

(三) 厘清了名田制与军功爵制的关系

名田制是军功爵制的经济基础,这是朱先生一再强调的观点。他专门在《许昌学院学报》1985年第1期发表了《试论军功爵制与名田制的关系》一文,提出:"名田制与军功爵制是在井田制、五等爵制被破坏的基础上同时产生和发展起来的;在历史演变的过程中,两者又是同时遭到破坏、同时走向衰亡的。"战国时期,各国都有了根据爵位高低从而占有相应数量田宅的制度,商鞅更是在秦国"明尊卑爵秩各以差次,名田宅臣妾衣服以家次"的政策出台后,正式确立了军功爵制和名田制。名田就是"以名占田",即根据户籍上登记的人名和其爵位占有不等数量的田宅。汉高祖五年诏令的"法以功劳行田宅"和吕后《二年律令》中关于"授田宅"的种种规定,都是这种精神的延续。同样,文、景之后由于军功爵制的轻滥和土地兼并的盛行,它们两败俱

---

① 参见杨振红:《出土简牍与秦汉社会》,广西师大出版社,2009,第160-162页。

伤,于是一同走向衰亡。

杨振红先生与朱先生持有相同或相近的观点。她把汉文帝以前的土地制度命名为"以爵位名田宅制",明确提出二十等爵制是《二年律令》田宅制度的基础,田宅占有的数量要根据户主的爵位确定,同时还要有爵位继承制度来配套实行。以爵位名田宅的制度是以国家拥有和收授田宅的权力为前提的,汉文帝废止这一制度的原因,一是赐爵的溢滥,二是土地兼并的迅速发展。[①]而张金光先生对此却不以为然。他认为,《二年律令》的授田制度,尽管"爵户占了二十级,却并不能说是以二十等爵制为基石构建起来的。恰恰相反,它其实是以广大庶人的普遍份地授田制为基础构建起来的"。"秦军功授田,原本是在庶人普遍授田制基础上设计出来的制度……军功授田制,在实质上可称之为庶人份地益田制。"[②]

(四)重视对汉代假田制的研究

一般研究秦汉土地制度的人,注意力大都在"名田制"以及名田制崩解之后的大土地私有制上,却很少有人关注"假田制"及其"假税制"的问题。朱先生在自己的专著《秦汉土地制度与阶级关系》中专辟一章对之进行研究,并且特别强调他是从"国家与农民关系的新变化"这个角度来看待问题的。

[①] 参见杨振红:《出土简牍与秦汉社会》,广西师大出版社,2009,第127-156页。
[②] 张金光:《普遍授田制的终结与私有地权的形成——张家山汉简与秦简比较研究之一》,《历史研究》2007年第5期。

西汉之初的统治者承秦实行名田制,即对庶民实行授田和对有爵位者实行军功赐田,这是庞大数量的国有土地与劳动力相结合的第一种方式。但随着生产力的发展和社会的贫富分化,尤其是在土地私有制形成以后,土地兼并的势头越来越猛烈,导致自耕农大量破产,影响了政府的财政收入。于是按等级授田的做法就逐渐趋于衰微,开启了国有土地与劳动力相结合的第二种方式,即把国有土地租给无田农民,这就是"假田制"。假,租也,赁也。

农民失去土地而破产之后,被迫"耕豪民之田,见税什伍",即由自耕农变成租佃农,缴纳50%的粮食产出作为地租。受这种潮流的影响,汉政府也不再把土地无偿地授给农民,而是把土地出租给农民,收取比自耕农所缴纳的土地税("三十税一")高得多的"假税",约占收获物的40%-50%。

从汉武帝以后,这种假田制在边疆和内地同时推行。在边疆,主要用于解决军队后勤供应困难的问题,于是招募流民、罪犯、奴隶等到西北前线戍边屯垦。国家贷给他们口粮、种子、农具,并且租给他们一块土地,派田官进行管理。双方签订契约,他们变成国家的佃农,一般没有迁徙自由。他们缴纳的"假税",主要就充作军粮。在内地,为了缓解人多地少的矛盾,政府把皇家苑囿和郡国公田租给贫民、流民耕种,也派田官进行管理。头二年条件优惠,不但贷给耕者种子、口粮,而且免交假税。

如何看待"假田制"的施行?朱先生指出两点:一是"政府把国有荒地以及统治阶层玩乐的园池、苑囿、山林拿出来,租给农民耕种……这就给农民创造了必要的、最起码的生产与生活条件,使大批失地贫民和流民能够回到农业生产上来,这对发展社会经济是有利的"。二是"两汉的假田制为三国的屯田制提供了某些经验","它标志着汉政府也采取了租佃剥削方式,也说明在汉代,中国封建社会又发展到了一个新的历史阶段"。①这种认识无疑是深刻的和公允的。

(五)实事求是地评价田庄经济

至少到西汉中期,随着土地越来越向豪强地主手里集中,就已经出现了田庄这种农业生产组织形式,到西汉末年则更加普遍化地出现。如《后汉书·樊宏传》《水经注·沘水注》《四民月令》等文献材料和中原地区大量出土的陶城堡、陶楼阁、陶碉楼等考古材料结合在一起,都证明了这一点。汉代的田庄往往具有这样几个特点,朱先生和诸多学者的研究也都有非常精细的分析。

一是聚族而居。以血缘纽带将全宗族的人集合在一起,形成地方大姓,以家族长为田庄的领导核心,其内部有严格的长幼尊卑秩序,以宗法关系来掩盖实质性的阶级对立。二是自给自足,农林牧副渔综合经营,带有浓厚的自然经济特色。三是劳动者的人身依附关系特别强,各种身份如徒附、宾客、部曲、奴隶等,与田庄的上层人物之间形成一种超经济的封建租佃关系。四是逐渐向武装化、堡垒化的方向发展,它们有自己的私兵部

---

① 参见朱绍侯:《秦汉土地制度与阶级关系》,中州古籍出版社,1985,第129、133、143页。

曲,以军事方式进行编制组织。

学术界对田庄的争议往往体现在如何对它进行评价上。过去有些学者往往从狭隘的阶级对立角度出发,多是揭露其消极反动的黑暗一面,而未能指出它还有适合生产力发展、促进社会经济进步的另一面,不能客观全面地给以其应有的历史地位。朱先生首先引用马克思、恩格斯的话,指出:对于统治阶级控制下的生产组织及其剥削制度,不能一概采取否定态度,甚至还要承认,统治阶级的利益对生产的发展是一种推动因素。在此大前提之下,朱先生从三个方面对田庄经济进行了实事求是地评价。

首先,田庄是一个比较有组织的生产单位,它"有能力兴建一些相应的水利事业,也有条件制造、推广新式农具,积累生产经验和提高生产技术水平"。和平时期,它使田庄的耕作比分散的自耕农更有经济效益,能"以更快的速度向前发展"。战乱时期,武装化了的田庄坞壁组织,"则起到了保护生产和劳动力的作用,使坞壁内的劳动人民,免受屠杀和掠夺,这种积极作用,是不应该忽视的"[1]。

其次,关于田庄内农民所受到的剥削问题,"它并不一定比自耕农的负担重"。特别是在王朝末期政治昏暗的情况下,广大农民在昏君墨吏的残酷压榨下,处于"七亡七死"的境地,而田庄内农民的处境肯定要好一些。正由于此,"才有大批自耕农破

---

[1] 朱绍侯:《秦汉土地制度与阶级关系》,中州古籍出版社,1985,第112页。

产后投靠田庄",使田庄经济以"不可阻挡的趋势向前发展"①。

最后,关于田庄"是封建割据的政治支柱和经济基础"问题,应该根据"不同的历史条件来作具体分析"的方法,不能一概而论。当中央集权国家机器处于强有力的时期,田庄就不能构成封建割据势力的"政治支柱和经济基础",它"并不总是与统一的中央集权制国家相对立",这二者之间也就没有必然的联系。另外,从历史发展的角度讲,"不能说凡是统一都好,凡是分裂就坏"。例如大一统王朝的末期,腐朽的政权已经走入了"死胡同",这种情况下的农民起义和短期的军阀割据造成国家的分裂,就"不见得是坏事"。因为历史需要打破"僵化局面",又"开始向新的历史发展高峰缓慢地前进"②。

谁能说朱先生的这种看法不是更客观和更辩证一些呢?

四、魏晋南北朝土地制度研究:屯田制、占田制与均田制

朱先生在魏晋南北朝史研究领域着力最多的应该是经济问题,特别是在土地制度方面。他不但发表了一系列与此相关的学术论文,另外还有代表作问世,即中州古籍出版社1988年出版的《魏晋南北朝土地制度与阶级关系》。他从中国古代经济研究的最基本问题——土地制度着手,对魏晋南北朝时期的土

---

① 朱绍侯:《秦汉土地制度与阶级关系》,中州古籍出版社,1985,第112页。
② 同上书,第113页。

地所有制关系、国家对土地的管理与经营、大土地所有制的形成等方面进行了系统而细致的研究。他力求在研究中找出魏晋南北朝经济与土地制度演变的原因与发展规律,并特别用心于探寻国家在分裂时期的进步契机及其历史发展脉络。

(一) 三国时期的屯田制

三国时期的屯田制系受两汉的假田制和屯田制影响而来,都是适合国有土地的一种劳动组合方式。它发轫于曹魏,此后也被孙吴、蜀汉所采纳,成为三国时期重要的国家土地管理与经营形式。朱先生首先对屯田制的产生原因、经营管理方式、屯田民的来源与身份地位、屯田制的历史作用等问题进行了系统的考证与分析。

朱先生指出,屯田制度虽然在曹魏统治区普遍推行,但其最集中之处则在以下三类地区。第一类为"曹魏的首都及其旧根据地周围地区",屯田"目的是充实曹魏政权的军事实力,保证军队、政府的粮食供应"。第二类为其与吴、蜀接壤的地区,目的是保障当地驻军的军粮供应。第三类为交通要道及军需物资运输线附近,目的是保障运输队伍的粮草供应。故总体上看它首先是为满足军事需要而设置。

曹魏的屯田有军屯和民屯两种形式。民屯主要是政府从民间招致屯田客,以军事方式编制起来,设置典农中郎将、典农校尉、典农都尉进行管理的一种屯田形式。屯田客承租国家的土地,不能自由迁徙,按照土地的收获量,向国家缴纳 50%-60% 的田租,同时还要承担一些劳役。军屯则是由军队系统组织的屯田,让军队在没有军事任务时所承担的一种"且佃且战""且佃且守"活动。屯田兵与屯田客一样承担着大体相同的分成制田租负担。

朱先生认为,曹魏的屯田在当时的历史条件下发挥了重要作用,具有积极意义。他指出,首先是在恢复北方经济方面,推行屯田"还兴修了大量水利工程,同时还推广了区田法,注意精耕细作,使产量大大提高,对恢复残破的北方经济,发展北方的农业生产,起到了积极推动作用"。其次,屯田"把大量流民安置在国有土地上,使大批劳动力不至于流入豪强地主门下,增强了自身经济实力,给曹魏统一北方奠定了雄厚的物质基础"。

对于三国时期孙吴与蜀汉的屯田制度,学术界过去关注不多。朱先生对此钩沉索隐,进行了系统整理。他指出,与曹魏一样,孙吴与蜀汉的屯田亦有军屯与民屯两种形式,并且最初的出发点也是为了解决军粮问题。孙吴的屯田主要集中于与曹魏对峙的江淮防线,广泛分布于长江中下游地区。蜀汉的屯田分布于其边界的北、东、南三个方向。北部地区的屯田,集中于汉中,明显是为了支援对曹魏的战争。东部的屯田则沿着与孙吴对峙的长江一线分布。南部的屯田则集中于庲降一带,主要是为了保障经营南中的军事活动的军粮需要。特别是对后者的考证,朱先生虽然话语不多,但揭示了过去学术界忽视的蜀汉南中军屯的存在及其在蜀汉经营南中活动中的战略意义,具有重要的学术价值。

朱先生认为,从历史发展的演变来看,三国时期曹魏、孙吴、蜀汉的屯田制度"上承两汉的屯田制与假田制,下沿至两晋南北朝各个时期,但是这种制度唯独在三国时期,对恢复和发展农业生产取得的成效最大"。三国之中又以曹魏的屯田制收效最为显著,无论是军屯还是民屯,对于恢复和发展北方的农业生产,都起到了巨大作用,也为最终北方统一南方奠定了厚实的经济基础。

(二) 西晋王朝的占田、课田制

朱先生对西晋土地制度的研究,主要集中在对占田、课田问题的认识上。这既是魏晋南北朝史研究中的一个重要问题,也是一个热点问题,国内外众多学者都为之投入了大量的精力。除朱先生外,中国学者唐长孺、张维华、王天奖、高敏、高志辛等都发表过相关论著;日本学者宫崎市定、米田贤次郎、越智重明、堀敏一、铃木俊、西村元佑等也都提出过自己的看法。山根幸夫认为,对于西晋土地制度的研究,"从研究文献的密集这一点来说,在魏晋南北朝史研究领域里恐怕数得上第一"[①]。

2007年,在武汉大学举行的魏晋南北朝史学会第九届年会上,日本学者伊藤敏雄提交的会议论文《日本学者关于占田课田制的研究的回顾与展望》,就日本学者的相关研究成果进行了归纳与总结。他根据占田和课田的对象与其相互之间关系的理解方式,将日本学者的观点概括为A、B两类。A说把占田和课田理解成不同的农民户为对象。B说理解为占田和课田是以同一

[①] 山根幸夫:《中国史研究入门》(增订本),田人隆、曹正建等译,社会科学文献出版社,2000,第291页。

农民户为对象而组成的。

A说认为,占田制和课田制是分别针对不同郡县民的田制。占田制是以曹魏以来的郡县编户民为对象,带有私有制的性质。课田制则以曹魏屯田制废止后新编入郡县的编户为对象,由于其土地来源于旧屯田,因而具有国家所有制的性质。既然土地所有制的性质不同,两种编户所承担的租调额自然不同。这一学说由宫崎市定首倡,继承者主要有米田贤次郎、越智重明等人。

B说将占田与课田看作是国家针对同一农户设计的田制,因此是一种复合的田制。既然是复合田制,根据组合方法的不同,又可细分为B1、B2、B3三种。

B1说,占田和课田是针对同一户中不同男女所实施的田制,占田的对象是户主,课田的对象是户主以外的"余夫"。持这一说法的有玉井是博、曾我部静雄、铃木俊、西村元佑等学者。

B2说,占田和课田都是针对同一民丁实施的,尤其是户主,课田的亩数包含在占田的亩数之中。比如,户主丁男可以拥有70亩的占田,其中50亩为课田;户主之妻拥有占田30亩,其中20亩为课田。这一学说得到天野元之助、堀敏一等学者的支持。

B3说,在占田和课田以同一民丁为对象这一点上与B2说相同,二者的不同之处在于,B3说没有把课田包含在占田之中。比如,户主男子在70亩占田之外还可以获得50亩课田,丁女和次丁男也以此类推。持此说者主要为日本学者吉田虎。

相对于日本学者主要关心占田、课田的形成和形式及其实施对象,中国史学界所关注的问题要更宽广一些,尤其是占田、课田的所有制性质即生产关系。从20世纪30年代以来,不仅有解释占田的授田说、限田说、税制说、限额内私田申报制度说的不同,还有解释课田的劳役地租说、耕作分摊说、佃户公田赋课说、税制说等,更有国有土地所有制说、私有土地所有制说、混合制土地所有制说等。

朱先生在其20世纪50年代发表的《关于屯田制、占田制》(《史地教学通讯》1957年第7期)、《关于西晋的田制与租调制》(《理论战线》1958年第2期)诸文以及20世纪80年代出版的《魏晋南北朝土地制度与阶级关系》一书中,曾经系统地阐述了自己的看法。朱先生基于对秦汉土地制度的研究与把握,从发展、变化与联系的视野出发,指出:"占田制是屯田制破坏的基础上而颁布的一种土地制度。西晋的占田制只对原来居住在屯田区的屯田农民有实际意义,它是在屯田制破坏之后,政府公布的允许和限制农民占有一定数量土地的法令,而不是对全国自耕农重新分配土地。"这一研究与日本学者所提出的"占田制和课田制属于不同系列的两种土地制度,占田制以曹魏以来的郡县编户为对象,课田制则以曹魏屯田制废止后新编入郡县的编户对象"的看法迥然不同。朱先生指出,实施占田制的对象是原来屯田制下的屯田民,而不是日本学者所认为的原来的郡县民,这就对占田制的来源与形成提出了新的解读。关于占田制的土地所有权性质,朱先生认为其实是一种长期占有制、并在向私有制的方向发展的国有制。他说:占田制对土地的分配,有授无还,从某种意义上讲很像秦汉的名田制和爰田制。从法律的角度讲,受田的农民只有长期占有权、使用权,而无所有权。但是,正如我们在论述秦汉名田制、爰田制时已经说过的那样,土地一经长期占有,必然向土地私有发展。占田制也是这样,从它颁布的那天起,就向土地私有制方向发展,这是任何力量都无法阻挡的。

关于西晋的课田,朱先生指出:"西晋的课田制,既不是土地制度,也不是赋税制度。它是一种劝民归田的督耕制。"放眼历史,"虽然正式提出课田制是在西晋,但是这种制度并不创始于西晋。(它)最早起源于西汉的边境屯田"。朱先生认为,西汉宣帝时派将军赵充国在河湟地区屯田,就采取了考课士兵耕田的方法,"这应是最早的课田督耕制"。这一制度在东汉、三国曹魏时期都推行过,"曹魏在刘廙的建议下,全面推广了课田制"。看《晋书·傅玄传》所云,"魏初课田,不务多其顷亩,但务修其功力"。这也是对朱先生观点的有力证明。

总之,朱先生对课田的解说独树一帜,推进了有关西晋田制问题的深入研究,至今在学术界仍有重要影响。

(三) 北魏的均田制

北魏的均田制是学术界关注的又一重要问题。它是隋唐均田制的直接渊源,对南北朝和隋唐时代的历史发展都产生过重大影响,同时它在朱先生的魏晋南北朝土地制度史的系列研究中,也占有重要地位。归纳起来,朱先生对均田制的看法可以提炼为以下七点:

其一,均田制是一种带强制性的国有土地还、受制度。北魏政府掌握的大量无主荒地,是均田制得以颁行的物质基础,而受田农民的迁徙自由受到严格限制。这一制度强制性地把农民束缚在国有土地上,他们实际是北魏国家的农奴。

其二,均田制不但不触动相反它是保护土地私有制的。如"诸桑田不在还受之限"的规定,即使农户原有的桑田超过均田制所规定的额度,超过的部分可以以露田之名冲减应受露田之定额,但也不在还受之列。同时桑田皆为世业,即使以后家庭人口减少,超过规定的桑田数额也不需要归还给国家。

其三,均田制维护大土地所有制。政府用国有土地给农民分配土地,并不触动大土地所有者的原有土地。同时北魏规定奴婢和耕牛皆可以受田,强宗豪族可以依此合法地大量占有土地。

其四,均田制对土地买卖的限制,从立法形式上破坏了土地私有权的完整性,并对大土地所有者兼并小农多少有所限制,但它实际上未能真正禁止土地买卖。

其五,均田制实际不均。均田制不是均分土地,也不触动土地私有制,而是维护均田制颁布之前的贫富悬殊的现状。

其六,均田制关于照顾老小贫弱和疾病者的规定,应该是源于儒家仁政思想,而并非源于所谓的"公社传统"。

其七,均田制中有关"诸宰民之官,各随地给公田"的规定,开启了后来职分田和公廨田之先河。

朱先生认为,均田制是中国封建土地所有制的一种特殊形态,是特定历史条件下的产物。因为它适应了当时的现实形势,所以前后存在了三个世纪之久。

总之,朱先生对魏晋南北朝时期屯田制、占田制、均田制等问题所进行的深入研究,既推动了魏晋南北朝史研究的深入,也奠定了他在魏晋南北朝史学界应有的学术地位。

当然,由于材料的不充分和认识方法的差异,人们在对中国古代土地制度的研究中产生争鸣,这是非常正常的,而且它还是推动学术繁荣的不二法门。有日本学者提出,朱先生在秦汉和魏晋南北朝土地制度的研究上,提出一些新的见解,在国内外引起了争论,有赞成者,也有反对者,还有半赞成半反对者。虽然他的意见经常被人们作为主流观点对待,但他并不以权威自居。不管是同辈还是后学,他都能以平等的态度相待,一是重视对方的意见,二是温厚的与对方进行认真地讨论。人们在获益知识的同时,也从朱先生那里学到了治学的方法和做人的道理,可谓现代版的"问一得三"。

第七章　汉、魏、晋军事战略研究

2017年第6期的《中国史研究动态》,刊登一篇对朱先生进行学术访谈的文章。关于这篇文章的发起缘由,《编者按》说:"朱绍侯先生是我国当代著名历史学家,在军功爵制研究、秦汉土地制度与阶级关系研究等领域贡献卓著。朱先生以学术为生命,91岁高龄仍笔耕不辍,近年屡有长篇新作问世,其中有多篇对中国古代重大军事战略问题深入的思考……"①

在文中,采访者问道:

> 我们都注意到,近年来您的学术研究选题很多都集中在古代战争上,比如阪泉之战,比如两汉对匈奴、西域、西羌的战争,比如三国的官渡之战、赤壁之战、夷陵之战,等等。这些战争过去都曾有人进行过大量研究,现在也没有新的相关地下资料出土。请问您对它们进行再研究的出发点或者问题意识是什么?

朱先生回答说:

> 我研究战争,大都是老旧题目。为什么还要做?目的就是进一步搞清楚战争最终胜负的深层原因。过去说某某

---

① 龚留柱采访整理:《"老兵"新传——访朱绍侯先生》,《中国史研究动态》2017年第6期。

战役是以少胜多,至于为什么能以少胜多,并没有说清楚。表面上看战争是军事和将领的问题,但在深层次的战略上,就是政治家之间在洞察力和判断力方面的大比拼,实质上是政治问题,而历史所研究的问题往往就属于大政治的范畴。①

本章选择朱先生的几篇大作进行分析,以一斑而窥全豹。

一、《两汉对匈奴西域西羌战争的军事战略研究》

本文最初发表在《史学月刊》2015年第5期上,后收入《朱绍侯文集(续集)》。全文7.6万多字,从内容到形式,都给人以沉甸甸的厚重之感。

(一) 西汉对匈奴的战争与战略

文章开篇,朱先生首先回顾了从春秋战国到秦朝时期,匈奴族在北方的逐步兴起及其民族特点,以作为全文铺垫。即从汉朝立国开始,匈奴就是一个"善骑射""实力雄厚"的民族,它"西控制西羌、西域,东征服秽貊、朝鲜,还经常侵扰汉的边境,是西汉在北方最大的祸患"②。

1. 晁错献策

汉高祖六年(前201年),刘邦遭遇匈奴冒顿单于的"平城之围",发现自身实力确实不济,形势严峻,只能求和屈服。汉初

---

① 龚留柱采访整理:《"老兵"新传——访朱绍侯先生》,《中国史研究动态》2017年第6期。
② 朱绍侯:《朱绍侯文集(续集)》,河南大学出版社,2015,第143页。

六十年,又经过吕后、汉文帝、汉景帝等时期,一直奉行黄老"无为政治",对匈奴实行"和亲"政策。但"匈奴连年入侵","边境仍得不到安宁",看来仅靠"软"的一手确实不行。随着汉朝国力的逐渐充实,西汉的防守和反击力量也在不断增强。同时,"西汉的精英人物如贾谊、晁错、冯唐、董仲舒等也都在思考反击匈奴的战术和战略问题,其中以晁错的考虑最为全面、最有价值"。综合起来,主要有以下数端:

(1) 地形地势与战术的关系。匈奴人的长处是擅长山地作战,其战马和骑兵有轻松"上下山坂"、"且驰且射"和"饥渴不困"等三大优势,这是中原人比不上的。中原人的长处体现在平原地形上,一是"轻车突骑"的集团性攻击;二是"劲弩长戟"、"射疏及远"的攻防平衡;三是"坚甲利刃""什伍俱前"的多兵种配合作战;四是步兵"剑戟相接""去就相薄(迫)"的格斗肉搏;五是弓弩手"矢道同的",可轻易攻击缺少基本防护装备的敌兵。这些都是匈奴人比不上的。总之,"匈奴之长技三,中国之长技五",汉朝只要能根据不同的地形,配用不同的兵种,再对士兵进行严格的训练,"战胜匈奴是有把握的"。

(2) 建立后勤根据地,保证军需供应。与先秦小国林立、疆域狭窄不同,秦汉大一统王朝建立后,中原核心政区与"边郡""边塞"之间的距离无限加长,造成前方军需供应的极大困难,成为秦汉边疆作战的"瓶颈"。晁错的应对之策是募民在边境地区实行屯田,如此一是解决野战军的军需供应,二是减少内地民众的运输劳役,三是训练和扩展更多更善于在边地作战的兵员,"一举而三得"。汉朝从汉文帝到后来的汉武帝、汉宣帝都是因推广这项措施而在对外战争中取得巨大成就。朱先生说："一般的秦汉史论著,都把'屯田'放在经济项目下进行研究,而不知它在军事中所具有的重大战略地位。故《太平御览》把'屯田'一项收在'兵部'中,这是有充分道理的。"

(3)"寓军于民",建立农、战相通的基层组织。晁错对汉文帝说:"制边县以备敌也,使五家为伍,伍有长;十长一里,里有假士;四里一连,连有假五百;十连一邑,邑有假候。皆择其邑之贤材有护、习地形、知民心者。"首先在边县设立伍、里、连、邑四级"军政合一"的组织,并且选择"有保护之能者"担任四级首长,平时则教民以"习射"之法,出军则"教民于应敌"之策。这样有备而无患,"卒伍成于内","军政定于外",随时可以进入作战状态。而且到了战场上,士兵和军吏之间"幼则同游,长则共事,夜战声相知,则足以相救;昼战目相见,则足以相识;欢爱之心,足以相死。如此而劝以厚赏,威以重罚,则前死不还踵矣"。朱先生说,这"实际是管仲'寓兵于农'的翻版。但晁错最后加上一句,即这样'寓军于民'的组织,'不得良吏,犹亡功也'。这句话非常重要"。

(4)"以夷制夷",即联合其他夷人以制服匈奴。晁错说,"今降胡、义渠、蛮夷之属"来投诚汉朝者,动辄数千人,他们的生活习惯和兵战技艺与匈奴相同。汉朝应该利用他们,而"赐之坚甲、絮衣、劲弓、利矢",再加上边郡有良马,选拔能知其习俗、合辑其心的将领来率领他们。战场上若遇有山川险阻就让胡人之军的骑兵来当之,遇到平地通途则优先让汉人的兵车和步兵来当之。战场上让汉人之军与胡人的骑兵互为表里,各用其优势的一面,"此万全之术也"。朱先生说,这是"非常重要的战略,汉在对匈奴、西域、西羌的战争中,拉呼韩邪来制郅支单于,联合乌孙、康居以制匈奴,利用罕羌、儿库羌打击先零羌",都是此后汉朝"以夷制夷"战略的体现。

(5)扩建骑兵。晁错给汉文帝上书,多次提到与匈奴作战时骑兵的重要性。如"白登之战",刘邦吃亏就在于汉之步兵难以抵挡匈奴游牧骑兵的冲击。但中原素无骑马作战之习,再加上汉初经济凋敝,致"自天子不能具醇驷,而将相或乘牛车",根本无条件扩建骑兵。汉文帝时,国力逐渐充实,晁错建议"令民有车骑马一匹者",可免其家中青壮年三人服徭役,以刺激民间更多养马。汉文帝遂接受其建议而颁布"马复令",汉景帝时进一步在边疆设立"六牧师苑,养马三十万匹",为扩建骑兵奠定了良好的物质基础。以后汉武帝时动辄出动数万骑兵绝漠远征,皆有赖于此。

(6)重视选将和练兵。晁错首先提出"安边境,立功名,在于良将,不可不择"的观点,并将之归纳为四要:"器械不利,以其卒予敌也;卒不可用,以其将予敌也;将不知兵,以其主予敌也;君不择将,以其国予敌也。四者兵之至要也。"从君主的角度看,择将最重要,只要选好将,士兵和兵器的问题都好解决。晁错又说:"有必胜之将,无必胜之民。"从将的角度看,练兵又是最重要的。士兵不经过严格的训练,他们日常起居不服从军规军令,作战抓不住有利时机,在前避难不进,在后松散懈怠,进退不听指挥,这都是将领"不习勒兵之过",这样的军队将会"百不当十"。如果武器兵甲装备器械再粗劣短缺,这样的军队将会

"五不当一"。朱先生说:"晁错把有关选将练兵的重点,都放在选将之上,有了良将战争才有胜利的把握。"①

2. 汉武对匈奴大反击

文、景之后,到汉武帝即位时,一是诸王内乱已经平定,中央集权空前加强;二是六七十年的经济发展,国力雄厚;三是骑兵的数量和质量逐渐提高,边防日趋巩固,反击匈奴侵扰的条件已经具备。于是在元光二年(前133年),汉武帝采纳大臣王恢的建议,引诱匈奴骑兵深入马邑,准备以三十万大军设伏来一个围歼战。虽然"马邑之谋"最后因汉军目的的提前暴露而失败,但作为一个标志性的事件,它宣告了汉和匈奴之间"和亲"的结束和大规模战争阶段的正式揭幕。

这场战争从元光二年开始至元狩四年(前119年),汉军先后出征十余次,其中具有战略标志性的大战共有三次。

一是元朔二年(前127年)的"河南战役",也就是卫青、李息收复河套的战争。它所达到的战略目的,首要是解除了匈奴对首都长安的正面威胁;其次是西汉在此设立朔方、五原二郡,并且募民屯田,以建立反击匈奴的后勤基地。

二是元狩二年(前121年)的"陇西战役",由霍去病率领精锐骑兵一年内两次兵出陇西郡,歼敌三万多人,逼迫匈奴骑兵四万余众投降,并随后设置武威、酒泉、张掖、敦煌等"河西四郡"。它所达到的战略目的,首要是隔断了匈奴与羌人之间的联系,防止其互相勾结起来袭扰关中地区;其次是打通了汉与西域之间

---

① 朱绍侯:《朱绍侯文集(续集)》,河南大学出版社,2015,第149页。

的道路,为汉朝进一步"断匈奴右臂"、经营西域建立了前进基地。

三是元狩四年的"漠北战役",由卫青和霍去病各率五万骑兵及私从马四万匹,步兵和后勤运输者数十万人,分别由定襄(今内蒙古和林格尔)和代郡(治今河北蔚县)两路分击,上门去找匈奴的大本营进行漠北决战。结果卫青向北出塞千余里,大破匈奴单于率领的主力军,斩首一万九千余级,至寘颜山赵信城而还。霍去病向东北出塞二千余里,大败匈奴左贤王,斩获首虏七万余人,至狼居胥山而还。这是汉、匈双方规模最大、征程最远,也是最具有决定意义的一战,"是后匈奴远遁,而幕(漠)南无王庭",基本解除了匈奴对中原王朝的军事威胁。

朱先生说,汉武帝之所以能在对匈奴战争中取得多次胜利,主要是靠汉初六七十年间的经济积累使国力充实,靠文、景时期的战略准备使战马充足、器械完好,还靠全军将士的忠诚用命、勇猛冲杀,但也不能忽视汉武帝本人的英明决策和战略措施得当。汉武的制匈功绩总结起来大端如下:

第一,有目的有步骤地连续展开战略进攻,而不是传统上"兵来将挡,水来土掩"式的被动应战。特别是关键性的三大战役,一是收复河南地,解除匈奴对首都长安的正面威胁;二是占领河西走廊,切断匈奴与西羌的联系,打开西域通道,为"断匈奴右臂"进军大西北奠定了坚实基础;三是绝漠远征,把匈奴赶出漠南,维护了汉朝北部边境和首都长安的长期安全稳定。

第二,建立卓有成效的后勤供给基地,继承和发扬汉文帝、汉景帝及晁错君臣开启的战略准备和采取的一系列有效措施,并有新的发挥。如"河南战役"后,汉武帝接受主父偃的建议,筑朔方城,设朔方郡,从中原募民十万口,建立北方后勤基地,"内省转输戍漕,广中国灭胡之本"。又如"河西战役"后,汉武帝令汉军"度河,自朔方以西至令居(今甘肃古浪),往往通渠置田官,吏卒五六万人,稍蚕食地接匈奴以北"。这里的"通渠屯田"是一个战略措施,它既解决了汉军的后勤供应问题,也解决了战略防御问题,还可以以"蚕食"这种不显眼的方式进行疆域版图的扩展。

第三,选良将练精兵,并将之作为军事战略的重中之重。因为对匈奴的战争不比中原内部的一般作战,它不仅地形环境不熟,气候恶劣,次数频繁,条件艰苦,而且动员的兵力动辄几万、十几万,还是多兵种联合作战。如果没有多谋善断的良将和严格训练的精兵,是很难战胜匈奴强敌的。在汉武帝手下,曾有很多将军参过战,如李广、苏建、李息、公孙敖、李沮、郭昌、路博德、李陵、李广利等,或者立有战功,得过封赏;或者犯有过失,重者处死,轻者降职,但都被认为不具备统帅全军的资历和能力,均未能得入汉武帝的"法眼"。汉武帝最终选拔出年轻的卫青和霍去病,经过对他们军事能力的实践检验,决定放手加以重用,使之充分发挥自身的智慧和才能,果然取得了对匈奴作战的辉煌胜利。朱先生说:"战时选择将帅,是属于战略上的大事,有良将才能练出精兵,这是战争中不变的真理。"[1]

第四,晚年急流勇退,及时改变政策,有亡秦之失而终能免

---

[1] 朱绍侯:《朱绍侯文集(续集)》,河南大学出版社,2015,第155页。

亡秦之祸。汉武帝反击匈奴，外事四夷，再加上他的穷奢极欲，到晚年民贫财困，遇到严重的统治危机。于是他毅然决然进行战略转向，在征和四年(前89年)下《罢轮台屯田诏》，宣称悔征伐之事，表示此后不再出兵，"以明休息，思富养民"，使西汉的政治、经济经过休整，又重新走上了平稳发展的道路。司马光曾在《资治通鉴》中评论说："孝武穷奢极欲，繁刑重敛，内侈宫室，外事四夷，信惑神怪，巡游无度，使百姓疲敝，起为盗贼，其所以异于秦始皇无几矣。然秦以之亡，汉以之兴者，孝武能尊先王之道，知所统守，受忠直之言……晚而改过，顾托得人，此其所以有亡秦之失而免亡秦之祸乎！"(司马光《资治通鉴》卷二二)

朱先生也说："武帝一生中，特别是在对匈奴战争中，该打的时候就打，该停的时候就停；对将帅的选择，该用的时候就用，该废的时候就废。如无雄才大略，是难以办到的。雄才大略是对汉武的千古定评，无人可以否定。"①

(二) 西汉对西域的战争与战略

汉武帝之后，汉昭帝、汉宣帝相继即位，由大将军霍光辅政，于是出现"昭宣中兴"的局面。所谓"中兴"，不仅包括经济、政治，而且包括军事方面的重大成就。这时匈奴把注意力转向西域，因为这里本来就是它的"右臂"，设有僮仆校尉，役使西域诸国以与汉朝对抗，原就有一定的统治基础。现在它想要进一步借助西域的人力、物力，以图东山再起。汉朝也必须随之经营西

---

① 朱绍侯：《朱绍侯文集(续集)》，河南大学出版社，2015，第157页。

域,以扫荡匈奴残余势力。所以昭、宣时期的西域,实际上是延续了早先汉武帝时的战略规划,把它发展成汉、匈对抗的新战场。这种汉、匈、西域三方的战略博弈,大体上可分为五个阶段。

1. 张骞两次出使西域

汉人最早知道有所谓的"西域",还是在汉武帝初即位时。建元三年(前138年),为拉拢被匈奴灭国而西迁的月氏作为自己的盟友,以共同打击匈奴,汉武帝派张骞向西方去寻找其下落。在出使的曲折过程中,张骞顺便了解了西域诸国的地形地貌和风俗民情。因为他是开辟中原与西域交通的第一人,故时人称他此行为"凿空"。到元狩四年(前119年)卫青、霍去病远征漠北之后,衰败中的匈奴开始向西域移动,汉朝也将切断匈奴"右臂"的战略提上了议事日程。张骞提出要第二次出使西域,目的是让汉朝联合西域最强大的国家乌孙,以便东、西夹击匈奴。此建议完全符合"以夷制夷"的战略,汉武帝极力赞成,遂于元鼎二年(前115年)拜张骞"为中郎将,将三百人……多持节副使,道可,便遣之旁国"。这次出使,虽然联合乌孙夹击匈奴之事未能成功,但张骞的副使们则分别到访了大宛、康居、大月氏、大夏、安息、身毒、于阗(今新疆和田)等国,这些国家也派使者随汉副使来到长安,以窥测汉朝虚实。结果汉朝的人口众多、疆域广阔和经济富庶震惊了西域,史称"于是西域始通于汉矣",从此"使者相望于道,一辈大者数百、少者百余人",再加上民间商人自愿随从,大大促进了汉与西域的经济和文化交流。

为削弱匈奴在西域的影响力和防止其对汉使者、商人的"遮击",汉武帝于元鼎六年(前111年)派匈河将军赵破奴将万余骑出令居(今甘肃永登)数千里,"以斥逐匈奴,不使遮汉使"。元封三年(前108年),再派赵破奴击破匈奴的同盟国车师(今新疆吐鲁番),虏西域楼兰(今新疆若羌)王,然后"因举兵威以困乌孙、大宛之属"。车师位于西域最东端,是汉、匈、西域三方往来的地理枢纽,战略地位重要。打败了车师,"于是酒泉列亭障至玉门",设置健全了汉往西域的通道和物资供应基地。

乌孙在西域"最为强国"。它先附属于匈奴,后接受了张骞代表汉武帝所赐予的礼品"金币",又派出乌孙使节随同张骞来到长安,向汉朝献上数十匹良马作为"回谢"。从此乌孙"益重汉"。匈奴知道后大怒,欲击乌孙;乌孙恐惧,愿意与汉朝建立"和亲"关系以求庇护。汉武帝于是选派江都王之女细君为公主,嫁与乌孙昆莫(国王)为右夫人,昆莫另娶匈奴女为左夫人,以维持某种政治平衡。昆莫年老,又让其孙岑陬妻公主,生一女少夫。昆莫死,岑陬代立。公主死,汉朝复以楚王之女解忧为公主,妻岑陬。汉武帝要求公主"从其国俗,欲与乌孙共灭胡"。从此汉与乌孙建立了同盟关系,这也体现了汉武帝"以夷制夷"的战略思想。①

2. 汗血马与李广利远征大宛

随着汉与西域交往的深入,"宛有善马在贰师城,匿不肯示汉使"的消息传入长安。汉武帝很重视,遂派使者"持千金及金马以请宛王贰师城善马"。大宛国王依仗有匈奴的背后支持,不仅不给马,而且杀死汉使并夺走财物,表现得十分傲慢无礼。汉

---

① 参见朱绍侯:《朱绍侯文集(续集)》,河南大学出版社,2015,第160页。

武帝决定派李广利为贰师将军,率六千骑兵于太初元年(前104年)征伐大宛。结果李广利大败而归。汉武帝决定进一步增兵六万,命李广利二次出征大宛。这次李广利围城四十多日,逼迫大宛人杀王献城,并让汉军取走"善马数十匹,中马以下牝牡三千余匹"。然后汉使者奉诏立昧蔡为新大宛王,并与之结盟而归。

所谓大宛"善马",又名"汗血马",即流汗如血的骏马。《汉书·武帝纪》:"(太初)四年春,贰师将军广利斩大宛王首,获汗血马来。"颜师古注引应劭曰:"大宛旧有天马种,蹋石汗血,汗从前肩髆出,如血。号一日千里。"其实从今日的眼光来看,所谓"天马""汗血马"种种,不过传说而已,真正应该注意的是它"一日千里"的奔跑速度。实际上,它就是现今世界最优秀的骑乘型良马"伊犁马"的祖先,优点是速度快、爆发力强但耐力稍差,适用于骑兵作战。相反,当时中原所饲养的马匹,多是从正北方边疆引进的驮载型良马"蒙古马",其优点是力气大、耐力好但速度稍差,适合于拉车载货。比较起来,骑兵作战最需要的正是前者。朱先生分析说:"一般史书都认为,武帝喜欢汗血马才劳师远征,笔者认为恐怕其理由并不这样简单。从深层次来观察,原因可能有二:其一,远征大宛,是以武力威震西域诸国,使其脱离匈奴的控制,与汉和好;其二,是想获得善马种,以繁殖善马,提高汉王朝骑兵的战斗力……"[1]此当为平实之论。

---

[1] 朱绍侯:《朱绍侯文集(续集)》,河南大学出版社,2015,第161页。

3. 汉匈双方对西域屯田区的争夺

汉军征服大宛后,就与匈奴在西域展开了正面对抗。汉军为因应这种形势,就在敦煌、居延、轮台、渠犁等地进行屯田,每地"皆有田卒数百人,置使者、校尉领护,以给使外国者",并开始在西域设置最初的军事和行政机构。朱先生说:"汉军屯田的目的,主要是供应军队粮草需要,这也是一项战略性措施,以后汉与匈奴在西域争夺屯田区域,也是一项重要的斗争内容。"①

天汉至征和年间(前100—前88年),汉在与匈奴争夺西域的战争中处于不利状况。如苏武出使匈奴被无礼扣留在北海20年,又如李广利于天汉三年(前98年)、天汉四年(前97年)和征和二年(前91年)三次率重兵出征匈奴皆不利,还如李陵对匈奴作战,因争强好胜反而败降等。朱先生总结其原因有四:一是卫青、霍去病的过早谢世,使汉军缺少能进行战略谋划的一流统帅;二是太子刘据的"巫蛊之乱",分散了汉武帝对外事关注的精力,因而缺乏更精当的军事战略统筹;三是长期战争使国民经济过度损耗,汉军后勤供应常显匮乏不足;四是匈奴借助西域的人力物力,元气有所恢复。于是汉武帝当机立断,于征和四年(前89年)颁布"罢轮台屯田诏",以退为进,推动战略转向。

汉昭帝即位后,辅政大臣霍光坚持汉武帝晚年"与民休息"的既定政策,使国力逐渐恢复。元凤元年(前80年)匈奴发二万骑兵分四路入边为寇,汉朝派兵阻击,斩首虏八千人,生擒其瓯脱王,而汉军无一损失。元凤三年(前78年)匈奴右贤王、犁汙

---

① 朱绍侯:《朱绍侯文集(续集)》,河南大学出版社,第162页。

王率四千骑兵分为三队入侵张掖,汉军发兵阻击,大获全胜,犁汙王被射死,其部下逃脱者仅数百人。这都证明,汉的国力比匈奴又明显重占上风。匈奴不敢再从漠北南逐水草,只能向西北远遁,将其主力转向西域,而汉、匈双方在西域首先争夺的又是屯田基地。很清楚,谁能在土地肥沃的地区施行屯田,谁就有充足的粮草,谁就会兵强马壮,谁就拥有战略优势。

元凤四年(前77年),大将军霍光重新恢复了汉武帝时一度叫停的轮台屯田,以扜弥国太子"赖丹为校尉,将军田轮台"。同年,楼兰老王去世,匈奴立其子为新王,让楼兰与匈奴共同反汉。霍光闻讯,派傅介子出使楼兰,诱杀匈奴所立的新王,然后再立其弟尉屠耆为楼兰王,改其国名为鄯善。尉屠耆怕匈奴报复,主动献出其国伊循城(今新疆若羌米兰城)的肥沃土地,请求汉朝"遣一将屯田积谷,令臣得依其威重"。汉遂"遣司马一人、吏士四十人,田伊循以填(通'镇')抚之"。伊循屯田,开始规模还小,以后改由都尉管理,规模更加扩大。朱先生分析说:"这说明昭帝时在伊循又开辟一个屯田区,汉军实力更加强盛。"①

汉昭帝、汉宣帝兴替之际,乌孙公主上书朝廷,言"匈奴发骑田车师,车师与匈奴为一,共侵乌孙,唯天子幸救之",并表示乌孙也愿发精兵五万,与汉合力击匈奴。于是本始二年(前72年),汉宣帝派遣田广明、范明友、韩增、赵充国、田顺等五将军各率数万骑兵分兵合击匈奴,另派常惠监护乌孙五万精兵参加战

---

① 朱绍侯:《朱绍侯文集(续集)》,河南大学出版社,2015,第165页。

斗。结果汉军大胜,"于是匈奴遂衰耗"。先是汉昭帝时,匈奴曾派四千骑兵屯田于车师,这时汉朝五将军就乘势赶走了匈奴在车师的屯田兵,车师也复通于汉。

本始三年(前71年)冬,匈奴单于亲率数万骑兵袭击乌孙。但在他们撤退时,忽遇天降大雪,一日深丈余,匈奴军人和牲畜冻死者十有六七。又赶上丁零、乌桓、乌孙从三个方面进攻匈奴,杀、伤其军数万级,匈奴民众死者也十之有三,畜产死者十之有五。朱先生说,由此"匈奴更加虚弱,其在西域的盟国皆瓦解"①。

宣帝地节三年(前67年),车师王乌贵与匈奴和亲,并截击汉通乌孙的使者。于是汉侍郎郑吉、校尉司马憙派遣内地免刑徒到渠犁(今新疆尉犁)屯田积谷,又征发西域城郭诸国兵万余人,与所将屯田吏士一千五百人共击车师。车师王战败投降,郑吉仅留下少量兵力,其余又回归渠犁屯田。车师王乌贵怕匈奴报复,弃国而逃窜至乌孙。匈奴又立兜莫为车师王,收其余民东迁。郑吉复派吏卒三百人屯田车师。但匈奴并不甘心,"单于、大臣皆曰:车师地肥美,近匈奴,使汉得之,多田积谷,必害人国,不可不争也"。匈奴果然重兵击车师,郑吉率渠犁的屯田吏士七千人往救,反被对方包围。郑吉遂上书朝廷:"车师去渠犁千余里,间以河山,北近匈奴,汉兵在渠犁者势不能相救,愿益田卒。"(《汉书·西域传》)但朝廷讨论的结果,竟是派兵往车师,接郑吉及其手下屯田吏士退回渠犁,而把车师屯田白白让给匈奴。

---

① 朱绍侯:《朱绍侯文集(续集)》,河南大学出版社,2015,第166页。

朱先生就此分析说,汉宣帝"不懂屯田战略意义",这是最大的失策。①

匈奴虽占据了车师屯田区,但其实力已经大不如前,西域诸国也并不服从匈奴的支配,乌孙等国仍听命于汉。郑吉回渠犁后,朝廷任命他为卫司马,使护鄯善以西的南道诸国。

4. 西域都护府的建立和郅支单于的覆亡

汉宣帝神爵二年(前60年),匈奴发生"五单于争立"的内乱,又逐渐演变成呼韩邪单于和郅支单于两强对立之势。不久,呼韩邪降汉,而郅支退至漠北,仍与汉朝对抗。此时郑吉在西域的势力空前发展。他首先发诸国兵攻破车师;其次匈奴日逐王率领12000人和小王将12人欲降汉,郑吉又发诸国兵去迎接,由此"威震西域"。匈奴失去"右臂",设置多年的"僮仆校尉由此罢"。汉宣帝乃任命郑吉为西域都护,此前郑吉仅"护"鄯善以西的南道诸国,如今"都护"即综理管治西域的南、北两道。这是汉朝廷派驻西域统管军政事务的最高长官,设府乌垒城(今新疆轮台境内),各地的屯田校尉也都归其管辖。这标志着西汉对西域统治的完全确立,天山南北的广大地区正式被并入汉朝版图。

甘露三年(前51年)正月,在内争中被击败的呼韩邪单于自称藩臣,亲自朝汉。汉宣帝对其优礼有加,赏赐甚厚,然后送他归国。原来"自乌孙以西至安息诸国近匈奴者,皆畏匈奴而轻汉;及呼韩邪朝汉后,咸尊汉矣"。汉元帝初元元年(前48年)

---

① 参见朱绍侯:《朱绍侯文集(续集)》,河南大学出版社,2015,第167页。

又设置戊己校尉,派人于车师故地屯田,显示汉朝经营西域的决心。

汉元帝初元五年(前44年),郅支单于怨恨汉朝对呼韩邪的袒护,一怒之下竟然杀害了正在出使匈奴的汉臣谷吉。事后又怕汉朝报复,于是远走西域到康居国避祸。康居与乌孙一向不睦,现在康居正可借助匈奴兵力痛击乌孙;让郅支单于盘踞康居,并征发康居民众为他筑城。郅支单于还向诸国征税,西域各国都叫苦不迭。

建昭二年(前37年),西域都护甘延寿、副校尉陈汤两人谋划,认为西域本属匈奴,现在郅支单于侵凌乌孙和大宛,如不及早征服他,后必为患。甘延寿要求先奏请朝廷然后再出兵,但陈汤怕朝中大臣阻挠,为了抓住时机,力主先斩后奏。陈汤遂"矫制"发城郭诸国兵及戊己校尉屯田车师的吏士四万余人,分别由六校尉统领,将郅支单于所居之城四面包围。结果证明陈汤"千载之功,可一朝而成"的预言是准确的,汉军很快攻破了单于城,郅支单于"被创死",匈奴在西域的势力遂被彻底排除。

5. "昭君出塞"与汉匈再和亲

郅支单于被歼灭,呼韩邪单于喜忧参半。喜的是自家对手已亡,匈奴内争以自己的胜利告终;忧的是自己会不会成为汉朝征服消灭的下一个目标。于是他上书汉元帝,希望能再次入朝觐见。经批准,呼韩邪单于在竟宁元年(前33年)春正月来朝,并提出两条建议。一是"愿婿汉氏以自亲",求做汉家女婿,想通过政治联姻来巩固双方的友好关系。汉元帝批准,"以后宫良家子王嫱字昭君赐单于"。二是愿为汉"保塞上谷以西至敦煌,传之无穷,请罢边备塞吏卒,以休天子人民"。即他愿意替汉朝戍守北部边疆防线,以替天子分忧。兹事体大,汉元帝让群臣廷议。郎中侯应提出"十不可"的反对意见,核心就是作为一个大国,要"安不忘危",要将保卫边疆和"威制百蛮"的主动权紧紧握在自己手中。汉元帝于是下诏,这件事不再讨论,并对匈奴单于解释说:"中国四方皆有关梁障塞,非独以备塞外也。"

王昭君入匈奴后,被立为宁胡阏氏,生一男,后为日逐王。呼韩邪单于病故后,新单于复妻王昭君,又生二女,皆为"居次"(公主)。此后,匈奴势力坚持与汉朝友好并保持臣属关系,一直到王莽当政前都没有改变这种状况。

朱先生说,汉与匈奴之间的和亲,在西汉前期和西汉中后期的性质有所不同:一是前期和亲,汉朝必须以公主或以宗室女(翁主)冒充公主嫁给单于,而今派后宫良家子即可。二是前期和亲,汉与匈奴双方是昆弟之国,而今为宗主与臣属的关系。三是前期和亲以后效果不佳,匈奴照样侵边杀掠,而今则自愿为汉保塞安民。四是原来汉文帝提出愿以长城为双方边界,但匈奴不予理睬;现在匈奴重新提出愿以长城为界,奉行大一统的汉朝也不再承认。这都是以双方国势的盛衰变化为前提的。[①]

朱先生还认为,汉对西域的战争,背后主要还是汉对匈奴的战争。因为匈奴在西域一直设"僮仆校尉"进行管辖,而后来的汉朝势力要进入,自然会与匈奴发生战争。到汉宣帝时西域都护府的设置和匈奴僮仆校尉的被废除,已经标志着西域正式进

---

① 参见《朱绍侯文集(续集)》,河南大学出版社,2015,第171页。

入汉的版图。郅支单于想要重新恢复匈奴在西域的地位,终因势弱而不能得逞。汉哀帝元寿二年(前1年),"匈奴单于及乌孙大昆弥伊秩靡皆来朝,汉以为荣。时西域凡五十国,自译长至将、相、侯、王皆佩汉印绶,凡三百七十六人"。这说明,"西域诸国已承认汉的宗主国地位,汉在西域大获全胜"[①]。

(三) 西汉对羌族的战争与战略

羌族是中国西部最古老的民族之一,也是逐水草而居的游牧人,习俗与匈奴略同。秦统一六国,因"兵不西行,故种人得以繁息"。其特点是各种姓之间"更相抄暴,以力为雄",没有统一集中权力的君王;唯有与外族相斗时,则羌族内部"解仇结盟",一致对外。西汉初年,匈奴冒顿单于兵强,"臣服诸羌",羌人成为匈奴的附庸,双方共同袭击汉的西部边疆。汉景帝时,研种羌人留何率领族人请求内徙,以为汉朝防守陇西长城,得到允许,于是羌族开始发展于甘南地区。

汉武帝发动"陇西战役",列置河西四郡,"隔绝羌、胡,使南北不得交关",即切断了西羌与匈奴的联系。这是汉朝的一项重要战略措施,但也引起羌族的恐慌。于是先零羌、封养羌和牢姐(音"紫")羌"解仇结盟",并与匈奴联兵共十余万人进攻令居(今甘肃永登)、安故(今甘肃临洮)、枹罕(今甘肃临夏)。元鼎五年(前112年)汉派李息、徐自为将兵十万很快平定羌乱,并设护羌校尉为处理羌族事务的最高军政长官。羌族退至湟中(今

[①] 《朱绍侯文集(续集)》,河南大学出版社,2015,第172页。

青海湟水西岸），汉在河西地区因山为塞，实行募民屯田的战略以防御西羌。直到汉宣帝以前双方相安无事。

汉宣帝即位，派光禄大夫义渠安国巡视羌中。先是先零羌首领向他请求说："愿时渡湟水北，逐民所不田处畜牧。"（班固《前汉书》卷六七）义渠安国不明其真意，表示同意。但名将赵充国识破了羌人欲北上与匈奴联系的阴谋，上书弹劾"安国奉使不敬"，可惜没有引起汉宣帝的重视。于是羌人开始大批渡过湟水，诸种羌豪二百余人"解仇结盟"，又向匈奴借兵，准备向汉的河西地区进攻。

神爵元年（前61年），形势已很严峻，赵充国提醒汉宣帝说："疑匈奴使已至羌中，先零、罕、开乃解仇作约。到秋马肥，变必起矣。宜遣使者行边兵，豫为备敕。"（司马光《资治通鉴》卷二五）但朝廷还是派义渠安国巡视羌中，安国鲁莽地诱杀诸羌酋豪三十余人，又纵兵屠杀羌民千余人，激起诸降羌及归义羌侯杨玉等人反叛。义渠安国率三千骑兵镇压失败，不得不退至令居。形势糜烂至此，朝廷不得不另派七十多岁的老将赵充国出马，率一万骑兵进至金城（今甘肃兰州），再渡河至落都西部都尉府。此为当年六月。

赵充国富于作战经验，了解对方之特点是"夷狄而初起，其锋铦利，谋胜而不忧其败。谋胜而不忧其败，则致死而不可撄。败之不忧，则不足以持久而易溃"（王夫之《读通鉴论》卷四《汉宣帝》）。因此他选择"持重"之战法："虏数挑战"，令军不击，说"吾士马新倦，不可驱逐。此皆骁骑难制，又恐其为诱兵也。击虏以珍灭为期，小利不足贪"。他一方面"日飨军士，士皆欲为用";一方面又分化叛羌,规定:"犯法者能相捕斩,除罪。斩大豪有罪者一人,赐钱四十万,中豪十五万,下豪二万,大男三千,女子及老小千钱,又以其所能捕妻子财物尽与之。"其作战方略是,以威信招降先零以外的其他羌人,拆散其联盟,等到叛羌"徼极乃击之"。颜师古注:"徼,要也,要其倦极者也。"(班固《前汉书》卷六九《赵充国传》)赵充国是要采取麻痹和瓦解对方斗志的方法,等待羌人疲惫倦极后,到秋、冬季时再发起进攻。

但汉宣帝及其朝臣却不是这样有耐心。他们马上加派6万大军,准备提前在七月上旬分兵合击羌敌。酒泉太守辛武贤也上书,反对赵充国的作战策略,主张先攻击罕、开之羌,"以七月上旬,赍三十日粮,分兵出张掖、酒泉,合击罕、开在鲜水(今青海湖)上者。虽不能尽诛,但掠畜产,虏其妻子,复引兵还,冬复击之"。赵充国痛批这种贻笑千古的胡话:"以一马自佗负三十日食,为米二斛四斗,麦八斛又有衣装、兵器,难以追逐。"而且一旦深入,危害难测,"虏即据前险,守后阨,以绝粮道,必有伤危之忧"。但汉宣帝不听,一面任命许延寿为强弩将军,辛武贤为破羌将军;一面下敕书责问赵充国,甚至说出这样的狠话:"将军不念中国之费,欲以岁数而胜微,将军谁不乐此者!"颜师古注曰:"久历年岁,乃胜小敌也。"

赵充国接到诏书后,并未盲目顺从宣帝,而是冒抗旨之险,以为"将任兵在外,便宜有守,以安国家",再上书"陈兵利害"。大意为:先零羌是叛乱之首,而罕羌未有所犯。现在放置先零于一边而先击罕羌,是"释有罪,诛无辜",我相信这不是陛下本意。我的策略是先诛先零,然后罕、开之属不烦兵而服矣。如罕、玕不服,到正月再行征讨,既得理又合时。今日进兵,诚不见其利。由于赵充国的公忠之心和有理有据的透彻分析,汉宣帝很快改为赞同他的作战计划,"玺书报从充国计焉"(班固《前汉书》卷六九《赵充国传》)。

此后,赵充国即率军进攻先零羌。先零屯聚已久,早已麻痹松懈,见大军突至,即弃辎重,欲渡湟水逃走。赵充国令大军急追,以免羌军为困兽之斗。结果羌兵落水而死者数百人,投降及被斩首者数百人,汉军掠得牲畜十余万头,车四千余辆。但汉军一旦进入罕羌驻地,则纪律严明,不许燔烧聚落。罕羌喜曰:"汉果不击我矣。"罕羌于是不烦用兵而投降汉朝。

赵充国在取得对先零羌的初步胜利之后,揣度其不久就会自我崩溃,就想撤退骑兵,设置屯田,以待叛羌之"敝",并不急于正面进攻。但忽然接到汉宣帝诏令,令破羌、强弩两将军在十二月会合赵充国进击先零羌。赵充国以为不妥,遂上《屯田奏》,要求汉军罢骑兵,仅留步兵万余人在前线屯田戍守,边生产边防御。但汉宣帝急于求成,仍下诏询问,如果按照赵充国的缓攻计划,何时可以解决羌乱问题。赵充国复上奏章"屯田十二便"和"出兵失十二利",以消汉宣帝之疑。汉宣帝仍然疑窦丛生,再下诏询问,如屯田取胜是否指今年?问屯田罢兵后,羌虏出兵骚扰、杀掠人民怎样制止?赵充国再次上奏释疑。总之,他是要用驱赶、隔离、围困、分化等措施,对羌人采用文武兼具、缓而不迫的谋略,以将强敌拖垮。

赵充国的几次上书,到京城都经过朝臣的讨论。开始时同意他意见的人只有十分之三,再次讨论时同意者十分之五,最后竟然有十分之八。于是汉宣帝给赵充国下诏,表示"嘉纳"他的意见。但汉宣帝还是留了一手,他同时又给破羌、强弩两将军和中郎将赵卬下诏,让他们分道出兵击羌,其实这还是他对赵充国"屯田破敌"战略的不信任。但"三将军"强力攻羌的结果,强弩将军得降羌四千余人,破羌将军和中郎将分别斩首虏二千级,皆不及赵充国屯田所得降羌五千余人之多。

一直到次年即神爵二年(前60年)五月,战期不过一年,赵充国即上《罢屯田奏书》。他指出,羌人叛军本五万人,被斩首七千六百,饥饿和渡河溺死五六千人,投降三万一千二百人,现今逃脱奔亡者仅余四千人,也已无力再发动大规模的叛乱,因此"请罢屯兵"。于是赵充国"振旅而还",胜利结束战争。

"善战者胜于无形"。这场战争并不激烈,敌军绝大多数是被迫投降的。有识者以为,在赵充国缓战策略之下,"虏势穷困,兵虽不出,必自服矣"。本来攻和守、速和缓,都是常见的战法,一切以具体条件而定,并没有优劣之分。这次平定羌叛,赵充国的做法无疑值得肯定:一是双方的伤亡都比较少,人的生命是最珍贵的;二是善后较好。在汉军班师后的当年秋天,羌人主动杀其首领杨玉和犹非,原逃脱奔亡的四千羌人也先后向汉朝投降,汉即专设金城属国以安置降羌。

王船山比较西汉和东汉的讨羌方略为什么差之毫厘失之千里,他说:"充国持重以临之,使其贫寡之情形,灼然于吾吏士之心目。彼且求一战而不可得,地促而粮日竭,兵连而势日衰,党与疑而心日离。能用是谋而坚持之,不十年而如坚冰之自解于春日矣……一人谋之已定,而继之者难也……故羌祸不绝于汉世,然非充国也……(庸主陋臣)惮数岁之劳,遽期事之速效,一蹶不振,数十年兵连祸结而不可解。国果虚,民果困,盗贼从中起,而遂至于亡。"(王夫之《读通鉴论》卷四《汉宣帝》)此言不虚矣。

汉宣帝时,由于赵充国坚持"抚循和辑、保胜安边"的方针,顺利平定了先零羌的大规模反叛,并利用屯戍的方法,争得了羌族的整体内附。故此后终西汉一代,羌人宾服,无大的变故发生。朱先生分析说,汉宣帝所以能取得对西羌战争的胜利,原因有二:一是用人得当。他开始虽对赵充国有疑虑,但终于信任有加,使之能够坚持屯田保胜、剿抚并用的战略,顺利平定羌乱。若依辛武贤辈一味用兵镇压的方法,必将引起西疆大乱,后果不堪设想。二是坚持屯田战略。这不仅解决了军需供应的问题,减少百姓徭役负担,还可以有攻守并利的效果。战,有屯田卒冲杀在第一线。守,可以保护当地居民,稳定军心、民心,处变不惊。选将、屯田,是汉武帝留下来的两大战略方针,汉宣帝能继承坚持,故取得对西羌战争的胜利。①

汉元帝永光二年(前42年)七月,虽又一次发生羌变,但由于名将冯奉世继续采用屯田保胜的战略,处理得干净利落,到十一月就由汉元帝宣布战争胜利结束:"羌虏破散创艾,亡逃出塞。其罢吏士,颇留屯田,备要害处"(班固《前汉书》卷七十九《冯奉世传》)。

---

① 参见朱绍侯:《朱绍侯文集(续集)》,河南大学出版社,2015,第179-180页。

吕思勉曾说:"汉自昭帝以后,用兵于四夷,远不如武帝时之烈。然其成功,转较武帝为大,则时会为之也。"①朱先生分析说,主要是汉武帝留下了宝贵的战略战术成果,"如战争进行步骤的先后问题,屯田积谷的后勤供应问题,剿抚并用、联合各族共对强敌问题,选择良将问题,对降服的各族进行管理问题,如设置西域都护、护匈奴校尉、护乌桓校尉、护羌校尉等,这些问题的应对之策都被昭、宣及以后各帝所继承,并且坐收成果,而达到开疆拓土、四夷向汉、边境安定的境地"。可惜这些宝贵成果,最后"都被权欲极重、滥改旧章的王莽所破坏,把汉武帝以来对边疆各族所建立的和睦关系和秩序,一扫而光,全部摧毁"②。

(四)东汉对匈奴的战争与战略

以国家的硬实力而言,东汉要比西汉差很多。以国家的软实力而言,东汉既缺少像汉武帝那样雄才大略的帝王,也缺少像贾谊、晁错、董仲舒那样的战略大师,还缺少像卫青、霍去病、赵充国那样富有军事智慧和才能的武将。幸运的是,汉朝的强敌匈奴势力,也从冒顿单于那样的巅峰状态一路下跌,到东汉中期早已是强弩之末。因此,虽然东汉对匈奴、西域、西羌的战争打得磕磕绊绊不那么顺畅,但也总算维护住了一个天朝大国的些许颜面。

大体上说,东汉对匈奴的战争可以分成五个发展阶段。

---

① 吕思勉:《秦汉史》,上海古籍出版社,1983,第161页。
② 朱绍侯:《朱绍侯文集(续集)》,河南大学出版社,2015,第181页。

1. 东汉初年对匈奴采取的退让政策

王莽新政,导致中原王朝与边陲各族失和,接着内地爆发绿林、赤眉起义,又演变为军阀混战。匈奴乘机尽占其北方故地,恢复了事实上的独立地位。更始帝刘玄派朝臣出使匈奴,要求恢复汉宣帝时确立的汉与匈奴的君臣藩属关系。匈奴单于拒不接受,说:"匈奴本与汉为兄弟。匈奴中乱,孝宣皇帝辅立呼韩邪单于,故称臣以尊汉。今汉亦大乱,为王莽所篡,匈奴亦出兵击莽,空其边境,令天下骚动思汉。莽卒以败而汉复兴,亦我力也,当复尊我。"(司马光《资治通鉴》卷三九)可见其狂妄气焰!

刘秀建立东汉政权后,匈奴仍不断侵扰边境。同时割据北方的军阀卢芳、彭宠等也与匈奴勾结,尤其是卢芳于建武五年(29年)在九原称汉王,据有五原、朔方、云中、定襄、雁门五郡,成为匈奴的傀儡政权。汉朝迅即对之发动进攻,卢芳被迫退回匈奴境内,不久病死,余众遂瓦解。卢芳虽亡,东汉因尚未统一,也只能对匈奴采取后退避让的政策,"赂遗金币,以通旧好"。匈奴仍不为所动,"钞暴日增"。汉无力对抗,于是将幽、并二郡居民迁入居庸关、常山关以东。匈奴继续深入上谷、中山(今河北定州)、上党、扶风、天水等郡,"杀略钞掠甚众,北边无复宁岁"(范晔《后汉书》卷一○九《南匈奴传》)。

2. 匈奴内部的分裂和东汉的"以夷制夷"

天助东汉,不久强敌匈奴遇到了严重的社会危机。一是匈奴单于舆于建武二十二年(46年)去世,左贤王蒲奴被立为新单于,但管理南边八部和乌桓事务的日逐王比不服,与之争夺单于之位。二是出现了严重的自然灾害,"连年旱蝗,赤地数千里,草木尽枯,人畜饥疫,死耗大半"。匈奴单于害怕汉军趁机进攻,主动提出要与汉朝"和亲",以恢复旧有关系。但日逐王比则抢先向汉献出匈奴地图,并请求内附。新单于蒲奴想要除掉日逐王比,日逐王比则与单于公开决裂,于建武二十四年(48年)自立为呼韩邪单于,并且向东汉表示"愿永为蕃蔽,扞御北虏"。光武帝刘秀接受了呼韩邪单于的降服,匈奴重又分为南、北两部。

南匈奴次年就开始发兵进攻北匈奴,使北匈奴受到沉重打击,向北"却地千里"。南匈奴胜利后,派使者向东汉表示,要"奉藩称臣,献国珍宝,求使者监护,遣侍子,修旧约"(范晔《后汉书》卷一一九)。汉派中郎将段彬监护南匈奴,并助力南匈奴在五原设单于庭帐管理部众。不久,汉又将其部众分散安置在北地、五原、云中、定襄、雁门、西河等缘边各郡。南匈奴也按旧制遣子入侍,单于每三年一朝觐。东汉政府对南匈奴赏赐大量金帛珠宝及粮食牛羊等物品,费用达到每年"一亿九十余万",以换取南匈奴的安边守塞。在东汉中期前,双方就保持了这种稳定的宗主、藩属关系。

北匈奴不甘心退居漠北,派出使者,也想与东汉建立"和亲"和"互市"关系。对此东汉有两种顾虑,一是怕引起南匈奴的猜忌,二是怕南、北二匈奴在塞下接触后转归和好、共同抗汉。考虑种种因素后,东汉决定对北匈奴同意与之"互市"但不同意"和亲",仍然坚持"以夷制夷"的方针。尽管如此,当南匈奴发现汉朝与北匈奴的关系有所缓和之后,还是引起它的某种不满,如南匈奴贵族须卜骨都侯等人就联合北匈奴准备共同反汉。汉朝发现后,当即决定在五原郡曼柏县(今内蒙古达拉特旗)设立度辽营,并派骑都尉秦彭驻屯美稷(今内蒙古准格尔旗),以隔阻南、北匈奴之间的联系,从而挫败了这次叛乱阴谋。

3. 明、章时期东汉与北匈奴之间的缠斗

北匈奴和亲不成,就不断侵袭东汉北部边境。随着中原政局的稳定和社会经济的发展,东汉对北匈奴的政策也开始由羁縻转向军事进攻。汉明帝永平十六年(73年)二月,东汉大发缘边甲卒及南匈奴、鲜卑、乌桓等族骑兵数万人,分四道出塞北征。其中窦固、耿忠一路在天山击败匈奴呼衍王部,追至蒲类海(今新疆巴里坤湖),占据了伊吾庐城(今新疆哈密),置宜禾都尉,留吏士屯田而还。其他三路大军均因北匈奴闻风而逃,不见敌无功而返。

次年十二月,汉军窦固、耿秉率 14000 骑兵出敦煌击西域,大败白山房于蒲类海,然后沿天山北麓以西,进击车师后部。车师前王、后王先后投降。至此,北匈奴势力开始退出天山北麓,西域与汉朝断绝的关系在 65 年后又被打通。窦固以陈睦为西域都护,耿恭为戊校尉,关宠为己校尉,在金蒲城、柳中(今新疆鄯善鲁克沁)各留数百人屯田后,其余全师而还。

永平十八年(75年)二月,北匈奴为了对前一年的兵败进行复仇,并争夺西域的两个屯田区,派出两万余骑兵反攻车师。汉将耿恭认为车师城不如疏勒(今新疆喀什)坚固,遂引兵转移。七月,北匈奴又来进攻疏勒城,并切断汉军水源。耿恭下令挖井,解决了饮水的问题,使敌兵始终未能攻下疏勒。

同年八月,汉明帝去世,汉章帝即位,一时国内上层无暇西顾。北匈奴围攻关宠于柳中城。汉援军不至,关宠战死,柳中陷落,车师又叛。西域的焉耆、龟兹两个北匈奴的盟友也乘机进攻汉军,杀害了西域都护陈睦。东汉仅剩耿恭孤军在西域抗击北匈奴,"连月逾年,心力困尽,凿山为井,煮弩为粮"。后来汉朝终于派出二千援兵。等他们到达疏勒时,城中只剩下耿恭等 26 人。他们撤出疏勒后,北匈奴又发兵追击。到达玉门关时,这 26 名汉朝战士死殁殆尽,仅余 13 人。

汉章帝建初二年(77 年)三月,汉朝决定罢伊吾庐屯兵,北匈奴复遣兵屯守其地。朱先生说:"这实际上是放弃了西域,这又是东汉政府在战略上的一大失策。"①

4. 窦宪大破北匈奴与单于远迁

东汉放弃西域,给了北匈奴一个发展实力的好时机。但北匈奴不断遭遇外敌打击,内部也叛逃分裂,实力反而大大削弱。史称"时北虏衰耗,党众离叛。南部攻其前,丁零寇其后,鲜卑击其左,西域侵其右,不复自立,乃远引而去"(司马光《资治通鉴》卷四七)。

章和元年(87 年),北匈奴大乱,屈兰储等 58 部 28 万人至云中、五原、朔方、北地等边郡投降汉朝,北匈奴更趋衰落。汉和帝永元元年(89 年),东汉执政的外戚窦宪,想要趁机北征匈奴以建功。南匈奴单于也别有用心地上言曰:"宜及北虏分争,出兵讨伐,破北成南,并为一国,令汉家长无北念。"但其真实目的却是想借机实现匈奴的大统一,这不但会让汉朝"以夷制夷"

---

① 朱绍侯:《朱绍侯文集(续集)》,河南大学出版社,2015,第 187 页。

的战略落空,而且凭空在汉的北疆重新树立起一个新强敌。朝中大臣对窦宪和南匈奴单于的提议均表示反对,理由是北匈奴未犯边塞,东汉就"劳师远涉,捐费国用,微功万里,非社稷之计"(司马光《资治通鉴》卷四七)。但掌权的窦太后不顾群臣反对,下令其侄儿窦宪率军北征匈奴。

当年六月,窦宪、耿秉率领北军五校、雍营、沿边12郡骑兵及南匈奴单于兵众共3万骑出塞,大破北匈奴于稽落山(今俄罗斯恰克图东北)。北匈奴单于逃走,汉"斩名王已下万三千级,获生口甚众,杂畜百余万头,诸裨小王率众降者,前后八十一部二十余万人"(司马光《资治通鉴》卷四七)。窦宪、耿秉出塞三千余里,登燕然山(今杭爱山)刻石纪功而还。因此,窦宪由车骑将军提升为大将军,位在三公上,权势更重。

永元三年(91年)二月,窦宪决定彻底消灭北匈奴。他派耿夔、任尚出居延塞,围北匈奴单于于金微山(今阿尔泰山),大破之,"北单于逃走,不知所在"(司马光《资治通鉴》卷四七)。北匈奴彻底溃败,并离开蒙古高原而西迁。据说,公元4世纪70年代,在欧洲确曾出现过一个强大的匈奴帝国。①

5. 匈奴不断为中原王朝制造"麻烦"

北匈奴单于西迁,并不是所有的北匈奴人都随他离开,而是另有一部分归附于南匈奴,一部分与填补北疆真空的鲜卑人融合,还有的留下独立发展。如北匈奴单于的弟弟右谷蠡王於除

---

① 参见齐思和:《匈奴西迁及其在欧洲的活动》,《历史研究》1977年第3期。

鞬,就率众千人止于蒲类海,并自立为单于。他遣使与窦宪联系,要求承认他的单于地位。令人想不到的是,窦宪竟然承认於除鞬为单于,并派中郎将予以领护,如南匈奴故事。汉和帝让群臣廷议,袁安、任隗反对说:当年光武帝接纳南匈奴入境,让其作为汉朝的藩屏,以抵御北匈奴的侵扰,只是权宜之计。今天"朔漠既定,宜令南单于返其北庭,并领降众"(范晔《后汉书》卷七五),根本无必要再立一个新单于"以增国费"。但汉和帝竟听不进忠言,同意窦宪主张的立於除鞬为北匈奴新单于。

朱先生就此分析说:"昏庸的和帝完全是自找麻烦。本来北匈奴已被赶走,南匈奴早已降服,自西汉初年以来,对汉具有严重威胁的大敌已基本解决,何必再立一个北匈奴单于与南匈奴对立呢?这不是无事生非吗?"①

果然在并立两单于之后,北疆世界很快被搅动得乱成了一锅粥。首先是於除鞬虽被立为单于,但心里不踏实,认为汉朝对他不是真心接纳。于是在其后台窦宪被宦官迫令自杀后,马上于永元五年(93年)公然反叛,率众北归。汉和帝不得不派将兵长史王辅率兵追斩之,破灭其众。其次是已经降服的北匈奴人,乘南匈奴单于新立之时发动叛乱,夜袭左贤王师子。此次叛变虽被汉军所镇压,但惊动了北匈奴投降士卒共15部20余万人,他们一同叛变,并立日逐王逢侯为单于。汉派度辽将军朱徽率4万精兵前往镇压,前后斩首17000余级。匈奴逢侯遂率军出塞,汉军不敢追。再次是南匈奴因受东汉新立北匈奴单于的刺

---

① 朱绍侯:《朱绍侯文集(续集)》,河南大学出版社,2015,第189页。

激,也开始不断发动叛乱。从永元八年(96年)到延熹元年(158年)的六十余年间,共发生南匈奴大的叛变六次。特别是延熹元年那一次,"南单于诸部并畔,遂与乌桓、鲜卑寇缘边九郡",形势非常严重。最后是东汉末年,军阀董卓率领其手下大量羌、胡之兵先后进入洛阳和长安,在中原烧杀抢掠,无所不为,一直持续到曹操统一北方,匈奴与汉政权之间才恢复正常的臣属关系。

游牧民族与农业民族之间的冲突,归根结底是一场生存斗争。由于游牧民族所处的地理环境和生存条件较差,汉朝无法长期占领匈奴地区,也不可能对其实施有效的治理,只有在军事胜利后寻求与匈奴和平共存的途径。如西汉宣帝能审时度势,实施正确的民族政策,于是创造了汉、匈关系的黄金时代。相比之下,东汉采取接纳南匈奴入境的做法,结果使双方都付出沉重的代价,却并没有换来边境的安宁。西晋江统鉴于游牧民族大量内迁杂居的状况,曾作《徙戎论》,提出"此等皆可申谕发遣,还其本域,慰彼羁旅怀土之思,释我华夏纤介之忧"的主张,这也是针对当时民族矛盾激化而设想的对策。后代对此论往往是毁誉参半。

(五) 东汉对西域的战争与战略

若是用一句话来概括东汉时期中原与西域的关系,那就是在双方联系上的"三绝三通"。所谓"三绝三通",就是指中原政府三次从西域撤退、又三次统一西域的曲折经历。

1. 第一次由绝到通：光武帝建武元年(25年)至明帝永平十七年(74年)

由于王莽错误的民族政策，使西汉王朝对西域施行长期稳定统治的局面崩毁于一旦。西域各国因怨而叛，开始转身役属于匈奴，但匈奴对之"敛税重刻，诸国不堪命"，后来诸国又都想再重新归附于东汉。光武帝刘秀在位时，西域诸国屡屡派遣使节到洛阳请求内属，并请求恢复西域都护府的建制，但刘秀都以"中国初定，未遑外事"为由而婉拒。建武十七年(41年)，莎车王贤再次派遣使者入汉"请设都护"。刘秀听从大司徒窦融的建议，"赐西域都护印绶"给莎车王贤，委任其代行汉朝西域都护之权。但敦煌太守裴遵认为"夷狄不可假以大权，又令诸国失望"，反对朝廷这一任命。于是刘秀又收回莎车王的都护印绶，改赐以大将军印绶。这引起莎车王的极大不满，他回去后仍诈称大都护，开始有意脱离东汉王朝而图谋自己称霸西域，从而加剧了西域的动荡。

建武二十二年(46年)，西域诸国再次请求派遣其王子到东汉王朝为"侍子"(人质)，希望本国能得到东汉王朝的庇护。而刘秀却冷冷地回复说："今使者、大兵未能得出，如诸国力不从心，东西南北自在也。"(范晔《后汉书》卷一一八《西域传》)刘秀从漠视西域诸国"内属"的请求，到企图委托莎车王代为管理西域，再到放任诸国"东西南北自在也"的随意态度，都说明这时的东汉王朝还没有形成自己稳定而明晰的西域战略。但其后果是，西域各国自谋出路，或者如车师、鄯善归附匈奴；或者如于阗王广德擒杀莎车王贤，西域诸国陷入以强凌弱的内战；而匈奴也乘机扩充势力。西域纷乱的局面,为以后东汉在西域的经营增加了许多麻烦。

汉明帝永平十五年(72年),针对北匈奴不断南侵的紧张态势,东汉王朝商讨抗击匈奴的万全良策。驸马都尉耿秉认为:"唯有西域,俄复内属……其势易乘也……当先击白山,得伊吾,破车师,通使乌孙诸国,以断其右臂……然后匈奴可击也"(司马光《资治通鉴》卷四五)。他建议以西域为突破口,以彻底解决匈奴问题。这种认识也得到汉明帝及诸多大臣的理解和赞同。

永平十六年(73年),窦固、耿秉等领兵出击匈奴呼衍王于天山,向西抵达蒲类海,攻取伊吾,设置宜禾校尉,并留驻吏士屯垦戍守。同时,窦固还派遣班超、郭恂等36人出使西域诸国。朱先生说:"窦固的这一决定很有战略眼光,他是想乘大胜匈奴之威,来镇服西域。"[1]班超等36人首先来到鄯善。他们采取先礼后兵的方略,用火攻的方法,一举消灭了匈奴使者一百余人,使鄯善"一国震怖",很快就归服了东汉。接着,班固一行遍召西域南道诸国,恩威并施,也使之一一归服。后西域北道诸国也纷纷杀掉匈奴使者,"遣子入侍",归服东汉。

永平十七年(74年),窦固又率大军击破车师,进一步恢复了东汉在西域的行政建制,以陈睦为西域都护。又以耿恭为戊校尉,屯田金蒲城;以关宠为己校尉,屯田柳中。史书称"西域自绝六十五载,乃复通焉"(范晔《后汉书·西域传》)。

---

[1] 朱绍侯:《朱绍侯文集(续集)》,河南大学出版社,2015,第192页。

2. 第二次由绝到通：明帝永平十八年(75年)至安帝永初元年(107年)

永平十八年，汉明帝刘庄去世，汉章帝继位。在北匈奴的支持下，西域焉耆、龟兹等国围攻并杀死西域都护陈睦。与此同时，北匈奴和车师后王又联合起来，围攻戊校尉耿恭和己校尉关宠。这次围困虽经耿恭率部苦撑两年方才得解，但东汉在西域的统治却从此陷入危困之局。

如何应对？新即位的汉章帝面临两种选择：或者再出兵征讨北匈奴，平定西域叛乱；或者撤回西域现有军力，放弃西域。不幸汉章帝采纳了校书郎杨终的建议，下诏撤回在西域的驻军和屯田吏士。这时又是那个传奇英雄班超在西域力挽狂澜。

东汉朝廷虽下令撤走在西域的所有军政机构，但派驻在此的各级官员和士吏一时未能尽撤。驻守在天山南部的军司马班超，已经开始登上返程，但在西域疏勒、于阗等国的苦苦劝阻和挽留下，他从撤退途中又重返驻地，表示愿意继续留在西域，以不辜负各国的期望。事实证明，班超的决定，为东汉第二次统一西域做了充分的铺垫和准备工作，发挥了重要的作用。

班超重返疏勒，所面对的外部形势已经非常严峻。北匈奴不但占据了北道诸国，而且重点掌控疏勒、鄯善两地，将西域与中原往来的咽喉要道基本封死。但班超仍采取进攻战略，遂有以疏勒为基地平定西域之志。他一面联合诸国抗击匈奴，一面上书王朝中央请求援兵，曰："与诸国联兵，岁月之间，龟兹可擒。以夷狄攻夷狄，计之善者也。臣见莎车、疏勒田地肥广，草牧饶衍，不比敦煌、鄯善间也。兵可不费中国，而粮食自足。"(范晔

《后汉书》卷七七《班超传》)朱先生说,此时班固就西域"提出'以夷制夷'、就地屯田两大制胜战略,使章帝也见到了希望,故见到上书后,认为'其功可成'"①。

汉章帝于元和元年(84年)派遣徐幹等领兵千人挺进西域增援班超,他们遂与班超合力,在打败龟兹等国援军后,先收复了莎车。汉和帝永元三年(91年),龟兹、姑墨(今新疆阿克苏)、温宿(今新疆乌什)等国遣使称臣。至此,西域诸国除焉耆、危须(今新疆和硕)、尉犁(今新疆尉犁)等国,因擅杀前任都护陈睦害怕遭报复而拒不投降外,其余各国都重新向东汉纳贡称臣。同年,东汉任命班超为西域都护,徐幹为西域长史,全面恢复了对西域的军政管理。

永元六年(94年),班超率领西域诸国兵7万余人,攻破了焉耆、尉犁等反对势力,于是西域诸国"皆纳质内属",东汉王朝再一次统一西域。

3. 第三次由绝到通:安帝永初元年(107年)至顺帝永建二年(127年)

继承班超担任西域都护的任尚,未能延续班超治理西域的政策,而是采用以严苛为政的方针,终于激发了西域诸国对汉朝的再次敌视与反叛。汉殇帝延平元年(106年),西域诸国联合围攻任尚于疏勒。虽然不久任尚平息了这次叛乱,但由此而产生的种种后遗症,即使在段禧继任西域都护一职后,也未能使西域的局面恢复全面稳定。不久,龟兹、温宿、姑墨等国又先后反

---

① 朱绍侯:《朱绍侯文集(续集)》,河南大学出版社,2015,第194页。

叛,使得东汉对西域的统治再陷困境。

汉安帝永初元年(107年),东汉朝廷以"其险远,难相应赴"为由,遂"诏罢都护",又派遣骑都尉王弘率关中军西进,迎还西域都护段禧及伊吾、柳中等地屯田吏士,中原与西域之间的联系第三次断绝。

元初六年(119年),因北匈奴与西域诸国"共为边寇",敦煌太守曹宗派长史索班领兵千余驻屯伊吾,以为敦煌屏障。次年,北匈奴杀索班,占据了西域北道。于是曹宗上书朝廷,建议"出兵五千击匈奴,以报索班之耻,因复取西域"。班超的儿子班勇,也主张马上出兵:"旧敦煌郡有营兵三百人,今宜复之。复置护西域副校尉居于敦煌,如永元故事。又宜遣西域长史将五百人屯楼兰,西当焉耆、龟兹径路,南强鄯善、于阗心胆,北捍匈奴,东近敦煌,如此诚便。"(范晔《后汉书·班超传》附《班勇传》)经过反复讨论,东汉朝廷采纳了班勇的光复西域战略及置副校尉于敦煌的建议,但未能接受他屯田楼兰的设想。朱先生分析,这"说明东汉政府对屯田的战略价值仍认识不足"[①],从而将失去了羁縻西域的基地。

时任敦煌太守的张珰也上书中央,反对放弃西域,提出"弃西域则河西不能自存"的警告。尚书陈忠提出更有说服力的意见,如果放弃西域不救,则"河西四郡危矣。河西既危,不可不救,则百倍之役兴,不訾之费发矣。议者但念西域绝远,恤之烦费,不见孝武苦心勤劳之意也……内无以慰劳吏民,外无以威示

---

① 朱绍侯:《朱绍侯文集(续集)》,河南大学出版社,2015,第199页。

百蛮,蹙国减土,非良计也。臣以为敦煌宜置校尉,按旧增四郡屯兵,以西抚诸国"(司马光《资治通鉴》卷五〇)。

延光二年(123年),汉安帝终于接受了张珰、陈忠等人的建议,任命班勇为西域长史,率兵五百屯田于柳中。他先后纳降楼兰、龟兹、姑墨、温宿,击败了强大的匈奴军队,征服并且占据了前、后车师。汉顺帝永建元年(126年),班勇荡平且弥(今新疆乌鲁木齐),使车师附近六国全部降汉。同年秋,班勇率领西域诸国军队大举进攻,击败匈奴呼衍王。次年,班勇领兵出击焉耆,焉耆王元孟遣使乞降。对此史书曰:"自建武至于延光,西域三绝复通。顺帝永建二年,(班)勇复击降焉耆,于是龟兹、疏勒、于阗、莎车等十七国皆来服从,而乌孙、葱岭以西遂绝。"(杜佑《通典》卷一九一《边防七·西戎三》)东汉终于又恢复了对西域的有效控制。

此后不久,班勇不幸因冤狱而被免职,这同时也就预示着汉朝的"西域大势去矣"。朝中内有外戚、宦官相继专权,政局混乱;外有西羌叛乱越演越烈,社会不安。政府内外交困,东汉对西域的统治也就逐渐衰退没落下去。

4. 对东汉经营西域和班超其人的分析评论

朱先生说,"总结东汉对西域的征服与经营,最活跃、最兴盛的还是班超在西域开展三十余年活动的时期,班超在西域所以能取得辉煌的成就",有三点原因。

其一,由于班超背后有强大祖国的政治、经济、军事实力作为坚强"后盾"。否则,即使班超等36人个个都是"八臂哪吒",也难免被西域最弱小的国家"一窝端",而死无葬身之地,遑论其能"横行西域"。

其二,由于班超继承了西汉王朝在西域留下的政治基础和深远影响力。他们36人初到西域,人家就知道汉是大国、强国,西域诸国就有向汉之心,愿意"入侍"投靠。西汉在西域采取的"以夷制夷"和"就地屯田"的军事战略,也为班超等全盘承接,效果良好。特别是东汉几乎没有阻力地重新恢复西汉的西域都护、戊己校尉等一套行政建制,不但得到西域人民的理解和支持,也因为是前朝的政治遗产而天然具有合法性。

其三,由于班超本人的智慧、勇敢与应对之战略战术得当。朱先生在这篇7.6万字的长论文中,毫不掩饰他对班超这个历史人物的钟爱敬仰之情,也不吝笔墨地对其行迹进行铺陈渲染,足见古今之"惺惺相惜"之义胸中存焉。细细解析,朱先生文中班超的完美品德主要体现在以下几个方面:

(1) 投笔从戎。班超初由文士变成行伍,就刚毅之气四溢,受到大将军窦固的激赏,视他为"有能力独当一面"之才,遂委派之出使西域这个艰困地区。

(2) 有智有勇。初到鄯善,班超就激励部属36人,"不入虎穴,不得虎子"。遂果断用火攻夜袭的谋略,一举消灭匈奴使者百余人,"震怖众国",从而逐渐复通了已经断绝36年的汉朝对西域的隶属关系。

(3) 有情有义。当朝廷一度放弃西域,班超奉命由疏勒撤退时,遇到西域人抱其马腿,号泣曰"依汉如父母,诚不可去"。他于是毅然抗旨,为西域民众而率众返回驻地,决心与对方一起艰难共度,抵抗匈奴。

(4)眼光深邃敏锐。班超上书汉章帝,提出"以夷制夷"和"就地屯田"两大战略方针,有理有据,终于说服了对方,使君臣间达成"其功可成"的共识。

(5)宽容待人。卫侯李邑奉命出使乌孙,遇敌不进,数有过失。他回来反而上书朝廷污蔑班超"安乐国外,无内顾心"。汉章帝不听谗言,命他一切听从班超节度。班超毫不计较他对自己的谗毁,宽容地放其回归京师。事后回答同事的质疑,班超说:"内省不疚,何恤人言;快意留之,非忠臣也。"

(6)精审敌情,敢战善战。章和元年(87年),班超发于阗诸国兵25000人攻莎车,龟兹王发温宿、姑墨等国共50000兵救援莎车。面对强敌,班超与于阗王共设伪撤军之计,以分散敌军兵力。看到班超撤兵,龟兹王马上亲率10000骑兵去西界狙击班超,另外让温宿王率8000骑兵去东界拦击于阗王。班超等两国大军已经出击,遂勒兵回马疾驰莎车营。莎车兵众不意,遂大乱。班超追斩5000余级,莎车遂降。龟兹等国兵众返归不及,也皆溃散。由此使班超大智大勇威震西域。

(7)"义不营私"的反省精神。班超在西域三十余年,年老日衰,上书汉和帝要求归乡。原因一是"代马依风"的思乡情结;二是"蛮夷畏壮侮老"的文化,害怕因自己年老智昏而给国家事业造成损失;三是怕后人说自己是贪图富贵而老死西域,因之连累后代以荣为辱。后其妹班昭也给汉和帝上书求情,班超终于在永元十四年(102年)八月回到洛阳,但不幸仅一个月,就于当年"九月卒"。

(8)有识人之鉴。班超离职,朝廷遂以戊己校尉任尚为西域都护。班超在交接时警示下任任尚说:"塞外吏士,本非孝子顺孙,皆以罪过徙补边屯。而蛮夷怀鸟兽之心,难养易败。今君性严急,水清无大鱼,察政不得下和。宜荡佚简易,宽小过,总大纲而已。"(范晔《后汉书》卷七七《班超传》)但任尚不听班超的金玉良言,任性而为,四年后就激起西域诸国"皆反",局面几乎失控,成为西域第三次"由绝到通"的重要节点。任尚遂被朝廷免去西域都护一职。

除了以上三条外,朱先生认为班超还有一项重大的历史贡献,那就是"进一步开发了中国与西方的通商之路(后世称为丝绸之路)"。东汉时,中原民间与西方的商贸往来已经相当频繁。班超听说有个"大秦国"(即古罗马,一名"海西国")物产丰富,为了进一步拓宽通商途径,与对方建立直接的贸易关系,就在永元九年(97年)派甘英等人出使大秦。甘英等行至安息西界,临大海(今波斯湾)而停。欲渡,船家吓唬他们说,"海水广大",若要渡过去则"顺风三月",逆风两年,所以下海都要带三年的口粮。而且"海中善使人思土恋慕,数有死亡者"。朱先生说:"这是安息船人编造的瞎话,不想让汉人与大秦直接贸易,以影响安息转输的中间利益。"遗憾的是甘英信以为真,"故临海而回"。甘英出使大秦虽未成功,但所到"穷西海,皆前世所不至",即"超过西汉,超过张骞"。①

---

① 参见朱绍侯:《朱绍侯文集(续集)》,河南大学出版社,2015,第203-204页。

(六) 东汉对西羌的战争与战略

东汉对西羌的战争战略,是承接西汉对西羌的战争战略而来。西汉宣帝时的赵充国,采用"攻抚并用"的战略,成功解决羌变问题。朝廷又设置护羌校尉,以管理羌族事务;设置金城属国,以接纳归附的羌人。此后中原政权和西羌长期和平共处,直到西汉末,因王莽的刚愎自用、乱发诏令,引起各族群众的不满,接连发生民族叛乱。这时也有大批羌人迁入长城关界之内,边郡局势十分混乱。

1. 东汉前期的羌变(33—102年)

此七十年中又可分成四个阶段。

一是光武帝刘秀在位时期,恢复护羌校尉建制,采取稳定羌族的措施。

建武九年(33年)九月,因西羌不断侵扰,陇西郡危在旦夕,司徒掾班彪建议恢复西汉原有的护羌校尉一职。刘秀遂以牛邯为护羌校尉,但不久因牛邯病故,又取消了此官职的设置。

建武十年(34年)至十二年(36年),先零羌豪与诸种羌人连续寇掠金城(治所在今甘肃永靖)、临洮等郡,东汉派来歙、马援征服之,并将他们安置在塞内的天水、陇西、扶风三郡。有朝臣以"途远多寇"为理由,主张朝廷放弃金城、破羌(今青海乐都)以西之地。马援说:"破羌以西,城多完牢,易可依固。其田土肥壤,灌溉流通。如令羌在湟中,则为害不休,不可弃也。"刘秀同意马援的意见,诏武威太守"令悉还金城客民,归者三千余口,使各返旧邑"。马援又上奏为之置长吏,"缮城郭,起坞候,开导水田,劝以耕牧"。又让羌豪譬说塞外羌皆来和亲。有武都(治今甘肃西和)氐人来降者,马援皆上其侯王君长,赐印绶。刘秀"悉从之"。①

朱先生认为,让"塞外羌人归服,汉政府恢复其原有的王侯君长职务,这是一个不战而胜的战略"。汉政府又从经济建设入手,让羌人"耕牧乐业",这也是从根本上解决羌变问题的好办法。因此,"此后二十年间,羌人不曾有大乱"。②

二是明、章时期,对羌政策因人而异,极不稳定,有镇压手段优先的趋势。

汉建武中元二年(57年),烧当羌攻夺先零羌居地,接着又打败陇西太守,于是守塞诸羌皆叛。朝廷派窦固、马武率四万大军讨平,东迁七千羌人于三辅,以窦林为护羌校尉。窦林以恩信招抚羌人,羌人降服。

汉章帝建初二年(77年),烧当羌豪迷吾率五万余众攻陇西、临洮、汉阳三郡,朝廷派马防、耿恭率大军击之,斩首虏四万。朝廷任命傅育为护羌校尉,驻地临羌(今青海湟源)。翌年春,勒姐、烧何等十三种羌皆投降,羌变遂平。

章帝元和三年(86年),烧当羌豪迷吾与其弟号吾及诸种羌又反。号吾不慎被汉军擒获,将斩。号吾说,你们杀我一人,于羌人无损;如放我回去,羌人必会罢兵,不再犯塞。汉军遂释放

---

① 参见范晔撰,李贤等注:《后汉书》卷二四《马援传》,中华书局,1965,第835-836页。

② 参见朱绍侯:《朱绍侯文集(续集)》,河南大学出版社,2015,第205页。

他,羌兵果然解散。此次羌变又平。

汉章帝章和元年(87年),护羌校尉傅育贪功,欲挑拨羌人内斗,以为开战理由。羌人不肯,遂叛逃出塞,投奔烧当羌豪迷吾。不等诸郡兵会合,傅育急忙率精骑三千追击,至三兜谷(今甘肃陇南武都)受到羌军伏击,傅育及吏士880余人阵亡。朝廷又以张纡为护羌校尉,将万人屯临羌。六月,迷吾战败,通过译使请降。张纡假意应许,请迷吾等羌豪在临羌召开陈兵大会。宴席中,张纡竟用毒酒毒杀迷吾等羌豪八百余人,有数千羌军被斩杀。迷吾之子迷唐为报仇,遂与诸羌种"解仇结盟",据大、小榆谷(今青海贵德东)而反叛,声势转盛。张纡不能制,朝廷免其职,改以邓训为护羌校尉。

朱先生说:"这次羌变完全是傅育无端挑衅引起的,傅育败死,是咎由自取。张纡设宴投毒,杀害羌众激起兵变,因此而免职。虽然罪不相抵,也算是一种报应。"①

三是邓训为护羌校尉时期,对羌主要采取绥抚政策,取得很大成功。

初,迷唐率一万骑兵来至塞下,未敢先攻邓训,而去威胁小月氏。邓训护卫小月氏,令双方不得战。有汉官说:"羌、胡相攻,县官之利,以夷伐夷,不宜禁护。"邓训说:"张纡失信,众羌大动……凉州吏人,命县(悬)丝发。原诸胡所以难得意者,皆恩信不厚耳!今因迫急,以德怀之,庶能有用。"他马上下令开城,让群胡的妻儿皆进来,严兵保护。诸胡感慨云:"皆言汉家常

---

① 朱绍侯:《朱绍侯文集(续集)》,河南大学出版社,2015,第206页。

欲斗我曹,今邓使君待我以恩信,开门内我妻子,乃得父母。"遂表示愿意听命。于是邓训抚养羌族少年数百人,以为义从,并让羌人互相招诱,迷唐的叔父号吾就率种人八百户自塞外来降。

邓训遂发湟中羌、胡四千人出塞掩击迷唐。迷唐大败,收其余众二千余人西迁千余里。其所附小部落皆投降汉朝,烧当羌豪东号也归附,余皆至塞纳质。邓训绥接归附,威信大行,遂罢屯田,令各归本郡,以备军用。汉和帝永元四年(92年),邓训不幸病逝,"吏民、羌胡爱惜,旦夕临者,日数千人……莫不吼号,或以刀自割,又刺杀其犬马牛羊,曰:邓使君已死,我曹亦俱死耳"。

朱先生分析说:"这说明邓训对羌族的安抚政策大得民心,也说明羌族对汉政权也并非无故仇视,对其有恩德的官吏和将领,他们是无限感激和怀念的。"①

四是后邓训时期,汉政权与西羌之间的矛盾因措施不当而逐渐激化。

邓训死后,聂尚、贯友、史充、吴祉、周鲔等人像走马灯一样更相继担任护羌校尉,但其共性都是一反邓训的安抚政策,而强迫羌人重新迁回大、小榆谷,遂引起迷唐羌的拒绝和反抗。东汉王朝或是以财货分化羌族的联合,或是派汉、胡、羌兵联合讨伐迷唐羌,总之是以武力镇压为主,结果两败俱伤。最后朝廷派护羌校尉周鲔与金城太守侯霸率三万大军打败叛羌,降羌六千人分别被安置在汉阳、陇西、安定等郡。迷唐羌转弱,远离赐支河曲而去投靠后代吐蕃的远祖发羌。

---

① 朱绍侯:《朱绍侯文集(续集)》,河南大学出版社,2015,第207页。

永元十四年(102年)春,安定郡烧何降羌又反,旋为郡兵所灭,东汉前期羌乱,虽至此暂告一段落,但也为以后更大的风暴埋下伏笔。

东汉隃糜相曹凤为断绝羌乱,上书朝廷,内容分为两大部分。关于羌乱的原因,他说是因为烧当羌"居大、小榆谷,土地肥美……有西海鱼盐之利,阻大河以为固";"又近塞内诸种,易以为非,难以攻伐……故能强大,常雄诸种,恃其拳勇招诱羌、胡"。这里将双方冲突的原因完全归咎于羌人,认为他们有了实力就必然要叛乱,从而规避了汉朝官吏的责任,故朱先生说曹凤的分析是"不准确"的。

关于汉朝的应对之策,曹凤说:"宜及此时建复西海郡县,规固二榆,广设屯田,隔塞羌、胡交关之路,遏绝狂狡窥欲之源。"朱先生认为这里的"修复西海郡""广设屯田"和"隔绝羌、胡"等方略对策,都是非常正确的。

汉和帝任命曹凤为金城西部都尉,广开屯田34处。但可惜由于被曹凤所忽视的羌乱的真正原因,"永初羌变"就突然发生了,使他的努力功败垂成。此后相继发生的三次规模大、持续时间长的羌变,遂将东汉王朝拖入衰亡的深渊。

2. 第一次永初大羌变(107—118年)

汉安帝永初元年(107年),汉政府征发金城、陇西、汉阳的内附羌族数千骑兵远征西域,十分急迫。被征羌人怕远征无归,行至中途纷纷逃散。郡县发兵堵截,或毁灭其村落,羌人被迫反抗。东汉派出邓骘、任尚率5万大军前往镇压,结果被羌军多次战败。次年正月,梁慬率军由西域回到敦煌,奉命征讨羌军,双方互有胜负。羌众逐渐切断陇道,攻掠三辅,南入益州,杀汉中太守,声势更盛。

在汉军屡败、边郡垂危的情况下,谒者庞参竟然建议朝廷放弃凉州,让凉州士民入居三辅,而且得到主政的大将军邓骘的首肯。郎中虞诩则坚决反对,对太尉张禹提出"三不可":先帝艰难开拓而来的土地,今天因为"惮小费"而轻易"弃之",此为一不可。抛弃了凉州,就得以三辅为关塞,那样在关中的汉朝先祖陵园,就暴露于方外之荒,此为二不可。朱先生认为,以上两条都不重要,而第三条才"恰中要害"。虞诩说:"烈士武臣,多出凉州,士风壮猛,便习兵事。今羌、胡所以不敢入据三辅为心腹之害者,以凉州在后故也。凉州士民所以推锋执锐,蒙矢石于行阵,父死于前,子战于后,无反顾之心者,为臣属于汉故也。今推而捐之,割而弃之,民庶安土重迁,必引领而怨曰:'中国弃我于夷狄!'虽赴义从善之人,不能无恨。如卒(猝)然起谋,因天下之饥弊,乘海内之虚弱,豪雄相聚,量材立帅,驱氐,羌以为前锋,席卷而东,虽(孟)贲、(夏)育为卒,太公为将,犹恐不足当御。如此,则函谷以西,园陵旧京非复汉有,此不可三也。"①不可怎么办?虞诩的方案是进一步固化和加强凉州地方名流与中原汉朝政权之间的联系,"收罗凉土豪杰,引其牧守子弟于朝,令诸府各辟数人。外以劝厉答其功勤,内以拘致防其邪计"(司马光《资治通鉴》卷四九)。

就是这样一篇具有深度战略思考的策文,却未能打动身为

---

① 朱绍侯:《朱绍侯文集(续集)》,河南大学出版社,2015,第210页。

外戚的大将军邓骘。他不仅不接受献策,反而排斥虞诩,将其外放为朝歌县(今河南淇县)长。此后战场形势不断恶化,先零羌攻击褒中(今陕西汉中褒城东),杀官军3000余人。护羌校尉侯霸被迫将治所由临羌迁至张掖。永初五年(111年)正月,先零羌攻河东,至河内,百姓多渡河南奔。为避羌患,许多郡县被迫内迁。汉军力图加强攻势,护羌校尉侯霸与骑都尉马贤击先零别部牢羌于安定,获首虏千余人,又派兵于河内要冲设坞壁36所,以备羌患。元初元年(114年)十月,凉州刺史皮杨在狄道被羌军击败,官军死伤800余人。总之在战局上双方互有胜负。

元初二年(115年)春,新任护羌校尉庞参以恩信招诱诸羌,羌豪号多率所部投降,被赐以侯印。庞参还将治所迁回令居,河西道遂通。零昌仍分兵攻益州。朝廷命司马钧、庞参率军分道并击零昌,皆被零昌打败,汉军死者三千余人。庞参被免职,朝廷又令马贤代领护羌校尉,任尚为中郎将。此时的怀县(今河南武陟)令虞诩总结汉军失败的教训说:"今虏皆马骑,日行数百里,来如风雨,去如绝弦。以步追之,势不相及。所以虽屯兵二十余万,旷日而无功也。"(司马光《资治通鉴》卷四九)他建议任尚速建骑兵。任尚接受了建议,果然用骑兵打败了丁溪城的羌军头领杜季贡。

邓太后听说虞诩有将帅之略,就任命他为武都太守。当时羌军一万多人围攻赤亭(今甘肃成县西),而武都兵不满三千,形势非常危急。虞诩先以小弱之弩射敌,故意对敌示弱。羌军以为汉军"矢力弱,不能至,并兵急攻"。然后虞诩下令汉军"使二十强弩共射一人,发无不中,羌大震",急忙退兵。次日,虞诩陈列其全部兵众,反复从东门出,从北门入,每次出入必改换服装。周转数次,羌军摸不清虞诩手下究竟有多少兵众,震惧而急忙撤军。虞诩事先于途中设伏,结果对羌军斩获甚众,羌兵遂败散。虞诩成功退敌后,修筑防守营壁180所,招还流民,假赈贫寒。虞诩主政三年,郡民数由13000增至4万余户;又开通水运,米谷价由一石千钱降至石80钱,"人足家给,一郡遂安"。

元初三年(116年),中郎将任尚三次发兵进攻羌军。特别是十二月的第三次进攻,击零昌于北地,"杀其妻子,烧其庐舍,斩首七百余级"。元初四年(117年),汉羌联合叛军领袖杜季贡、零昌相继被任尚派人暗杀,群龙无首,战斗力大大减弱。新任护羌校尉任尚与马贤共击先零羌狼莫部于富平河,羌军战死者五千人,狼莫逃走。西河虔人种羌万余人投降,陇西平定。元初五年(118年),度辽将军邓遵募人暗杀狼莫,历时12年的永初羌变,遂被平定。此次羌变,"军旅之费凡用二百四十余亿,府帑空竭,边民及内郡死者不可胜数,并、凉二州遂至虚耗"。

好战派任尚因争功、诈增首级和贪赃千万以上罪,"弃市"。朱先生说,"他与虞诩的宽容政策相比,形成鲜明的反差","这是任尚一生应得的下场"[①]。

3. 第二次永和大羌变(140—145年)

相隔21年,东汉又爆发第二次大羌变。汉顺帝永和五年(140年),因为并州刺史来机、凉州刺史刘秉"天性虐刻,多所扰发",且冻、傅难种羌遂反,"攻金城,与杂种羌、胡大寇三辅,杀

[①] 朱绍侯:《朱绍侯文集(续集)》,河南大学出版社,2015,第212页。

害长吏"。最初,大将军梁商曾对来机等三人说:"戎狄荒服,蛮夷要服,言其荒忽无常,而统领之道,亦无常法,临事制宜,略依其俗。今三君素性疾恶,欲分明白黑。孔子曰'人而不仁,疾之已甚,乱也',况戎狄乎! 其务安羌胡,防其大故,忍其小过。"(范晔《后汉书》卷一一七《西羌传》)但具体执行什么样的民族政策,往往与官员的个人作风有很大关系。来机等人对梁商"防其大故,忍其小过"的告诫"不能从",反而"到州之日多所扰发"。而东汉后期由于政治腐败,像来机这样残暴对待边郡异族的官员比比皆是,使得羌乱连绵不断,此伏彼起。

安定郡的小吏上计掾皇甫规虽"年少官轻",却上书自荐。他总结羌乱的原因说:"夫羌戎溃叛,不由承平,皆因边将失于绥御,乘常守安则加侵暴,苟兢小利则致大害。"他要求参战,说自己有成熟的讨羌之策。但汉顺帝不能知人善用,不肯以他为将,遂免去来机、刘秉等的官职,而以马贤为征西将军,率兵十万讨伐西羌。武都太守马融和皇甫规都知道马贤惜命爱财,又不恤军事,出征必败,建议换将,但汉顺帝不听。永和六年(141年)正月射姑山一战,汉军大败,马贤战死。结果是东、西羌会合①,攻陇西,至三辅,直接威胁到朝廷的西部防线。

九月,诸羌又攻武威,凉州震恐,遂迁安定郡于扶风、北地郡于冯翊,以张乔代理车骑将军,统兵15000人屯三辅。朱先生说:"这种以后撤郡县、派兵防守的举措,实际是被动的战略,从

---

① 东、西羌:羌族原居西方,故皆称西羌。东汉时,有一大批羌人东迁,故羌分东、西两部。《资治通鉴》卷五二胡注云:"羌居安定、北地、上郡、西河者,谓之东羌;居陇西、汉阳,延及金城塞外者,谓之西羌。"

而鼓励了羌军的进攻。"①

汉安二年(143年)四月,护羌校尉赵冲与汉阳太守张贡讨伐烧何羌,破之。闰十月,又击烧当羌,再破之。建康元年(144年),护羌从事马玄被羌军收买,率羌众逃出塞外。先是领护羌校尉卫琚追击,斩首八百余级。护羌校尉赵冲再追击叛羌,不幸途中遇羌军埋伏而战死。此战羌军也损失严重,遂趋于衰耗。汉冲帝永嘉元年(145年)二月,左冯翊梁并以恩信招诱叛羌,离湳、狐奴等部5万余户投降,于是"陇右复平"。

第二次大羌变的持续时间虽不长,但四五年间共耗军费也有八十余亿钱。史书说,诸将多断盗军需供应,私自贪污,皆以珍宝贿赂皇帝亲信左右,而不恤军事,造成士卒枉死,人民不堪重负。朱先生说,这次虽然勉强将羌变镇压下去,"但府库皆空,民穷财困,各地农民起义不断爆发,东汉进一步走向没落"②。

4. 第三次延熹大羌变(159—169年)

平定永和大羌变,使羌族实力被严重削弱,因此西部边郡出现了十几年的粗安局面。但汉桓帝即位后,先是外戚梁冀专权,续之以宦官势力嚣张,恣意制造党锢之祸,加剧了腐败政风的滋蔓。伴随着统治集团内部矛盾的激化,于是第三次大羌变随之爆发。

延熹二年(159年)十二月,烧当、烧何、当煎、勒姐等种羌共攻陇西金城寨,被护羌校尉段颎击败。延熹三年(160年)正月,

---

① 朱绍侯:《朱绍侯文集(续集)》,河南大学出版社,2015,第214页。
② 同上。

西羌军再起而攻张掖,与汉军大战四十余日,又被段颎挫败。延熹四年(161年)六月,零吾、先零、沈氏等羌又反,先攻三辅,后延及并、凉二州,段颎率湟中义从讨伐之。但凉州刺史郭闳贪功,阻滞段颎进军,再加上湟中义从服役已久,思乡迫切,结果"悉皆叛归"。郭闳归罪于段颎,于是段颎被免职下狱,罚作左校服劳役,而以胡闳代为护羌校尉。胡闳素无威略,羌军转相招结,气势重新转盛,攻陷众多官军营坞。

泰山太守皇甫规上书请缨,汉桓帝任命他为中郎将,持节监关西兵讨伐零吾等事。汉军很快大破羌军,斩首八百余级,"先零诸种羌慕(皇甫)规威信,相劝降者十余万"。延熹五年(162年)三月,沈氏羌"寇张掖、酒泉,皇甫规发先零诸种羌共讨陇右,而道路隔绝,军中大疫,死者十三四。规亲入庵庐,巡视将士,三军感悦。东羌遂遣使乞降,凉州复通"。皇甫规又清除了一批贪污狼藉、多杀降羌和老弱不称职的地方官员,虽得罪一些朝中权贵,但羌人闻听皇甫规的善政,皆"翕然反善,沈氏大豪滇昌、饥恬等十余万口复诣(皇甫)规降"(司马光《资治通鉴》卷五四)。五月,鸟吾羌攻汉阳、陇西、金城,被诸郡兵打败。十一月,滇那羌攻武威、张掖、酒泉,被陇西太守孙羌率郡兵打败。自皇甫规监关西军以来,捷报频传,东汉政权讨羌的被动形势得以扭转。

但由于皇甫规"恶绝宦官,不与交通",得罪了朝中权贵。他们遂以皇甫规"货赂群羌,令其文降(假投降)"的谣言为借口,迫使汉桓帝将皇甫规调回京师,并以贪赃的罪名将其下狱,输左校服劳役。这一判决引发中国历史上最早的一次学潮,三百余太学生上书为皇甫规诉冤。朝廷不得不赦免并重新任命皇甫规为度辽将军以伐羌。皇甫规大度让贤于武威太守张奂,推荐其"才略廉优,宜正元帅,以从众望"担任度辽将军,而自己任使匈奴中郎将屈为其下属。同时凉州吏民不堪滇那羌的攻势,也到宫阙为段颎诉冤,于是汉桓帝又恢复了段颎的护羌校尉职务。

因皇甫规字"威明",张奂字"然明",段颎字"纪明",三人都是凉州人,又都在平定羌乱的作战中发挥了关键性的作用,故有"凉州三明"的说法。但在对羌方略上,三者却有很大不同。皇甫规和张奂都主张剿抚并用,宽大为怀,收拾人心,注重长远效果,故范晔称"规、奂审策,亟遏嚣凶,文会志比,更相为容"。而段颎却一味主张对羌采取强力镇压、斩尽杀绝的雷霆手段,不惧怕"屠夫"之称。故范晔称"段追两狄,束马悬锋,纷纭腾突,谷静山空。"(《后汉书·皇甫张段列传》)

段颎重新上任后,连续攻击当煎羌和勒姐羌,斩其酋豪,首虏四千余人。延熹八年(165年),段颎自春至秋,无日不战,穷追辗转于山谷间,凡斩首23000级,获生口数万人,降者万余落,西羌饥困败散。永康元年(168年),当煎诸种复反,合四千余人,欲攻武威。段颎复追击于鸾鸟(今甘肃武威南),大破之,杀其渠帅,斩首三千余级,"西羌于此弭定"。

段颎平定西羌后,东羌先零等种仍未降服。汉桓帝下诏询问,先零东羌造反,而皇甫规、张奂各拥强众,却不及时平定,现在想要令段颎移兵东讨,不知是否合宜?段颎解释说:"先零东羌虽数叛逆,而降于皇甫规者已二万许落。善恶既分,余寇无几,今张奂踌躇久不进者,当虑外离内合,兵往必惊。"这说明张奂用的是类似西汉赵充国的方略,让东羌余众"人畜疲羸,有自亡之势",然后"更招降",以不战"坐制强敌"。但段颎其实不同意这种"以恩招降"的方略。他认为叛羌"狼子野心,难以恩纳,势穷虽服,兵去复动。唯当长矛挟胁、白刃加颈耳"。他要的是武力剿平,认为"以骑五千,步万人,车三千两,三冬二夏,足以破定,无虑用费为钱五十四亿",即可达到"群羌破尽,匈奴长服"(《后汉书·皇甫张段列传》)的好效果。

汉朝廷最终接受了段颎的方案。汉灵帝建宁元年(168年)春,段颎率兵万余,带15日粮,与先零羌诸种战于逢义山(今宁夏固原北),"长镞利刃,长矛三重,挟以强弩,列轻骑为左右翼"。结果汉军大胜,斩首八千余级。再战奢延泽(今内蒙古乌审旗红柳河以西),又战灵武谷(今宁夏银川北),羌军连败,余众四千余落,全部退入汉阳山谷中。

时任护匈奴中郎将的张奂,估计段颎对羌人必欲斩尽杀绝,遂上书朝廷说:"东羌虽破,余种难尽,颎性轻果,虑负败难常,宜且以恩降,可无后悔。"朱先生分析说,张奂"在对羌变问题上,属于招抚派,与主张镇压的段颎很早就有意见分歧"①。段颎不接受张奂的意见,反而说镇压羌族是因"上天震怒",他不过是"假手行诛"。他还批评张奂身为武职,"驻军二年不能平寇,虚欲修文戢戈、招降狯敌",是犹"种枳棘于良田,养蛇虺于室内",全是空话。他主张"奉大汉之威,建长久之策,欲绝其本根,不使

---

① 朱绍侯:《朱绍侯文集(续集)》,河南大学出版社,2015,第218页。

能殖"(《后汉书·皇甫张段列传》),也就是说对羌要实行种族灭绝政策。

建宁二年(169年),汉灵帝令谒者冯禅说降汉阳散羌,段颎却认为不如乘其春耕之时纵兵袭击,势必殄灭。他先派兵五千袭击散羌于凡亭山,羌人溃散,聚集于射虎谷(今甘肃天水西)。段颎欲灭绝之,分兵据守上下谷口,再派千人于西县(今甘肃天水西南)结木为栅,广二十步,长四十里,以防羌人遁逃。然后分遣七千大军夜上西山,又遣三千大军登上东山,段颎自率步骑进击水上。最后各路大军同时展开攻击,大胜,斩杀羌人渠帅以下19000级,冯禅招降4000余人。至此,第三次延熹大羌变也宣告最终平定。

段颎与羌众大小180余战,凡斩首38600余级,获牛马牲畜427500余头,耗费军资44亿,军士死者400余人。他因功被封新丰县侯,食邑万户,不由令人有"一将功成万骨枯"之叹!

羌变虽被平定,但一部分羌人被董卓招募为兵,在汉末乱局中杀掠于内地,正是"平土人脆弱,来兵皆胡羌",一直到曹操统一北方后才稳定下来。在东汉延续六十年的羌变过程中,明清之际的王船山注意到暴政与暴民之间的密切关系,对二者之间的"双输"关系有很精辟的分析:

> 中国之智,以小慧制戎狄;戎狄之智,以大险覆中国。中国之得势而骄,则巧以渔其材力;戎狄之得势而逞,则很(狠)以恣其杀掠。此小胜而大不胜之固然也。役其力,听役矣;侵其财,听侵矣。债帅、墨吏、猾胥、豪民,施施自得,而不知腰领妻孥之早已在其锋刃羁络间矣。(王夫之《读

通鉴论》卷七《汉安帝》)

5. 总结和余论

朱先生说,总结东汉羌变大势,可以分两大阶段以论。汉安帝以前,政府采取剿抚并用、以抚为主的战略,虽多有羌变,但时间不长就被招抚了,双方损失都不大。汉安帝以后,多采取镇压战略,而羌族的反抗也更加激烈,对双方的损害都很大。对此,宋人司马光评论说:

> 夫蛮夷戎狄……御之得其道则附顺服从,失其道则离叛侵扰,固其宜也。是以先王之政,叛则讨之,服则怀之,处之四裔,不使乱礼义之邦而已。若乃视之如草木禽兽,不分臧否,不辨去来,悉艾杀之,岂作民父母之意哉!且夫羌之所以叛者,为郡县所侵冤故也;叛而不即诛者,将帅非其人故也。苟使良将驱而出之塞外,择良吏而牧之,则疆场之臣也,岂得专以多杀为快邪!夫御之不得其道,虽华夏之民,亦将蜂起而为寇,又可尽诛邪!然则段纪明之为将,虽克捷有功,君子所不与也。(司马光《资治通鉴》卷五六"臣光曰")

朱先生认为,司马光对东汉政府羌战方略的批评是正确的,"东汉在对匈奴、西域、西羌的战争战略中,以对羌族最为失败"①朱先生还批评东汉政府对边郡地区动辄采取后撤、放弃的战略,如对西域的放弃,使之与中原"三绝三通",这是非常错误的,而且对当时的政治、经济、军事诸方面损害极大。王符的《潜

---

① 朱绍侯:《朱绍侯文集(续集)》,河南大学出版社,2015,第219页。

夫论》就批评说：

> 地无边，无边亡国。是故失凉州，则三辅为边；三辅内入，则弘农为边；弘农内入，则洛阳为边。推此以相况，虽尽东海，犹有边也。今不厉武以诛虏，选材以全境，而云边不可守，欲先自割，缓寇敌，不亦惑乎！（王符《潜夫论》卷五）

王符将"弃边后撤"提高到"无边亡国"的高度，这不能不引起时人的警惕。又如屯田本是西汉既定的战略方针，它既能保证边疆的军需供应，又能减少中原民众的赋役负担，具有重要的军事战略意义。而东汉的公卿们硬说屯田耗费巨大，得不偿失，动不动就放弃在西域和边郡的屯田。

最后，朱先生又引申讨论了汉、羌战争的性质问题。传世古籍中，带有民族偏见的作者一般都使用贬义的"羌乱"一词，指羌族的背叛和犯上作乱，完全不顾羌族反抗的正义性。1949年后，新史学又统称羌族的反抗为"起义"，给以绝对的肯定，而不管羌族战争所具有的特殊复杂性。一种是官逼民反，由于边将、官吏、豪强的剥削压迫，羌族的反抗当然是正义的，称为"起义"没有问题。但在另外的情况下，由于羌族社会发展的滞后，其经济天然带有对外掠夺性，并且在其酋豪的煽动下，专对无辜的他族吏民烧杀劫掠，这就是罪恶的不义战争。所以朱先生为了行文方便，就使用一个中性的名词"羌变"，即羌族的非常之变。

（七）两汉对匈奴、西域、西羌战争战略之比较

历史学有一个分支，称为"比较史学"，就是通过两种或两种以上的历史现象的比较分析，来加深、扩大和验证历史认识的

一种方法。历史的比较研究应该具备两个条件,一是对象之间要有一定的类似性,二是要有一定的共同点。比较史学的用途,可以使我们看到在单一结构分析中不太明朗的问题,也为需要探讨的历史问题给出更精确的定义,以进一步对某一理论或历史的因果关系作出说明。朱先生在对两汉战争战略问题进行研究时,非常擅长此种方法的使用,他从大量繁复纷纭的现象比较中,重点从六个方面抽绎出其不同之处。

一是两汉君臣对进攻和防守战略的选择和运用不同。西汉始终是坚持进攻战略的,只有在西汉初期是例外。当刘邦进攻匈奴失败,知道实力不济,不得不暂时采取忍辱负重的和亲政策,但即使这样他也没有放松防守和备战措施。汉武帝凭借充实的国力,即位后即展开全面的战略进攻。后来和亲的性质也随之转变,一扫过去的被动屈辱,使之变成积极笼络附属国、维护王朝利益的工具。汉武帝也下诏"罢轮台屯田",但强调"修马复令以补缺,毋乏武备",应该属于积极防守的性质。昭、宣二帝和霍光全面继承汉武帝的未竟之业,最终完成征服匈奴、西域、西羌的任务。而东汉君臣从刘秀开始,就缺乏那种对外勇往直前的进攻气魄,而只关心如何维护国内的统一和安宁。所以东汉对匈奴、西域和西羌,往往都是该战不战,不该撤而撤,不顾边民的苦难,给对手以喘息和重振兵势的机会。

二是两汉人物对军事战略的研究深度和效果不同。西汉的主要代表人物有张良、韩信、贾谊、晁错、淮南王刘安、董仲舒等。张良、韩信在继承先秦诸子的基础上对兵法的研究既全面又深入。尤其是后起之秀晁错,对汉代战略、战术的研究成果非常深入细微,成为当时对匈奴、西域、西羌战争中最为实用的指导原则。东汉也战略研究者众,著名的有马援、耿秉、班固、班超、虞诩、桓谭、王符、宗意等。但从总体效果上看,其深度和广度皆不如西汉。

三是两汉对屯田制度的军事战略价值认识程度深浅不同。秦及汉初边疆部队的军需供应,皆靠从内地转输来解决,问题一是成本奇高,二是可靠性差,不敷帝国时代扩大疆域后的戍边需要。由于晁错的建议,汉朝从此将屯田制度作为一项重大的战略措施而施行,作为开战的前提条件而优先设置。如要对北疆的匈奴开战,就先在朔方和新秦中屯田;如要进入西域,就在河西四郡的敦煌、武威等地屯田;为平定西羌,则选在湟中屯田。屯田的种种好处,赵充国在名为《屯田十二便》的上策中已经说得很清楚。过去研究屯田制度,容易把它当成一般的土地制度来研究,但朱先生说:"屯田与军事有密不可分的关系,把屯田作为军事战略来研究,可能更确切一些。"①东汉对屯田的重要性不是不了解,它在统一战争时期大力发展内地屯田就是明证。但奇怪的是,它与匈奴对峙,并无重大挫折就轻易放弃北方屯田;经营西域,仅仅因为汉明帝死、汉章帝立的国内原因,就要放弃柳中屯田,进而放弃西域,退出与匈奴的竞争。这根本就是东汉君臣的战略眼光不够远大。

四是两汉在多大程度上执行"以夷制夷"的方略有所不同。比较起来,西汉将此战略贯彻得更加彻底。如南、北匈奴分裂,

---

① 朱绍侯:《朱绍侯文集(续集)》,河南大学出版社,2015,第223页。

对呼韩邪和郅支有意采取不同的策略,使之互相猜疑,矛盾越来越深,以便于朝廷各个突破。对西域诸国和匈奴之间,也采取分化瓦解的策略,以达到孤立北匈奴的目标。东汉沿袭了西汉分化南、北匈奴的方针,基本也是成功的。但在把北匈奴赶往西亚后,窦宪却节外生枝,另立一个於除鞬单于,引起南、北匈奴的同时叛乱,一度使朝廷陷入无法收拾局面的困境中。

五是两汉在战略上对作战主攻方向的选择上也有所不同。西汉始终将匈奴作为主攻方向,既用强攻,也用分化瓦解的方法。而对西域和西羌的斗争则服从于抗击匈奴的大局,以招降为主,最终导致它们也没有对西汉政权构成严重威胁。东汉早期也以匈奴为主攻方向,但是衰落中的匈奴不经打,很快就偃旗息鼓。东汉然后就错误地将善于"缠斗"的羌人作为主攻方向,结果引来延续了六十余年的三次大羌变,消耗军费四百亿之巨。沉重的财政负担使东汉的王朝经济体系趋于崩溃,激化了社会矛盾,黄巾起义于是发生,"汉祚亦衰矣"。后人说:"昔赵充国不战而服羌,段颎杀羌百万而内地虚耗。"(张廷玉等《明史》卷三三〇)教训何其深刻!

六是对练兵的态度和选将的标准不同。西汉重视练兵,对于那些只顾自己勇冠三军而不会练兵之将领,有本事也不重用,如汉武帝对李广。西汉选将不拘一格,一旦发现确为有勇有谋之人,马上就提拔重用,如卫青、霍去病、赵充国等早早就被选拔为军事统帅,保证了多次战略决战的胜利。东汉平时不重视练兵,有急则抽调胡卒、弛刑徒或者义从参战,其战斗力可想而知。东汉选将多以外戚为主,耿恭、耿秉、班超、皇甫规等颇有军事谋略的人才,都是中下级军官出身,对战略决策不起决定作用。所以东汉培养不出像卫青、霍去病那样杰出的军事统帅。

朱先生说:"以上所举六项不同,都是东汉不如西汉之处。"尽管东汉在战略上有某些失误,最终还是取得了对匈奴、西域、西羌战争的伟大胜利,但这种胜利"是在继承西汉成功战略的基础上,再加上武器装备优于匈奴而取得的。忽视西汉的贡献,就是割断历史,就违背了历史主义原则"[①]。

二、《官渡之战与赤壁之战双方胜败原因试探》

本文最初发表在《河南大学学报》(社会科学版)2015年第5期上,后收入《朱绍侯文集(续集)》。在一年之内,朱先生接连发表两篇关于古代战争战略问题的学术论文(前文《两汉对匈奴西域西羌战争的军事战略研究》也是2015年发表的),显示了他对这个重大历史问题进行长期思索和研究的某种持续深入、凝结和突破。而同一个主题,朱先生先写两汉,再写三国,这也符合历史学家"以时间为经,以空间为纬"的思维惯性,其目的是为了揭示一个现象在历史发展长河中不同阶段的同与异,再求得同异背后的原因,也就是对所谓历史规律性的深刻探求。

(一) 官渡之战曹胜袁败的原因探讨

开门见山,朱先生就提出自己的立意所在:官渡之战和赤壁之战,"是我国战争史上两个典型的以少胜多、以弱胜强的战

[①] 朱绍侯:《朱绍侯文集(续集)》,河南大学出版社,2015,第225页。

例",而且曹操都是其中一方的统帅。但结果他却是一胜一负,先是以少胜多,然后再以强败于弱,原因何在?"其中的经验、教训,值得认真总结、探讨"。① 朱先生先分析较早的官渡之战。

1. 曹操一方的"庙算"

官渡之战有两个主角,一个是强势的袁绍,兵强马壮,不可一世,属于主动进攻的一方;一个是弱势的曹操,虽政治上得到"挟天子以令诸侯"的优便之利,但兵少地寡,在靠实力说话的军阀割据时期,明显处于下风。大敌当前,首先要稳定军心,曹操就对诸将说:"吾知(袁)绍之为人,志大而智小,色厉而胆薄,忌克而少威,兵多而分画不明,将骄而政令不一。土地虽广,粮食虽丰,适足以为吾奉矣。"朱先生说,曹操的这一段话,"虽然主要是为曹军壮胆,但也说明他对袁绍确有了解",志大才疏,色厉内荏,忌能少威,政令不一等弱点也确实是袁绍的致命伤。但《孙子·计篇》说:"夫未战而庙算胜者,得算多也;未战而庙算不胜者,得算少也。多算胜,少算不胜,而况于无算乎!吾以此观之,胜负见矣。"所谓"庙算",就是古代在临战前,先要在庙堂之上谋划大计,预测战争胜负。所谓"算",原指计数用的筹码,后引申为比较、计算战争双方的胜负条件。曹操曾作《孙子注》,是今天存世的最早的《孙子》注释本,他当然熟知这个战前必不可少的程序。其实曹操内心对袁绍的地广兵强也有所顾忌,于是他就向自己手下的几位大谋士逐一问计,以慎重对待战前庙算。

---

① 参见朱绍侯:《朱绍侯文集(续集)》,河南大学出版社,2015,第313页。

首先是郭嘉。他提出袁绍有"十败",曹操有"十胜",比较的结果是袁绍"虽兵强无能为也"。他采取两人对比的分析法:(1)绍"繁礼多仪",而曹"体认自然",不虚伪,故"道胜一也"。(2)绍"以逆动",想夺天下以代汉;而曹"奉顺以率天下",显示了政治正确,故"义胜二也"。(3)汉末之政已失于宽,绍再"以宽济宽",从而使制度失去威慑力;而曹"纠之以猛",让官员按规章行事,此"治胜三也"。(4)绍"外宽内忌",用人多疑,任人唯亲;而曹"用人无疑,唯才所宜",不问远近,"此度胜四也"。(5)绍"多谋少决",容易错过事机;而曹"得策辄行,应变无穷,此策胜五也"。(6)绍"因累世之资,高议揖让",在乎虚伪的好名声,那些有名无实的士人多依附在其门下;而曹"以至心待人,推诚而行,不为虚美,以俭率下,与有功者无所吝。士之中正远见而有实者",皆愿为用,"此德胜六也"。(7)绍见人饥寒就"形于颜色",典型的"妇人之仁";而曹操往往忽略小事,"至于大事与四海接恩之所加,皆过其望。虽所不见,虑之所周,无不济也,此仁胜七也"。(8)绍对"大臣争权",往往事为"谗言惑乱";而曹"御下以道",使"浸润不行",此"明胜八也"。(9)绍"是非不可知",态度暧昧不明确;而曹"所是进之以礼,所不是正之以法",此"文胜九也"。(10)绍"好虚势",不懂得用兵的要术;而曹"以少克众,用兵如神,军人恃之,敌人畏之",此"武胜十也"。

其次是荀彧。他也是从"人"即战争双方进行比较的角度,来分析和预测战局的演变趋势,开宗明义就说:"古之成败者,诚有其才,虽弱必强;苟非其人,虽强易弱,刘(邦)、项(羽)之存亡足以观矣。今与(曹)公争天下者,唯有袁绍耳。"他提出"四胜"

说:(1)绍"貌外宽而内忌,任人疑其心";而曹"明达不居",不以固定的眼光看人,"唯才所宜",此以度量"胜也"。(2)绍"迟重少决,失在后机";而曹"能断大事",应变之策广大无穷,此以谋略"胜也"。(3)绍"御军宽缓,法令不立,士卒虽众,其实难用";而曹操之法度既明,就"赏罚必行,士卒虽寡,皆争致死",此以武力"胜也"。(4)绍"凭世资,从容饰智,以收名誉,故士之寡能好问者多归之";而曹操不图虚名,"以至仁待人,推诚心不为虚美,行己谨俭,而与有功者无所吝惜,故天下忠正效实之士,咸愿为用",此以德行"胜也"。① 荀彧指出曹操一方的"四胜"即用人度量胜、决策有谋胜、治军有方胜和主帅仁德胜,以此对照袁绍的"四不胜",双方谁胜谁负不就一清二楚了吗?

曹操最后问计于贾诩,贾诩就对荀彧的话来了一个言简意赅的总结:"(曹)公明胜绍,勇胜绍,用人胜绍,决机胜绍。有此四胜,而半年不定者,但顾万全故也。必决其机,须臾可定也。"(陈寿《三国志》卷十《魏书·荀彧传》)

三大谋臣的分析加强了曹操对这场战争的取胜信心。在大战略预判之后,大家使这场"庙算"又进入如何具体部署兵力的问题上。还是荀彧先提出,如果"不先取吕布,河北(袁绍)亦未易图也"。而曹操担心的是关中:"然吾所惑者,又恐袁绍侵扰关中,乱羌、胡,南诱蜀汉,是我独以兖、豫抗天下六分之五也,为将奈何?"荀彧竭力说服曹操"关中无忧"。于是曹操与其参谋

---

① 参见卢弼:《三国志集解》卷一八《魏书·荀彧传》,中华书局,1982,第309页。

集团在战略方针上达成共识,遂派钟繇去安抚关西,又南破张绣,东擒吕布而定徐州,"把周围敌对势力或安抚,或清除,待周边环境稳定,才进军官渡,与袁绍决战"[①]。

2. 袁、曹双方的前哨战

与曹营相反,袁绍一方在战前始终未能就战略问题统一认识,而且主流的态度还是自认强势,急于盲动,想要一战而消灭曹操。建安四年(199年)三月,袁绍刚刚发动战争灭了公孙瓒,六月就决定要以精兵十万、骑万匹来进攻曹军。谋士沮授劝谏说:"近讨公孙瓒,师出历年,百姓疲敝,仓库无积,未可动也。宜务农息民,先遣使献捷天子。若不得通,乃表曹操隔我王路,然后进屯黎阳(今河南浚县东北),渐营河南,益作舟船,缮修器械。分遣精骑抄其边鄙,令彼不得安,我取其逸,如此可坐定也。"(司马光《资治通鉴》卷六三)应该说沮授的这种认识是非常稳妥的。

袁绍另外两个谋士郭图和审配却出于私心,对此反对说:"以明公之神武,引河朔之强众,以伐曹操,易如覆手,何必乃尔……且公以今日之强,将士思奋,不及时以定大业,所谓'天予不取,反受其咎',此越所以霸、吴所以灭也。监军(指沮授)之计在于持牢,而非见时知几之变也。"(司马光《资治通鉴》卷六三)

朱先生对此分析说,沮授的建议实属万全之策,却遭到郭图、审配的无理反对。不幸的是,作为主帅的袁绍,也不能明辨是非,竟然接受了郭图、审配轻佻冒进的战略判断,于建安五年

---

① 朱绍侯:《朱绍侯文集(续集)》,河南大学出版社,2015,第316页。

(200年)二月就进军黎阳,从而为他埋下军破家亡的祸根。

在袁绍进攻前,曹操决定要先清除驻在下邳(今江苏睢宁西北古邳镇)的刘备。他手下诸将都感到疑惑:"与公争天下者袁绍也,今绍方来而弃之东,绍乘人后,若何?"曹操的理由是,"刘备人杰也,今不击,必为后患"。郭嘉也赞成先击刘备,而进一步补充说:"绍性迟而多疑,来必不速。(刘)备新起,众心未服,急击之,必败。"

对方集团的谋士田丰却看到了战机,献策袁绍说:"曹操与刘备连兵,未可卒解,公举兵而袭其后,可一往而定。"但昏庸颟顸的袁绍却因自家小儿生病,而丧失了出兵良机,气得田丰以手杖击地说:"嗟呼!遭难遇之时,而以婴儿病失其会,惜哉!事去矣。"(司马光《资治通鉴》卷六三)结果曹操很快就拔下邳,擒关羽,逼得刘备投奔袁绍而去。

曹操乘胜军之势回兵官渡,准备迎击袁绍。此时袁绍才想起应派兵深入曹军后方以袭击许昌。但田丰知道时机已过,"许下非复空虚",又向他提出新的"以久持之"的防守反击战略:"据山河之固,拥四州之众,外结英雄,内修农战。然后简其锐,分为奇兵,乘虚迭出以扰河南。救右攻其左,救左攻其右,使敌疲于奔命,民不得安业。我未劳而彼已困,不及三年,可坐克也。"他同时反对郭图、审配的"速决论",说"今释庙胜之策,而决胜败于一战。若不如志,悔无及也"(司马光《资治通鉴》卷六三)。但袁绍不仅拒绝了田丰之谋,还以"沮众"之罪将之监禁,最后官渡溃败后甚至迁怒于他而杀之。这恰恰证明了袁绍本人的刚愎自用和度量狭隘。

官渡战前,袁绍还曾让文人陈琳写了一篇讨伐曹操的檄文,不仅揭露曹操本人的罪恶,还对其已经亡故的父祖进行了恶毒的咒骂,这无疑就是对曹军的正式宣战。袁绍先派大将颜良攻击东郡太守刘延于白马(今河南滑县),沮授劝谏说,颜良"虽骁勇",但看问题短视狭隘,"不可独任"。袁绍不听。曹操率军北救刘延,按照谋士荀攸之策,采取声东击西的方略,"轻兵袭白马"。颜良仓促应战,结果被曹操的手下先锋关羽很轻易地阵前斩首。于是颜良部众溃败,曹操大胜而归。

袁绍欲渡河追击。谋士沮授劝谏说,应该让大军留驻黄河以北的延津,而只分一部分兵力进驻黄河以南的官渡。前锋军如果胜利,再来迎接大军;如果失利,还可退回。但袁绍不听,执意让大军南下。沮授在渡河时哀叹:"上盈其志,下务其功,悠悠黄河,吾其反乎!"(卢弼《三国志集解》卷六《魏书·袁绍传》注引《献帝传》)至延津南,曹操勒军于山南坂下,采取诱兵之计,令骑兵解鞍放马,辎重也散落路上。袁军追到,一众都争抢辎重,阵容大乱。曹操急命骑兵上马,乘乱袭击袁军,杀其大将文丑,俘获甚多袁军士卒,使"袁军夺气"。

几次前哨战的胜利,使曹军的士气大受鼓舞。战后曹操主动撤回官渡,采取防守反击之势。但袁绍白白损失了两员大将,却不觉悟,仍认为自己是强势的一方,继续盲目南下向曹军进行压迫性进攻。

3. 袁、曹官渡决战

这时汝南黄巾军刘辟背叛曹操而响应袁绍,袁绍派刘备进入曹军大后方的汝南、颍川之地。曹操派曹仁反击,大败刘备。

刘备退回袁营,然后又转投襄阳的刘表。

此时袁绍已经进至阳武(今河南原阳),准备与曹军决战。沮授仍然劝谏袁绍说:"北兵数众而劲果不及南,南谷虚少而财货不及北。南利在于急战,北利在缓搏,宜徐持久,旷以日月。"(卢弼《三国志集解》卷六《魏书·袁绍传》注引《献帝传》)袁绍拒不采纳。建安五年(200年)八月,袁军连营向前推进,依沙堆为屯,东西数十里,曹军亦分营与之对峙,双方互有攻防。曹军众少而粮食将尽,士卒疲敝,百姓困于征赋,多叛归袁绍。曹操有危机感,想撤军回许昌,以引袁军深入,遂问计于荀彧。

荀彧反对说:"今军食虽少,未若楚、汉在荥阳、成皋间也。是时刘、项莫肯先退,退者势屈也。公以十分居一之众,画地而守之,扼其喉而不得进,已半年矣。情见势竭,必将有变,此用奇之时,不可失也。"(卢弼《三国志集解》卷六《魏书·袁绍传》注引《献帝传》)朱先生分析说,这里"有两点值得注意:一是以楚汉战争为例,鼓励曹操坚持不退;二是在最困难时期,要观察形势而用计取胜"①。曹操于是接受荀彧的建议,坚守官渡而待机。

建安五年九月,良机果然出现。听说袁军有数千辆运粮车将至官渡,守备很差,在谋士荀攸的建议下,曹操派将军徐晃进行截击,一举将粮车全部烧毁。十月,袁绍又派车运来粮草,命将领淳于琼率万余人护送,屯驻于距袁绍大营四十里的乌巢(今河南原阳东北)。正好此时袁绍的谋士许攸投降曹操,遂透露消

---

① 朱绍侯:《朱绍侯文集(续集)》,河南大学出版社,2015,第320页。

息并建议曹军轻兵袭之,"燔其集聚,不过三日,袁氏自败也"。曹操大喜,遂留部将守营,亲自率领步骑五千,皆用袁军旗帜,衔枚缚马口,每人都抱一捆干柴,从近道直奔乌巢。既至,包围屯军,放火烧营及粮草,袁军大乱。

在曹军猛攻乌巢屯粮军营时,袁绍误听郭图、审配的意见,并不急于救援,反而派大将高览、张郃率主力军去进攻曹操的官渡老营,说:"就曹破(淳于)琼,吾拔其营,彼固无所归矣"。张郃反对说:"曹公精兵往,必破琼等。琼等破,则事去矣。请先往救之。"郭图等则固请攻曹营。张郃又说:"曹公营固,攻之必不拔。若琼等见禽,吾属尽为虏矣。"(司马光《资治通鉴》卷六三)袁绍还是不听,只派轻兵救援乌巢,而遣重兵攻曹营,双方一度相持不下。

当袁绍救援乌巢的轻兵接近曹军时,有人建议曹操分兵拒之。曹操怒曰,等贼兵到背后时再告诉我。在孙子"陷之死地然后生"的激励效应下,曹军皆殊死奋战,大败袁军,斩淳于琼等,尽焚其粮谷,杀袁军士卒千余人以示众。

袁军大将张郃忿惧,干脆与高览一同投奔了曹营。值此,袁军士气全失,形成大溃败之势,仅袁绍与其子率八百骑兵渡河北逃。到十月,在历史上具有战略示范意义的官渡之战,就以曹操对袁绍的以弱胜强而告终。

(二)赤壁之战曹败刘胜的原因探讨

官渡之战发生在建安五年(200年),赤壁之战发生在建安十三年(208年)。其间虽相距八年,但其发生的的大背景没有变,即都是军阀争霸以图谋统一天下;历史舞台上的主要演员也变化不大,特别是主角曹操的所作所为最为显眼。所以,两次大战之间既有内在的逻辑关系,也有很大的可比性,从中还可以抽绎出来一些有益的经验教训。

1. 南征还是北伐的战略抉择

曹操取得官渡的胜利之后,接着就想要乘胜南征襄阳的刘表。谋士荀彧劝阻说,大军应该继续对袁绍"乘其困遂定之",不然当我们远离兖、豫二州的根据地而师出江汉时,袁绍再收拾残兵南下,从背后攻击我们,则大事不好。曹操权衡轻重,决定按照荀彧的建议,继续北攻袁绍。到建安七年(202年)正月,连续败退的袁绍惭愤而死,但其三个儿子袁谭、袁熙、袁尚实力犹存。曹操却认为袁氏大敌已除,想移师荆州,遂于建安八年(203年)八月兵出西平(今属河南)以击刘表。

谋士荀攸也劝谏曹操说,值此天下多事,而刘表坐保江、汉之间,其无四方之志可知矣。但假如北方袁氏的几个儿子和睦守业,"则天下之难未息也"。今幸好袁谭与袁尚"兄弟构恶,其势不两全",不如乘其恶斗而各个击破,"此时不可失也"。曹操一时似乎接受了荀攸的意见,但过几天后又反悔了,还是想先定荆州。

谋士辛毗又劝谏曹操说,今诸袁兄弟相斗,袁谭被袁尚、袁熙军打败而求救于我,这是上天赐予我们消灭袁氏的良机。以曹公之军威,进攻袁尚的基地邺城,一定如秋风扫落叶一般。"四方之寇,莫大于河北",河北平定,天下就会被你的军威所震服。今"天以(袁)尚与明公,明公不取而伐荆州"是不对的。问题一是荆州丰乐,社会稳定,无懈可击;二是等到他年,河北年景丰收,袁尚又知亡而改过,实力重新增强。这样你就失去用兵的要领了,将来会后悔莫及。①

曹操终于接受了辛毗同时也是众谋士的意见,放弃先进攻荆州的计划,而用全力对付二袁兄弟。经过数年征战,到建安十二年(207年)冬,才完全解决了袁氏的残余势力。

2. 赤壁之战的前奏——征荆州

建安十三年(208年)元月,曹军回师邺城,作玄武湖操练水军,准备南征荆州。曹操问计于荀彧。荀彧说,"今华夏已平,南土知困",我们可以公开地显示要出兵宛城(今河南南阳)和叶城(今河南叶县),其实暗地里从小道急奔荆州,出其不意,就可一举成功。恰巧此时荆州牧刘表病死,幼子刘琮接任。曹操就按荀彧之计而行,当年八月即兵临荆州城下,刘琮被迫投降。曹军又打败了驻扎樊城的刘备,并且收编了蔡瑁的荆州水军。

其实曹操的最终目标并不在荆州,而是想一举拿下江东的孙权,为推进全国统一创造条件。谋士贾诩就曾委婉地劝阻他说:"明公昔破袁氏,今收汉南,威名远著。军势既大,若乘旧楚之饶,以飨吏士,安抚百姓,使安土乐业,则可不劳众而江东稽服矣。"注《三国志》的南朝宋人裴松之不同意贾诩的意见,认为曹操赤壁之败是天意,而与人事无关。清人何焯则认为,赤壁之败当然与曹操的决策不当有关。他说孙权为"命士之雄,非(曹)操所遽能吞并者。(贾)诩乃审之当时,未便直言,故为是宽缓

---

① 参见司马光:《资治通鉴》卷六四,中华书局,1956,第2051页。

之辞耳"(卢弼《三国志集解》卷一〇《魏书·贾诩传》注引何焯曰)。

朱先生分析说:"如果曹操能接受贾诩的意见,三国的历史可能要改写。刘备就没有机会占有荆、益,从而形成气候;孙权也不敢首先发动赤壁之战。"朱先生也同意何焯的意见,认为"赤壁之败确是曹操在战略战术上的一大失策",这与官渡之战大不相同。那时的曹操对手袁绍,顶多只能算是二流军事家;而这次战争双方的统帅,不管是刘备、诸葛亮还是孙权、周瑜,他们与曹操相比,双方"旗鼓相当","都是一流的军事人才"。强强相遇,一方稍有失误就会"全盘皆输"。曹操在赤壁之战中,"只看到自己兵多将广、粮草充足的优势,而忽视自己的弱点,轻易冒进,其败局早已在周瑜、诸葛亮的预料之中"。①

早在建安十三年八月荆州牧刘表突然病死时,曹操正向荆州进军,东吴的大臣鲁肃也向孙权请求出使荆州。他说,荆州江山险固,士民殷富,且与江东为邻,为帝王之资。现在刘表新亡,二子不和,军中也分为两派。刘备寄居荆州,有才能而刘表不敢重用。现在若派我去吊问,如果他们各方合作无间,我们就与之结为盟友;若不和,就取而代之,以济大事。如不早去,让曹操抢先就不好了。

可惜鲁肃赶到江陵时,刘琮已经降曹,而只能在当阳长坂(今湖北荆州西南)见到刘备。刘备说欲投苍梧太守吴巨,鲁肃

---

① 参见朱绍侯:《朱绍侯文集(续集)》,河南大学出版社,2015,第324-325页。

说你不如进驻樊口(今湖北鄂城),然后派一心腹去江东,与孙将军结合而共计大事。刘备听从了鲁肃的建议。此时曹操正自江陵顺江东下,诸葛亮对刘备说:"事急矣,请奉命求救于孙将军。"于是诸葛亮就与鲁肃同回江东,在柴桑(今江西九江西南)见到了孙权。

诸葛亮对孙权分析形势说,今曹操遂破荆州,威震四海。刘豫州英雄无所用武,遁逃至此。孙将军可量力而处之:"若能以吴越之众与中国抗衡,不如早与之绝;若不能,何不案戈束甲北面而事之乎?"孙权反唇相讥曰:"苟如君言,刘豫州何不事之乎?"诸葛继续使用激将法:"田横齐之壮士耳,犹守义不辱,况豫州王室之胄,英才盖世,人之仰慕若水之归海。事之不济,此乃天也,安能复为之下乎?"果然孙权勃然曰:"吾不能举全吴之地十万之众受制于人!吾计决矣,非刘豫州莫可以当曹操者。然豫州新败之后,复能抗此难乎?"针对孙权的疑虑,诸葛亮答复说:

> 豫州军虽败于长坂,今战士还者及关羽水军精甲万人,刘琦合江夏战士亦不下万人。曹操之众远来疲弊,闻追豫州轻骑一日一夜行三百余里,此所谓"强弩之末,势不能穿鲁缟"者也,故兵法忌之,曰"必蹶上将军"。且北方之人不习水战,又荆州之民附操者,逼兵势耳,非心服也。今将军诚能命猛将统兵数万,与豫州协规同力,破操军必矣。操军破,必北还,如此则荆、吴之势强,鼎足之形成矣。成败之机,在于今日。(卢弼《三国志集解》卷三五《蜀书·诸葛亮传》)

朱先生分析说:"诸葛亮真不愧是一位杰出的政治家、军事家、外交家,他把敌我双方的情况把握得非常准确,特别指出了曹军的弱点,说明只要孙、刘联合,必能打败曹操,形成三国鼎立之势。"孙权果然被诸葛亮所说服,诸葛亮把自己原来所说的"事急矣,请奉命求救于孙将军"的"求救",变成孙、刘之间平等联合的同盟关系,这就为以后"三国鼎立"局面的形成埋下了伏笔。①

3. 赤壁之战的火烧曹营

此时的曹操还自认为实力雄厚,就想一鼓作气消灭东吴,于是写信给孙权说,"今治水军八十万众,方与将军会猎于吴",军事讹诈的意味明显。孙权召集群臣讨论,以张昭为首的文臣主张降曹,鲁肃独不发言。但他在孙权如厕时,追至廊下悄悄说:"今肃可以迎曹耳,如将军不可也。"因为众臣降曹,曹操将之"还付乡党,品其名位",做官仍可"不失州郡",唯有"将军迎曹,欲安归乎?愿早定大计,莫用众人之议也"(司马光《资治通鉴》卷六五)。鲁肃的主战之言深契孙权之心,他还建议召回周瑜共商大事。从驻地回来后的周瑜向孙权分析形势说:

> 将军以神武雄才……地方数千里,兵精足用,英雄乐业,当横行天下,为汉家除残去秽。况操自送死,而可迎之邪?请为将军筹之。今北土未平,马超、韩遂尚在关西,为操后患。而操舍鞍马,仗舟楫,与吴越争衡,今又盛寒,马无稿草,驱中国士众远涉江湖之间,不习水土,必生疾病。此

---

① 参见朱绍侯:《朱绍侯文集(续集)》,河南大学出版社,2015,第326页。

数者用兵之患也,而操皆冒行之,将军禽操,宜在今日。瑜请得精兵数万人,进住夏口(今湖北武汉),保为将军破之。(司马光《资治通鉴》卷六五)

朱先生分析说,周瑜之言"与诸葛亮基本相同",但比亮"说得更全面,更深刻,更加坚定了孙权抗曹的信心"。孙权因拔刀斫案曰:"诸将吏敢复有言当迎操者,与此案同。"当天晚上,周瑜怕孙权为曹操的"八十万大军"之说所迷惑,又陈言说:"今以实校之,彼所将中国人不过十五六万,且已久疲。所得(刘)表众亦极七八万耳,尚怀狐疑。夫以疲病之卒御狐疑之众,众数虽多,甚未足畏。瑜得精兵五万,自足制之,愿将军勿虑。"孙权说:"五万兵难卒合,已选三万人,船、粮、战具俱办。卿与子敬(鲁肃)、程公(程普)便在前发,孤当续发大众,多载资粮,为卿后援。卿能办之者诚决;邂逅不如意,便还就孤,孤当与孟德(曹操字)决之。"(卢弼《三国志集解》卷五四《吴书·周瑜传》注引《江表传》)看来孙权也早已做好了出军的准备,并成竹在胸。

周瑜军在樊口与刘备军会合,然后进军赤壁(今湖北蒲圻),与曹军相遇。时曹军营中流行疾疫,初一交战,即告失利,遂退至江北乌林(今湖北洪湖邬林矶),与赤壁隔江相对。曹军不善水战,因将战船彼此连接,以图稳固。

吴军黄盖见此可乘,就建议说:"今寇众我寡,难于持久,然观操军方连船舰,首尾相接,可烧而走也。"周瑜接受了黄盖之建议,乃取战舰十艘,内载干荻枯柴,灌以油脂,裹以帷幕,上建旌旗,另系走舸(小船)于船尾。黄盖又写信给曹操诈降,曹操也相信了,双方约定好起事日期。

起事当日东南风急,黄盖站在船头,举帆以示降意,其他船只跟进。当黄盖接近曹军时,各船同时发火。火烈风猛,船行似箭,冲入并尽烧曹军舰队,还延及岸上营落。顷刻之间,烈焰冲天,曹军人马烧、溺而死者甚众。周瑜等将领继续黄盖而攻于后,曹军大败,遂从华容道(今湖北监利)北逃。周瑜、刘备率水陆大军追至南郡(今湖北江陵)而归。建安十四年(209年)十二月,周瑜攻拔江陵,曹军北撤至襄阳,赤壁之战以曹操的彻底失败而告终。

朱先生说,此战的最大收益者,既不是孙权也不是周瑜而是刘备。他本来是一个"并无固定地盘,而先后投靠公孙瓒、吕布、袁绍、曹操、刘表的游荡军阀。由于赤壁之战的胜利,得以占领荆州南部的零陵、桂阳、长沙、武陵四郡,以后又借机进入四川收降刘璋,北占汉中,而建立蜀汉政权,形成三分鼎立局面。若没有赤壁之战的胜利,刘备想要建国创业,就是可望而不可及的幻想"[①]。

(三) 对官渡与赤壁之战中双方胜败原因的综合分析

朱先生认为,官渡之战和赤壁之战是历史上典型的以少胜多、以弱胜强的两大战役,"前者为曹魏统一北方奠定了基础,后者为三国鼎立创造了条件"。值得注意的是,"曹操都是其中一方的统帅,而其结果却完全相反。在官渡之战他能以少胜多,在赤壁之战中他却以强败于弱",这究竟是为什么?对此,朱先生

---

① 朱绍侯:《朱绍侯文集(续集)》,河南大学出版社,2015,第329页。

提出了四点分析。①

1. 对双方统帅的智能、度量、指挥才能的对比分析

官渡之战袁军的统帅袁绍,出身于著名的"四世五公"门阀世家。关东诸州郡起兵反董卓,他"凭其世资"被推为关东军领袖,在军阀们"各自为政"的混乱情况下,遂占有青、冀、幽、并四州之地,成为北方最强大的军阀。而曹操出身宦官,声名不及袁绍,"基本是以自己的智能起家",占有兖、豫二州。他军事实力虽不及袁绍,但却抢先取得了"挟天子以令诸侯"的政治优势。

曹操长于谋略,善于用兵,度量阔大,"能使敌方人才为己所用,与袁绍的风格气度大不相同"。如曹操欲征辽东,部下反对者众。结果曹操取得了胜利,原来的反对者人人惶惧。曹操对之不仅不处罚,反而厚赏之,说"诸君之谏,万全之计,是以相赏,后勿难言之"。他是害怕部下不敢再说话,故提倡广开言路。陈琳曾为袁绍写过一篇广为播扬的讨曹檄文,不仅揭露曹操本人的罪过,还辱骂其父祖。官渡战后,曹操不仅没杀陈琳,反而爱惜其才华,而让其主管机要重地记室曹。正是由于曹操对人才的不计前嫌,使袁绍阵营的人才都自愿归附曹操。

当初袁绍部下也曾广聚智能之士,如许攸、沮授、田丰等,他们也都对袁绍提出过很好的建议。如田丰建言,应该靠优势兵力先巩固地盘,"外结英雄,内修农战",与对手打持久战、游击战,使曹军疲于奔命,而不急于决战。这本来是一个扬长避短的

---

① 参见朱绍侯:《朱绍侯文集(续集)》,河南大学出版社,2015,第329-334页。

最优战略,但袁绍不仅不接受,反而以"沮军"之罪将其打入大牢。官渡战败,袁绍又推卸自身责任,迁怒于他而杀之。这样就使部下心寒,许攸、张郃、高览等先后叛归曹操,这也成为官渡之战袁败曹胜的重要原因。

到赤壁之战时,不管是曹操还是周瑜、诸葛亮,双方的统帅都是当时一流的军事人才。孙刘联军自知己方的弱势地位,所以抱持着"哀兵"之姿态,从战略和战术上都小心谨慎,争取出奇制胜,最后果然如愿以偿。而曹操南征,从出发到占领荆州,也算没有犯下什么过错。只是由于前期战事过于顺利,使他产生了不该有的轻敌之心,想要一举消灭刘备和孙权势力,从而"犯下了与袁绍在官渡之战中同样的凭强冒进之大错"。

2. 袁、曹依仗强势因冒进而失败

朱先生说,纵观古今中外战争史,往往会发现一个认知误区,即强势的一方总是采取强攻、急攻等冒进的战略战术,很少考虑自己会有失败的可能性;反倒是弱势的一方采取防守反击的战略战术,创造条件,待机而动,往往能出敌意外,最后出奇制胜。在官渡之战和赤壁之战中,袁绍和曹操分别是强势的一方,都因为采取了急于求胜的冒进方略而招致最后的失败。

其实在这两场战争的初期,双方甫一交手,历史都曾给强势的一方有过示警。如袁绍在白马、延津的两次前哨遭遇战中,接连失手,并损失颜良、文丑两员大将,他就应该迷途知返,改用更加稳健的方略,以操胜券。但他却仍然自恃武力强大而渡河急攻官渡,最后一败涂地。再如曹操在赤壁初次与孙刘联军接战,就因士卒不服水土多染疾疫而败退乌林。假使他能吸取当初袁绍的教训而休战求和,孙刘联军未必敢主动进攻。可惜曹军仍摆出霸气进攻的态势,才导致对方先发制人、出奇制胜,最终使自己大败而惨走华容。

3. 团结则胜内讧必败

朱先生说,对战争而言,"双方阵营内部是否团结",也是最终胜败的重要原因之一。

曹操在官渡之战时,赏罚分明,政令军令统一,保证了内部的团结。其参谋集团中人如郭嘉、荀彧、荀攸、贾诩等人,都提出过很好的建议,曹操对之则言听计从,因之解决了很多难题。对于反对的意见,曹操为了广开言路,不仅不罚反而加赏,故而人人愿为其用,保证了这场战争的最终胜利。相反到赤壁之战时,他被前期的胜利冲昏了头脑,为了早日攻灭孙权,而坚决不听贾诩"缓攻江东"的正确意见。再加上曹军与新附荆州军的诸多不协和之处,背后的关西地区又不稳定,"故曹军一败而不可收拾"。反观孙、刘联军,二者本来并无密切关系,是曹操兵临城下的严重威胁,才使得他们不得不团结一致共抗强敌,并取得最后的胜利。

官渡之战中的袁绍集团,内讧严重是其致命伤。首先袁绍本人多谋寡决,就已构成内部不稳的重要因素。其次其谋士集团分成两派,则危害更大。以沮授、许攸、田丰为代表的正直之士都曾向袁绍提出过很好的建议,但以审配、郭图为代表的阴谋集团,为取得袁绍的信任以掌握实权,而处处作梗,甚至对政敌加以政治陷害。夹在中间的袁绍偏听偏信,屡陷困境,终于遭致大败。

4. 三次火攻决定了最后的胜败

在中国古代冷兵器作战的条件下,火攻堪称是威力最强大、效果最明显的作战手段之一。所谓"火攻",就是通过放火燃烧的途径,歼敌有生力量,毁敌战争物资,从而创造良好的作战态势,以克敌致胜。明代戚继光说:"夫五兵之中,唯火最烈;古今水陆之战,以火成功最多。"(戚继光《练兵实纪》卷二《杂集》)作为一种投入较小而产出较大的重要进攻方式,火攻自然要引起兵学家的重视。如《孙子兵法》就专辟《火攻》一篇,集中研究战争中的火攻问题,对先秦时期的作战经验进行了深入总结。

作为三国时期最优秀的军事家曹操,在官渡之战中两次娴熟地运用火攻战术,先后烧毁袁绍的运粮车和存粮基地,使袁军顷刻瓦解,胜得十分干脆漂亮。但让人意想不到的是,如此善于运用火攻战术的曹操,竟然在赤壁之战中反被孙刘联军的火攻战术打得溃不成军。这究竟是为什么?

朱先生认为:"究其原因,一是他要以强势兵力消灭孙、刘,而麻痹大意;二是曹军不习水战,把战舰连锁成一片,犯了兵家大忌;三是曹操对火攻战术有误解,才招致失败。"①关于第三点,应该与曹操为《孙子》一书作注的疏失有关。史载曹操不但指挥作战"料敌制胜,变化如神",而且又"博览群书,特好兵法"。他于戎马倥偬之际为《孙子》作注,名为《孙子略解》,是今天存世的《孙子兵法》的最早注释本,使得《孙子》由此进入了有注释的新时代。他的注释简要质切,而且又据其御军经验对原

---

① 朱绍侯:《朱绍侯文集(续集)》,河南大学出版社,2015,第332-333页。

文多有发挥,故为后世所推重。但智者千虑,或有一失,它又不是尽善尽美。请读下面《火攻篇》的一段正文及曹操之注释:

行火必有因[1],烟火必素具[2]。发火有时,起火有日。时者,天之燥也[3]。日者,宿在箕、壁、翼、轸也。凡此四宿者,风起之日也。凡火攻,必因五火之变而应之。火发于内,则早应之于外[4]。

注释:1. 因:因奸人。2. 烟火:烧具也。3. 燥者:旱也。4. 早应之于外:以兵应之也。

朱先生指出:这里关于实施火攻的具体条件(烧具等)和火攻与兵攻的相辅相成(内外策应),曹操的注文基本都是正确的,他在对袁绍的两次火攻时,也是"照章进行"的。只是关于"发火有时,起火有日。时者,天之燥也"一句,《孙子》的原内容就有漏洞,曹操注文"燥者旱也"更使之绝对化,即"只有天旱时才能火攻,显然是指陆战;而水战是船在水中,那就不可能用火攻"。因之,先秦孙子一辈的兵家有"火牛""火车""火兵"的战法,而从没有"火船"的提法。曹操也想不到,他恰巧就是在赤壁败在了被他所忽略的"火船"这个战法上。

三、《苻坚与淝水之战》

本文发表于《中原文化研究》2018 年第 4 期上,共分为五大部分,但其核心是第四、五两部分,即回答"强势的苻坚为何惨败于淝水"的问题。此前三部分是各种因素的铺垫,指出苻坚是如何逐渐崛起,以致于强势到马上即可统一天下的地步;而后两部分是条分缕析,探究苻坚是如何从政治和军事两方面达致强势而又一步跌入了命运深渊的。历史是一门实证科学,当然要以微观的事实作为研究基础;但如果止步于此,就只能是工匠而不是大师。有人说,历史研究必须整体展开。既能跨界延伸到更多的不同领域去认真观察,又能聚焦于一个清晰的主题,从而深刻阐明一种历史现象的偶然和必然原因,这才是上乘的史学论文。由此角度来说,朱先生在这里的工作具有典型的示范意义。

(一) 氏族苻氏的兴起

"氐"是西北地区的一个古老民族,从殷周就开始有历史记载,到南北朝还一直存在。它主要分布于今陕西、甘肃、四川地区,从事农业或畜牧业生产,从汉魏以后就长期与汉人杂居,大量吸收汉文化。两晋十六国间,它先后建立了仇池、前秦、后凉等政权。

1. 蒲洪创业

苻坚的先祖有扈苻氏是氐族的一个分支,"世为西戎酋长",原姓蒲。蒲洪是苻坚的祖父,居略阳临渭(今甘肃秦安东南),为氐人部帅,"好学多权略,骁武善骑射"。值中原"八王之乱",他先是投奔反晋的匈奴贵族刘渊、刘聪父子,被封为氐王;后又转投后赵政权的石虎,被任为龙骧将军、流人都督,镇守枋头(今河南浚县西南)。因屡立战功,蒲洪被封为西平郡公,任为关内领侯将。

乱世多迷信。因当时民间有"草付应王"的谶语,蒲洪遂将己姓的"蒲"字改为"苻"以应之。时西域高僧佛图澄也说"苻氏有王气",这引起石虎的疑忌,欲除之。蒲洪大怒,遂遣使投降东晋。东晋任其为征北大将军、都督河北诸军事、冀州刺史,封为广川郡公。蒲洪仗恃手下的十万兵力,遂有称帝夺天下之心。他自称大将军、大单于、三秦王,以副谶语,实则为前秦政权的创建者。

蒲洪手下的军师将军麻秋是后赵降将,欲篡位夺权,一方面劝蒲洪西都长安,一方面设宴毒害了蒲洪。蒲洪之子苻健率兵收斩了麻秋,蒲洪临死嘱咐苻健说:"中原非汝兄弟所能办,关中形胜,吾亡后,便可鼓行而西"(房玄龄等《晋书》卷一一二《苻洪载记》)。

2. 苻健称帝

苻健为蒲洪第三子,遵父遗训率手下人马西行入关,遂都长安。先自称秦王,又于皇始元年(353年)即天王位,并建百官制度。明年,他接受丞相苻雄的建议,正式称皇帝,于是大赦,下诏曰:"自公卿已下,岁举贤良、方正、孝廉、清才、多略、博学、秀才、异行各一人。或献书规谏,或面陈朕过,其悉以闻"(崔鸿《十六国春秋》卷三一)。由此可以看出,新兴的前秦政权,一方面要招纳人才,大展宏图;另一方面它已经具有了相当浓厚的汉化色彩。

苻健短暂在位期间,曾大败东晋北伐的桓温,又坚拒西方前凉的进攻,终于在关中站稳脚跟。正当要大展宏图时,他却因病于皇始五年(355年)不幸早逝。

3. 苻坚拯救前秦帝业

苻健第三子苻生继父而立,但他却是一个昏暴之君。一是即位当年即改年号,大臣上书批评说"未逾年而改元,非礼也",即违背华夏传统的"孝义"。他不但不听,还诛杀了发起动议的尚书右仆射段纯。二是天象有异,大臣告说"比有星孛于大角,荧惑入东井。大角,帝坐;东井,秦分。于占不出三年,国有大丧,大臣戮死,愿陛下修德以禳之"。苻生不但不戒惧,反而狂言"皇后与朕对临天下,可以应大丧矣;毛太傅、梁车骑、梁仆射受遗辅政,可以应大臣矣",遂杀梁皇后及三位大臣,稍后又诛杀丞相雷弱儿。雷丞相原是羌族酋长,死后引起"诸羌悉叛"的严重后果。三是嗜酒好杀。他饮酒不分昼夜,每喝必醉。常弯弓露刃以见朝臣,钟、钳、锯各置左右,然后乘醉多所杀戮。至于截胫剥胎、拉胁锯头,杀者动有千数,宗亲勋旧、亲戚忠良杀害略尽。又有怪癖,因为自己生而一只眼,他讳言"不足、不具、少、无、缺、伤、残毁、偏"等字眼,因臣下误犯禁忌,一年之内即诛后妃公卿以下至于仆隶五百余人。

朱先生说:"对于如此昏庸暴虐的皇帝如不除掉,前秦只有自寻灭亡。"这个任务最后就落在胸怀大志的宗室人物苻坚身上。

苻坚字永固,是苻健之弟苻雄之子。他八岁时,就要求爷爷蒲洪让他请师就学。蒲洪很惊奇:"汝戎狄异类,世知饮酒,今乃求学邪?"苻健入关,封苻坚为东海王,任龙骧将军,说:"汝祖昔受此号,今汝复为神明所命,可不勉之?"苻坚听后,"挥剑捶马,志气感厉,士卒莫不惮服焉"。又说他"博学多才艺,有经济大志,要结英豪,以图纬世之宜,王猛、吕婆楼、强汪、梁平老等并有王佐之才,为其羽翼"(房玄龄等《晋书》卷一一三《苻坚载记上》)。

朱先生说:"这些素质正是苻坚铲除暴君苻生及建立前秦盛世的重要因素。"苻坚正是在王猛等人的强力支持下,才诛杀苻生而自立为帝,开始重整前秦政局的。

(二) 苻坚的治国政绩

苻坚即位后面临的是一个乱摊子。原朝中近臣、佞臣,有的被处死或免职,致使一些重要职务无人承担。府库空虚,帑货被消耗殆尽。军事上也一团混乱,对外败仗连连。为了使国家恢复元气,苻坚采取了一系列奋发有为的积极措施,最终使前秦成为五胡十六国中最有治绩的一个政权。

1. 打击豪强,整顿政治

任何一个时代,政局稳定都是经济发展、民心信向的前提,故为社会上下所共同期盼。苻坚深明于此,甫一即位,便着手进行政治整顿。他首先诛除苻生的佞臣董龙、赵韶等二十余人,又任命他所信任的苻法、苻侯、苻柳、苻融、苻双、苻丕、苻晖、苻熙、苻叡、李威、梁平老、强汪、仇腾、席宝、吕婆楼、王猛、薛赞、权翼等人到朝廷担任重要职务。其中最为苻坚亲信的人是王猛。

王猛字景略,北海剧县(今山东昌乐)人,"博学好兵书,谨重严毅,气度雄远",是一位类似诸葛亮的政治家、军事家,深为苻坚所倚重。他先是任中书侍郎,为苻坚掌机密。后改任始平县令,到任后即打击豪强,肃清政治。然后回到朝廷,先后升任尚书左丞、咸阳内史、京兆尹、吏部尚书、太子詹事,再迁尚书左仆射、辅国将军、司隶校尉加骑都尉,居中宿卫。当时王猛才36岁,"岁中五迁,权倾内外",引起众多宗戚旧臣的忌妒。

但苻坚始终对王猛信任有加。有仇腾、席宝者上书诋毁王猛,苻坚则将二人贬职。有氐豪樊世者,为先朝老臣,有功于苻氏政权,却对王猛掌权十分不满,当面对王猛说"当悬汝头于长安城门"以威胁之。苻坚大怒,亲命将樊世"斩之于南厩",自此"公卿以下无不惮(王)猛焉"(房玄龄等《晋书》卷一一三《苻坚载记上》)。朱先生说:"对于一心为国的忠臣,能得君主如此重视与信任,确是难能可贵的。"

2. 发展经济,稳定局势

苻坚在得到王猛、苻融、吕婆楼等正直大臣的辅佐后,就积极发展经济,扶困济贫,以在大动荡的时代中稳定国内局势。

所谓"发展经济",在中国古代主要体现在两个方面。一是"课农桑",即推动农业和家庭纺织业的发展,奠定社会运行的雄厚物质基础。史载苻坚亲耕籍田,其皇后则养殖蚕桑,以对人民起到表率督促作用;还修复关中的郑国渠、白渠等水利设施,同时提倡精耕细作的"区田法",以提高粮食产量。于是前秦社会很快就出现了"田畴修辟、仓库充实、盗贼屏息"(司马光《资治通鉴》卷一〇一)的良好局面。

二是"恤贫困",即对"鳏寡孤独高年"不能自存者,"赐谷帛有差",让没有经济来源的困难户得到救援,这是济困扶危、关心民瘼的善政。苻坚每遇境内出现自然灾害,必降低皇宫内消费标准和官吏的薪俸,"(苻)坚减膳撤乐,命后妃以下悉去罗纨","太官、后宫减常度二等,百僚之秩以次降之"。同时,"开山泽之利,公私共之",并且"息兵养民,(使)旱不为灾"(司马光《资治通鉴》卷一〇〇)。

朱先生说,这些举措"虽然不见得就能完全解除灾荒的困扰,但说明他心里想着人民,有灾难则与民共受"。中国古代有久远深厚的民本主义的价值传统,即一个国君,如不能让百姓生活美满富足,就是失职。这种观念,至少在理论上成为儒家治国的不二法则,成为臣民对主国者的的一种软约束。苻坚深知,他治国所依赖者,是在民心,故其作为,庶几近之。

3. 重视教育,广收人才

中国古代是"人治"政治的典型。一个国君治理的好坏,在很大程度上与其能否"广收人才"有密切关系,而人才的来源又在于学校教育的养成和合理体制的选拔。苻坚治国深知于此,也体现在两个方面。

一是"立学校"。自西晋末"五胡乱华"后,中原政权的太学及地方庠序体系被完全摧毁,自苻坚开始,北方的教育事业才得以恢复。史称甘露三年(361年),"(苻)坚广修学官,召郡国学生通一经以上充之,公卿以下子孙并遣受业。其有学为通儒、才堪干事、清修廉直、孝悌力田者,皆旌表之。于是人思劝励,号称多士"(房玄龄等《晋书》卷一一三《苻坚载记上》)。朱先生说,"苻坚重视教育,弘扬儒学,激发了五胡乱华之后的第一个汉化高潮",但他也摒弃那种务于空谈的"玄学。"

二是"选人才"。苻坚下诏称,"其殊才异行、孝友忠义、德业可称者,令所在以闻",于是"请托不行,士皆自励。虽宗室外戚,无才能者皆弃而不用。当是之时,内外之官皆称职"(司马光《资治通鉴》卷一〇一)。苻坚甚至"亲临太学,考学生经义优劣,品而第之。问难五经博士,多不能对"。于是每月一临太学,感叹说,"庶几周(公)孔(子)微言,不由朕而坠"(崔鸿《十六国春秋》卷三六)。于此可见他一心养成和选拔治国人才的良苦用心。

前秦的政治,在苻坚及其贤臣王猛等的治理下,是严整而清明的,史称"劝课农桑,练习军旅,官必当才,刑必当罪,由是国富民强,战无不克秦国大治"(司马光《资治通鉴》卷一三〇)。又说"关陇清晏,百姓丰乐";"化治六州,人移风变";"英彦云集,诲我萌黎"(房玄龄等《晋书》卷一一三《苻坚载记上》)。朱先生说,自"永嘉乱后",中原"在五胡云扰、砍杀掠夺的混乱时代",竟能出现如此升平的社会景象,这不但说明苻坚是一位英明的君主,也因而奠定了前秦争霸天下的"雄厚的政治、经济基础"。

(三) 苻坚的赫赫武功

苻坚当政时期,前秦的征伐对象主要是前燕、前凉两个政权和羌族的姚氏、东晋的巴蜀等军事势力。苻坚经过25年的战斗,终于将之一一剪灭。

1. 降服羌族姚氏

羌族姚氏自称有虞氏的后代,世为羌长,汉时迁入今甘肃地区,居于南安赤亭(今甘肃陇西)。西晋时其首领姚弋仲,遇"永嘉之乱,戎夏襁负随之者有数万",遂自称为雍州刺史、护羌校尉、扶风公。朱先生认为,姚氏得到地方汉人和戎族("戎夏")的一致拥护,遂成为一方强大的武装势力。他先后投靠前赵的刘曜、后赵的石虎,又向晋朝称臣,于晋永和八年(352年)病卒,其子姚襄嗣位。

姚襄率六万户在河北地区与前秦军连战皆败,遂率众归附东晋,驻谯城(今安徽亳州)。次年姚襄即叛晋,袭破殷浩军,屯盱眙,招纳流人,兵众七万,自称大将军、大单于。后移屯许昌,谋取洛阳,为东晋桓温所败,仅率数千骑兵奔于关中北山,进屯杏城(今陕西黄陵)。姚襄后在关中与苻坚战于三原(今属陕西),为苻坚所败而击杀,其弟姚苌率余众被迫投降前秦。苻坚任姚苌为扬武将军、步兵校尉,并且仍然让其率领手下的羌众,以示信任。

后姚苌屡立战功,成为苻坚手下的"得力"战将,累迁左卫将军、幽州刺史。朱先生说:"其实姚苌是表面忠诚,暗藏复辟野心,准备伺机而动。"

2. 攻灭前燕,独霸北方

前燕政权的创立者是鲜卑人慕容廆,世居大棘(今辽宁义县)。其曾祖在曹魏时被封为大单于,其祖父加号大都督,其父被进封鲜卑单于,邑于辽东,"于是渐变胡风,遵循华俗"。西晋欲封慕容廆以散骑常侍等官职,不受,却与儒学大师孔纂、刘赞为宾友,并命其子慕容皝拜孔、刘为师。"永嘉之乱"后,慕容廆的实力在辽东迅速发展。眼看与东晋的矛盾难以避免,他就主动求和,东晋则封其为鲜卑都督。慕容氏乘机打败鲜卑段氏、高句丽等势力,遂称雄于辽东。

咸和八年(333年)，慕容廆去世。其子慕容皝继立，自称燕王，先称臣于后赵，并与后赵共灭鲜卑段氏。与后赵分裂后，其实力更强，又迁都龙城(今辽宁朝阳)，连败蠕蠕、鲜卑宇文氏等势力。

元玺元年(352年)，慕容皝去世，其子慕容儁继立，又消灭了后赵残余势力冉闵。此后，前燕先后攻占了邺、中山和齐地等大片领土，慕容儁遂称皇帝，在中原与前秦成东西对峙之势。但此时前燕出现内讧，太傅慕容评排挤吴王慕容垂，后者被迫投奔前秦，从而大大削弱了前燕的实力。

建熙十一年(370年)六月，苻坚命王猛、杨安率军6万伐燕，并亲送至霸上对王猛说："今委卿以关东之任，当先破壶关，平上党，长驱取邺，所谓疾雷不及掩耳。吾当亲督万众，继卿星发，舟车粮运，水陆俱进，卿勿以为后虑也。"(司马光《资治通鉴》卷一二〇)

朱先生说："苻坚对伐燕早已胸有成竹，而作了全局性的部署，这说明他确是一位杰出的军事家、政治家。"王猛一路先攻壶关(今山西长治)，杨安一路则直取晋阳(今山西太原)。此时的前燕皇帝慕容暐命太傅慕容评将精兵30万，拒秦师于潞州(今山西黎城)。前燕以为王猛悬军深入不能久留，欲以持久战应对。王猛则利用火攻烧毁慕容评军的辎重，逼迫对方主动出战。结果前燕大败，士卒战死或被俘者五万余人。王猛乘胜追击，燕军被杀及投降者又有十余万人，慕容评单骑逃回邺城。王猛遂围邺，前燕大臣余蔚于夜间开北门迎接秦军，慕容暐、慕容评逃奔，很快被拘执送回。苻坚最终铲除了一个强大对手，成为北方唯一的大国。

值得注意的是,苻坚并未杀害慕容暐、慕容评等前燕君臣,反而对之封爵任官,并迁前燕后妃、王公百官及鲜卑亲贵四万余户于长安,以示宽大为怀。

3. 攻灭前凉,清除后顾之忧

前凉政权是"五胡十六国"中仅有的三个汉人所建的国家之一,而且除张祚在短暂的时期内自行称帝外,该国一直奉东晋为正朔。其创立者张轨,安定乌氏(今宁夏固原)人,西晋永宁元年(301年)出任凉州刺史。及王弥、刘曜攻陷洛阳,凉州遂成为中州士民避难之地,也使张轨得以"威著西州,化行河右",在四周蛮族文化的环伺下,凉州遂成为保存中华传统文化的一块仅存飞地。

永安元年(314年)张轨卒,其子张寔继任凉州刺史,仍称臣于晋。永元元年(320年)张寔为部下所杀,其弟张茂继立,自称使持节、平西将军、凉州牧。张茂多次击退前赵来侵犯的军队,对内诛杀豪强,使凉州局势得以稳定。他同时攻取陇西、南安之地,以置秦州(治今甘肃天水)。太元元年(324年)张茂病卒,临死执侄子张骏之手泣曰:"今虽华夏大乱,皇舆播迁,汝当谨守人臣之节,无或失坠。"(房玄龄等《晋书》卷八十六《张茂传》)可见此时的前凉统治者还是忠于晋室的。

张骏继位,最初尚承认自己的晋臣身份,对外仍沿用晋明帝的太宁年号。后前赵刘曜被后赵石勒所并,张骏得以"尽有陇西之地,士马强盛";他又勤修政治,"刑清国富",河西走廊的局面趋向稳定。在此背景下,他就于晋永和元年(345年)自称凉王,在走向独立政权的建国道路上又前进了一步。永乐元年(346年)张骏病卒,其次子张重华继位,自称凉州牧、西平公、假凉王。张重华在位八年,对外威胁仍然是后赵的寇掠,双方战争也互有胜负。问题出在内政上,张重华"与群小游戏,屡出钱帛以赐左右",致使"仓帑虚竭",国势日弱。

永乐八年(353年)张重华去世,其年幼的嗣君不久被废,权臣另立张骏的长庶子张祚为凉州牧。张祚是昏淫的暴君,居然僭称皇帝,而且朝政混乱,内讧不止,对外战争也屡战屡败。即位一年,他就被其手下的大臣所杀,众臣另立张重华的庶子玄靓为君。玄靓取消帝制,自称凉王、大将军,以张瓘为卫将军辅政。不久权臣火并,张瓘被宋混、宋澄兄弟所杀,宋氏兄弟又被张邕所杀,张邕又被张骏的幼子张天锡所杀。张天锡率众入宫潜害张玄靓,自称大将军、凉州牧、西平公,向晋室称臣。但此时的前凉已是国势日衰,气数将尽。

战争是一种需要把握时机的艺术,崛起的苻坚密切注视着前凉的局势变化。太清十四年(376年)五月,他在对方内斗不断、政局混乱之时果断出兵,派苟苌、毛盛、毛熙、姚苌等武将率步骑十三万渡石城津(今甘肃兰州西北黄河上),前去攻伐前凉。张天锡率兵五万驻屯金昌城(今甘肃武威,一说今甘肃永昌),派龙骧将军马建率众二万前拒秦军,派征东将军常据率军三万战于洪池(今甘肃武威)。结果马建率军投降,其他各路又皆战败,张天锡亲自出战也无济于事,最后被迫投降。前凉灭亡,使苻坚在南征东晋前消除了来自西北方的后顾之忧。

4. 攻夺巴蜀,抢占上游之势

在古代,巴蜀战略地位的重要性,首先在于它是大粮仓和大船场,夺之则军备物资充盈。其次它的四周山川险阻,易守难攻,"君不得之则无以守其国,臣不得之则无以守其身"(郭允蹈撰《蜀鉴·序》)。最后它居江河上游,在冷兵器时代,自然有其高屋建瓴、顺流而下的战略优势。故巴蜀为兵家所必争,历来有"天下未乱蜀先乱,天下已治蜀未治"的说法。以苻坚和王猛的战略眼光,这场夺蜀之战是早在计划之中的。

西晋的"八王之乱",打破了天下一统的局面。永宁元年(301年)关中饥荒,巴氐族的首领李特、李庠兄弟率秦、雍流民入川,以求"寄食"。他们势力逐渐壮大,很快攻入成都。李特自称益州牧,都督梁、益二州诸军事,改年号为建初元年(303年),"乃有雄据巴蜀之意"。李特死后,其次子李雄自称成都王,改年号为建兴元年(304年)。隔年李雄再即皇帝位,国号大成,改称晏平元年(306年)。他以范长生为丞相,封天地太师。此后李雄在位30年,蜀地政治安定、经济发展,吸引了众多中原百姓的归附。

玉衡二十四年(334年),李雄病逝。汉兴元年(338年),李寿改国号为汉。此后成(汉)政权日趋衰落。嘉宁二年(347年),东晋权臣桓温为荆州刺史,想要借助军功以篡夺帝位,就将征伐目标对准了巴蜀。成汉皇帝李势被迫投降,成(汉)政权灭亡,梁、益二州在失守45年后,重又进入晋朝版图。

桓温借收复长江上游之余威,想到中原与前燕争锋。他于太和四年(369年)率步骑5万北上,不想在枋头(今河南浚县淇门渡)被前燕大将慕容垂打得大败。桓温受挫而退,不久病死。东晋实力日趋减退,幸而辅政大臣谢安、桓冲能协力一心,共同防御前秦,对外战局则取稳妥方略,绵里藏针。

此时前燕内部又起冲突。慕容垂受到权臣慕容评的嫉恨和排斥,被迫投奔前秦而去。建元六年(370年),在慕容垂的引领下,苻坚、王猛等很快在邺城灭亡了前燕政权。前秦成为北方唯一大国,苻坚遂有吞并东晋、混一九州之志。

建元九年(373年)七月,前秦梁州刺史杨安打败了东晋袭击仇池的将领杨广,进逼汉川(今陕西汉中)。此为东晋梁州治所,也是进入巴蜀的跳板。苻坚决定抓住时机,展开夺取巴蜀的战役。十月,前秦分两路大军进攻,北路由王统、朱肜率兵2万出汉川,南路由毛当、徐成率兵3万出剑门(今四川剑阁北)。战事进展顺利,于十一月就攻占巴蜀全境,而且"邛、筰、夜郎皆附于秦"。经此一战,益(镇成都)、梁(镇汉中)、宁(镇垫江)和南秦(镇仇池)四州之地皆入前秦囊中,当年西晋"王濬楼船下益州,金陵王气黯然收"之势俨然已成。

5. 前秦的地域优势

占领了巴蜀,前秦又于建元十二年(376年)八月灭前凉,同年十二月灭鲜卑代国,什翼犍被杀。另外,此时的东夷和西域62国皆向苻坚的前秦称臣纳贡。据清人洪亮吉《十六国疆域志》统计,此时前秦共占有22州124郡610多县,涵括今日的东北和冀、晋、陕、甘、宁、豫、鄂、苏、皖、云、贵、川等省区。朱先生说,当年曹操所占领的地区仅有中原及辽东、辽西,而在陕西尚不及汉中,就称"三分天下有其二";现在前秦的疆域,说它在中国"五分江山有其四"也不为过。

此时的苻坚踌躇满志,就想进一步消灭东晋而统一全国。但是,有一件事令他丧气不已,就是王猛在建元十一年(375年)的因病去世。这不但使他失去一位最得力的助手,而且还有王猛临终时对他说的一席话:"晋虽僻陋吴越,乃正朔相承。亲仁善邻,国之宝也。臣没之后,愿不以晋为图。鲜卑羌虏,我之仇也,终为人患,宜渐除之,以便社稷。"(房玄龄等《晋书》卷一一四《苻坚载记下》)可惜苻坚从内心不愿接受王猛这样的忠告。

(四)强势的苻坚为何惨败于淝水

西方军事战略研究的鼻祖克劳塞维茨在其名著《战争论》中,提出"战争无非是政治通过另一种手段的继续";"战争总是在某种政治形势下产生的,而且只能是某种政治动机引起"的说法。理解它的思想实质有两点。其一,政治是整体,战争只是政治的一部分,部分是不能脱离整体而独立存在的。其二,战争只是国家意志的一种军事表现,是一种手段,必须与政治相辅相成。毛泽东为写《论持久战》,也阅读了《战争论》,他撰文指出:"'战争是政治的继续',在这点上说,战争就是政治,战争本身就是政治性质的行动,从古以来没有不带政治性的战争",但战争又不是一般性的政治斗争,"政治是不流血的战争,战争是流血的政治"。[①] 朱先生也正是从这个角度对淝水之战展开战略、政略研究的。

---

① 参见毛泽东:《毛泽东选集》,人民出版社,1967,第446、447页。

1. 前秦南征的前哨战——打襄阳

苻坚在占领巴蜀后,很快就于前秦建元十四年(378年)二月派征南大将军苻丕及尚书慕容暐率步骑七万进攻长江中游的东晋军事重镇襄阳,此时已经攻下南阳的前秦冠军将军慕容垂,也奉命率兵前来与苻丕会师。襄阳本来城池就很坚固,东晋梁州刺史朱序又增修内城并且顽强守卫,使前秦强攻一年而未能下。最后,只是由于晋军督护李伯护作为前秦的内应来配合,才使苻丕得以攻占襄阳,朱序被俘。朱先生说:"前秦军攻占襄阳,说明苻坚是步步紧逼,决心消灭东晋。"

奇怪的是,苻坚因朱序忠于东晋拒不投降而不杀,反而对之官拜度支尚书,以为己用。但对开门迎降的内奸李伯护,却以不忠晋主而斩首。这样"敌我不分"的处置,对前秦即将展开的灭晋战争会造成什么样的后果?苻坚显然并不清楚。

2. 庙堂争论——战还是不战?

建元十八年(晋太元七年,公元382年)十月,苻坚在长安太极殿举行朝会,与群臣讨论攻伐东晋的问题。他先定调说,今"四方略定,唯东南一隅未沾王化。今略计吾士卒,可得九十七万,吾欲自将以讨之,何如"?秘书监朱肜首先发言。他逢迎苻坚说,"陛下恭行天罚,必有征无战","此千载一时也"。苻坚喜曰"是吾志也"。朱肜是当天朝会上唯一明确表示赞成南征的人。

其次发言的是权翼。他从己方应该"师出有名"的角度说,"今晋虽微弱,未有大恶",其"君臣辑睦,内外同心","未可图也"。苻坚沉默一会,说"诸君各言其志"。

再次发言的是石越。他从"可行性"的角度反对南征。一是天意,"今岁(木星)、镇(土星)守斗(星宿),福德在吴,伐之必有天殃"。二是地理人心,"且彼据长江之险,民为之用"。结论"殆未可伐也"。"且按(休)兵积谷,以待其衅"。苻坚很不满意:"今以吾之众投鞭于江,足断其流,又何险之足恃乎!"

然后接下来发言的群臣仍是"各言利害,久之不决",很让苻坚失望。他干脆宣布散会,只让自己的亲信苻融留下,说"吾当与汝决定之"。不过苻融之言也不令人满意,他说,"今伐晋有三难",即天道不顺、晋国无衅、兵疲民畏,"群臣言晋不可伐者皆忠臣,愿陛下听之"。苻坚脸色不悦,说:"吾强兵百万,资仗如山。吾虽未为令主,亦非暗劣。乘累捷之势,击垂亡之国,何患不克?"苻融哭泣着说出了他不便在朝堂上来讲的话:"臣之所忧,不止于此。陛下宠育鲜卑、羌、羯,布满畿甸,此属皆我之深仇。太子独与弱卒数万留守京师,臣惧有不虞之变生于腹心肘腋,不可悔也……王景略(猛)一时英杰,陛下常比之诸葛武侯,独不记其临没之言乎!"苻融指出了前秦在军事上同时更是政治上的一个致命伤,即内部的极端不稳定性,可惜苻坚自己并未察觉,也不为苻融之言所警醒。

此后,"战"与"不战"两种意见依然在苻坚面前争论不断。参加反战阵营的还有苻坚的太子苻宏、最受宠爱的少子中山公苻诜、最受宠幸的张夫人等,对他们的话,苻坚一概不听。苻坚素来信重的佛教大师道安,也劝谏他说:"陛下应天御世,居中土而制四维,自足比隆尧、舜,何必栉风沐雨、经略遐方乎?且东南卑湿,渗气易构……何足以上劳大驾也!"苻坚回答:"天生烝民而树之君,使司牧之,朕岂敢惮劳使彼一方独不被泽乎?"道安好像预知未来,只能劝诫说:"必不得已,陛下宜驻跸洛阳,遣使者奉尺书于前,诸将总六师于后,彼必稽首入臣,不必亲涉江淮也。"但苻坚仍"不听",他并没有听进道安的肺腑之言。

相反,最强烈要求苻坚出兵的反而是前燕降将慕容垂。他怂恿说:"以陛下神武应期,威加海外,虎旅百万,韩(信)、白(起)满朝,而蕞尔江南独违王命,岂可复留之以遗子孙哉!"又说,"陛下断自圣心足矣",若从朝众之言,"岂有混壹之功"。苻坚听后高兴地说:"与吾共定天下者,独卿而已。"

在两种不同意见的夹击下,苻坚"寝不能旦"。苻融再次当面劝谏说,"自古穷兵极武,未有不亡者"。且江东虽然微弱,但为中华正统所系,"天意必不绝之"。苻坚斥之曰:"帝王历数,岂有常邪,惟德之所在耳!刘禅岂非汉之苗裔邪,终为魏所灭。汝所以不如吾者,正病此不达通变耳!"①朱先生说:"苻坚不仅不接受意见,反责怪苻融不达通变,其刚愎自用已无可救药。"

3. 苻坚淝水惨败

建元十九年(晋太元八年,383年)五月,秦王苻坚下诏,要大举南征。其后战局演变大体经过五个阶段。

(1)前秦下令,"民每十丁遣一兵,其良家子年二十已下有材勇者皆拜羽林郎"。良家子至者三万余骑。但朝臣"皆不欲(苻)坚行,独慕容垂、姚苌及良家子劝之"。苻融第三次进说苻

---

① 本节所引均见司马光:《资治通鉴》,中华书局,1956,第3301-3305页。

坚云:"鲜卑、羌虏我之仇雠,常思风尘之变以逞其志,所陈策画何可从也!良家少年皆富饶子弟,不闲军旅,苟为谄谀之言以会陛下之意。今陛下信而用之,轻举大事,臣恐功既不成,仍有后患,悔无及也!"苻坚仍不听。

(2) 八月,苻坚任命苻融总督张蚝、慕容垂等将领,率步骑25万为前锋,其本人则从长安出发。此时前秦兵员总数八九十万,但前后相距万里,兵力严重分散。九月,苻坚的总指挥部已到项城,但凉州之兵方达咸阳,蜀汉之军还在顺流而下,幽冀之兵则在彭城,而前锋苻融集结的30万兵力已经抵达颖口(今安徽颖上),准备发起进攻。东晋以谢石为征讨大都督,与谢玄、谢琰、桓伊等率八万北府兵前往拒敌。又派胡彬率五千水军赴援寿阳。十月,苻融率军攻占寿阳,慕容垂攻占郧城(今湖北安陆),胡彬退保硖石(今安徽凤台),苻融继续进攻。

(3) 前秦将军梁成率军五万屯于洛涧(洛水至安徽淮南入淮水处),设栅栏以阻晋军。谢石等率军进至距洛涧25里处,因惧怕前秦军而停驻。此时胡彬军缺粮,潜派使者求援于谢石,说:"今贼盛粮尽,恐不复见大军。"谁知使者被秦军截获,苻融立刻将此信息告知苻坚。苻坚得信后立刻决定说:"贼少易擒,但恐逃去,宜速赴之。"于是他留大军于项城,仅率轻骑八千,兼道赶至寿阳前线苻融处,并且即遣东晋旧臣朱序去晋军大营劝降。朱序不仅不劝降,反而鼓励谢石说:"若秦百万之众尽至,诚难与为敌。今乘诸军未集,宜速击之。若败其前锋,则彼已夺气,可遂破也。"这导致晋军改变了原来"欲不战以老秦师"的旧方案,而改用朱序建议的抓住有利时机、抢先积极进攻、以点带面击溃强敌的新战略。

（4）谢石立刻派北府兵将领刘牢之率五千精兵前往洛涧，渡水，击斩梁成。"秦步骑崩溃，争赴淮水"，士卒死者万五千人。于是谢石诸军水陆继进，与秦军隔淝水而布阵。谢玄派人对苻融说，"君悬军深入，而置阵逼水，此乃持久之计，非欲速战者也"，要求秦军向后退却，使晋军得以渡水决战。秦将皆曰"我众彼寡，不如遏之，使不得上，可以万全"；苻坚却持"但引兵少却，使之半渡，我以铁骑蹙而杀之，蔑不胜矣"的盲目自信态度。苻融遂"麾兵使却"，朱序在秦军阵后大呼"秦兵败矣"，引发北军一退而"不可复止"。谢玄等率晋军趁机"渡水击之"。苻融欲阻止退军，反而自己受到冲击而人仰马翻，为晋兵所杀，"秦兵遂溃"，"自相蹈籍而死者蔽野塞川"。晋军乘胜追击，重新夺回寿阳。

（5）退却中，苻坚也"中流矢，单骑走至淮北"，狼狈之至。秦军损失惨重，众军皆溃，惟慕容垂所将三万兵马独全。苻坚遂率千骑投奔他，一路收集离散，到洛阳时已有兵众十余万。① 但此时的苻坚已不复往日荣光，不久慕容垂、姚苌、乞伏国仁、吕光、慕容冲等纷纷建国独立，苻坚众叛亲离，在太元十年（385年）被姚苌所杀。这标志着历史进入政局更加混乱的五胡十六国后期阶段。

---

① 本节所引均见司马光：《资治通鉴》，中华书局，1956，第3308-3314页。

（五）对苻坚和淝水之战的评议

朱先生说："我写本文的目的有二：一是为苻坚正名；二是探讨苻坚淝水之战失败的深层次原因。"关于第一点，朱先生的研究原则是，"不论中国古代哪个民族的祖先，都是中华民族的祖先，都应该一视同仁"。关于第二点，朱先生认为，像一切历史人物一样，苻坚并不是一个十全十美的完人。其固有的弱点和局限性，在不同的时空条件下会有不同程度的抑制或者膨胀放大。换言之，"过去写淝水之战多从东晋的角度出发"，而"本文的写作则是从前秦苻坚出发"。

1. 对苻坚的综合评价

朱先生认为，"从政绩、武功以及所奉行的民族政策三个方面来看，苻坚不仅在十六国中，就是在魏晋南北朝的所有政权中，都可以称得上是最贤明而有作为的君主，这是应该予以肯定的"。

首先，政绩卓著。他在五胡云扰、哀鸿遍野的社会大环境下，能使北方一度出现社会升平、人民安居乐业的景象，这是难能可贵的，也与前赵、后赵、冉魏及夏国所施行的大屠杀、大破坏等造成的恶劣状况形成鲜明的对比。

其次，武功显赫。他连续灭掉前燕、前凉、姚羌，鲜卑代国，并攻占巴蜀、南中地区，还降服鲜卑段氏、仇池氐氏及匈奴、高句丽等族，"五分天下有其四"，实现了中国北方短暂但难得的统一局面。

最后,民族政策开明。他对降服的各族上层人物皆封官赐爵,采取绥靖方略,并且允许他们仍然率领原有的本族军队,使之成为前秦政权的骨干力量。而对征服国的人民,他也安抚有加,不掠夺,不干扰。如他曾对出征西域的吕光说:"西戎荒俗,非礼义之邦,羁縻之道,服而赦之,示以中国之威,导以王化之法,勿极武穷兵、过深残掠。"(崔鸿《十六国春秋》卷三八)

当然苻坚也并非完人,其最大的弱点就是刚愎自用。这一点在他执政初期还不明显,特别是在贤能如王猛的辅佐下,他还是很能知人善用、听从谏言的。如他每灭一国,都简召其英俊以补六州守令,延揽其人才以理郡县。如他曾非常宠幸慕容垂夫人,但大臣谏议则立止。但在能否重用慕容垂、姚苌等人的问题上,尽管朝臣提出许多反对意见,他却固执己见,不肯接受,这就反映了其局限性的一面。到执政后期,他被不断的胜利冲昏头脑,其性格的偏执一面也进一步放大,危害也越发严重。如苻坚亲自南征东晋事,其亲属和近臣都知道灭晋的时机并不成熟,都主张首先要解决慕容垂和姚苌复辟故国的潜在危机问题,但他就是一意孤行,拒绝劝谏。结果,苻坚不得不咽下自己所酿造的苦酒,导致国破家亡。

2. 对淝水之战胜败原因的探讨

朱先生提出的问题是,"苻坚既然有如此显赫的政绩与武功,占有广阔的疆域,又有百万大军,为何就在淝水之战中一败涂地,以致灭亡"?他从以下几个方面进行了分析。

一是苻坚过分相信自己的百万军力,认为对东晋可以轻而易举地大获全胜,而没有看到自己政权内部潜在的矛盾和危机。

他自信有把握驾驭慕容垂、姚苌等异族枭雄为己所用,敢于对他们委以重任,授以实权,而慕容垂、姚苌二人也确实在一系列重大战役中出过大力,立过大功,但那是他们在无力轻举妄动之时,只能骗取苻坚的信任,以待良机。淝水战后,一旦苻坚的主力亲军土崩瓦解,异族将领才真相毕露,纷纷复辟故国。苻坚还效法西周的分封制,将自家的苻姓兵将分驻于东方的重要州郡,而让鲜卑、羌人的军队戍守长安。正如时人所歌:"远徙种人留鲜卑,一旦缓急当语谁。"太阿倒持,授柄于人,这真是要命的轻忽之举!

二是苻坚对"东晋拥有正统声望及稳定政局"的重要性认识不足。其实,这有点类似于今人所说的"硬实力"和"软实力"。所谓硬实力,是指一个国家看得见摸得着的物质力量,如人口、疆域、经济、军力等支配性的的因素,东晋在当时确实大不如前秦。所谓软实力,是指一个国家无形的制度吸引力、人与人之间的亲和力和文化价值的感召力,如古人概括所言的"正朔所在"。其效应虽是隐形的,但往往在关键时刻抵得上千军万马。这是在长期历史过程中形成、而不能短时间内一蹴而就的因素。就当时而言,前秦的软实力比东晋确实要差得很远。《荀子·议兵》曰:"兼并易能也,唯坚凝之难焉。齐能并宋而不能凝也,故魏夺之;燕能并齐而不能凝也,故田单夺之。"这里之"凝"就有点软实力的意思。人说苻坚的前秦,当时就是一个由各族人马拼凑起来的临时军事同盟,而缺乏深厚的文化凝聚力,无怪乎淝水一役仅是小败,就立刻导致多米诺骨牌效应下的土崩瓦解。而反观东晋,虽国力微弱、兵微将寡,但谢安却故示之"安静",

以镇定人情,其可恃唯在上下一心、将相和谐、长江之险与北府军之锐气,这主要就是软实力。正如荀子所说:"士服民安,夫是之谓大凝,以守则固,以征则强。"① 苻坚对此轻忽视之,反视灭晋之事如拾芥,焉能不败?

三是苻坚赏罚之政失宜。赏、罚被韩非视为"二柄",是统治者维护政权的两大利器,既不可须臾假人,也不能混淆处之。苻坚不仅对宗室中的叛乱者屡次优容,即使对降将之谋叛者,也一再宽贷不究。最明显的就是攻克襄阳,晋军李伯护成功为秦军内应,竟被苻坚以"对主不忠"的罪名杀掉;而坚决抵抗秦军达一年之久的朱序,被擒后反遭重用。结果苻坚在淝水战前派朱序去晋营劝降,朱序不仅不劝降,反而鼓励晋军乘对方大军未能集结之时,速攻秦军,破其锐气。朱序此举也因而成为双方战局胜负的关键节点。司马光曰:"夫有功不赏、有罪不诛,虽尧舜不能为治,况他人乎! 秦王坚每得反者辄宥之,使其臣狃于为逆,行险徼幸,虽力屈被擒,犹不忧死,乱何自而息哉……(坚)能无亡乎!"(司马光《资治通鉴》卷一四〇)

四是苻坚犯了"战略、战术方向"上的一系列失误,要者如下:

(1)从当时前秦和东晋的全局形势来考察,苻坚根本没有必要发动这场战争。孙子说:"知彼知己,百战不殆。"当时东晋政局和谐稳定,无懈可击,而前秦内部矛盾重重,隐患不小。这是苻坚绝大多数近臣和亲属都能看清楚的问题,而苻坚就是视

---

① 杨朝明注说:《荀子》,河南大学出版社,2008,第227页。

而不见。他既不知彼又不知己,遇敌而惨败是必然的。

(2)退一步讲,苻坚即使发动战争,亦无必要"御驾亲征"。如若按照道安的设计,苻坚坐镇洛阳,任命苻融为前敌总指挥,即使前线失利,苻坚还可以在后方接应声援,而不至于一败涂地难以收拾。军中的慕容垂、姚苌之流知道苻坚兵权在握,也不敢轻举妄动。可现实是,苻坚淝水一败,自己的主力军率先瓦解,等苻坚退回长安,发现那里已经完全沦为鲜卑人慕容冲、羌族人姚苌横冲直闯的世界,屡屡攻击苻坚。而苻丕率领的前秦亲军,老早就被派往东方戍守邺城,致远水不解近渴。苻坚在孤危之境也缺乏韧性,竟然弃守长安而逃至五将山(今陕西岐山),自缢身亡(一说被姚苌所杀)。

(3)苻坚调动其驻扎全境各地的军队大举出动,使其攻晋的总兵力达到97万之多,在实际作战中又没有起到应有的作用,不但显得多余,而且导致多重恶果。①前秦伐晋之战略部署,以主力趋寿阳而直指历阳(今安徽和县),再各以有力之一部,分别下荆州和广陵(今江苏扬州),最后会师建康(今江苏南京)。这个最初的战略构想应该还是不错的,可惜未能稳健实施。②苻坚自统大军,其统帅部之位置未能首先确定,谁也不知道究竟是洛阳、项城还是寿阳?故全军统一的战略计划亦无从指挥实施。③战线拉得既长兵力又分散,徒然增加了后勤供应的负担。④苻坚率军至项城,听说前锋军小胜,不等待各路军到达预定位置,即放弃其全军统帅之职责,将自己混同于一个先锋军的主将,单独自项城进趋寿阳。这种自乱部署之举,实为最后溃败的主因。⑤结果寿阳一旦失利,马上使全军失去控制,陷于总崩溃,其他两路大军也完全失去对主力的翼护作用。

五是苻坚大败于淝水,其中也有一些偶然性的因素,也对战局演变产生了关键性的影响。除了前边所说苻坚派朱序向东晋劝降事外,还如淝水战前,东晋胡彬战败退守硖石,粮尽援绝,遂派使者向谢石告危。不想使者在途中意外被秦军俘获,"今贼盛,粮尽,恐不复见大将军"的讯息也到了苻坚面前。于是为防止晋军逃逸,苻坚仅带八千轻骑兵赶赴寿春,做出了不等大军集结完毕就先行开战的决定。谁也想不到,晋使者被俘这个偶然事件,却变成了东晋"因祸得福"的转变契机。朱先生说,对此如果用哲学语言表述,即"秦不能灭晋是必然的……但晋要胜秦也不是轻而易举的事,需要由偶然事件来实现。这就叫必然性寓于偶然性之中,偶然性中有必然性。学术研究就是要透过复杂的偶然现象,揭示出事物发展的必然性。这也是研究历史的重要任务之一。"

第八章　对中国古代史教材建设的贡献[①]

一、十院校本《中国古代史》的教材编写

研究改革开放以来的中国当代史学,不能不提到朱先生对中国古代史教材建设的贡献。人们都会注意到有这样一部大学文科教材,它由国内十个院校的教师联合编写,因而被称为十院校本《中国古代史》。四十年来它在高校历史系盛行不衰,发行量达到一百多万册,创造了 1949 年以来高校文科教材出版的奇迹,被誉为中国当代高校教材编写史上的一颗耀眼明珠。

这本教材最初的编写动议并不出自朱先生,而他最终能够成为教材主编,并不负众望,团结大家一起创造出这样一部教材杰作,这是值得研究的史学现象。

1978 年 3 月,杭州大学历史系的魏得良等先生到西安访学,在与西北大学林剑鸣、韩养民等先生谈话时,首次提出联合编写教材的动议。这里的一个背景是,"文革"刚结束,各高校都缺少适用的新教材。如果每一家都单独来编,不仅力量不足、

[①] 本章基本内容移用李振宏教授《朱绍侯先生与中国古代史教材建设》一文写成,原文见《邯郸学院学报》2010 年第 4 期。本章移用时根据技术需要,进行了少量文字的剪裁和改写,谨此对作者表示歉意。

时间也太久,远水不解近渴,于是决定大家联合来干。同年秋天,趁着在辽宁大学召开全国古代史学术研讨会的机会,他们又联合了安徽师大、山东大学、陕西师大做出了集体编写教材的决定。朱先生也代表河南大学受到邀请。1978年底,在杭州召开了首次编写会议,到会的共有十个院校的教师。当大家积聚在一起谈论各人的想法时,一个重要的问题摆在大家面前,谁来当主编?

现在的人们可能很难理解,做主编不是有名有利吗?这应该是炙手可热人人向往的位置呀!但在当时的特殊背景之下,担当此任则是需要有一点魄力和勇气的,原因就在于大家对刚刚过去的大批判时代还心有余悸。会上多数人对主编问题都采取回避的态度,甚至有人说,宁可退出编写组也不当这个主编。面对群龙无首的局面,韩养民向林剑鸣建议说,朱绍侯先生毕业于东北师大研究班,学术造诣深,又宽以待人、严于律己,可以做主编。林剑鸣很是同意,让韩在会下做游说工作,结果大家都很支持。于是朱先生"临危受命",做了《中国古代史》的教材主编。

朱先生做了主编,首要的工作就是确定教材的编写大纲。当时十院校的教师都是带着各校的自编教材来开会的,若按照这些有诸多不同的原教材的来制定新教材的编写大纲,那么新教材就是一个大杂烩,这是绝对不行的。问题还在于莅会的各校人员都很坚持己见,互不相让,讨论了两天也没有结果。朱先生只得抬出史学界的一个往年"陈事"来帮自己解困。他说1959年自己随赵纪彬先生去北京参加讨论郭沫若主编的《中国史稿》的编写体例讨论会,当时与会者也是在一些重大问题上难以统一意见。最后是范文澜站出来一锤定音,"谁当主编就按谁的意见办",这才解决了问题。朱先生说,现在大家推我当主编,就应该我说了算;我要是说了不算,我就不当这个主编了。于是大家都说这个办法好,以主编为主,朱绍侯说了算。集体编书是要集思广益,但也必须体现主编的思想,否则没有统一的方向,这书是无法成稿的。这是一个合乎情理的唯一可行的方法,大家"应该"也"必须"接受。于是决定,就以朱先生带去的由河南大学中国古代史教研室集体编写的教材为基础,讨论并确定了新的《中国古代史》教材编写大纲。

在编写会议上,朱先生讲了几点编写原则,以统一大家的思想。

第一,不联系现实。

这在当时是一个极其大胆而充满智慧的提法。"文革"中,"四人帮"大讲"儒法斗争",将一部中国古代史篡改成一部"儒法斗争史",这是非常荒唐的。粉碎"四人帮"之后,有些学校新编写的教材,就配合政治形势的变化,反其道而行之,贯穿了批判"儒法斗争"的指导思想。朱先生提出编写教材的"不联系现实"原则,就是不要紧紧跟着政治的需要走。所谓批判儒法斗争的问题,本身就不是一个历史学范畴的问题。我们编写历史教材,就是要教给学生纯粹的历史知识,告诉学生真实的历史面貌,现在为什么要把不是历史问题的内容写进去呢?不联系现实无疑是正确的,而在仍然坚持学术为无产阶级政治服务的时代,这是需要胆识和勇气的。后来的事实证明,正是"不联系现实"原则,成为十院校本《中国古代史》能够行之久远的秘诀。而那些配合政治形势而编写的教材,在短暂的几年之后就失去了生命力,无法在高校推广开来。

第二,抛弃农民战争推动历史发展的历史观,真实地展现历史发展的线索。

从1958年"大跃进"中的"史学革命"开始,中国历史都被写成了一部农民战争史,这就是"文革"前十七年中国历史研究的基本指导思想。于是在相当长的历史时期内,农民战争被看做中国古代历史发展最重大最直接的推动力量。反映在教材中,就是农民战争开道,将之放在每一章的最前面,认为是它开辟了一个新的时代。这样的处理,当然不符合历史的真实逻辑。在十院校本教材开始编写的时候,学术界刚刚有人提出历史发展动力的问题。朱先生非常敏锐地抓住这个苗头,在教材编写中排除阶级斗争动力说的干扰,以经济的发展作为历史主线,充分体现了唯物史观的思想指导。

第三,重视少数民族历史,写出多民族共同创造历史的中国史进程。

我们很早就是一个多民族共存的国家,这也是学术界早已形成的历史观念。要编写出一部既从中国历史实际出发又具有现实观感的教材,必须摒弃传习千年的大汉族主义恶习,把多民族共同创造历史的思想真正贯彻到教材的行文中去,并不是一个很容易做到或者说能够做得很好的问题。朱先生这样强调非常必要。

第四,要充分反映考古学发展的最新成果。

这在当时来说,是一个非常必要而又非常明智的想法。新中国的考古事业,并没有因为"文革"而中断,相反因为对农村兴修水利的大力提倡,重大的考古发现接连呈现,并且举世瞩目。本来"文革"前的老教材对考古学成果的利用就非常薄弱,再加上一众新出土的考古成果,为新的中国历史教材的编写提供了太多可利用的新资料。对地下出土资料的自觉利用和充分吸纳,一方面会增强教材观点的可信度和内容的科学性,另一方面也可以改变传统教材的呆板形式,增加古代史教材的可读性。这也成为十院校本《中国古代史》的一个鲜明特征。

第五,吸收史学研究的先进成果。

教材要反映学术研究的新成果、新进展,这是朱先生提出来的一个重要的编纂思想。教材编写之初,虽然"文革"结束不久,但学术界春天的气息已经很浓厚。在中国史的不少领域,都有人提出了一些新的学术思想,具体成果也不断涌现。用新的学术风习引领教材编写,用新的成果来充实教材内容和修订研究结论,这都是使教材能够面貌一新、以其科学性和先进性示人的重要保障。

朱先生提出的以上这些编纂原则,在教材的编写过程中都得到了很好的贯彻。《中国古代史》(上、中、下)教材的试用本于1979年5月出版,自1982年被教育部确定为高等院校文科教材后正式出版,立即风靡了高校的历史学科,被多数学校所采用。教材的责任编辑之一李瑞良先生,于1988年发表一篇图书评论,对本教材的基本内容及其主要建树进行了系统评述。

李瑞良指出,十院校本《中国古代史》有三条主线和三个特点。

其三条主线,一是社会经济的发展情况。全书根据生产力决定生产关系、经济基础决定上层建筑的原理,充分重视社会生产力状况及其与生产关系的交互作用,并作为历史发展的基本线索,贯串全书。书中对中国古代社会经济状况做了比较系统的描述,对各个历史时期的经济发展水平作了比较明确的概括。二是政治斗争和政治制度的演变。作者注意清除"左"的思想影响,纠正长期以来在高校历史教学中忽视政治制度的倾向,比较重视典章制度的演化和统治阶级内部的矛盾斗争及其影响。三是科学文化的发展。从全书来看,科学文化部分的叙述比较详细,比同类教材占的篇幅都大,比较系统地向读者提供了中国古代科学文化发展史的基本知识。

其三大特点,一是体现地区平衡原则,内地和边疆并重,特别注意历代对边疆的开发。二是体现民族平等原则,全面反映我国境内各族人民的斗争,对少数民族的历史给以充分注意。从西汉以下,中央王朝和周边民族的政治经济文化联系,书中均有一定的反映。在论述民族关系时,既介绍了少数民族的反压迫斗争,又强调民族大融合的历史趋势;既说明汉族文化的先进作用,又重视少数民族的重要贡献。书中用大量事实说明,中国历史是各族人民共同创造的。三是体现内外联系原则,重视中外往来,注意介绍中外经济文化交流的历史,真实地反映中国历史各重要发展时期对外开放的规模和程度。①

应该说,李瑞良先生总结的三条主线和三大特点,基本上反映了朱先生关于中国古代史教材编写的基本思路和教材的基本状况。正是这三条主线和三大特点,奠定了教材的科学性和系统性,为当时中国古代史教材建设搭起了基本框架,并由此奠定了该教材在当时高校中国古代史教材中的主导地位。教材发行至今已经有四十年了,期间重大的修订五次,总发行量达到一百多万册,创造了建国以来高校文科教材的奇迹。教材在框架体系方面的开拓,也为诸多同类教材所仿效。可以说,朱先生在中国古代史学科建设方面的重要工作,厥功甚伟!

二、高校教材《中国古代史教程》的编写

2005年底,河南大学出版社拟编写一套新的高校"中国史"教材。其中的中国近现代史教材,他们已经委托了著名历史学家章开沅先生来主持其事;而中国古代史教材的主编,他们自然想起了本社的创办人、老总编,而又有十院校本编写经验的朱先生。朱先生最初对社方的请求有些犹豫,因为前有他主编的十院校本已经誉满天下、声势正旺,如今再另起炉灶,势必会引起一些不必要的误解。另一方面,自家出版社的恳请实在不好推脱,十院校本的出版方也需要沟通,而且能否编出超越旧本的更好的教材体系,他一时也没有把握。但一段时间后,主要出于学

---

① 参见李瑞良:《十院校合编的〈中国古代史〉简评》,《河南大学学报》1988年第1期。

术方面的考虑,已经八十岁高龄的朱先生最终决定接手此事。理由是,经过改革开放三十年的实践,中国古代史研究的面貌有了很大改观,在此基础上对中国古代史的教材体例进行一次重大改造,他觉得这种尝试也很有必要。

2005年12月,被命名为"中国古代史教程"的教材编写会议在广州的华南师范大学召开,参与教材编写的有吉林大学、东北师范大学、武汉大学、华中师范大学、湖北师范学院、华南师范大学、暨南大学、杭州师范大学、河南大学等九所高校的16位教师,他们绝大多数是教授、博士生导师。由于有朱先生亲自挂帅,大家都对这部新教材寄予厚望。

既然是教材,基本的历史线条、历史过程是必须描述的,故中国古代史教材在基本内容方面是无法突破的。要突破只能在两个方面做文章。一是指导思想的突破,用什么样的历史观点去观察中国的历史进程,用什么样的语言体系去表述这个进程。同样的历史内容,用以解读的理论体系不同,教材会呈现出不同的面貌。二是编写体例方面的突破,即表现形式上的突破。同样的内容,如何组织起来更适合于当代大学生的历史教学,更能激发或者调动学生学习的主动性,更能反映历史进程的主要内容以体现教科书的科学性,不同的编写体例会有截然不同的效果。比如传统的历史典籍有编年体与纪传体之分,它们对历史的反映与表述就是相当不同的。

朱先生主持的广州会议,对这两个问题做了认真的讨论,确立了教材的基本框架体系,统一了编纂思想和编写体例,进行了明确的责任分工。

当时,在教材的基本指导思想上所面对的主要问题,是是否继续沿用五种社会形态理论作为描述中国历史的理论框架。这在当代中国仍然是一条理论红线,是一般人不愿意去冒险踩踏的。但是面对史学理论界已经讨论有年的重大问题,编写新的历史教科书也不能不面对,它毕竟需要一个回答。

尽管年事已高,但朱先生仍然思想敏锐,仍然对史学理论界的热点问题保持着高度的兴趣和敏感度。早在20世纪90年代末,在修订十院校本《中国古代史》时,他就找到李振宏教授,认真了解史学理论界讨论五种社会形态的情况,考虑能否将其反映到教材的修订中。后来他考虑到十院校本是教育部推荐的教材,需要特别慎重,故仍然沿袭了五种社会形态的解释框架不变。而此次情况不同,要编写一部新的教材,如何在理论指导上有所突破,如何使教学体系真正地更加沉稳和科学。朱先生反复考虑了五种社会形态的问题,并就此征询与会者的意见。

当时,朱先生的基本态度是,不赞成继续贯彻五种社会形态的解释框架,但也不想去纠缠这个问题。教材中有绕不过去的地方,可以一般性地使用诸如"奴隶制""封建制"之类的提法,但不在这些概念上多做文章,其实对全书而言就是对此问题做淡化处理。对此引起与会者的热烈讨论,如河南大学李振宏先生就建议说,新教材应该按照历史的真实发展进程进行描述,既不采用五种社会形态概念,也不采用学术界已经提出的那些五花八门的新的概念体系,尽可能用中国人的本土概念来叙述中国古代的历史进程。华中师大的赵国华教授也发表意见说,五种社会形态理论造成了一些历史误解,用一朝一代式的写法较为妥当,去原原本本地反映历史,而那种打破王朝体系的作法不会有生命力。

经过一番讨论,朱先生对此问题定调,不再采用五种社会形态的解释框架,也不在教材中讨论这个问题的是与非,采取回避的态度,尽量使用中国历史中已有的词汇来叙述中国的历史发展。这看似简单的方案,实际上却意味着中国历史叙述体系的一个重大突破。而即将编写出来的新教材,也面临着理论转折的考验。

2010年8月,90万字的《中国历史教程》(上下)正式出版。通读全书,的确没有再使用"奴隶社会""封建社会"等一套意识形态意味极浓的概念,而是使用本土语言,平实地叙述了中国历史的发展进程,达到了令人满意的效果。没有诸如"奴隶社会""封建社会"等概念的中国历史进程叙述,行文显得更加流畅平实,更能反映中国历史的真实面貌。譬如,关于秦统一后巩固统一的措施,有在全国确认土地私有制度一项。过去一般的中国古代史教材对此多是这样表述的:"封建土地私有制是地主阶级统治的经济基础"。秦统一六国后,"令黔首自实田",这就意味着私有土地受到统一的封建政权的保护,意味着"封建土地所有制在全国范围内正式得到确认","这也使地主阶级利用土地剥削人民成为合法,压在农民身上的地租、赋税以及各种徭役也愈来愈重"。看来像是概念的连缀和拼合。而同样的内容,在《中国古代史教程》中则是这样表述的:

> 秦始皇三十一年(前216),下令"使黔首自实田",即命令土地拥有者向官府呈报占有土地的情况,然后官府根据

其呈报的数额征收租税。这意味着秦在全国范围内承认土地私有权,中国古代的土地私有制正式确立。为了征收租税的便利,秦颁布了统一货币、度量衡的法规……这些措施,对建立新的经济秩序、促进社会经济发展以及帝国赋税职能的实现,都起到了积极的作用。①

与过往一般教材中的表述相对照,《教程》在科学性方面的进展是极其鲜明的。"封建土地私有制"变成"土地私有制";"地主阶级利用土地剥削人民"代之以"官府……征收租税";"剥削人民成为合法,压在农民身上的地租、赋税以及各种徭役也愈来愈重"代之以"对建立新的经济秩序、促进社会经济发展以及帝国赋税职能的实现,都起到了积极的作用"。

不同教材关于清朝中期以后社会矛盾和社会危机的叙述差异,也是很好的例证。一般教材在谈到清朝中期以后的社会危机时,大体是强调这样几个因素:(1)清代封建地主阶级对农民剥削的加强,以及他们对土地的大量掠夺,使得土地高度集中;(2)农民一旦沦为地主阶级的佃户,就要承受地主阶级高额地租的剥削;(3)清朝封建政府对农民进行的赋役剥削,越来越繁重;(4)清代封建官僚统治机构日益腐朽,大小官僚结党营私,互相倾轧,贿赂公行,贪污腐化,吏治更加败坏。在这样的背景下,川、楚、陕、甘、豫五省流民在白莲教的领导下,掀起了轰轰烈烈的反抗斗争,给了满、汉地主阶级以沉重打击,使得清朝开始

---

① 朱绍侯主编:《中国古代史教程》(上),河南大学出版社,2010,第207页。

了由盛到衰的转折。

而同样的历史内容和问题诠释,在《中国古代史教程》中则是这样叙述的:

> 尽管除掉了乾隆时代腐败的象征和珅集团,但嘉庆并没有摆脱政治困境,也无法从根本上改变乾隆以来国运衰退、社会危机不时爆发的趋势……嘉庆帝的政治困境首先是其本人的保守性格所造成。乾隆帝虽然通过传位、训政顺利地实现了权力交接,但却塑造了嘉庆帝墨守成规、不思变革的性格,使得嘉庆年间的社会更趋于停滞后退。嘉庆表面上反对官场效率低下,但他自己也助长了这种风气……其次是乾隆以降形成官场因循守旧、官吏饱食终日、相互推诿的风气积重难返……再次是官场贪污腐败成风,曾有直隶官吏上下串通,共同贪污,不仅州县司书、银匠私下侵吞,而且幕友、长随也参与分赃……政治困境难以摆脱,社会危机便接踵而至。就在颙琰即位的当年,即嘉庆元年(1796),震惊全国的川、楚、陕三省白莲教大起义爆发了……他们对以前所赖以生存的组织机构已经失去信心,清朝官方的社会组织机构正趋于涣散和瓦解……虽然嘉庆朝镇压了几次大规模的农民起义,但社会危机并没有从根本上缓解……到咸丰朝发展为大规模的捻军,与太平军北南呼应,极大地动摇了清朝的统治基础。①

---

① 朱绍侯主编:《中国古代史教程》(下),河南大学出版社,2010,第832-836页。

在这里,关于清朝中期以后社会危机的叙述,有一个重大的理论转变。以往的教科书都将其归因于农民反抗地主的阶级斗争,阶级斗争理论成为解释这一重大社会现象的唯一理论。现在不同了。在《中国古代史教程》中,阶级斗争理论不见了,社会矛盾作为一种常见的社会危机问题来处理。据教材分析,造成这一社会危机的主要因素,既有嘉庆帝本人的保守性格,又有乾隆以降形成的官场上因循守旧、相互推诿之风气,还有官场越演越烈的贪污腐败现象等,几乎都可以视为带普遍性的社会政治问题。将农民战争问题归入社会危机的历史问题范畴,分析造成社会危机的原因,寻找解决社会危机的途径和方法,具体问题具体分析,这在任何时代都是必要的、有意义的。这样的历史解读,比起将一切社会问题都笼统地归因于两大阶级之间的对抗和斗争,不仅更符合历史实际,更平实可信,也更具有普遍性的历史借鉴意义。新教材抛弃社会形态概念体系,摒弃阶级斗争思维,用本土语言叙述中国历史的发展进程,这是一个可喜的尝试,对今后的中国古代史教材编写将会产生重要的示范性效应。

《中国古代史教程》在编写体例上亦有所突破。

传统上的中国古代史教材,都是按照一般的章节体,按王朝分章,按政治、经济、文化、民族等几个大块分节,构造一个平面的叙述结构。虽然人们也是尽可能地将该时期的重大历史面相作全面的铺叙,但因为是一个平面的叙述结构,也就很难挖掘历史的深度。而在《中国古代史教程》中,这样的叙述结构发生了根本的改变。在朱先生的指导下,创造出一个立体的教材结构,

一个带有研究性的非叙述性的结构。譬如《中国古代史教程》关于明代历史的叙述结构如下:

  第9章 明王朝

  导读

  第一节 明朝的建立与明初制度的建构

  第二节 明中期内外交困与国力趋弱

  第三节 明后期的统治危机与明朝覆亡

  第四节 明代君主集权的强化与政治格局的调整

  第五节 明代的赋役制度与经济发展

  第六节 明代社会的新动向

  第七节 明代的边疆政策与对外交往

  第八节 明代的思想文化

《中国古代史教程》各章的基本结构均是按这样分为导读、基本历史过程、专题分析三个部分。如上边的目录所示,先是导读,然后第一至第三节是基本历史过程的描述,第四至第八节是专题分析。编者的意图是:

> "导读"是全章的点睛之笔,又分为三个部分。一是"××时期的历史特点",通过揭示一个时代的特点及其历史地位,展现历史发展的线索或路径,使学生能用宏观的整体眼光来关照本章内容。二是"传统文献与参考资料",是给学生介绍必要的史料,使他们在学习中重视原始材料,知道历史研究的基本方法是在实证基础上的史论结合。三是"对××史的研究",是对某一断代史的学术史、特点、研究趋向和前景的一般揭示、评述。这不仅对准备报考研究生的学

生,也为准备到中学任教者,将来进行研究性教学,提供必要的基础和准备。

"历史演变过程"的叙述,是每章重要的有机组成部分,要以简洁准确的语言,给学生提供本历史时期完整、系统、连贯的事实过程。它的篇幅不是很大,既不能对历史细节进行非常具体的描述,也不能面面俱到。它主要是以不断的历史事件来做粗线条的连接,以平实的讲述为主,基本上不做深度分析。但它也不是枯燥乏味的历史骨架,还要丰富多彩,有一定的可读性。

"专题分析"部分是各章的重心所在,主要是对某一历史时期从政治、经济、思想文化等方面以专题的形式进行较有深度的分析。其意义除使学生对一个时代的社会风貌有较深刻的认识和把握外,还要引导学生进行研究性学习,并带有示范作用。①

"导读"解决学生对某一历史时期历史认知的总体把握,将学生的学习直接连接到学术前沿,引导学生的学习活动于学术研究的氛围之中。"历史演变过程"解决的是历史发展线索问题,使学生对该时期的基本历史过程有一个完整的清晰的把握,这无疑是学生认知历史的基石。"专题分析"就是对历史时期重大历史断面的深度开掘,引导学生深入思考一个历史时期应该关注的重大问题。这样通过——"导读":整体的历史——"历史演变过程":纵向的历史:——"专题分析":断面的历

---

① 朱绍侯主编:《中国古代史教程》(上),河南大学出版社,2010,第2页。

史——这三个面相的揭示或描述,一个时期的历史面貌就在学生的头脑中鲜活地站立起来了。

导读、历史演变过程、专题分析这个"三结合教材结构",是《中国古代史教程》在编写体例方面的重大突破,可以为将来的中国古代史教材建设提供参考。

三、做教材主编的经验与体会

编教材不同于学术研究的著书立说。后者是个性化的活动,而教材要传播最稳妥的学术研究成果,要行之久远而广泛普及,力求具有最大限度的普适性,就需要尽可能地避免个性化。于是,教材的集体编写则成为当今一种最普遍的形式。集体编书就要面临着组织的问题,即如何凝聚众人智慧而成一书。在这方面,两次主编"中国古代史"教材的朱先生,为我们提供了宝贵的经验。

集体编书,把众人的智慧凝聚起来,并不是一件容易的事情。十院校本筹划之初,之所以没有人愿意当主编,除了政治上的心有余悸之外,另一方面也在于统一众作者思想的难度太大。一位先生说,一个教研室的人合编一本讲义,思想都统一不起来,现在要统一十个院校老师的思想,谈何容易!朱先生接受主编的位置后,也有这方面的担心。但由于他有虚怀若谷的品格、平等待人的作风,以及善于听取不同意见的学术操守,使得他的组织工作效果非常好。这不仅成功地完成了教材的编写任务,而且还形成了一个绵延三四十年始终团结合作的学术群体。十院校合作单位之一的广西师范大学的钱宗范先生曾回忆说:

这部教材历经十几年、二十几年,常用常新,长盛不衰,发行量数十万册,创造了改革开放以来众多院校合编教材历史上的一个奇迹。而当时戏称为"第三世界"的十院校的教师,原来互不认识,思想、学术、习惯、观点各不相同,在长达二十多年的时间里,能够求同存异,平等相待,互相学习,取长补短,团结合作,非但编好了教材,而且结下了深情厚谊,同样创造了改革开放以来我国高等院校历史系关系史上的奇迹。朱绍侯先生作为十院校公认的深孚众望的主编,他不仅以自己的品德和学术,影响和教育了他人,而且他一贯善于听取不同意见,尊重他人,谦虚谨慎,发扬每一位编者的长处,调解编写过程中的不同意见和矛盾,做出正确的公正的决断,因而取得大家一致的拥护。朱先生对十院校合编《中国古代史》教材所取得的成功,对十院校友谊的建立和发展,起了核心的作用。①

的确如此。作为主编教材这样大的集体项目,朱先生最初也没有经验。但他善于学习和思考,尤其是以自己高尚的品格感召别人,这样才能顺利地完成工作目标。通过两次做教材主编,他也有自己诸多的深刻体会。

首先,主编要有大胸怀和大气度,它主要体现在两个方面。就教材的框架体系而言,自己要有主见,要善于用经过酝酿讨论而确立的编纂思想去统一大家的认识;就具体的学术观点而言,

---

① 钱宗范:《我所认识的朱绍侯先生——浅谈朱绍侯先生对〈中国古代史〉教材和广西人才培养的贡献》,载《史学新论》,河南大学出版社,2005,第639页。

则不能一味地按照自己的观点去要求编者,某些时候要学会妥协和让步。总之,主编和编者之间,需要有互谅互让、相互尊重的精神。朱先生在回忆十院校本的编写过程时说:

> "十院校"同志间的关系都非常好,包括几位老先生都欣然接受我的修改意见,这就有了很好的合作基础。但是,等到在桂林开全书定稿会时,与会者还是提出很多不同意见,主要是对我肯定田庄经济、门阀士族也有积极的历史作用的表述不同意。安徽师范大学的张海鹏先生,在编书过程中我们两人的意见经常是一致的,但对这一问题他绝不让步,说主要是怕犯原则性、阶级性的立场错误。我对他说,"文革"后学术界开放许多,肯定统治阶级及其制度也有一定的历史积极性,这种观点是会被接受的。他说,不,门阀士族的反动性腐朽性太明显了,田庄是豪强、门阀的经济基础,剥削太残酷,不能肯定。我说,东晋的王导、谢安都是高级门阀的代表人物,他们不都是很有作为的宰相吗?田庄和坞壁在战乱时对社会生产不也很有保护作用吗?海鹏先生还是不肯接受我的意见,没办法我也只好把门阀和田庄的积极作用改得模糊一些。
>
> 在编写教材的过程中,并不是一切都由我主编说了算,有些问题我也要向执笔人让步,妥协是必要的。如我认为名田制是土地长期占有制,而多数人都主张是土地私有制,我也就只好按大家的意见办。既然是合作就要有互谅互让

的精神。①

其次,统一思想是编写高质量教材、保障教材具有内在思想逻辑的首要环节。一部中国古代史教材,反映几千年文明史的发展,要写出统一的思想逻辑,反映历史发展的内在线索,在大的历史观点方面前后贯通,必须靠各个编写人员拥有共同的指导思想来保障。所以,前后两次教材编写,朱先生都重视提前召集教材编写会议,在统一人员思想上下工夫。如十院校本编写之初,朱先生提出的四个方面的指导思想,就是在编写会议上经过大家的讨论认同,然后贯彻到具体的编写行为中去的。教材至今已经修订了四次,每一次修订都要召开专门的编写会议以统一思想。最近几年,为了《中国古代史教程》,就先后召开了一次策划会议、一次编写讨论会和两次小范围的通稿座谈会。相比时下有的集体编书,只是由主编提出写作要求和内容分工,作者之间并不见面和沟通,要想写出观点一致、逻辑统一、风格一致的作品是不可能的。

再次,主编修改是保障教材质量的最终环节。关于书稿修改中如何处理主编与作者之间的关系,朱先生也有不错的经验。大型教材的编写,参加者众多,尽管有统一思想在前,交来的初稿仍然会是五花八门。十院校本初定的规模是80万字,而写出的初稿有160万字之多;《中国古代史教程》有一章规定的字数是10万字,而作者的初稿是22万字,压缩修改的任务相当繁

---

① 龚留柱:《治学不为媚时语 惟寻真知启后人——朱绍侯先生访谈录》,《史学月刊》2005年第10期。

重。朱先生从来不是空头主编,所有稿子都经他手逐字逐句地改过。他的做法是,稿子的第一次修改是向作者提出修改意见,由执笔人根据主编意图自己处理。而第二次修改,在作者竭尽所能之后还不尽如人意,这就需要主编亲自操刀了。

朱先生说,主编修改作者稿子是天经地义的。但是其一,要尊重作者的劳动。尽可能的少改,不是必须要改的就不改;其二,要尊重作者的声誉。修改稿子之后,要为作者保密,改动较大的部分,还要征得作者本人的同意。朱先生回忆,十院校本的初稿,有一位老先生按照"西周封建说"来写西周的部分,不免与全书所持的"春秋战国说"相冲突。虽然他主观上想按照奴隶社会的概念去写西周社会,但稿子仍然抹不掉西周封建说的明显痕迹。最后受原作者的委托,朱先生将这一部分内容重新写过,并且至今都没有对外人说起过这件事。主编要改稿,一定处理好自己与执笔人的关系,这对于集体编书是非常重要的。

最后,主编要追随学术的发展不断提出教材的修订问题。编写一部教材不容易,要尽量能使其行之久远,具有尽可能长的生命力,教材要有稳定性。但是,学术研究永远是鲜活的,发展的;教材要保持其科学性、先进性,就必须不断从发展的学术中汲取新的学术思想和学术成果,不断对教材的内容和材料做出修订和调整。这样,教材又要有可持续性。

从十院校本《中国古代史》出版之后,为了能不断依据新的学术成果修订教材,朱先生就发起和组织以十院校教师为基础的中国古代史学术研究讨论会,大家轮流做东,每年召开一次。每一次的会议,都安排一个关于教材讨论的专题,认真研究各地教师在教学中提出的问题,以备下一次修订教材时参考。这样的学术讨论会一直坚持了几十年。

从1978年底开始讨论十院校本《中国古代史》的编写问题,至今已经四十多年,朱绍侯先生将他的很大一部分精力都用到了中国古代史学科的建设方面。两部教材的成功编写和广泛发行,已经使他誉满中国史学界。因此,回顾和总结朱先生在教材编写方面的经历和经验,已经成为中国当代史学研究的一个重要课题,值得我们认真去做。

结语:学为人师　行为世范

河南开封古城东北隅,有一座静谧的庭院。推开虚掩的小门,满目绿色令人心旷神怡。芳草绕径,奇花点园,尤其引人注意的是,中间一棵虬枝老树生机勃发,苍翠浑然。谁又能说,这不是寓所主人的传神写照呢?他就是德高望重的历史学家朱绍侯先生。

老树春深更著花。

几十年来,河南大学历史文化学院朱绍侯教授,以其充沛的精力和坚韧的作风,耕耘在学术园地,新说迭出,著作等身,取得了累累硕果,享誉于海内外史学界。积土成山,积水成渊,朱先生之所以能够扬帆史海,取得令人瞩目的成就,除了其本人天资颖悟外,更得益于那种好学深思、勤奋严谨的优良品格。而这又是在一种特殊环境下千锤百炼的结果。

1926年11月,朱先生出生于辽宁省新民县的一个贫民家庭,后来举家迁居沈阳。因为岁月荒乱和家境贫寒,他勉强读完小学就辍学了,被送往一家工厂当学徒。

但朱先生从小就酷爱读书,这时理解他的只有良善达理的母亲杜秀春女士,是她说服了丈夫,宁愿全家苦熬硬撑,也要让唯一的儿子读书成才。三个月后朱先生考入沈阳商业学校,他又恢复了读书生涯。

东北光复后,这个第一次挺直了胸膛的青年人,已经不满足于养家糊口的狭隘目标,他想要撷取人类的文化宝藏,以报效祖国和人民。朱先生先考取了东北大学,后在学科调整中转入东北师大历史系,读完本科,又被选入研究生班,师从史学家陈连庆先生,主攻秦汉魏晋南北朝史。

朱先生1954年8月毕业,从东北来到中原,任教于河南大学,至今已经六七十年。他刚入校才是助教,就开始给本科生上课,此后他成为历史系最受学生欢迎的老师之一,一直活跃在大学讲台上,为培养各类人才倾注了心血。

他同时开始在学术领域深入钻研。60多年来,他先后出版了学术专著和个人论文集共9部,主编的著作和教材有13部,发表论文200余篇,在学术界产生了重要影响。他先后担任过中国史学会理事,中国秦汉史研究会副会长、顾问,中国魏晋南北朝史学会常务理事、顾问,河南省史学会会长、顾问等学术职务,并曾长期担任过河南大学历史系主任和河南大学出版社总编辑的行政职务。

朱先生在1992年成为享受国务院政府特殊津贴人员,以奖励他对我国高等教育事业做出的突出贡献。2012年12月12日,由中华文化促进会和香港凤凰卫视联合主办的第四届"中华文化人物"评选活动揭晓,决定授予"朱绍侯等10位人士"以"2012中华文化人物"的荣誉称号。这项活动开始于2009年,其基本理念是"向所有对传承和弘扬中华文化做出贡献的人物致敬",评选对象包括中国内地公民、港澳台同胞和海外华侨华人,此前已有饶宗颐、周有光、杜维明、罗启文、星云法师、樊锦诗等"华人文化翘楚"入选,此次与朱先生一起获得荣誉的还有诺贝尔文学奖得主莫言。在颁授典礼上,朱先生第一个被中华文化促进会主席高占祥授予"人文杯";评语是,"鉴于朱绍侯先生在历史研究领域,尤其在《今注本二十四史》编纂期间所表现出的令人敬佩的学术精神与史学贡献,特授予中华文化人物荣誉称号"。2019年12月,中共中央组织部又授予朱先生全国离退休干部先进个人的荣誉称号,以奖励他退而不休、锲而不舍,以耄耋之年继续进行学术研究的感人精神和行为。

总体而言,朱先生的学术贡献主要体现在四个方面。

一是秦汉魏晋南北朝的断代史研究。在这方面,他先后出版了《军功爵制试探》(1980)、《军功爵制研究》(1990)、《秦汉土地制度与阶级关系》(1980)、《魏晋南北朝土地制度与阶级关系》(1987)、《雏飞集》(1988)、《汉元成二帝传》(2001)、《朱绍侯文集》(2005)、《军功爵制考论》(2008)、《军功爵制研究(增订版)》(2017年)等多部学术专著和大量的学术论文。他尤其注意将考古新资料与传世文献结合起来,披沙简金,深入探索,目的都是要通过翔实的材料来全面准确地把握中国古代社会的内在特点和发展规律。

二是在大学教材的建设上,他也成为当代史学界的一个标杆。他主编的十院校本《中国古代史》,1981年以部颁"高等院校文科教材"的名义正式出版,至今四十多年而长盛不衰。其中五次再版,数十次印刷,发行了一百四十多万册,在内地高校文科院系的使用率超过60%。在高校历史学教材的建设方面,影响空前。此外,朱先生主编的《中国古代史研究入门》,作为部荐研究生教材,也获得普遍好评。但朱先生不是一个固步自封的人。2010年,年逾八旬的他又主编出版了一部新的高校教材《中国古代史教程》。此教材抛弃五种社会形态概念体系,摒弃阶级斗争是历史发展动力的陈旧思维,用本土语言叙述中国历史进程,按启发式、研究型教学的需要确定体例,为新时代的中国古代史教材编写进行了可贵的尝试和探索。

三是在文献整理和研究方面,朱先生自己也非常看重的,就是由他主持进行的《今注本二十四史·宋书》的编纂工作。二十四史保存了中华民族的文化基因,家喻户晓。近代对它的全面整理,一是商务印书馆的"百衲本",一是中华书局的校点本,但两者除"前四史"外都没有注释。即使"前四史"的注释,也不再适应现代人的阅读需要。由此读史被一般人视为畏途,造成年轻一代对传统文化的疏离。由中华文化促进会发起的国家重点出版工程《今注本二十四史》,被视为对二十四史的第三次全面整理,也是历史上规模最大的一次,被誉为"中国文史界的三峡工程"。当年总主编张政烺先生聘请朱先生担任《今注本宋书》的主编。从1994到2012的18年间,朱先生从组织队伍、制定工作细则到最后的"纠正、补充、修改"全稿,花费了大量的时间和精力,终于保证了这部600万字巨著的进度和质量。《今注本二十四史·宋书》不仅是全套丛书最早完成的书稿之一,而且被编委会称为"高质量的今注本宋书",将其体例范式向全体《今注本二十四史》的注释者推广。

四是在区域文化史的研究方面。从1980年起,朱先生就以知名专家的身份参加了河南省新地方志的修纂活动,不仅对各类志书规划结构、设计篇目、审评书稿,以提高修志质量,他还对一些重要"地情"进行学术考证,解决方志修纂中的关键和疑难问题。因此朱先生由修志而深入进行区域文化研究,由区域文化研究进而展开姓氏文化的研究,由姓氏研究进而研究历史上的民族和民族关系,这些都加深和丰富了我们对传统社会的认识。值得一提的是,朱先生领衔完成的重大工程,如《中原文化大典·人物典》(2008)和《中国地域文化通览·河南卷》(2012),这两部数百万字的大书,都是朱先生80岁高龄之后的呕心沥血之作。先生学术生命力之旺盛,令人惊叹!

在编辑《朱绍侯文集》(续集)的过程中,我深深感到,近十年来朱先生的学术活动,有两个鲜明的特点。

一是朱先生献身学术的精神,老而弥坚。他坚持每天读书写作六小时以上,这已经融化成他生命中不可或缺的组成部分,不然他就会感到无聊和空虚。他的写作,还是传统的手工方式,要排比卡片和爬格子,其间的艰辛可想而知。就这样,他竟然在几年的时间内,完成了两本学术专著《军功爵制考论》和《军功爵制研究(增订版)》,主编了一部新教材《中国古代史教程》,对《今注本宋书》"八志"的校注工作进行了繁琐的后续扫尾,主编了数百万字的《中原文化大典·人物典》和《中国地域文化通览·河南卷》,还有就是收入《朱绍侯文集》(续集)中的四十多篇学术论文。一个年逾九十的耄耋老人,能交出这样一个科研成果清单,其学术生命力之旺盛,令人惊奇。

二是朱先生的学术创造,逐渐进入醇熟的境界。我们注意到近几年的一个现象,是朱先生爱写长文章。如《两汉屯田制研究》两万八千多字，《东晋南朝王谢袁萧四大郡望兴衰试探》一万八千多字，《两汉对匈奴西域西羌战争的军事战略研究》七万六千多字，刚写完的《论刘裕》五万多字。为什么？历史是一种实证科学，当然要以微观研究作为基础；但如果止步于此，就只能是工匠而不是大师。有人说，历史研究必须整体展开。唯有能跨界延伸到更多不同领域，又能聚焦于一个清晰的主题，深刻地阐明一种重要历史现象的核心问题的，才是上乘的史学论文。比如屯田是一项具体制度，但朱先生不把它单纯视为经济的或土地制度的具体问题，而是上升到国家战略的高度来研究。汉匈战争和张骞打通西域作为历史事件无人不晓，但朱先生将它们纳入绵延几百年、横跨千万里的北方民族战争的国家战略高度进行整体研究。这种大视野、大论题，调动地上地下所有的相关资料，然后缜密论证，结出大成果，会通之义大矣哉！

对朱先生的为人处世，凡接触过他的人都能感同身受，在此无需多说。在"2012中华文化人物"的颁授典礼上，要求每人都发表感言。有人侃侃而谈，朱先生只淡淡地说了一句话："我所参加的《今注本二十四史》工作，是一项集体而长期进行的工作，我个人的贡献是比较少的。所以，我认为这个荣誉应该归功于参加《今注本二十四史》工作的所有专家和学者。谢谢！"

有人说，真正有大智慧和大才华的人，必定是低调的。他的眼神是慈祥的，脸色是和蔼的，腰身是谦恭的，心底是平和的，灵魂是宁静的，不以物喜，不以己悲。我感到这恰好是对朱先生为人处世的一种写照。

先生视学术为生命，用生命做学术。2022年7月23日15

时,一颗睿智的大脑停止了惯常的思考,著名历史学家、历史教育学家、出版家朱绍侯先生病逝于河南开封,享年 96 岁,真正履行了他平生所追求的"鞠躬尽瘁,死而后已"的至高境界。